한국문학과 실향 · 귀향 · 탈향의 서사

푸른사상 학술총서

34

한국문학과
실향·귀향·탈향의
서사

이정숙 외

Korean Literature and
Narrative of
losing, Leaving and
Returning Home

푸른사상
PRUNSASANG

책을 내며

고향은 한국문학의 한 터전입니다. 수많은 시인, 소설가가 고향을 노래하고 이야기로 풀어나갔습니다. 그런데 우리 역사는 문학 속의 고향이 마음의 안식처로 오롯이 남아 있게 하지 않았습니다. 태어나서 자라고 다시 돌아갈 때까지 마음을 두고 살아가야 할 어떤 곳이 아니라 떠나야 하고, 잃어야 하고, 다시 돌아가야 하는 곳으로 형상화된 경우가 많습니다.

고향을 다룬 수많은 소설들 속에서 고향이라는 단어는 또 다른 단어와 결합되어 존재해왔습니다. 탈향, 실향, 귀향이라는 주제어들이 바로 그것입니다. '탈, 실, 귀' + '고향'의 조합은 우리 역사의 아픈 부분들을 고스란히 보여주고 있기도 합니다.

한 인류학자는 어떤 공동체의 구성원들이 고향이라는 말을 머릿속에서 거의 유사하게, 그리고 온전하게 떠올릴 수 없다면 그 공동체의 정신문화는 전승되거나 발전되기 어렵다는 말을 한 적이 있습니다. 그의 말마따나 지금 우리 사회의 구성원들에게는 고향은 어떤 모습일지 생각해보는 계기가 될 것을 기대하면서 이 책의 구상이 이루어졌습니다.

이 책은 고향과 관련된 주제를 다룬 글들로 이루어졌습니다. 그 글들을 다시 탈향과 실향과 귀향이라는 범주로 나누어보았습니다. 엄밀하게 말해 이 범주들의 경계가 분명하게 갈리는 것은 아니지만 대체로 소설적 상황이나 서사 주체의 의지, 결말 구조의 양상 등에 따라 구분해서 썼습니다. 여기에 이주와 여로, 향수 같은 파생적인 범주들도 고려하게 되었습니다. 중요한 것은 이 다양한 범주들에서 우리가 읽어내야 할 뿌리 깊은 정서들일 것입니다.

　이 책의 저자들이나 글의 연륜은 매우 다양합니다. 한 세대를 격하기도 하는 선후배 연구자들이 꽤나 긴 시간의 격차를 두고 쓴 글들로 꾸민 책입니다. 오래전에 발표된 글들노 있고 새롭게 쓴 글도 있습니다. 그런 만큼 고향에 대한 시각과 인식들의 변화 과정이나 온도 차가 큰 정서도 고스란히 담아낼 수 있기를 기대합니다.

　이 책에는 오랜 시간 동안 필자들과 연구 동료로서, 스승과 제자로서 한국 소설과 함께 호흡해왔던 이정숙 교수의 정년을 기념하는 뜻도 담겨 있습니다. 이 책이 새 출발을 하는 한 연구자의 고향이 될 수 있기를 기대합니다.

2016년 2월
저자 일동

차례

제2부　귀향과 가족

제3부　　탈향과 정착

제4부   여로와 향수

떠남과 돌아옴의 소설 미학을 논하다

산다는 것은 여기 이곳에서 저기 저곳으로의 옮겨 다님과 연결된다. 가까운 곳으로의 옮김을 이사라고 한다면 고향을 떠나고 나아가 나라를 떠나 살게 되면 이주라고 할 것이다. 일반적으로는 전쟁을 통해서 한 민족의 대이동이 이루어지곤 하는데 우리 민족의 경우 일제강점기에 이루어진 강제 이주나 개별적 혹은 집단적으로 이루어진 만주, 일본 등지로의 이주에서 일시적 고향 떠남이 귀향으로 이어지지 못하고 정착하지 못하는 디아스포라로 남기도 했다. 1950년에 발발한 6·25전쟁은 3년 만에 휴전을 맞은 채로 나라는 남북으로 나뉘어진 이른바 분단국가가 되어 이제 65년이란 시간이 흘렀다. 분단은 현재진행형으로 여전히 우리의 삶에 직간접으로 지대한 영향을 미치면서 고향 떠남에서도 새로운 양상을 드러냈고, 세월의 흐름만큼이나 이주와 정착의 양태에서도 큰 변화를 가져왔다. 그러나 무엇보다도 안타까운 것은 독일, 베트남과 함께 전 세계에서 세 나라였던 분단국이 그동안 모두 통일이 되었고 우리나라만 여전히, 아직도 분단의 상태로 남아 있다는 사실이다. 제2차 세계대전 이후 냉전

체제 아래서 연합국에 의해 강제 분단되었던 독일은 1990년에 10월 3일에 통일되었고, 우리와 다르면서도 비슷한 과정을 거쳐 남과 북으로 갈라져 대립하고 싸웠던 베트남은 오래전 1975년에 통일되었다. 65년의 시간이 흐르는 동안 남과 북의 경제적·정치적·사회적 상황은 뚜렷한 격차를 보이면서도 서로간의 적대적 대립과 갈등의 사정은 전혀 달라지지 않았다. 적어도 남북 관계는 한때 잠깐 따뜻한 기운이 감돌 때도 있었지만 대체적으로는 냉전 시대의 연속선상에 놓여 있다. 가끔은 통일을 대비한 문학의 방향에 대한 담론으로 들뜨기도 했으나 이내 뜬구름 잡는 허망함으로 대체되고는 했다.

전쟁은 위대한 문학을 낳는다는 역설대로 6·25전쟁이 우리 한국문학의 토양을 풍요롭게 한 면이 분명히 있으나 여전히 진행 중인 분단은 개인적으로나 민족적으로나 불행한 정신적 상처임은 분명하다. 미셸 푸코식의 '근원 찾기'를 하며 그 원인을 찾아 거슬러 올라가면, 6·25전쟁의 원인은 일제강점과 해방 후의 이념 대립일 터이고 일제의 강점으로 인한 고향 떠남—실향의 비극은 이향, 탈향의 양상으로 전개되면서 우리 현대사의 중요한 축을 자연스럽게 형성하고 있다. 이러한 현상은 거슬러 내려오면서 6·25전쟁으로 인한 월남 혹은 월북과 가족 이산 및 해체, 1990년대 이후 증가하는 탈북자들의 이주와 정착, 근대사의 소용돌이 속에서 해외로 이주하면서 형성되는 디아스포라 문학 등으로 좀더 다양하게 확장되고 있다.

이 책은 현대사의 소용돌이 속에서 집과 가정, 고향과 나라를 떠날 수밖에 없었던 사람들의 이야기에 초점을 맞춘 이른바, 탈향—실향—귀향을 그린 소설을 연구한 글들을 엮은 책이다. 1937년 구소련 체제하에서의 고려인 강제 이주와 중앙아시아 재소 동포들의 이야기로부터 해방 직후의 귀환의 문제, 실향과 탈향, 이주로 인한 가족 해체와 가족 상봉, 오늘날 취업 이민의 양태에 이르기 까지 대상 시공간은 대단히 방대하다. 무엇보다도 오늘날 전 세계에 퍼져 있는, 한인의 국외 이주로 인한 이민-역이민-재이민 등을 다룬 소설과 1990년대 이후 점점 경제적으로 궁핍해가는 북한으로부터 탈출해 중국이나 태국, 몽골 등 여러 나라를 거쳐 한국에 온 이른바 탈북자들의 고향 떠남과 정착을 그린 소설 등을 통해 새로운 양태의 실향과 탈향, 이주와 정착 현상이 나타나고 있음을 실증적으로 보여주고 있다. 이러한 고향 떠남의 행로는 자연스럽게 여로와 향수의 정서로 이어지면서 그 영역을 넓히고 있음을 볼 수 있다. 이런 내용들을 4부로 나누어 엮어보았다.

제1부는 실향과 디아스포라를 주제로 한 글들로 엮었다.

「국외 한인 소설에 나타난 디아스포라 양상」(이명재)은 그 부제를 '이민, 재이민, 역이민의 경우를 중심으로'로 하고 있는바, 전세계에 퍼져 살고 있는 한국인들의 문학을 대상으로, 이민-재이민-역이민의 양상을 인간의 원초적 본거지를 중심으로 한 떠남과 머묾, 돌아옴의 구조로 파악, 탈향-실향-귀향과 궁극적으로 동일한 구조임을 전제로 하고 있다. 구소련의 고려인 문학과 중국 조선족 문학, 재일동포 문학, 북미 지역과 남미 지역, 호주, 유럽 등 아프리카를 제외한 오대주의 한인 문학과 그 문단을 살펴봄으로써 이민문학의 현주소를 확인하고 있는바, 그 대상이 폭넓고 현재진행형이라는 면에서 현재적 의미와 가치가 있다 하겠다.

「강제적 '집단 이주'의 인간학—고려인 문학에 나타난 강제 이주를 중심으로」(임형모)는 지금까지 1930년대 후반부에 이루어진 스탈린의 조선인 강제 이주가 '강제'에 초점이 맞추어진데 비해, 꼴호즈에 '집단' 이주된 '강제적 집단 이주'였음을 강조하고 있다. 이들의 집단 이주를 배경으로 하고 있는 작품들에서 드러나는 체념 또한 단순 체념이기보다는 '자기 구원'의 방식을 통해 '귀속의지'로 승화되고 있음을 밝히는데 조선 땅에 대한 기억이나 향수가, 스탈린과 소비에트를 비판하면서도 꼴호즈라는 공동체 건설을 통해 민족 정체성이 보전되는 승화의 양태로 발전했음을 강조하고 있다.

「김만선 문학세계의 변모 양상 연구」(정원채)는 당시의 정황을 매우 상세하게 기록하고 있는 작가 김만선에 대해서 각각 해방 전, 해방 후 월북 전, 월북 후의 세 시기로 나누어 작가의 문학세계의 변모 양상과 소설적 특성을 검토하고 있다. 해방 후 한국으로 귀국한 작가는 월북하기까지 만주로부터의 귀향의 과정을 그리거나, 귀국자의 내면 혼란을 생생하게 그리는데, 자신의 정치적 입장이나 관념을 그 자체로 드러내지 않고 은근히 설득하는 방식을 취함으로써 다른 작가와 차별화됨을 밝히고 있다. 월북 후 종군작가로 활동하지만 도식성이 보이고 행적이 묘연해짐으로써 그의 작가적 역량이 아까운 면이 있음을 지적하고 있다.

「'노동하는 여행', '월경'의 정동들과 '고향'의 의미」(이정숙)는 부제에 명시된 대로 1970년대 취업 이민을 그린 작품들을 대상으로 노동 이민을 떠나는 당시의 양태를 '탈향의 정동'이란 프레임으로 분석하고 있다. 취업을 위해 고향을 떠나는 사람들을 '고향을 떠나 도시로 오는 경우'와 '국경을 넘어 다른 나라로 가는 경우'로 보고 있는바, 당연한 분류이면서도 1930년대 고향 떠남/실향의 배경이나 그 과정과 놀라울 정도의 유사함을 보이고 있다. 취업 이민을 다룬 작품들에서 이 모티프가 단순 소재로 그치지 않고 통치성에 대한 비판도 하고 있음을 간파하면서 '고향'의 정서가 이의 융화와 통합을 위해 긍정적으로 작용할 것임을 전망하고 있다.

제2부는 귀향과 고향의 원천인 가족의 복원 등을 다룬 글들로 엮었다.

「가족 상봉 소설의 형상화 연구」(이정숙)는 분단 이후 30년을 넘는 세월이 흐르면서 처음 이루어진 남북한 이산가족의 만남을 그린 북한 소설과, 6·25전쟁 때 월북한 아버지를 만나러 대련으로 가는 아들과 남한에서 내내 아들과의 갈등 속에서 살고 있는 어머니의 이야기를 그린 남한 소설을 통해 '아버지 찾기' 소설의 변모 양상을 보여주고 있다. 또 남북한이 비교적 균형 있게 교류하는 연변 조선족 소설에서는 부모가 이미 돌아가신 중년의 형제가 각각 남북한에서 공개적, 비공개적으로 연변의 조카를 만나러 온 형제 만남의 이야기를 통해 가족 관계의 복원을 강조 형상화하고 있음을 분석하고 있다. 남북한과 조신족 소설에 그러진 가족 만남의 양상을 통해 아직도 진행 중인 분단의 문제를 극복하여 통일로 나아가는 방향 찾기의 모색을 강조하고 있다.

「박완서 문학의 고향 회귀와 근대도시 개성」(김종회)은 박완서의 고향인 개성이 주요 배경이자 소재인 박완서의 작품을 통해서 개성의 의미, 나아가 고향의 의미를 천착하고 있다. 『미망』이 개성이라는 역사적 지역적 공간의 특성과 상공을 중시하는 중인 계급의 세계관에 기반을 두고 있음을 분석하고 개성을 중심으로 한 가족사와 시대의 변천사를 의미 있게 보여주고 있다. 『그 많던 싱아는 누가 다 먹었을까』는 1930년대부터 1950년대에 걸친 개성과 서울의 모습, 당대의 풍속, 생활상, 6·25 체험 등을 그린 자전적 성장소설인데 어린 시절의 체험이 작가의 창작 기저에서 중요한 작용을 하면서 유년의 고향으로 지속적으로 등장하고 있다고 본다. 그런데 작가의 내면 의식은 이런 고향에 가고 싶지 않다고 고백한다. 변하지 않은 고향의 모습을 그대로 간직하고 싶기 때문이라는 것이다.

「해방 직후 한국 소설에 나타난 귀환과 정주의 선택과 그 의미」(최병우)는 해방 직후 만주 지역을 중심으로 조선인들의 귀환을 다룬 소설을 중심으로 이들이 귀환과 정주를 선택한 요인과 그 의미를 해명하는 글이다. 일제 패망 후 이 지역의 조선인들이 치안 상태의 불안으로 인해 만주인들이 주는 공포로부터 벗어나기 위해 도시로 이주하거나 귀환을 선택하는데, 이때 경제적인 이유는 선택을 결정하게 되는 중요한 요인이 된다. 그와 함께 공산당이 내세운 토지 분배로 정주를 결정하기도 하며 거주 기간에 따른 고향에 대한 심리적 거리감이 귀환과 정주를 선택하는 중요 요인으로 작용하고 있음을 분석하고 있다.

「1930년대 소설의 내적 형식으로서의 '귀향'의 두 양상」(김동환)은 여러 면에서 대조적, 대척적이기도 한 이광수와 이기영의 대표작인 『흙』과 『고향』을 통해 두 작품의 내적 형식으로서의 '귀향'에 초점을 맞추어 의미 있는 유사성이 있음을 분석하고 있다. 그 유사성의 핵심은 '귀향의 전제로서의 출향'이 전경화되어 있다는 점인데 이 두 작품이 그 외에도 비슷한 창작 시기, 배경이 '살여울'과 '원터'라는 농촌이라는 유사성, 두 작품의 주인공들이 '출향-타향(이국)-귀향'의 과정을 거쳐 고향에 헌신하게 되는 구조 등이 유사한 점을 밝히면서도 귀향의 내적 형식상의 차이가 주인공들 내지는 작가들이 식민지 조선의 현실을 수용하는 태도의 차이로 이어지고 있음을 분석하고 있다.

제3부는 탈향과 정착을 주제로 한 글들로 엮었다.

「고향의 강—유재용의 「성하」를 중심으로」(유인순)는 어린 시절 월남한 작가 유재용의 작품에 반복되는 남북 분단 문제와 실향 의식이 드러나고 있음을 강조하면서 「성하」를 대상으로 망향 의식이 전개되는 양상을 살펴본 글이다. 유재용은 그 작품의 질적, 양적 수준에 비해 비교적 덜

연구된 작가인데 작가의 특장이라 할 포로수용소 출신으로 제3국을 택한 주인공이 고향을 벗어나왔지만, 결코 벗어날 수 없음을 확인하는 데에 초점을 맞추고 있다. 포로수용소 출신으로 인도에서 죽게 되는 두 인물들에게 고향의 강은 '성하(聖河)'라 하여 자신들의 고통과 죄악을 씻어낸 대상으로 승화되는데, 이렇게 인도에서 사는 실향민들이 고향의 강을 통해 슬픔과 아픔을 극복하는 데에 초점을 맞추고 있다.

「탈북자 소설에 나타난 분단 현실의 재현과 갈등 양상의 모색」(김인경)은 2000년대 '탈북자' 소재 소설을 통해 탈북자들의 삶에서 분단 현실의 재현과 갈등이 다양하게 나타나고 있음에 주목하고 있다. 구체적으로 '자본주의적 모순과 타자적 인식의 변화'와 '현실 적응의 경계'는 우리가 쉽게 상상할 수 있는바, 탈북자를 비롯한 남한 사회 소수자의 인권과 그들이 직면한 여러 문제들을 직시함으로써 남한 사회가 갖고 있는 이분법적, 정치편향적 현실에 대한 반성과 함께 그들과의 새로운 연대의 가능성을 모색할 수 있다고 기대하고 있다.

「전후 여성 작가의 월남 체험과 그 서사」(곽승숙)는 임옥인의 『월남전후』와 『붉은 밤』을 중심으로 함경북도 태생의 작가가 30대에 단신 월남하면서 겪은 탈출, 이주, 정처의 과정을 실제 체험을 바탕으로 보여주고 있는데 주목하고 있다. 『월남전후』는 스스로 '사회소설적인 수기소설'이라 규정할 정도로 실제 체험과 연결되었고, 『붉은 밤』 또한 한국전쟁 발발 직후부터 9·28수복까지의 3개월 간의 전시 상황에서 월남 후 홀로 남한에서 겪은 일들을 수기처럼 쓴 작품인 만큼 그 체험적 요소가 중요한 의미가 있다. 두 작품은 시기적으로 이어지고 있는데 특히 『붉은 밤』은 이 글에서 처음으로 소개되고 있다.

제4부는 여로라는 큰 틀 아래 역사와 현실의 주체로서의 자아의 성장과 향수를 다룬 글들로 엮었다.

「한국 역사소설과 성장의 행로」(정호웅)는 한국 근현대 역사소설이 주인공의 행로, 특히 성장의 행로를 중심으로 전개된다고 전제한다. 그 적절한 예로 김원일의『늘푸른 소나무』를 들고, 이를 통해 한국 역사소설의 특성과 함께 등장인물들의 자기 완성의 여로를 탐색하고 있다. 작품 배경이 구한말 의병 투쟁으로부터 만주땅에서의 독립 운동에 이르기까지 근대 역사의 흐름 속에서 주인공들이 걷는 여로, 행로는 만주를 넘어 소련으로 이어지고 있는바, 이러한 구체적 여로의 행로가 내적, 정신적 여로와 맞닿아 있음을 분석해 보여주고 있다.

「21세기 신유목민 소설 : 청년의 고립된 자아와 디스토피아적 상상력」(장미영)은 2000년대를 대표하는 젊은 작가 중 하나인 김애란 소설에서 중요한 인물인 청년 세대에 주목하고 있다. 이들 대부분은 후기 자본주의 사회에서 열악한 환경 속에서 고군분투하는 인물들로 신유목민으로 명명, 이들의 자기 정체성 확립의 과정에 초점을 맞추고 있다. 이 과정에서 '방'은 가족 공동의 집이 아닌 만큼 열악한 주거 환경을 표상하는, 살아가기 위한 최소한의 공간으로 유토피아를 꿈꿀 기회와 상상력마저 소진된 디스토피아의 현실을 그리고 있다는 것이다.

「윤대녕 소설의 노스탤지어 미학 :『은어낚시통신』을 중심으로」(백지혜)는 1990년대를 대표하는 작가 윤대녕이 일관되게 '과거'를 형상화하는 독특한 수법을 보여주고 있는 데 주목한다. 작가가 주목한 '과거'는 추억이나 노스탤지어의 방식으로 재현되어 90년대 문학을 이끄는 하나의 구원, 미학적 특질로 이어진다고 보는데 윤대녕 소설의 주인공은 자신이 현재 머무는 이 공간에서 벗어나 항상 어디론가 '떠날 곳'을 찾는다. 그것은 지금은 사라진 어떤 것에 대한 향수이기도 한, 노스탤지어의 미학이라고 이름 붙일 수 있을 것이다.

이렇게 탈향과 실향, 이주와 정착의 문제를 다룬 글들은 지속적으로 우리 민족의 정신적 상처가 깊고 아프게 눌려 있음을 보여준다. 얼핏 무관해 보이는 작품들까지 사실은 인간 본연의 향수로 이어지고 있는 것이다.

대학에서 탈향과 실향, 이주와 정착에 관심을 가지고 평생을 재외 한인들의 문학을 연구해오신 분들, 같은 곳을 보고 걸어오면서 책의 성격에 맞는 귀한 옥고를 보내주신 여러 교수님들께 진심으로 감사를 드린다. 그리고 이 분야에 꾸준히 관심을 갖고 연구해온 스승의 퇴임을 맞아 연구의 주제와 방향을 한 방향으로 정해 함께 발표한 제자들에게도 한없이 고마울 뿐이다. 이 책이 관련 분야에 의미 있는 보탬이 된다면 전적으로 이런 정성 어린 글들 덕분이다. 이 책을 기획하고 총괄한 김동환 교수, 책 발간의 뜻에 공감하여 흔쾌하게 출판을 맡아주신 푸른사상사 한봉숙 대표님, 간행을 위해 꼼꼼하게 챙겨준 김인경 선생 등 도와주신 분들에게 깊은 감사의 마음을 전한다.

2016년 3월 낙산 성곽을 바라보면서
이정숙 삼가 씀

제1부

실향과 디아스포라

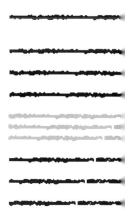

국외 한인 소설에 나타난 디아스포라 양상

이민, 재이민, 역이민 경우를 중심으로

이명재

1. 문제 제기와 접근

2000년대 초부터 논자는 한반도 밖의 세계 각 지역에 형성된 한인(韓人) 사회의 한글 문단을 여러 차례 답사하여 조사하고 세미나 등을 겸하며 연구해왔다. 오래전부터 세계의 여러 지역에 나가 사는 해외 동포들 가운데 스스로 모국어로써 문학 활동을 하는 문인과 그들의 작품도 한국 문학에 포함시켜야 마땅하기 때문이다.

따라서 본고에서는 한인의 국외 이주로 인한 한민족의 이민문학이나 망명문학 내지 유이민(流移民)적인 디아스포라 문학의 특성과 이민 문단의 현주소를 확인해보려 한다. 그중에서 일찍이 나라 밖에 나가서 사는 재외(在外) 한인들의 한글 문단 소설에 나타난 이민, 재이민, 역이민의 양상을 중심으로 살펴보는 접근이다. 여기에서 이민-재이민-역이민 양상은 인간들의 원초적인 본거지를 중심한 떠남과 머묾 및 돌아옴의 구조로서 탈향-실향-귀향과 동일한 테마이다. 이 논문에서는 이런 고찰을 통해서 한인들의 이민 생활 실상과 국외 한글문학의 수준 등을 간추려 파악해볼 수 있을 것 같다.

이에 관해서는 일부 작품집에 치우친 이상갑의 선행 연구가[1] 없지 않으나 여기서는 되도록 이미 발표된 세계 전역에 걸쳐 해당되는 주요 작품까지 포함시킨다. 본고에서 다루는 대상은 재외 한인 작가들이 체재하는 현지에서 체험하거나 관찰한 바를 한글로 쓴 소설작품을 주로 한다. 가능한 대로 세계 각 지역의 한인 작가들 작품을 균형 있게 다루되 다소 고르지 않은 여건도 참고한다. 중국 조선족 소설의 경우는 사회주의 체제의 통제와 고국을 가까이서 건너다 볼 수 있다는 면에서, 구소련의 고려인 소설 경우는 멀리 고국과 단절된 공간에다 개혁 개방 전에는 강제 이주 문제를 일체 엄금했던[2] 점 등에서 특수성이 있다. 그런 대신에 남미 같은 지역에 사는 한인의 경우는 미국이나 캐나다 쪽으로 재이민이 잦은 여건이 농후함은 물론이다.

재외 한인들의 이민 양상에 관한 디아스포라 문학의 입체적인 지형도를 살피기 위해서는 먼저 다음 같은 재외동포 현황의 통계가 참고된다. 2009년 5월 1일 현재 기준의 국가별 재외동포 현황 총계[3]와 재외동포 다수 거주 국가 순위는 다음과 같다. 남북한을 아우른 국내 인구 1할에 이르는 700만 명의 해외 거주 한인 가운데 일반 거주자와 유학생을 포함한 자료의 숫자 일부를 지역별로 정리한 것이다.

---

1   이상갑, 「역/재이민의 세계와 코레안 아르헨티노―맹하린의 『세탁부』를 중심으로」, 송명희 외, 『미주지역 한인문학의 어제와 오늘―캐나다 · 미국 · 아르헨티나를 중심으로』, 한국문화사, 2010.

2   김필영, 『소비에트 중앙아시아 고려인 문학사(1937~1991)』, 강남대학교 출판부, 2004, 82~92쪽.

3   외교통상부, 『2009 재외동포 현황』, 2009, 13쪽.

순위	국가	인원	백분율
1위	중국	2,336,771명	34.25%
2위	미국	2,102,283명	30.81%
3위	일본	912,655명	13.38%
4위	독립국가연합	537,889명	7.88%
5위	캐나다	223,322명	3.27%
6위	호주	125,669명	1.84%

이어서 주요 국가 가운데 한인들이 10만 명 안팎 거주하는 국가들의 순위를 보이고 있다. 7위 필리핀이 약 11만 5천여 명, 8위 베트남이 약 8만 5천 명이다. 그리고 9위 브라질 전역은 4만 8천여 명인 데 비해서 상파울루에 대부분의 한인이 몰려 있다.[4] 다음에는 10위 영국이 약 4만 5천여 명으로 집계되고 있다.

2. 재외 한인과 한글 문단의 현황

지금 세계 여러 지역에 모여 사는 한인들이 문단을 형성하고 있는 2015년의 현황을 살펴보면 다음과 같다. 편의상 대륙별로 나누어 한글 문단 경우를 중심으로 하되 일부 현지어를 사용해 집필된 주요 작품 사항도 괄호에 넣어 참고토록 한다. 여기에 주요한 문예 동인지 발행 연도 및

4　외교통상부, 앞의 책, 32쪽. 포르투갈어권인 브라질에는 1963년부터 한국과 브라질 정부 협력하에 한인들이 제일 먼저 농업이민으로 정착했다가 점차 상파울루로 옮겨가서 생활하고 있음.

주동 인물과 연속 상황 등을 들어 간추려 요점만을 정리해본다. 이런 접근도 재외 한인들의 소설에 반영된 탈향–실향–귀향 양상을 통한 디아스포라[5] 현상 파악에 참고가 되기 때문이다.

1) 아시아 지역

〈구소련 고려인 문단〉

- 1928년 러시아로 망명한 포석 조명희가 연해주서 「짓밟힌 고려」 등을 『선봉』지에 발표.
- 불모지 소련에 한글문학의 씨를 뿌려 여러 제자들도 신설된 신문 문예 페이지서 습작 활동.
- 1937년 중앙아시아로 강제 이주 이래 카자흐스탄 현지의 한글 신문 『레닌기치』에 작품 발표.
- 알마타 중심으로 종합 작품집 『시월의 해빛』(1971) 등 10여 권을 내고 개인 창작집도 출간.[6]
- 현재도 종합 문예지 『고려문화』 4집(2006~2012)을 내며 구소련권 한글 문단을 잇고 있음. (현역작가인 아나톨리 김은 러시아어로 장편 『다람쥐』(1984) 등 다수를 출간하여 유명함.)

〈중국 조선족 문단〉

- 일제강점기에 만주 · 간도 등지서 문인들이 『만선일보』『가톨릭청

---

5 그리스어 diaspora는 본디 기원전 8세기 무렵부터 예루살렘의 멸망으로 인해서 팔레스타인 밖으로 흩어져 살던 유대인들의 이산과 이주 또는 거주지를 지칭하는 의미를 지닌 용어임.
6 이명재 편, 『소련지역의 한글문학』, 국학자료원, 2002.

년』 등에 한글 작품 발표.

- 동인지『北鄕』(1935~36), 산문집『싹트는 대지』(1941),『재만조선
시인집』(1942) 등을 펴냄.
- 김학철 장편『해란강아 말하라』(1954) 등 조선족 문인들의 수많은
창작품들이 출간됨.
- 특히 연변 조선족 자치주에는 한글 전용의 신문사, 방송사, 잡지
사, 출판사들 활동이 활발함.『연변일보』『도라지』『장백산』『연변
문예(천지)』『연변문학』『문학과예술연구(문학과예술)』등.[7]

〈재일동포 문단〉
- 1945년 발족된 조총련 산하 기관지『조선신보』『문학예술』『조국』
등의 문예동 계열[8] 활발.
- 1946년 발족된 민단 산하 기관지『한국신문』등에 발표하는 한글
문예작품 활동이 저조함.
- 중립인『統一日報』『신세계신문』『漢陽』『한흙』등에 여러 한글 문
예 작품이 발표됨.[9] (한글 작품보다는 일본어로 쓴 장혁주, 김사량,
김달수, 그 밖에 아쿠타가와상으로 각광받은 이회성, 이양지, 유미
리, 현월 등의 작품 성과가 모국어 활용 경우보다 큰 호응을 보이고
있음.)

---

7 강련숙 편,『중국조선족100년문학예술대사기』, 길림인민출판사, 연변교육출판
   사, 2001 참조.
8 '문예동'은 1959년에 결성된 '재일조선문학예술가동맹'의 약칭으로서『문학예
   술』『조선신보』『겨레문학』을 기관지로 두고 있음. 이 기관지들은 조총련계인
   조선대학의『조대문예』『문예교도선전』신문들과 동류임.
9 한승옥,「재일동포 한국어문학의 연구 총론」,『재일동포 한국어문학의 민족문
   학적 성격연구』, 국학자료원, 2007. 13~51쪽.

2) 북미 지역

⟨캐나다 한인 문단⟩

- 1977년 1월, 캐나다 한국문인협회 결성, 이듬해부터 신춘문예 행사를 시행, 2015년 현재까지 35회에 이름.
- 개천절 및 한글날 기념 백일장도 고등부, 부녀부, 노년부 등으로 나누어 시행해오고 있음.
- 첫해부터 동인지『캐나다문학』(『새울』『이민문학』『이민도시』『옮겨 심은 나무들』) 속간하여 2015년 현재 19집에 이르고 있음.
- 또한 에드먼턴 지역의 얼음꽃문학동인회에서도 2000년 7월에 동 아리로 발족한 이래 2001년『얼음꽃문학』창간 이후 근년에는 알 버타주의 지원금을 받으면서 연간 동인지로 14호를 펴냄.
- 현대의 남북미주 지역을 통틀어 한민족의 한글 문단을 미국보다 앞서 맨 먼저 개척하고 있음.

⟨미국 한인 문단⟩

- 서부 : 1982년 LA서 송상옥 전달문 등이 미주한인문인협회 결성, 기관지『미주문학』속간.
- 1983년 크리스찬문협, 1987년 시인협회, 1999년 재미수필가협회, 2001년 국제 펜 연합회 결성 후 각기『크리스찬문학』『외지』『재미 수필』『미주펜문학』을 속간하며 문단 활성화.
- 동부 : 1985년『신대륙』을 3호까지 출간해오다 1989년 고원, 최연 홍 등이 미주동부한국문인협회 결성, 1991년 이후『뉴욕문학』으로 속간. 이어서 1990년 워싱턴문인회, 시카고문인회 등 결성,『워 싱턴문학』『시카고문학』등을 속간. 개인 작품집 출간도 활발함.[10]

(영어로도 강용흘『草堂』(1931), 김은국『순교자』(1964), 캐시 송
『사진신부』(1983), 이창래『원어민』(1995) 등이 미국 주류 문단에
서 평가받고 있음.)

3) 남미 지역

〈브라질 한인 문단〉

- 1986년 말 황운헌, 목동균 시인 등이 포르투갈어 권역인 상파울루
  에서 문학 중심의 문화 동인지『열대문화』를 1995년 여름에 9호까
  지 발행해서 한국 정부 최초로 1963년 노동 이민으로 정착한 교
  민들의 문예 동인시의 경우로서는 빨랐음. 한글 시, 공트, 수필,
  번역, 문화 좌담회 등을 실은 190면 안팎의 비매품으로 출간하다
  1990년대 후반에는 현지의 재정 위기 후 중단 상태였음. 그러다가
  2012년 8월에 작가 안경자 등이 '시즌2'로 재출발하듯 250쪽의 10
  호를 복간하고 이듬해 8월에 12호도[11] 펴냈지만 아르헨티나의 한
  글 문예지와는 달리 교착 상태에 처해 있음.

〈아르헨티나 한인 문단〉

- 1994년 11월 배정웅, 김한식, 맹하린 등이 부에노스아이레스에서
  재아한인문인회를 결성.
- 1996년 이후 국판 200~300쪽 안팎의 동인지『로스안데스문학』을

---

10 미주문학단체연합회 편,『한인문학대사전』, 월간문학 출판부, 2003.
11 안경자,「브라질 한글문단에 대한 보고」, 국제 펜 한국본부,『세계한글작가대회
　발표 자료집』, 2015, 222~253쪽 참조.

현지 인쇄로써 거의 연간으로 발행[12]하고 있고 2015년 9월에 경주에서 열린 제1회 세계한글작가대회에는 재아한인문학회장인 최태진 수필가가 참석했음.

- 문학의 밤과 문학 강좌 등을 열어 신진 문인을 육성하며 서울에서 등단, 작품집을 내고 있음.
- 동인지에는 일부 회원 및 서울 문인들 작품을 현지어인 스페인어로 번역, 소개하고 있음.

4) 오세아니아 지역

〈호주 한인 문단〉

- 1989년 5월, 기성 문인인 이무, 윤필립 등이 시드니에서 재호문인회(한인문인회)를 결성.
- 2001년 5월 이래 종합 문예 동인지 『호주한인문학』을 격년으로 3집까지 간행, 배포했음.
- 현지에서 해마다 신춘문예로 신인들을 뽑고 '바다건너시창작교실'을 열어 문인들을 육성함.
- 이후 시드니에서는 호주한국문학협회의 『호주한국문학』 외에 근년 들어 결성된 동그라미문학회의 『굴렁쇠문학』이 창간되었지만 지지부진한 상태에 머물러 있음.
- 하지만 이호정을 중심으로 결성된 수필문학회가 장석재 등과 함

---

12 이들 중 200쪽 안팎 분량의 『로스 안데스문학』 근년 치 다섯 권은 2008년 1월 하순, 중남미 문화답사 때 아르헨티나 부에노스아이레스 시내 만찬장에서 현지 회원들로부터 필자가 직접 기증받았음. 최근은 2013년 치 14호는 329쪽으로 남미 현지에서 한글로 발행했음.

께 2001년 이래 동인지『시드니수필』을 격년제로 2007년까지 속간[13]하여 오다가 2010년부터 그 호수를 연달아『시드니문학』6 집 이후 현재 8집(2014년)까지 나와 호주 한인 문학의 주축을 이루고 있음. (또한 작가 도노 김은 영문 장편소설『내 이름은 티안』『암호』『차이나 맨』으로 유명함.)

5) 유럽 지역

필자가 처음 확인한 바,[14] 유럽 지역에서는 독일이 한글 문단의 발판을 이루었는데 두 갈래로 파악된다. 1987년에 본대학의 구기성 교수에 의해 '범세계한국예술인회의 독일지부'라는 이름으로 2권까지 출간된 시 동인지『날개』는 그 참고적인 사항의 자료이다.

〈독일 베를린 한인 문단〉
• 1994년 5월, 간호사와 광부라는 신분의 초청 노동자로서 멀리 조국을 떠나온 한인들이 망향의 모국어를 기려[15] 코리아나 식당서 베를린문향회 발족.

---

13 호주에서 간행된 이들 문예지 역시 2005년 6월 시드니에서 행해진 한국 문협 주최의 '해방공간으로 가는 신민족문학' 해외 세미나에 주제 발표자로 참여한 필자가 현지서 다수 입수했음. 또한 호주문학협회에서는 창립 10주년이 되는 2011년 들어『시드니문학』7집을 기념 특집으로 펴냈음.
14 이명재,「유럽지역의 한인 한글문단」,『한국문학과예술』제14집, 숭실대학교 한국문예연구소, 2014.
15 『문향』창간호, 새미, 2001, 23쪽에는 "이곳 독일에서 생활하고 있는 우리들에겐 우리의 모국어인 한글이 고향입니다."라는 최호전 회장의 인사말도 실려 있음. 총 253쪽에 정가 7천 원으로 서울에서 간행했음.

- 2001년, 최호전, 박용순 등이 동인지『베를린문향』창간 후 2005년 2집을 서울에서 펴냄.
- 202쪽인 2집에는 시, 수필, 편지글, 기행문, 단편 및 2세들의 동시와 입양인의 글이 실림.

〈프랑크푸르트 한인 문단〉
- 2004년 3월, 서울의 각 문학상에 입상한 전성준, 진경자, 유한나 등이 재독문인회를 결성.
- 2007년과 이듬해,『재독한국문학』1, 2호를 비매품으로, 2009년 3호를 판매용으로 냄.[16]
- 일찍이 독일에 왔던 광부나 간호원, 유학생, 종단서 파견되어 선교 활동을 펴는 분들이 주축. (이전에 한반도에서 일제에 항거하다 독일에 유학 와서 살았던 이미륵의 자전적인 독일어 장편소설『압록강은 흐른다』(1946)는 독일 고교 교과서에 소개된 바 있음도 참고가 됨.)

앞에서 살펴본 재외 한인 현황에서처럼 육대주(六大洲) 가운데 아프리카 대륙을 제외한 오대주의 주요 지점에는 한글 문단이 형성되어 있다. 지구촌의 거점 도시마다 나름대로의 한인 문학회가 결성되어 백일장 및 문학 강좌 등을 열며 정기적으로 문예 동인지를 펴내고 있다. 한인 특유의 언어와 문자로써 서로 판이한 현지 언어와 문자에 의한 이중 문화의

---

16 독일 현지서 비매품의 소책자로 낸 1, 2호와 달리 신국판 286쪽의 판매용으로 대구 책마을사에서 펴냈음. 이 회원 작품집에는 27명의 시 50편, 수필 9편, 음악 칼럼 2편, 여행기 2편, 소설 3편이 수록되어 있음.

경계 속에서 어울려 사는 문학 현상인 것이다.

재외 한인들의 모국어를 통한 한민족 문단은 한반도를 중심한 이웃 동북아 지역서 시작하여 시계 방향을 따라 지구의 동서양을 타원형의 문화 벨트로 잇고 있다. 중국 동북부와 러시아 연해주를 거쳐 북미 대륙의 캐나다와 미국은 물론 남미 대륙을 종단한 다음 대양주를 아우르고 서유럽으로 휘감고 올라 중앙아시아 알마타를 경유하여 본래의 한반도에 닿고 있는 것이다. 한반도를 축으로 한 국외의 한글 문단은 현지의 이중 문화 속에서 전 세계 육대주 거의를 동서남북으로 연결지으며 확산된 한민족 문학의 지형도를 그려놓고 있는 셈이다.

이런 현상은 오랜 세기 동안 전 세계에 걸쳐서 하루해가 지지 않을 만큼의 넓은 지역을 식민지화했던 대영제국(大英帝國)의 위세를 떠올리게 한다. 사실 영국 본토는 한반도와 비슷한 크기지만 그들 앵글로색슨족 중심의 언어 문화는 오대양 육대주에 커다란 영향력을 지니고 있다. 유엔에서 추산 합계한 자료에 의하면 2007년 현재 한반도의 인구 총수는 남북한을 합해 7,200만여 명으로 세계 220여 개 국가별 인구수에서 전 세계 인구의 1.08퍼센트에 해당하는 18위에 오른다.[17] 이에 비해서 영국은 남북한 인구보다도 적어서 이란, 태국, 프랑스에 이은 전체 22위로 나타난다.

---

17 2007년 유엔에서 추산한 세계 인구의 추정치와 대한민국 통계청이 발표한 인구 현황을 참고하면 각각 남한 4,800만여 명으로 26위, 북한 약 2,400만 명으로 47위임. 따라서 한반도의 합산 인구는 10억이 넘는 중국, 인도, 3억 여의 미국, 2억 안팎의 인도네시아, 브라질, 1억 5천 남짓한 파키스탄, 방글라데시, 나이지리아, 러시아. 일본, 멕시코 등의 순서 후에 17위 터키에 이은 18위로서 세계 전체 인구의 1.08%를 차지함.

3. 한인 디아스포라의 몇 가지 양상

이미 한반도를 떠나서 세계 여러 지역에 나가 사는 한인 작가들의 작품에 반영된 삶의 모습은 여러모로 다양하게 나타나고 있다. 우리는 정든 모국을 떠나서 낯선 나라 땅을 떠돌거나 뿌리내리기 위해 노력해온 그들의 상황별로 그 양상을 나누어봄직하다. 작중인물의 지향 의식이나 삶의 터전을 중심으로 하여 떠나서 뿌리내리기 내지 머문 자리 옮기기 및 되돌아옴의 구조로 주요 작품들을 살펴보면 다음과 같다.

1) 유민의 강제 이주와 선택 이민

한반도에서 나라 밖으로 떠난 모습은 세계 여러 곳의 한인 작품들에서 발견된다. 그 가운데서 특히 고려인 소설의 경우는 유민[18] 및 강제 이주로서 별난 성향을 드러낸다. 여느 지역의 자유 선택 이민과는 달리 이런 강제 이주 정황도 구소련이 붕괴되어 개혁, 개방되던 무렵에 발표된 작품에서야 모처럼 드러난 것이다. 그것은 역시 엄혹한 검열에서 벗어나서 어느 정도 표현의 자유가 허용된 상황에서 이루어진 현상임은 물론이다.

이전의 소련 시대 상황을 참고하면, 그 강제 이주의 여건을 알아차릴 수 있다.

> 1937~1938년 강제 이주 초기부터 1945년도까지의 소위 말하는 흐루시초프의 온화정책 시기까지는 고려인 이주민들은 소련공민증을

---

18 이광규, 『재외동포』, 서울대학교 출판부, 2000, 13~26쪽. 그는 구한말 무렵 구소련 연해주나 중국 간도로 흘러들어간 한인들을 농업유민, 망명유민으로 파악하여 윤영천의 명칭과 유사하게 활용하고 있음.

갖고 있는 다른 소련국민과는 달리 많은 권리가 제한되어 있었다. 예를 들어 정권당국의 허락이 없이는 거주지에서 나갈 수가 없고 거주지를 마음대로 바꿀 수도 없었으며 정기군 복무도 할 수 없었고 선거권, 피선거권도 물론 없었다. 이런 무권리한 민족이었으니 문학창작에서도 검열이 심하여 문인들이 자기가 하고 싶은 말, 심정을 담은 글을 자유롭게 쓸 수 없었다. 어떤 글에서건 조금이라도 조상나라 한반도나 강제 이주 전의 원동 땅을 그리워하는 향수의 색채가 있는 글은 반소 사상으로 평가되어 징벌을 면할 수가 없었다.[19]

먼저 고려인 작가들의 소설에 반영된 중앙아시아로의 강제 이주 사실은 실체험자인 김기철이나 사할린에서 뒤늦게 중앙아시아 현지에 합류해 사는 이성희 삭품에서 만나볼 수 있다.

카자흐스탄에 거주하던 김기철은 중편『이주초해 : 두만강~씨르다리야강』[20]에서 스스로 겪은 고려인들의 쓰라린 이주 체험과 초기의 중앙아시아 정착 과정을 작품화하고 있다. 이 중편은 1937년 가을에 갑자기 무법천지식으로 강제 이주된 사실을 고발하고 있다. 1부의 아홉 개 장에서는 이주 과정의 긴박한 상황을, 2부의 아홉 개 장에서는 다소 정착된 이듬해 봄의 농사와 풍년이 안정감을 준다. 움막에서 한겨울을 지내고 처녀지를 개발하여 벼농사를 짓고 새 학교도 세우는 이주 초기의 삶을 그려 보이고 있다. 주인공인 꼴호스 회장 김두만 가족을 중심으로 모스크바대학 출신의 여의사 김나쟈 모녀와 이주민의 새 마을인 '붉은 노을' 꼴호스

19 양원식,「중앙아시아, 카자흐스탄 고려인 문학이 걸어온 길」,『고려문화』창간호, 2006, 25쪽. 한국전쟁 후에 모스크바에서 유학한 그는 알마타에서 작품 활동을 하다 2006년에 작고.
20 김기철,「이주초해 : 두만강~씨르다리야강」,『레닌기치』, 1990. 4. 11~6. 6 연재. 1907년 함남 태생인 그는 연해주에서 중앙아시아로 이주된 작가로서 기자 등으로 일하다 1991년에 알마티에서 작고.

의 풍경이 역연하다.

당시 고려인에 대한 소련 당국에 의한 강제 이주의 참상은 서두 부분에서 분명하게 다루어지고 있다. 평화롭던 가을에 김장을 담는 마을 전경과 뜻밖의 소식을 듣는 정황이 여실하다. 더구나 당국에서는 일제 군대와 싸우다 피를 흘린 고려인들의 유지들을 오히려 '일본 개'라거나 '인민의 원쑤'라는 '죄 없는 죄수'를 만들어 희생시킨 서슬에서이다.

두만이가 밭에서 돌아와 보니 어머니 얼굴이 돌변했다. 얼굴빛이 간도토벌이 나서 왜놈들이 우리 동포들을 학살한다는 소식을 들었을 때와 같은 그런 얼굴빛이었다. 가슴이 덜컥하며 물었다.
−어머니, 무슨 일이 생겼습니까?
−조선 사람들을 싣는단다.
두만이는 제 귀를 믿지 못하였다.
−뭐랍니까?
−조선 사람들을 싣는다고 하지 않니?
−그런 중대한 일을 아무 의논도 없이… 강제야, 강제!
−말을 조심해라. 얼핏하면 불벼락이 내리는 세상이다.[21]

엉겁결에 가축 등을 싣는 이주 열차에 태워진 채 대륙 간 횡단열차로 수송되는 실상이 드러난다. 그리고 중간 역에서 정거한 사이 미처 옷매무새도 추스르지 못한 채 쫓기다 만나는 조선 처녀 의사 김나쟈의 모습과 여행 중 붙잡혀 서로 찾는 그녀 모녀의 만남도 극적이다. 그런 가운데 이

---

21 『레닌기치』, 1990. 4. 11. 제1부 '청천벽력'에서. 이어서 이주전권위원이란 자는 사무실로 찾아간 두만에게 명령조로 말하는 것이다. "정부의 결정, 모쓰크와 명령이오. 원동조선인들을 다 이주시킨다오. 이 동리는 모레 떠나게 되니 짐들을 꾸리오. …(후략)…"

웃 동족 꼴호스와의 볍씨 협조와 카자흐 원주민과의 도움 상황 역시 실감 있다. 의협심 많은 씨름꾼(리호룡), 무조건 강행하는 당 조직원 강승권의 횡포, 꼴호스의 배신자 김창수 등의 인상이 민족 수난과 개척의 이민사로 어우러진다. 이주가 행해진 그 어려운 경황 속에서도 설날에는 어른들께 세배를 드리고 덕담을 나누며 떡국을 먹는 민속 또한 인상 깊다.

또한 카자흐스탄 알마타에 거주하는 이정희의 단편인 「그날」에서도 고려인들의 악몽 같은 강제 이주 참상을 다루어놓고 있다. 이정희 작가는 실제 이주 체험 당사자인 김기철과는 달리 사할린 태생의 고려인으로서 청년기에 카자흐스탄으로 이사 와서 고려인 사회에 합류한 것이다. 그는 현지의 한글 신문인 『레닌기치』 기자로서 일했던 경험을 살려 소설화하고 있음을 본다. 작중의 화자인 김진호(나)를 통해서 50년 전의 젊은 시절 연해주에서 고려 말(한국어) 신문사의 기자로서 행한 바를 추억담으로 이끌고 있다. 중앙아시아 이주 이후 현지의 취재에서 돌아오자 새로 들어온 20대 새내기 여기자의 싱그러운 젊음을 통해서 회상하는 내용이다. 당시 황폐한 조선 동포들의 어촌을 취재 나가 있던 도중에 달밤의 바다에 알몸으로 고기잡이하던 어민의 딸(향순)과의 약속마저 못 지킨 이야기이다. 난데없는 강제 이주로 '꺾여버린 첫사랑의 추억'을 잃어버린 애틋한 심정을 담은 것이다.

때는 1937년. 소련정부가 일제를 견제하여 고려인들을 연해주에서 강제 이주시켰다. 학교는 학교대로 시골마을은 마을대로 산지사방으로 흩어졌다. 가족이 흩어지고 일가친척이 어디로 실려 갔는지 몰랐지만 서로를 찾을 여력 또한 없었다. 어렵게 마련한 보금자리를 다시 잃고 생존수단을 몰수당하고 사랑을 빼앗긴 고려인들은 역사의 뒤 안쪽에서 살아남기 위하여 안간힘을 쓰면서 바쁘고 숨차게 달려서 60년을 왔다. 나뿐만 아니라 우리 모두 이주의 아픔을 파헤치지 못하고 입

을 봉한 채 순간순간의 기쁨을 모으고 거기서 낙을 찾으며 오늘까지
왔다.[22]

그런가 하면, 다음 같은 단편소설의 경우는 한국 정부 수립 이후에 이
민자가 선택해서 자유 진영 국가로 이민 가는 보기이다. 이렇게 자율적으
로 선택해서 이민 나가는 경우는 고려인들이 일률적으로 타의에 의해 이
주하는 경우와는 여러모로 상이하여 다양한 면을 발견하게 된다.

독일에 거주하는 진경자의 단편 「자전거포 집 딸들」에서는 가난 때문
에 돈을 벌기 위해서 1970년대에 서독 간호원으로 떠나는 풍속을 경쾌하
고 리얼하게 재현하고 있다. 내용은 10여 년 남의 집 단칸방에 세들어 살
면서도 다섯 아이들을 키우는 영자네 자전거포 집 딸 자매의 미담이다.
맏이로서 공장에 다니는 영자의 도움으로 간호전문대를 나와서 서독에
간호원(간호사)으로 나간 영숙이가 결혼 후에도 마냥 고생하는 영자 언니
까지 간호보조원으로 서독에 불러내서 부모님께 송금하는 것이다.

> 생각 끝에 영숙이는 막 자리 잡은 대학병원 간호사 자리를 내놓고
> 사귄 지 얼마 안 되는 남자 친구의 만류를 뿌리치고 독하게 마음먹고
> 서독행을 결정하게 되었다. 홀시어머니 눈치를 받으며 못사는 친정집
> 을 돕는 영자언니의 힘을 덜어주기 위해서 파독 간호사의 길을 택한
> 영숙이는 서독으로 떠나기 앞서 고향 강경에 내려와 아버지에게 작별
> 인사를 하였다.[23]

---

22 이정희, 「그날」, 『고려문화』 창간호, 2006, 228쪽. 1946년 사할린에서 태어난
   그는 할머니와 부모로부터 한글을 익히고 중앙아시아로 이주하여 카자흐스탄
   사범대 노문학부를 졸업했음. 1966~1989년 『레닌기치』 기자와 문화예술부장
   을 역임한 이후 알마타에서 작품 활동을 하고 있음.
23 진경자, 「자전거포 집 딸들」, 『재독한국문학』 제3호, 2009, 277쪽. 재독한국문
   인회회장인 진경자는 각각 간호문학상(2004)과 재외동포문학상 논픽션 대상

캐나다에 거주하는 성우제의 「내 이름은 양봉자」는 캐나다에 이민 온 세 부류의 자화상을 보여준다. 하나는, 부부가 상의 없이 자녀교육을 위한다는 구실로 임의대로 결정한 남편을 따라서 10년 전에 이민 온 양봉자의 케이스다.

> 어느 날 남편은 불쑥 말을 꺼냈다.
> "석 달 후에 캐나다로 이민 간다."
> 단 한마디 상의도 없었다. 일방적인 통보였다.
> "말도 없이 어째……"
> 말끝을 흐리는 김 언니에게 '애들 교육 때문이야. 니가 애들 교육에 대해서 뭘 알아? 그러니 더 이상 아무 소리도 하지 마' 라는 대답이 돌아왔다.[24]

다른 하나는 여고 졸업반 때, 서울 방문 온 캐나다 교포 청년한테 반해서 한 달 만에 결혼해서 캐나다에 건너오자 시댁으로부터 무능한 남편 보고 달아날세라 여권부터 압수당한 채 속아서 고생하다가 큰 샌드위치점 사장으로 성공한 니키(김순영)이다. 나머지 하나는, 왕년의 여성지 기자로서 캐나다에 스스로 이민 와서 점원 생활 8개월 만에 가게를 차린 미스터 권이다.

> "미스터 권, 아니 권 사장님, 우리 다정식당에서 한번 뭉치는데 올 수 있죠?"
> 마다할 까닭이 없었다. 선택한 이민이었으나 낯선 만큼 힘든 땅이

(2005)을 수상한 바 있음.
24 성우제, 「내 이름은 양봉자」, 『재외동포 문학의 창—제7회 재외동포문학상 수상집』, 재외동포재단, 2005, 42쪽. 이러한 문학상 수상 경력은 수준과 활용 면에서 그대로 한인들의 한글 문단 등단 역할도 겸하고 있음.

었다. 바로 그 땅에서 빅월드의 동료들은 마음을 터놓고 만났던 첫 번째 친구들이었다. 함께 술 마시고 노래하고, 마음껏 수다까지 떨다보면 맨땅에 헤닝하는 아픔이 많이 가셨다.[25]

미국에 사는 전영세의 「황 노인 이야기」에서는 특별히 월남한 남북 이산가족인 황민구 노인이 또다시 미국으로 이민 와 살면서 한반도를 그리워하다가 미국에 묻히는 내용을 다루고 있다. 황민구는 광복 이후 남한에 와 있던 부인을 만나려, 허이순은 남한에 와 있던 남편을 찾으려 38선을 넘다가 만나 부부가 된 사이다. 그들이 손잡고 왔던 각각의 아들도 한 호적에 올려서 형제로 삼아온 것이다.

　　큰아들은 그 몇 년 전부터 황 노인의 미국 영주를 위해 수속을 밟아 놓고 있지만 황 노인으로서는 훌쩍 떠날 수 없었던 것이 그래도 한국에 남아있는 편이 통일까지야 기대할 수 없다 하더라도 살아생전에 고향땅을 한번 밟아볼 수 있는 기회가 오지 않을까 하는 실낱같은 기대 때문이었다. 기실 그러한 징후가 과거 여러 번 나타났던 것도 사실이었다.[26]

따라서 이 단편은 남북한 실향민의 두 이산가족이 다시 미국으로까지 이민한 이중적 디아스포라의 전형을 보이고 있는 작품이다.

---

25 「내 이름은 양봉자」, 44~45쪽. 고려대 문과 출신인 성우제는 캐나다에 살며 이 작품으로 소설 부문 대상을 수상했음.

26 전영세, 「황 노인 이야기」, 미주문학단체연합회 편, 『한인문학대사전』, 월간문학 출판부, 2003, 823~824쪽. 1942년 평북 정주 태생인 전영세는 서울 공대 졸업, 1971년에 도미해 LA 근교에 살고 있음. 1990년 월간문학 신인상 소설에 당선된 작가로서 「황 노인 이야기」는 2002년 제4회 재외동포문학상 우수상 입상 작임.

그런가 하면, 미국에 사는 전상미의 「병구네 식구들」에서는 색다르게 영주권을 노린 나머지 속여서 결혼하는 이민 군상을 보여주고 있다. 중졸이며 체격이 약하되 30세 노총각으로서 세탁소에 일 다니는 마음씨 착한 병구의 결혼 문제를 두고 사건이 빚어지는 내용이다. 병구 모친이 손수 며느리 감을 서울 가서 구해왔는데, 잘못 구해온 며느리부터가 문제인 것이다. 병구와 동갑내기로서 대학 중퇴 학력을 지닌 그녀는 달랑 여행가방 한 개만 들고 찾아와서 직장에 나다니느라 피곤하다며 병구와 잠자리도 거부하는 것이다. 체격과 학벌에 주눅 든 신랑은 시어머니에게 버릇없이 대하는 신부에게 잡혀 사는 처지이다.

그런데 문제는 짙은 화장을 하고 공장에 나가 번 월급은 죄다 친정으로 보내고 제 방에서 음식을 시켜 먹곤 하던 며느리가 병구에게 위자료로 만 불을 청구하며 이혼을 요구한 일만이 아니다. 바로 그 며느리는, 고국에 처자식 두고 혼자 미국 와서 영주권 없이 병구네 집서 조그만 가게를 세내서 살며 늘 멋 부리고 잦게 외출하는 김씨와 함께 내통해서 공모했음이 드러나는 것이다. 소설의 마무리 부분에서 그 전말을 엿볼 수 있다.

> 어머니는 청소하러 가고 아버지는 정 영감 댁에 간 사이 병두의 처는 커다란 가방 세 개에 옷들을 챙겨 넣고 큼직한 핸드백에 귀중한 영주권과 현찰 만 불을 넣은 것을 소중하게 껴안고 새장 같다던 시댁을 아무 거리낌 없이 영원히 나가 버렸다.
> 그리고 그 다음날 김 씨도 가방을 싸들고 말없이 방을 깨끗이 비우고 어디론지 가버렸다. 병두는 안 맞는 옷과 불편한 구두를 벗어버린 것 같은 후련하고도 고통스런 심정으로 빨래를 기계 속에 집어넣고 있었다.[27]

---

27 전상미, 「병구네 식구들」, 미주문학단체연합회 편, 『한인문학대사전』, 월간문

2) 현지의 재이민 현상

재이민이란 앞에서 보았던 자유 이민이나 강제 이주와는 달리 처음 이민 가서 살던 나라에서 벗어나서 다른 나라로 다시 떠나는 이민 형태를 가리킨다. 이광규에 의하면 "한국을 떠나 다른 나라에 체류하였다가 다시 3국으로 이주하는" '삼각이민'[28]인 것이다. 대체로 재이민은 이민 생활의 여건이 상대적으로 좋은 곳보다는 비교적 열악한 지역에서 일어나게 마련이다. 이를 테면, 남미 지역 국가인 파라과이나 브라질, 또는 아르헨티나 등지에 이민 가서 적응하기 어렵거나 돈을 벌면 시장 환경 등이 더 나은 남미 이웃 나라나 북미의 미국, 캐나다는 물론 호주로 다시 옮겨가는 이민 형태를 이룸을 일컫는다. 그러므로 대부분의 재이민은 사실 남미 지역에서 이루어지고 있는 편이다.

미국에 사는 신정순의 단편「폭우」에서는 멕시코에 살다가 국경을 넘어 미국에 불법 체류하는 한인 여성들 경우와 한국계 혼혈의 불우한 삶의 경우를 들고 있다. 작품의 주 인물이며 화자인 '나'는 미국에서 불법체류자로 살다가 과로사한 한인 과부의 딸이다. 14세 때에 고아 처지가 된 채 지금은 종업원으로 지내지만 만성 빈혈에 시달리는 여성이다. 그런데 그녀는 미묘한 관계의 두 남성과 가족관계를 이루고 있는 것이다.

> 싼체스는 나의 두 번째 남자였다. 첫 번째 남자는 당시 시카고 대학에서 경영학을 전공하던 유학생이었다. 그를 만난 곳은 내가 웨이츄레스로 일하고 있던 한국 식당, 〈고향집〉이었다. 자기 이름이 장우

학 출판부, 823쪽. 1940년 충남 아산 출신인 전상미는 1976년에 도미했고 이 작품은 1988년 『미주한국일보』 신춘문예 입상작임.

28 이광규, 앞의 책, 79쪽.

현이라고 소개한 그가 내 마음을 사로잡는 데 채 두 달도 걸리지 않았다. 과부였던 엄마는 미국에서 내내 불법체류자로 살다가 과로로 병을 얻어 돌아가시고 열네 살에 고아가 되어 버린 나는 외로움에 지칠 대로 지쳐 있었다. [29]

처음 동거했던 장우현은 그녀 도움으로 박사학위를 받게 되자 그녀에게 몽유병이 있다며 한국으로 귀국 후에 소식이 없는데 그녀는 이미 그의 아이를 잉태하고 있었다. 외로운 그녀가 만삭으로 이사하는 도중에 한국말을 잘하는 쌘체스를 만나 부부처럼 살게 된다. 그를 새 아파트에 초대했을 때 마침 출산을 하게 되어 병원에 데려다준 쌘체스가 보호자로 보증을 서고 그의 세례명인 마크 그대로 이름 지은 아들이 중학에 입학할 무렵 정식 신고 절차를 거쳐서 입적된 것이다.

사실은 그는 한국인의 피를 받은 혼혈아로서 고층빌딩 유리닦이 같은 일을 하며 생활하는 인물이다. 일찍이 멕시코에서 어머니와 함께 국경을 넘을 당시 희생된 한국 여성의 아들로서 밀입국해온 쌘체스에게 그녀와 한국은 인생의 중심이었던 것이다.

> 멕시코 복장을 한 한국여인이었다. 가난 때문에 멕시코 농장까지 흘러 들어와 멕시코 남자와 결혼을 하여 쌘체스를 낳았던 여인. 국경을 넘다 아들의 몸을 덮고 아들 대신 죽어갔던 여인. 쌘체스가 자기 인생의 중심이었던 여인⋯⋯. [30]

그러나 그마저 폭우가 내리는 밤에 고속도로에서 미스터리 같은 차량

---

29 신정순, 「폭우」, 『문학의 창』, 재외동포재단, 2009, 53쪽. 이 작품은 당선자가 미국에 이민 온 지 27년째인 2009년 제11회 재외동포문학상 소설 부문 대상 수상작임.
30 위의 책, 64~65쪽.

의 추돌에 의한 교통사고로 숨을 거두고 만다는 이야기이다.

아르헨티나에 사는 노충근의 단편 「바람의 자리」에서는 남미 일대에서 생활하는 한인들의 리얼한 이민 풍경을 그려 보이고 있다. 그 가운데 의류 도매상 2년 만에 실패한 다음 봉재업으로 성실하게 노력하여 재기한 '나'(홍조웅)는 자신들 대조적일 만큼 평소 방만한 삶으로 여러 교민들에 폐를 입힌 동창(박주영) 부부의 파멸을 엿본다. 그리고 재이민으로 그곳에 찾아든 그 혐오스러운 동창과 달리 거래처를 넓히며 볼리비아 일꾼들도 늘리고 공장까지 키워가는 화자(나)의 관찰은 참고되고 남는다. 이방인처럼 허둥대던 남미 한인들은 곧잘 '삼민'으로 지칭하는 미국으로의 재이민을 꾀하고 있다는 것이다.

> 뿌리 없이 부유하는 이방인답게 적당히 허둥대야만 되었고……
> 미국으로의 재이민, 이곳의 사람들은 그것을 삼민이라고 불렀다. 오랜 경제 불황의 늪에서 사람들은 재이민으로 탈출을 시도하고 있었다. 떳떳이 여권에 도장 박아 하늘을 가듯 떠나는 사람, 죽음의 사선이라도 넘듯 멕시코를 경유한 일명 담치기로 많은 사람들을 희망의 나라로 떠나갔다.
> 남아 사는 사람들의 가슴으로 산산 하게 몰아치던 바람을 모른 척한 채 누군가 쓸쓸히 뱉어내던 말이 떠올랐다.
> "역마살이 끼지 않고서야 이곳까지는 왔겠어. 이놈, 저놈, 잡놈들이 몰려와서 사는 것이 이민이야. 어느 놈이던 이민 올 때 합격 판정 받고 온 놈 있으면 나와 보라고 해."
> 바람처럼 스쳐갔던 예전의 이야기가 이민을 살아갈수록 피부에 진득히 곰실거리는 것은 왜일까. 그들이 가꾸어온 이민의 텃밭에서 그들은 한결같은 목소리를 높이고 있었다.[31]

---

31 노충근, 「바람의 자리」, 『로스안데스문학』 통권 2호, 재아문인협회, 1997, 312

아르헨티나에 사는 맹하린의 단편들에는 현지 한인들의 재이민 양상이 특히 많이 드러나 있다. 이런 내용은 대다수를 다룬 이상갑의 선행 연구에서도[32] 언급되고 있음은 물론이다. 그러나 그중에서는 다음 작품들이 재이민에 해당된다고 여겨진다. 그것도 재이민 모티프를 작품의 전체적으로보다는 지엽적으로 다룬 셈이다.

이민 20년 동안 힘들여 마련한 새집을 난데없이 먼저 세낸 집이라고 차지한 현지 사기단과 소송 중인 문제를 다룬 「환우기(換羽期)」가 그 하나이다. 힘들게 살아온 현지를 떠나 모국으로 돌아가자는 '나'와 아내(충현 엄마)와는 달리 아들 내외는 이미 1년 전에 미국으로 재이민을 떠난 상태이다

> 이럴 때 아들애가 있으면 좀 좋을까. 미국으로 재이민을 떠난 지 벌써 1년. 더 좀 잘 살아보겠다고 제 가솔을 이끌고 간단하게 짐을 꾸려 훌쩍 떠나갔지만 그곳에서의 생활도 썩 크게 나아지지는 않은 눈치다.
> UBA(부에노스아이레스 국립대학)의 경영학과를 졸업하고, 월급생활은 적성에도 안 맞고 도무지 욕심에 차지 않는다면서 닥치는 대로 새로운 일을 시도해 보던 아들.
> 구두 수선소, 세탁소, 채소가게, 이것저것 손대보다가 소매 옷가게를 차려 그런대로 괜찮아지는가 싶더니 어느 날 난데없이 떠나겠다고 나섰었다. 부모도 모르게, 비밀리에 수속해 놓은 미국비자가 떨어지고 나서의 일이었다. [33]

쪽. 1950년생으로 경희대 국문과에서 수학한 노충근은 1989년에 이민한 뒤 제1회 재아문인협회 공모전 소설 부문 대상을 수상했음.

32 송명희 외, 앞의 책, 307~326쪽.

33 맹하린, 「환우기(換羽期)」, 『로스안데스문학』 통권 4호, 재아문인협회, 1999. 235~236쪽. 이 단편은 『한국소설』 1998년 봄호에도 게재된 바 있음.

그리고 맹하린은 태풍이라는 의미를 지닌 스페인어로 제목을 단 「우라 깐」의 한 대목에서도 재이민을 목격하거나 의식함을 드러낸다. 하지만 여기서는 평소 믿어왔던 남편인 세준이 과거의 혼외정사 경험을 지니고 오늘에 이르고 있음을 알고 충격받은 아내(미래)의 처지를 다룬다. 하지만 여기서는 미래가 자녀를 데리고 서울로 향하던 중 부에노스아이레스 공항에서 자신의 심경을 드러내고 있는 정도이다.

미국이나 캐나다로 재이민을 떠나는 지인들을 배웅하러 공항에 닿을 때마다 미래는 자신도 떠나고 싶다는 강한 충동에 사로잡혔었다. 그런데 결국 떠나게 되다니……[34]

또한 맹하린은 극장을 뜻하는 「데아뜨로」에서도 이민지 아르헨티나에서 자녀를 따라 호주로 재이민 떠나는 내용을 제시하고 있다. 부에노스아이레스 한인촌에서 화원을 경영하는 대학 후배에게 전해달라며 후배 부인에게 박교종 씨 자신이 손수 지녀오던 장서들을 맡기는 장면을 그리고 있다.

호주에 있는 아들네와 합류하므로 곧 재이민을 떠난다는 얘기를, 마치 암 선고나 받은 사람처럼 어렵사리 끄집어내고 있다. 송효가 독서를 즐기는 것 같아서 들고 왔다면서 책 보따리를 다탁 옆에 기대어 놓는다.
"30년을 정들인 이 나라를 떠나려니 참 착잡하더군요. 자식들이 여러 나라에 흩어져 있어 이국이고 어디고 모두 다녀봤지만, 그저 사람 살기는 이 나라 이상 가는 데가 없어요. 인종 차별도 없고 인심도 후

---

34 맹하린, 『세탁부』, 월간문학 출판부, 2006, 200쪽. 전북 김제 태생인 맹하린은 1977년에 아르헨티나에 이주하여 부에노스아이레스에 살며 재아문인협회 회장을 역임하고 시와 소설을 한국에도 발표하고 있음.

하고……."[35]

　브라질의 한글 소설 작품에서는 아르헨티나의 그것보다는 거주 한인들이 새 삶의 둥지를 찾아 거주지를 자주 옮기는 재이민 성향이 적게 나타난다. 남미라는 지정학적 여건과 정치, 경제적인 환경으로 인한 동질성으로 보인다. 한반도에서 남미 브라질과 아르헨티나로 옮겨가서 살다 불안정한 사회에서 경제적 기반을 잡으면 기회를 보아 더 나은 북미 대륙 등으로 향하여 재이민하는 것이다. 경우에 따라서는 남미주 사회에 적응하지 못하고 향수에 시달리거나 반대로 재정 실패를 겪으면 모국으로 되돌아오는 역이민 현상이다. 이른바 일종의 디아스포라적 유랑 현상을 이루고 있는 것이다.

　박정식의 단편소설 「SADDEST THING」에서는 한국에서 브라질에 이민 온 문 사장이 사업에 연이어 실패하자 결국 아내와 자녀들은 귀국하고 혼자만 상파울루에 남아 지내는 처지를 드러낸다. 이민 4년 만에 패션 상가에서 원단 수입으로 기반을 잡아가던 중 식당에서 권총 든 갱단에게 큰돈을 빼앗긴 데다 기대한 계주가 도망가고 종업원 아줌마저 주문장을 속여 수난을 겪는다. 서울의 부친과 처남에게서 추가로 빌려온 목돈으로 들여온 컨테이너의 물품까지 갱들한테 몽땅 털린 채 가정이 흩어진 상태이다.

　　문 사장은 이래저래 지쳐버렸다. 술 먹는 시간이 많아졌고 아내와
　　다투는 일도 많아졌다. 지금이라도 한국으로 돌아가자는 아내와 한국

35　맹하린, 「데아뜨로-teatro=극장」, 앞의 책, 189쪽. 필자는 2008년 1월 중남미 문화 탐방 기간 중 부에노스아이레스에서 마중 나온 재아문인협회 회원들과 함께 만난 맹하린 작가로부터 현지 문예지를 기증받았음.

으로 가면 이 나이에 뭐하면서 살 거냐고 화를 내 버리는 문 사장, 집에 들어가는 시간이 점점 늦어졌다. 아내는 귀가하는 남편을 사무적으로 대했다. 아이들은 술 냄새 풍기면서 들어오는 아빠를 외면하기 시작했다.

문 사장의 회사는 심각한 자금난에 봉착했다. 일련의 사건들이 문 사장의 회사를 힘들게 했던 것도 있지만 지치고 힘들어 의욕이 떨어진 문 사장의 관리능력이 떨어졌기 때문이기도 했다. 유행원단이 들어오는 시기를 맞추질 못하고 뒷북치는 경우가 많아졌다.

'그만, 한국으로 갈까?'

부쩍 생각이 많아진 문 사장은 고개를 흔들었다. 이대로 빈털터리가 되어서 돌아갈 수는 없다. 한국에서 빌려온 돈만 이십만 불, 한국 원단 오파상에 밀린 대금 삼십만 불, 주저앉으면 빚쟁이가 된다.

3년의 시간이 흘렀다. 죽고 싶어서 도로를 달리던 문 사장의 신상에 많은 변화가 생겼다.

문 사장의 아내는 며칠 동안 몸져누웠다. 가위에 눌린 것인지 밤마다 식은땀을 흘리면서 잠을 잤다. 그리고 아침마다 문 사장에게 최후 통보하듯이 한국으로 돌아가던지 아님 이혼을 하던지 선택을 하라고 쏘아 붙였다. 죽을 작정이었던 문 사장은 한국으로 돌아갈 수 없었다. 딱히 방법은 없었지만 한국으로 돌아가도 뾰족한 수가 없었다. 아내를 설득하기에는 문 사장의 처지가 너무 형편없어서 떠나는 아내를 문 사장은 말리지를 못했다. 결국 아내와 아이들은 한국으로 돌려보내고는 문 사장은 독한 생각을 품었다.[36]

또한 장영철의 단편 「그해 겨울의 노을」(『로스안데스문학』 통권 14호,

---

[36] 『열대문화』 11호, 2013. 박정식의 소설 제목 「SADDEST THING」은 멜라니 싸프카가 부른 노래 이름임.

2013)은 일찍이 서독에 광부로 파견 나가서 노동하다가 다시 아르헨티나로 재이민해 와서 사는 박 노인이 언어 소통부터 현지 사회에 적응하지 못한 채 곤궁해진 처지를 직설적으로 다루고 있다. 바자회를 열어서 얻은 옷가지들을 차에 싣고 양로원으로 달리던 화자(나) 역시 일부러 교차로에서 달려들어 접촉 사고를 낸 현지인에게 옷 보따리를 빼앗기고도 언어의 장벽으로 포기하고 마는 것이다. 그러니 자녀가 없는 데다 부인마저 여읜 후에 현지인과의 의사 전달도 불편해서 외톨이인 박 노인은 방문객에게 가지 말라며 우는 모습을 보인다.

> 그러나 관습과 문화가 다른 이방인은 박탈감, 소외감, 소외감으로 인한 고독감, 체질화된 습관을 벗어나 상반된 문화에 적응해야 되는 문화 충돌, 무엇보다 원만히 소통할 수 없는 언어의 장벽은 고립된 감정을 심화시킬 뿐이라는 생각을 떨쳐버릴 수가 없었다.
> 원장의 말처럼 독박노인이 다른 사람과 어울리려고 하지 않는 것은 표현의 한계 때문일 것이다. 고독은 치매의 병인을 불러들이는 시작이자 최대의 적이다.[37]

그런가 하면, 호주에 살고 있는 김건의 「어둠 속에서」는 특이한 성격을 지니고 있다. 본디 해외 각 나라에 정식으로 이민 나가지는 않았으나 실제로는 현지에서 귀국하지 않고 재이민 형태로 오래도록 체재하고 있는 경우가 그것이다. 서독 광부로 나갔던 사람이나 월남전에 참가했던 사람 및 중동 파견 근로자 일부가 귀국을 미룬 채 호주에 머무르고 있는 부

---

37 「그해 겨울의 노을」, 『로스안데스문학』 통권 14호, 재아문인협회, 2013, 237쪽. 이 단편에서 팔순의 주인공 '독박'은 독일서 아르헨티나로 재차 이민 온 박 노인임. 이 소설의 작가인 장영철은 1972년 『강원일보』와 『문학사상』을 통해 등단한 작가로서 남미 『조선일보』의 현지 편집장 등을 역임했음.

류가 많다는 것이다. 이들 처지는 성격상 사실 재이민과 역이민의 요소를 함께 지닌 재외 한인의 실체라 볼 수 있다. 그들 한인들은 경관 좋은 시드니 근교에서 환국을 꿈꾸며 지내고 있는 처지이다.

이 작품의 주인공 승우 역시 시드니 지역에서 기능직 소방 공무원으로 정년 퇴직한 뒤, 이곳에 자리 잡은 지 다섯 해에 이른 것이다. 이야기는 재난 센터 봉사원으로 가정에서 휴식을 취하고 있던 승우가 낮에 급한 구조 전화를 받고 나선 상황을 전한다. 월남에 파병되어 베트콩의 구지땅굴 전투 체험에 이어 파주 지역의 휴전선 밑에 땅굴 발견 때도 폭약 장치와 제거병으로 투입되었던 승우는 헌신적으로 나선다. 하지만 폭우로 쓸려간 여학생을 배수관에서 구하고는 그 자신은 빠져나오지 못하고 만다.

> 바다와 접한 이 센트럴 코스트(Central Coast) 도로변은 어김없이 마을과 구멍가게와 값싼 술집과 모텔들이 들어서 있었다.
>
> 이들 마을 중에 가장 큰 마을이 고스포드였다.
>
> 주말 저녁이면 고스포드 펍(*선술집)에는 한국인들이 삼삼오오 모여 들었다.
>
> 이들은 월남 전쟁터에서, 혹은 서부독일 지하 탄광에서, 혹은 중동 건설 현장에서 곧바로 귀국 행 비행기를 타지 않고 좀 더 돈(Dollar)을 벌어 금의환향(錦衣還鄕)을 꿈꾸며 이곳 호주로 온 한국인 근로자들이 대부분이었다.
>
> 모두들 한 주간 힘든 노동일을 마치고 이 값싼 선술집에 모여 고국(故國)을 생각하며 두고 온 부모 형제와 처자식들을 그리면서 아리랑을 불렀고 기타를 두드렸었다.
>
> 이런 이야기는 지금 호주 이민사(移民史)의 한 페이지요, 오늘의 도서로 발전한 고스포드 역사(歷史)의 한 장(場)이 되어버렸다.[38]

---

3) 귀향—역이민 경우

위에서 살핀 이민, 역이민 현상을 반영한 여러 작품과 대조적으로 이민지로부터 모국에 돌아와 생활하려는 역이민의 전형은 맹하린의 「세탁부」에서 나타난다. 프랑스의 화가인 툴루즈 로트레크 작품으로서 고된 빨래 일을 마치고 휘어진 등과 창밖을 내다보는 주름진 모습의 세탁부 그림. 가게 벽에 걸어둔 그 그림의 모습처럼 걷잡을 수 없이 쫓기며 살아온 양지는 이제 고된 이민 생활에서 벗어나서 고국의 품속에 안기려 한다. 그녀는 간절한 회향의 뜻을 옆집 가게 친구인 을라에게 결연하게 밝힌 것이다.

> 뉘엿뉘엿 지는 해를 볼 때마다 집이 그립다고 어려서 살던 고향집, 그리고 내 나라에 돌아가고파 사는 게 서름서름 눈물겹고 낯설다고, 그래서 이제는 영구 귀국을 서두르게 된다고, 엊그제 하소연하던 양지가 불현듯 떠올려졌기 때문이다.
> "아이들은 어떻게 할래? 뒤떨어진 공부와 환경의 적응, 그런 문제들이 끊임없이 돌출될 거야."
> "두고 갈 거야."
> "뭐어? 승표는 아직 대학도 들어가기 전인데?"
> "이제야말로 부모 품에서 떨어질 나이가 됐는 걸."
> "너무 과장된 결단처럼 여겨지는구나."
> "아니, 결코 그렇지가 않아. 우린 이미 오래 전부터 유언장까지 작성해 뒀을 걸."[39]

동 현상 입상작.

39 맹하린, 앞의 책, 66쪽. 그는 남미 현지에서 오래도록 생활해온 터라 여느 지역에서 사는 작가보다 상대적으로 이민−재이민−역이민의 경우를 다양하게 다루

이러한 양지 부부의 모국 귀환 의지는 부모의 권유와는 달리 또다시 바뀌는 환경을 버거워하며 한사코 반대하는 자녀 남매를 이민 현지에 놓아둔 채 이루어지고 있어 더 강렬하고 인상적이다.

이어서 맹하린은 「환우기」에서도 가장인 '나'를 통해서 모국으로의 귀환을 모색하는 역이민 양상을 보여준다. 새로 마련한 집을 무단 점거한 현지인들과의 다툼에 지친 상태에서 가장은 아내에게 설득한다. 아르헨티나에 이민 와서는 20여 년 내내 어려운 일에 휘말리거나 굵직굵직한 사건과 겹쳐 살아온 것 같다는 것이다. 부에노스아이레스 시내 변두리의 황량했던 '백구(109)촌'을 번창한 한인 타운으로 만들기까지 어느 정도 성공한 셈이니 진지하게 생각해보자는 뜻이다. 그래서 이제는 자국이나 타국이 다 같이 장단점이 많을진대 같은 값이면 정들었던 내 나라에 가서 여생을 보내려는 심사이다.

> "돌아갑시다. 우리."
> 단호하고 결연한 음성으로 그에게 말하는 나를 아내는 뜬금없다는 표정으로 멍하니 올려다본다.
> "날 보슈! 자다가 봉창 뜯으슈? 돌아가다니요. 저 세상으로요?"
> 아내는 아무런 기미도 못 알아챘는지 궁금증부터 앞서는 얼굴로 묻고 있다.
> "충현 엄마, 저 세상보다 먼저 돌아가야 할 곳이 있어요. 우리나라로 말이요."[40]

그런가 하면, 미국에서 오래도록 이민 생활을 해왔을뿐더러 손수 역이

고 있음.
40 『로스안데스문학』 통권4호, 255쪽.

민도 경험했던 송상옥[41]의 「어떤 종말」은 좋은 참고가 된다. 작가의 자전적인 체험과 상상력에 의해 쓰여진 작품에는 중첩된 의미의 리얼리티가 담겨 있는 것이다. 여기에서 한집의 사랑받던 외동딸로서 부모와 멀리 떨어져 있기를 싫어하는데도 억지로 미국에 살며 적응에 실패한 인물이 그려진다.

> 남편이란 사람은 밤낮으로 설계도면에만 매달렸다. 영애가 종일 그토록 기다리는 그는 집에 돌아 와서도 일이었다. 밤이 깊어가는 줄도 모르고, 날이 밝아 오는 줄도 모르고 설계도면을 놓고 유령처럼 움직였다.
> "남보다 세배쯤 일을 하면, 세 배쯤 많은 댓가를 받을 수 있어. 쉬지 않고 일할 수 있는 몸을 가졌다는 게 다행이야. 건강이 허락하는 한 쉬지 않고 일만 하겠어. 돈을 벌어야 하니까……"[42]

결국 그곳에서 일중독에 빠진 비정한 남편 밑에서 영애는 심신의 건강을 잃고는 끝내 종말을 맞아 남편에 의해 한줌의 재로 모국에 도착하게 된 것이다. 이 경우, 부부인데도 남편은 이민의 현지 사회에 진입한 데 비해 영애는 의지나 정서상으로 역이민에 해당된다.

그리고 여기에서 유의할 바는 물리적인 해외 거주 내지 현지에 묻힘과 심정적인 갈구로서의 귀향이 서로 복합된 경우이다. 마음은 정들었던 모국에 돌아가고 싶지만 실제 몸은 아무래도 자녀들과 친구가 있는 외국 현지에 있는 처지로서 상충된 현상이다. 그리고 한 가족 성원 중에서도 두

---

41 이 작가는 1959년에 소설로 등단한 이래 한국에서 활동하던 중 1981년에 도미해서 생활하다 1993에 14년 만에 역이민하여 서울로 귀국했고 이듬해에 재차 도미하여 LA서 문학 활동을 하다가 2010년에 작고했음.

42 송상옥, 「어떤 종말」, 『울림 ECHO』 창간호, 미국 LA, 1987, 42쪽. 이 작품은 1973년 3월호 『현대문학』에 게재되었던 것을 작가가 미주에 나가 살던 그 스스로 일부 개작하여 발표한 것임.

가지 성향으로 대조를 보이기도 한다. 이런 케이스들은 견해에 따라서 재이민과 역이민으로 상이하게 구분되어 논란을 빚을 수도 있다. 이를테면, 위의 송상옥의 단편 외에도 이종학의「외로운 사람들」, 노충근의「귀환」 등이 그것에 해당된다.

캐나다에서 많이 생활해온 이종학의「외로운 사람들」은 해외에 나가살다 노년에 이른 한인들의 고독과 망향의 아쉬움 겨운 방황을 리얼하게 그려내고 있다. 아들 초청으로 캐나다에 이민 가서 살던 서 노인 부부는 추석 열흘 전에 사후에 묻힐 자리를 살필 겸 한국에 갔었다. 1975년도에 고국에 가보고서 고향인 옥천에는 두 번째 방문길이다. 하지만 서너 달 체류하려던 예정을 바꿔 20일만 머물고 다시 캐나다로 떠나고 만다. 친인척들이 고3 아이들 입시 핑계로 홀대한 데다 장조카는 오히려 집안 선산에 큰돈을 부담하라며 추궁하는 자세였던 것이다.

> "우리 내외는 선산에 묻히지 않기로 작심하고 왔어."
> "자리가 마땅치 않았던 모양이구먼. 그것 때문에 일부러 태평양을 건너간 사람이 허행을 했단 말인가?"……
> 이민 와 처음 만나서 이십 여 년, 이제는 노년기를 맞고 있는 최 노인과 서 노인은 각기 당하는 일들을 자기 일처럼 보살피고 염려하며 살아왔다. 타국에서 문화가 생소하고 언어가 다르다보니 기쁘고 즐거운 일보다는 언짢고 애달프고 괴로운 일들이 더 많았다. 하오인생(下午人生)에 접어들면서 하루가 다르게 심신이 쇠락해 지는 데다 외로움까지 겹쳐서 부질없는 향수에 자주 머리를 떨구곤 했다.[43]

결국 낯선 땅 현지 일터에서 만나 오래도록 이웃해 살며 의지하던 최

---

43 미주문학단체연합회 편, 앞의 책, 797, 805쪽. 충남 공주 출신인 이종학은『신세계』신인상으로 등단 이후 소설집『눈먼 말』등과 장편『代孫』등을 발표했음.

명식 노인과 옆자리 묘지에 묻히기로 약속한 후 뇌졸중으로 먼저 숨진 최 노인의 장례에 임하는 것이다.

끝으로 아르헨티나에 사는 노충근의 「귀환」에서는 일찍이 한국 전란 때 고아 처지가 된 다음 뒤늦게 결혼한 부부의 가족 이야기와 처지가 주목된다. 24년 전에 충청도 뱀골에서 가난을 면키 위해 '아르헨티나 농업 이민 모집' 광고를 보고 떠났던 황인수 가족 이야기이다. 학교 때부터 차별을 이겨내지 못하고 포악했던 아들은 먼저 멕시코를 거쳐 미국을 향해 재이민을 떠났다.

> ……벌써 다섯 해가 지났나보다. 녀석은 떠나갔다. 제어미의 가슴에 못질을 해대고 미국이라는 더 넓고 풍족한 나라에서 잘 살아보겠다고. 녀석은 항상 불만으로 가득 차 있었다. 허구헌날 나가서 싸움질에, 갖은 행패를(로) 제 어미의 속을 무던히도 썩혔다. 녀석이 그렇게 된 데에는 녀석의 탓만은 아니었다. …… 울화와 속이 뒤집혀 지던 어느 날 녀석은 온 집안을 발칵 뒤엎더니 느닷없이 멕시코행 비행기에 올랐다.[44]

그리고 1년 후, 아내가 데리고 부리는 볼리비아 일꾼들과 더불어 과로하다 미싱에 앉은 채 쓰러져 입원했다. 병실에서도 아내는 "저기 수철 아부지… 우리 수철이좀… 고향에 가게 돼유. 여기선 죽을 순 읍슈, 고향에."[45] 하며 숨을 거두고 말았다.

> 죽기까지도 그리워했던 고향, 고향에 가서 뼈를 묻을 거라고 늘 상 입버릇처럼 외우던 아내의 처량한 모습이 떠올라 황 인수를 괴롭혔다. 이민이랍시고 낯설고 물선 지구 반대쪽의 가장 먼 나라, 가난

---

44 노충근, 「귀환」, 『로스안데스문학』 창간호, 재아문인협회, 1996, 306쪽.
45 위의 책, 318쪽.

이 싫어 무작정 도착한 부에노스아이레스 항구, 끝없는 고생의 연속, 아내는 잘도 참아 주었다. 타고난 운명이 고생 줄을 쥐고 태어난 것이라도 되는 양 군입한번 뗄 사이 없이 밤을 낮 삼아 일속에 묻혀 살았다. 제품일 삯일부터 아내는 돈이 될 만한 것이면 안 해 본 일이 없었다.…… 판자살이로 옮겨오면서도 아내는 부자라도 된 듯이 기쁨의 눈물까지 흘렸다. 그렇게 죽기까지 일속에 묻혀 살았던 간절한 아내의 소망, 자식들 다 출가시켜 여의고 나면 우리 두 늙은이 고향땅에 가서 여생을 보내자는 소박했던 꿈.[46]

그 후 성묘 겸 노후에 묻힐 자리를 보기 위하여 24년 만에 고국을 찾아간 황 노인은 쓸쓸하게 다시 아르헨티나 비행기에 오르는 길이다. 하지만 찾아간 고향 마을은 몰라보게 온통 도시 개발된 대처로 변해 있어 아연할 지경이다. 더구나 어머니 산소 자리는 형체도 몰라보게 제지공장 건물이 들어서 있던 것이다. 드디어 황인수 노인은 본국 귀향의 꿈과는 달리 이민 1.5세대로서 이제는 현지 옷가게로 자리 잡은 딸(디아나 어미) 부부 집으로 되돌아오고 만다.

이상으로 재외 한인 동포들의 한글 소설에 나타난 이민-재이민-역이민 양상을 살펴보았다. 따라서 여러 작품에 드러난 바들을 참고하여 우리는 몇 가지 점에 유의해야 한다고 생각한다. 그것은 맹하린의 단편 「제2의 가족」 마무리 부분에서 이민 전선에서 체득한 찬기 엄마(나)의 한마디 말이 수긍되고 남아서이다. "어떤 이유에서든, 내 나라를 떠나와 외국에 얹혀 지내는 생활이라는 것은, 끈기를 가지고 시도해야 하는 암벽 등반처럼 고난과 두려움의 반복일 수밖에 없다."[47] 그런 점에서 나라 밖에 나가 생활하는 한인들 모두에게 박수를 보내고 특히 해외 한글 문단을 이루어 활성화하는

---

46 「귀환」, 317쪽.
47 맹하린, 앞의 책, 98쪽.

여러분의 노고에 경의를 표한다. 그리고 아울러서 근래 날로 증가하는 국제결혼으로 다문화 가족을 이루거나 또는 유학 아니면 사업 등으로 한국에 와서 생활하는 사람들에 대한 인식도 새롭게 해야 할 것이라고 본다.

4) 한인 디아스포라의 과제

위에서 살펴본 국외 한글 소설에 나타난 접근에서 유의할 바 몇 가지가 있다고 생각한다. 첫째, 한인 디아스포라 문학의 올바른 개념 설정과 이원적 구분 문제라는 점이다. 지금까지 널리 통용해온 예의 디아스포라 문학을 더 밀도 있게 세분해보는 자세 또한 긴요한 사안이기 때문이다. 이와 관련하여 김성곤의 견해는 수긍되고 남는다. 국외에서 모국어(한글과 한국말)나 현지어(영·불·러·스페인어)로 이루어진 교포문학 또는 이민문학은 트랜스내셔널리즘에 속한다고 구분하고 있는 것이다.

> 우선 이민문학과 디아스포라 문학은 기본적으로 트랜스내셔널리즘 문학에 속한다. 이민자들이나 국외 거주자들은 국경을 초월해 두 나라 사이에 위치해 있으며, 두 나라의 문화를 모두 포용하고 있기 때문이다. 캐나다 요크대학의 R. 채란 교수는 두 용어의 차이점을 논하면서 디아스포라는 강제 해외이주의 경우이고, 트랜스내셔널리즘은 자발적 이민의 경우라고 말한다. 그래서 그는 디아스포라는 '떠남'의 조건이고, 트랜스내셔널리즘은 '삶'의 조건이라고 말하고 있다.[48]

둘째, 위에서 살펴본 우리 문학의 역사적 수용과 접근에서 재외 한인

---

48 김성곤, 「새로운 문예사조 트랜스내셔널리즘 문학」, 『21세기문학』 가을호, 2008, 30~31쪽. 'transnationalism'은 각기 다른 문화의 관계를 새로운 시각으로 보자는 취지에서 20세기 초 랜돌프 본이 정립한 용어임.

문학은 역시 일제강점기에 정든 고향에서 추방당한 이산(離散)이나 유랑(流浪)의 수난들로 인상 짙은 디아스포라(diaspora) 문학과 건국 이후 국외로 새 삶의 개척적인 터전을 향해 스스로 이민을 나선 이민문학으로 구분하는 것이 바람직하다는 점이다. 전자는 구한말 이래 간도 땅과 연해주로 망명하거나 또는 일본 열도 주변의 일제 통치 지역에 강제 징용되거나 아니면 중앙아시아 쪽으로 강제 이주당한 경우이다. 이에 비해 후자는 한국 정부 수립 이후 주권국 시민으로서 자유롭게 선택하여 열린 서양 세계 등으로 이민 나간 케이스이다.

전자에 해당하는 고려인, 조선족 내지 재일동포 경우는 시종 닫힌 공간에서 갖은 규제에 시달려온 수난과 이민족 속에서의 뼈저린 소외감 등이 남다르다. 따라서 피동적인 전자는 후자의 능동적인 선택 조건과는 판이하다. 한껏 열린 광장에서 이방의 경계인으로 자유롭게 도전하여 활발하게 사는 남북 미주와 호주 등의 한인 이민 문단은 아무래도 구소련이나 중국 현지 문단과 차별화된 여건을 감안해서 전향적으로 접근해야 마땅하다.

셋째, 한인 소설에 반영된 디아스포라 양상을 단순하게 이민-재이민-역이민의 삼분법으로만 구분해서는 안 된다는 점이다. 앞에서 구체적으로 예증한 바처럼 실제 작품들에서는 이민과 재이민 및 역이민이 두 개씩 겹치거나 세 가지로 드러나는 경우가 적지 않다. 이민의 동기는 물론이요 방법부터 강제 이주와 자유 선택의 이민이 국가별, 가정별로 다름을 본다. 그리고 재이민에 있어서도 지역별 분포는 물론이요 부자나 부부 사이에도 상이함을 드러내고 그 목적에 따라 다르게 드러난다. 특히 역이민에 있어서는 비교적 나이 든 세대가 심정적으로 많은 모색 성향을 보이지만 실제로는 자녀들에 따른 사정과 고국 연고지의 친인척 반응에 의해 좌우되고 있음을 감안해야 한다.

넷째, 앞으로는 재외 한인들의 작품에 나타난 경우 못지않게 이에 대응할 만큼 국내외를 드나들며 작품 활동을 전개한 작가들 자신의 이민-재이민-역이민 양상도 고찰할 과제라는 점이다. 이를테면 1928년에 러시아로 망명하여 고려인 문단의 효시를 이룬 포석 조명희의 이민문학부터 이에 해당된다. 이어서 한국과 중국(만주)에서 활동하다가 광복 후 귀국한 염상섭, 안수길, 거기에 김학철은 귀국 후 서울에서 월북하여 평양에서 활동하다 다시 중국으로 망명하여 이민(중국)-역이민(남한)-재역이민(북한)-재이민(중국)으로써 조선족 문단의 모범을 보였다. 광복 전에 한국에서 활동하다 일본에 귀화한 장혁주, 70년대에 일본으로 이민 간 손창섭은 어떤가? 또 1970년대 말에 미국으로 이민 가서 살았던 최태응, 1980년대 초에 도미해서 이민했다가 역이민, 재이민했던 송상옥도 상이하다. 더욱이 구소련의 사할린 태생 작가로서 중앙아시아 카자흐스탄에 재이민 가서 고려인 문단에서 활동하다가 2014년에 한국에 귀화한 이정희의 경우도 특이한 경우로서 대조되는 것이다.

다섯째, 바야흐로 국제화, 다문화, 정보화 성향인 요즈음 이민문학은 더 이상 이방 문화의 대상이 아니라는 점이다. 그것은 이제 어엿한 한겨레 문학의 한 지류로서 한국 문학사에 추가할 대상이 되고도 남는다. 세계 어느 곳에 나가 살든지 배달겨레의 피를 받고 손수 모국어인 한글로, 때로는 체재국의 현지어로 쓴 문예작품은 그대로 우리의 문학 자산이다. 요컨대, 재외 한인 문학은 각 문화 주체가 다문화적인 정보의 홍수 속에서 나름대로 민족적인 정체성을 추스르는 실용적 과제로도 연결되는 실체이다. 흔히 디아스포라로 지칭하듯 모국을 떠나 낯선 땅에서 이민족 틈에 섞여서 생활하는 한인들은 말 그대로 소수민족 출신의 경계인(marginal men)이란 의식 속에서 뼈저린 소외감과 향수에 젖게 마련이다. 그런 이방적 삶의 실상이나 절실한 감정들을 속속들이 표출해낸 작품들은 더 소중한 민족문학의 자산이 아닐 수 없는 것이다.

참고문헌

기본자료

김　건, 「어둠 속에서」, 『재외동포 문학의 창』, 재외동포재단, 2009.

김기철, 「이주초해 : 두만강~씨르다리야강」, 『레닌기치』, 1990. 4. 11~6. 6. 연재.

김환기, 『브라질 코리안문학 전집』 1, 2권, 보고사, 2013.

노충근, 「귀환」, 『로스안데스문학』 창간호, 재아문인협회, 1996.

──── , 「바람의 자리」, 『로스안데스문학』 통권2호, 재아문인협회, 1997.

맹하린, 『세탁부』, 월간문학 출판부, 2006.

──── , 「환우기(換羽期)」, 『로스안데스문학』 통권4호, 재아문인협회, 1999.

베를린문향회, 『문향』 창간호, 새미, 2001.

박정식, 「SADDEST THING」, 『열대문화』 11호, 2013.

성우제, 「내 이름은 양봉자」, 『재외동포 문학의 창』, 재외동포재단, 2005.

송상옥, 「어떤 종말」, 『울림 ECHO』 창간호, 미국 LA, 1987.

신정순, 「폭우」, 『문학의 창』, 재외동포재단, 2009.

이정희, 「그날」, 『고려문화』 창간호, 2006,

장영철, 「그해 겨울의 노을」, 『로스안데스문학』 통권14호, 재아문인협회, 2013.

전영세, 「황 노인 이야기」, 미주문학단체연합회 편, 『한인문학대사전』, 월간문학 출판부, 2003.

진경자, 「자전거포 집 딸들」, 『재독한국문학』 제3호, 2009.

논문 및 평론, 단행본

김성곤, 「새로운 문예사조 트랜스내셔널리즘 문학」, 『21세기문학』 가을호, 2008.

김필영, 『소비에트 중앙아시아 고려인 문학사(1937~1991)』, 강남대학교 출판부, 2004.

미주문학단체연합회 편, 『한인문학대사전』, 월간문학 출판부, 2003.

양원식, 「중앙아시아, 카자흐스탄 고려인 문학이 걸어온 길」, 『고려문화』 창간호, 2006.

이광규, 『재외동포』, 서울대학교 출판부, 2000.

이명재 편, 『소련지역의 한글문학』, 국학자료원, 2002.

─────, 「유럽지역의 한인 한글문단」, 『한국문학과예술』 제14집, 숭실대학교 한국문예연구소, 2014년.

이상갑, 「역/재이민의 세계와 코레안 아르헨티노―맹하린의 『세탁부』를 중심으로」, 송명희 외, 『미주지역 한인문학의 어제와 오늘―캐나다 · 미국 · 아르헨티나를 중심으로』, 한국문화사, 2010.

한승옥, 「재일동포 한국어문학의 연구 총론」, 『재일동포 한국어문학의 민족문학적 성격연구』, 국학자료원, 2007.

기타

강련숙 편, 『중국조선족100년문학예술대사기』, 길림인민출판사, 연변교육출판사, 2001.

안경자, 「브라질 한글문단에 대한 보고」, 국제 펜 한국본부, 『세계한글작가대회 발표자료집』, 2015.

외교통상부, 『2009 재외동포 현황』, 2009.

강제적 '집단 이주'의 인간학

고려인 문학에 나타난 강제 이주를 중심으로

임형모

1. 강제 이주와 문학 읽기

이주는 정착, 즉 삶의 터전인 고향을 전제한 개념이다. 근대적 개념의 고향이 주체가 나고 자란 곳만을 지칭하는 것만은 아닌 이상 이주지는 어디나 고향이 될 수 있고, 고향일 수 있다. 이주의 인간학이라고 했을 때, 그것은 고향 찾기의 여정과 다르지 않을 것이다. 이 점에서는 문학 행위 일체, 즉 문학을 읽고 쓰는 행위도 본질적으로는 다르지 않다.

'이주'가 문학의 주제가 될 수 있다면, 그것은 이주와 문학의 운명이 같은 궤에 속하기 때문일지도 모른다. 경계를 넘나든다는 점에서 그리고 넘어섰다면 귀속되어야 한다는 점에서, 그래야만 살아남을 수 있다는 점에서 그러하다. 그것이 유이민 문학이 살아남을 수 있는 유일한 존재 방식이기도 하다. 그리고 이 점에서 보자면 고려인 문학은 성공한 문학이다. 다만, 한국문학의 카테고리 내에서 한글로 씌어진 고려인 문학이 있었음을 기억하는 일이 중요하다.

문학 읽기가 작품을 읽고 미학적으로 뛰어난 것과 그렇지 않은 것만을 가치 평가하는 쪽에 무게를 둔다면 고려인 문학은 연구 대상이 되기에는 부족하며 그래야 할 필요성도 몇몇 작품에 한정된다. 그러나 문학이 경계에 있는 자의 아픔을 기억하고 그 고통을 어루만지는 기록이라고 보면 그것은 충분히 연구 대상으로서의 가치를 갖는다. 고려인 문학이 보이는 투박함을 특징으로 하는 아마추어리즘은 그래서 외면하고 싶지만 외면할 수가 없다. 투박하지만 진솔하며 진솔하지만 전부를 말하고 싶어도 그러지 못하는 시대적 억압을 내포하고 있기 때문이다. 그렇기 때문인지 지금까지 고려인 문학에 나타난 강제 이주와 관련한 연구는 '강제'에 방점을 찍고 민족의 수난에 초점을 맞춘 논의였다.

박명진은 한진의 작품에 나타난 민족 서사의 양상을 분석하는 글에서 1937년의 강제 이주를 고려인들의 내면을 지배하고 있는 비극성의 기원으로 보고 있으며, 강제 이주를 모티프로 한 한진의 「공포」「그 고장 이름은?」에 구현되고 있는 민족, 국가, 고향, 모국어와 같은 화두는 소위 보수적 민족주의의 세계관과 일맥상통하는 면이 있음을 강조하고 있다.[1] 비슷한 맥락에서 강진구는 소련의 개방과 함께 그동안은 고려인들이 잊기를 강요당했던 강제 이주를 기억하려는 이유로 소련 개방 이후 발흥하기 시작한 민족주의를 들고 있는데, 「공포」「이주초해」「놀음의 법」 등을 분석하면서 고려인들은 강제 이주에 대한 기억을 통해 자신들의 나아갈 방향을 모색하는 한편, 소련 개방 이후에는 조국을 새롭게 구성하는 원동력으로 삼고자 했다는 것이다.[3] 또한 정덕준·정미애는 CIS 지역의 고려인 소설을 민족 정체성의 변화 양상을 중심으로 고찰하면서 「놀음의 법」

---

1   박명진, 「중앙아시아 고려인 文學에 나타난 民族敍事의 特徵 : 劇作家 한진의 텍스트를 중심으로」, 『어문연구』 32권 2호, 한국어문교육연구회, 2004.

2   강진구, 「중앙아시아 고려인 문학에 나타난 기억의 양상 연구 : 강제 이주를 중심으로」, 『국제한인문학연구』 창간호, 국제한인문학회, 2004.

에서는 이민족 간의 통혼과 민족어의 미습득으로 인한 개인 혹은 민족 정체성의 혼란 문제에 주목하고, 「그 고장 이름은?」의 의의를 고려인 1세대 어머니와 2세대 딸이 내보이는 의사소통의 단절 문제를 민족어의 구사 여부와 연결하여 민족 정체성을 유지와 승계시키려는 노력으로 읽고 있는데, 그것은 「공포」도 다르지 않다.[3] 이들 선행 연구에서 아쉬운 것이 있다면 분석 대상으로서 강제 이주를 모티프로 하고 있는 작품 선택의 폭이 한정적이라는 것과 작품을 분석하는 입장에서 민족주의를 우선시함으로써 고려인 문학이 갖고 있는 특수성을 간과하고 있는 점이다.[4]

고려인들을 강제 이주시킨 대략의 원인에는 한인 첩자설, 한인 자치구역 설립 억제설, 중앙아시아 개발설 등이 있다. "1937년 전면적인 강제 이주가 있기 전에 몇 번에 걸친 한인들의 이주 시도를 보면, 이주 대상으로 선정된 지역의 대부분이 꼴호즈를 형성하는 과정에서 한인과 러시아인들 사이에 갈등이 발생되었던 지역"[5]들이었다. 소수민족으로서 주류와 갈등했을 때, 그 대립은 반드시 필연적인 패배로 귀결되었다. 꼴호즈란 집단 공동체로서 고려인들에게는 '내 땅'을 가능케 한 삶의 터전, 즉 향촌이자 고향이었고 고려인의 정체성을 형성한 공간이었다.

이러한 꼴호즈를 기반으로 하고 있는 공동체의 삶 속에서 강제 이주를 논할 때 고려할 것은 이주의 방식이다. 일반적으로 생각했을 때 이주

---

3 정덕준 · 정미애, 「CIS 지역 러시아고려인 소설 연구 : 민족정체성의 변화 양상을 중심으로」, 『한국문학이론과 비평』, 한국문학이론과 비평학회, 제34집, 2007.
4 이 밖에도 이정선은 「중앙아시아 고려인 소설 연구 : 역사 복원 양상을 중심으로」(경희대학교 박사학위 논문, 2011)에서 강제 이주를 다룬 작품들을 내용적으로 분류하고 있으며, 이복규는 「중앙아시아 고려인의 강제 이주담에 대하여」(한민족문화학회, 『한민족문화연구』 제38집, 2011)에서 고려인들의 실제 경험을 구술사를 통해 사실과 인식의 두 측면에서 종합 정리하는 강제 이주담을 고찰하고 있다.
5 이채문, 『동토의 디아스포라』, 경북대학교 출판부, 2007, 299쪽.

란 자발적 혹은 비자발적인 경우로 나눌 수 있다. 보다 나은 삶을 위하여 자발적으로 고향을 등지기도 하고 아니면 현실에 환멸을 느끼거나 정말 먹고살기 위해서 어쩔 수 없이 떠나는 경우이다. 후자의 경우에도 주체의 떠남은 자발적이다. 그러나 이러한 이주 외에 또 하나의 방식이 존재하는 데, 바로 강제 이주이자 집단 이주이다(고려인들의 경우 '강제적 집단 이주'가 된다). 자발적이든 아니든 떠날 의지가 없음에도 불구하고 삶의 터전을 등지고 떠나야만 하는 야만적인 방식이 그것이다. 진정으로 원한 바가 아니었기에 고통과 아픔을 수반하고 한(恨)을 남길 것은 자명한데, 고려인 문학을 읽어오며 든 의문이 있다면, 모든 일이 사흘 동안(시간상으로는 대략 48시간) 일사천리로 진행되었다손 치더라도 일말의 저항을 발견할 수 없다는 데 있다. 텍스트 속에서는 날벼락으로 표현되지만 다시금 조선으로 돌아갈 생각이나 저항의 몸부림은 발견할 수가 없다.[6] 체념하는 듯 보이는데, 이것이 진정 체념인지 아니면 다른 무엇이 내재되어 있는지를 강제적 집단 이주를 배경으로 한 작품들을 중심으로 고찰하고자 하는 것이 이 글의 목적이다.

고려인들의 집단 이주를 본격적으로 형상화한 작품으로는 한진의 「공포」(『레닌기치』, 1989. 5. 23~31), 송라브렌찌의 「삼각형의 면적」(『레닌기치』, 1989. 7. 8~13), 김기철의 「이주초해」(『레닌기치』, 1990. 4. 11~6. 6), 오병숙의 「바둑개」(『레닌기치』, 1990. 7. 12), 강알렉싼드르의 「도라지

---

6 김기철의 「이주초해」에서는 "회장, 세상에 이런 법이 어디 있소? 조선에 가서 묻히진 못해도 두만강 가까이에나 묻힐까 했는데 그것도 뜻대로 안된단 말이오—이런 말을 한 성칠아저씨는 일어나자 후들후들 떨기까지 한다."(『레닌기치』, 1990. 4. 13, 4쪽)라고 하는 부분이 있다. 그러나 이것으로 끝이다. 그 이상의 의지는 보이지 않는다.

까페」(『레닌기치』, 1990. 9. 14~15),[7] 강태수의 「그날과 그날밤」(『고려일보』, 1991. 6. 28~7. 25), 한진의 「그 고장 이름은?…」(『고려일보』, 1991. 7. 30~8. 1), 강알렉싼드르의 「놀음의 법」(『고려일보』, 1991. 8. 28~10. 22), 연성용의 「피로 물든 강제 이주」(『고려일보』, 1995. 2. 4~3. 4), 이정희의 「희망은 마지막에 떠난다」(『고려일보』, 2002. 4. 5~26) 등을 들 수 있는데,[8] 본고는 고려인 신문인 『레닌기치』와 『고려일보』에 연재된 이들 작품들에서 이주 전의 상황과 이주 후의 양상을 추적하며 연구를 진행하고자 한다.

2. 경계인의 삶과 내면화된 체념

고려인 문학에서 강제적인 집단 이주를 직접적으로 다룬 작품들은 앞서 살핀 바와 같이 1991년의 소련 해체를 전후로 하여 봇물 터지듯 쏟아져 나온다. 그리고 작품의 주제는 거의가 소비에트 비판과 민족의 수난으로 수렴된다. 이 시기에는 그전까지는 예찬되던 소비에트가 지양되고 잊혀졌던 민족이 작품의 전면에 드러난다. 집단 이주라는 한 가지 현상을

7　강알렉싼드르의 「도라지 까페」는 장편소설이다. 『레닌기치』에는 일부만 연재되어 있어서 전체를 다룰 수는 없었다. 무엇보다 강알렉싼드르의 작품들은 고려인 문학 가운데서도 매우 작품성이 뛰어나다. 차제에 작가론을 써보는 것도 의미 있을 것이다.

8　이 외에도 강제적인 집단 이주를 배경으로 한 산문 작품은 다수 있으나 대부분은 강제적 집단 이주가 단편적으로 언급되거나 간접적인 배경으로 제시된다. 작품으로는, 주송원의 「월로쨔」(『레닌기치』, 1962. 11. 28~12. 4), 김광현의 「호두나무」(『레닌기치』, 1963. 5. 12), 황유리의 「나의 할머니」(『레닌기치』, 1987. 8. 29~9. 2), 이정희의 「그날…」(『고려일보』, 1994. 4. 23), 연성용의 「길 엇긴 자」(『고려일보』, 1994. 8. 27~9. 17), 시나리오로서 최영근·이싸윈·손이손의 「벼랑길」(『고려일보』, 1994. 10. 8~1994. 11. 19) 등이 있다.

두고 한편으로는 스탈린을 비판하면서 '민족의 아픔'을 형상화하고 다른 한편으로는 꼴호즈를 기반으로 한 공동체 건설에 초점을 맞춘다. 이것이 강제적 집단 이주를 모티프로 한 작품들에서 볼 수 있는 고려인 문학의 특이이기도 하다.

고려인들이 중앙아시아로 집단 이주된 이유로 자주 언급되는 것 가운데 하나는 '한인 첩자설'이다.[9] 매우 설득력 있는 논리라고 할 수 있으나 더불어 간과할 수 없는 것은 고려인들의 생활권이 국경 지대였다는 사실이다. "한인 강제 이주의 사례는 크게 세 가지로 나눌 수 있는데, 제정 러시아 시대에 이행되었던 블라고슬로벤노예 지역으로의 이주를 제외한 하바로프스크 지역과 중아시아 지역으로의 이주"[10]이다. 첫 번째를 제외하면 나머지 두 가지의 경우는 모두 국경으로부터 멀리 떨어진 내륙으로의 이주에 해당한다. "즉 당시 만주와 한국에 대해서 지배적이었던 일본의 영향력이 한국·만주·소련 국경 지대에 대한 소련의 영향력보다 더 강대하다고 느꼈을 때 소련 한인들의 강제 이주가 발생했다는 공통점이 있다."[11] 부연하

---

9   이미하일의 「1937년 재쏘고려인들의 운명」(『고려일보』, 1994. 10. 15, 4쪽)에 보면 다음과 같은 내용이 있다. "그런데 고려인들의 '잘못'은 자명하다. 그것은 그 시기 쏘련의 철천지 원쑤인 일본의 강점하에 있은 조국과의 혈연적인 연계이다. 합동국가안전부(오게뻬우)-내무인민위원부(엔까웨데)는 그 어떤 형사 문제를 취급할 때 그 문제를 터무니없는 거짓으로 꾸며내는데 고려인들이 조국과 연계를 맺고 있다는 그 사실 하나만 가지고도 충분하였다. …(중략)… 오게뻬우-엔까웨데 내부에서 날조된 사업에 대한 소위 "지하조선민족주의 반혁명폭동자 간첩파괴단체"에 관한 자료이다. 이 단체는 만약에 군사충돌이 생길 경우 일본의 이익이 되도록 쏘베트 원동을 무장 탈취할 것을 자기 과업으로 내세웠다."라고 되어 있는데, 이 진술은 고려인이 일본의 첩자라는 내용이 날조되었음을 보여주고 있다.

10 이채문, 앞의 책, 316쪽.

11 위의 책, 327쪽.

자면 고려인들이 경계에 살고 있었다는 사실이 정치지리학적으로 강제적으로 집단 이주를 당할 수밖에 없는 조건을 충족하고 있었던 셈이다.

고려인 문학에서 강제적 집단 이주는 '생지옥'(「오, 수남촌」)이며 '난데없는 광풍'(「유언」)이자 '벽력'(「유언」) 혹은 '추방'(「희망은 마지막에 떠난다」)으로 표현되고, 고려인들을 싣고 중앙아시아를 향해 달렸던 열차는 '검은 상자'(「약혼반지」)로 불렸으며, 그 안의 고려인들은 '잡초'(「놀음의 법」)이자 '짐짝'(「유언」)으로 인식되었다. 이러한 고려인의 삶은 '벼랑길'(「벼랑길」)의 연속이자 언제 끌려갈지 모르는 죽음의 '공포'(「공포」)를 견뎌야 하는 '죄 없는 죄수'(「이주초해」)의 처지와 다르지 않았다. 이와 같은 표현들에서 확인할 수 있는 것은 고려인들이 스스로를 제거해야 할 잡초로 인식하거나 짐짝으로 표현했다는 사실에서 인간적 권리를 누리지 못하는 존재이며, 또한 죄 없는 죄수라는 인식에서 체념을 읽어낼 수 있다.

> …(전략)… 살던 집과 가장집물을 그대로 두고 거진 알몸으로 쫓겨나면서도 누구 하나 안가겠다고 떼를 쓰는 사람이 없었다. 양떼처럼 온순히들 차에 올랐다. 어데로 무엇때문에 실려가는지도 몰랐다. 남녀로소 한사람도 남지 못하고 다 고향에서 쫓겨났다. 가는 길도 멀었다. 수만리, 수십만리—차칸에서 태여나는 애도 있었다. 그것들은 나서 인차 귀신들이 물어갔다. 출생신고도 사망신고도 할 필요가 없었다. 그들은 정말 이 세상에 왔다가 아무 흔적도 남기지 않고 사라져갔다. 오직 어머니 가슴속에 피멍울만 남기고…많은 로인들과 어린것들이 철로연변에 묻혔다.[12] (강조 : 인용자)

위의 인용문에서도 확인할 수 있는 것은 '어데로 무엇 때문에 실려가

---

12 한진, 「공포」, 『레닌기치』, 1989. 5. 23, 6쪽.

는지도' 모르면서 '떼를 쓰는 사람이 없'이 '양떼처럼 온순히들 차에' 오르는 내면화된 체념이다. 고려인 문학에 나타난 강제적 집단 이주에서 이 부분을 해소하는 일은 중요하다. 고려인 가운데서도 누군가는 강제라고 표현하지만 누군가는 강제라고 표현하지 않기 때문이다.[13] 이 괴리, 즉 간극을 좁히는 것이 고려인 문학을 읽는 해법이 될 수 있다.[14]

호르크하이머와 아도르노에 따르면 "문명의 역사는 체념의 역사다. 체념하는 자는 자신에게 돌아오는 것보다 더 많은 것을 삶에서 내주어야 하며 자신이 보호해야 할 삶보다 더 많은 것을 포기해야 한다. 사람이 잉여인간 취급을 당하고 기만당하는 잘못된 사회구조 속에서는 이러한 사태가 일어나는 것이"[15]라고 했다. 고려인들은 강제적인 집단 이주 정책 때문에 삶의 터전을 송두리째 빼앗기는 시련을 겪었다. 그렇다면 고려인들이 속한 사회가 그들을 잉여인간 취급하며 기만하는 사회인가를 검증해야 할 것이고 그것이 아니라면 고려인들을 체념적으로 순응케 한 또 다른 요인을 찾아야 할 것이다.

강제적 집단 이주라는 실존의 문제에 직면해서 왜 고려인들은 저항하지 않았을까. 우선 소비에트 당국의 철저한 감시를 들 수 있을 것이다. 그

---

13 강진구는 "황보리쓰와 니꼴라이 등은 이주를 기억하면서 조선인 간첩과 콜호스에서의 성공을 떠올린 반면 김게르만과 엠 · 우쩨르바예와, 송희연 등은 왜 질병으로 인한 조선인의 죽음과 분노에 치떨던 조선인들의 눈, 그리고 묘지의 흙을 수건에 싸가지고 온 고려인들을 기억해 냈는가(앞의 글, 54쪽)"라고 하면서 동일한 사건을 상반되게 기억하는 방식을 문제 삼고 있다.

14 물론, 역사적 사료에는 고려인들이 대항했다는 기록이 남아 있으나(Kim German N.,『한인 이주의 역사』, 박영사, 2005, 206~207쪽 참조), 문학 텍스트 내에서는 발견할 수 없다.

15 Th. W. Adorno 외,『계몽의 변증법』, 김유동 · 주경식 · 이상훈 역, 문예출판사, 1996, 91~92쪽.

리고 고려인의 신분을 고려해야 한다. 대부분이 농민으로서 양반과 일제의 속박을 피해 연해주로 왔으며, 러시아가 소비에트로 전화하면서 '내 땅'에 대한 한풀이를 했음도 포함해야 한다. 무엇보다 집단 이주가 본격적으로 이루어지기 전에 고려인들의 지도자 격이었던 지식인들이 사전 처형되었다는 사실도 염두에 두어야 한다. "지도자의 손실, 그에 대한 염려의 시작은 비록 위험의 크기는 같은 채로 있더라도 공황을 발발케"[16] 하기 때문이다. 더불어 연해주에서 누린 고려인의 삶은 그 기반이 대부분 꼴호즈라는 집단농장이었음을 계산에 넣어야 한다.

고려인 문학에서 집단 이주를 형상화하고 있는 작품 속 인물들의 대부분은 급작스러운 이주 소식이 전해졌을 때 그 사실에 순응하며 체념적으로 받아들인다.

> 두만이는 아랫마을을 돌아보고오겠다 하고 선자리에서 나가버렸다. 두만이가 나가자 어머니는 헛간에 탁주동이를 들고나와 집앞 개천에 던져버렸다.
> ― 추석이 개 보름으로 되었는데 무슨 경황에 술을 다…
> 개천을 따라 내려가며 탁주동이들이 연신 날아 떨어졌다. 삽시간 실개천은 탁주개천으로 변하였다. 이 지방에서 이름난 씨름꾼 리호롱은 안해의 손에서 탁주동이를 빼앗아들고 꿀꺽꿀꺽 반동이나 넘게 마시고는 땅에 주저앉아 그 큰 주먹으로 땅바닥을 치며 울부짖었다. … (중략)… 이윽고 마을은 닭의 꼬꼬댁거리는 소리, 돼지, 멱따는 소리, 방아 찧는 소리로 가득 찼다. 웃음기가 사라진 얼굴과 얼굴에는 원한과 분노의 빛이 비껴있었다. 날마다 울려나던 아리랑노래소리도 이날 밤에는 들려오지 않았다.[17] (강조 : 인용자)

---

16 S. Freud,『집단 심리학』, 박영신 역, 학문과사상사, 1985, 60쪽.
17 김기철,「이주초해」,『레닌기치』, 1990. 4. 11, 4쪽.

인용문에서는 떠나는 것을 당연지사로 알고 추석 명절을 지낼 수가 없기에 술을 내다버리고 어차피 가지고 갈 수도 없는 닭, 소, 돼지 등을 잡아먹는다. 마음으로나마 조선 땅 가까운 곳에서 살고자 했던 고려인들에게 낯선 땅으로의 이주는 고국이자 고향으로서의 조선을 상실케 되는 결정적 사건이 된다. 이를 알면서도 사실에 순응하는 체념 외에는 별다른 대응을 하지 않는 것이다. 오히려 집단 이주를 형상화한 고려인 문학은 이주의 심각성과 이동 과정에서 발생하는 아픔에 초점을 맞추기보다는 이주 후의 정착에 무게감이 실려 있다. 이주 당시의 체념에 머물지 않고 시련을 딛고 일어나 당당한 소비에트 공민이자 '꼴호즈의 영웅'으로 살아남는 나름의 '놀음의 법'[18]을 제시하는 쪽에 더 많은 문학적 형상화가 이루어지는 것이다.

부연하자면 순응과 체념의 밑바탕에는 고려인들이 스스로를 소비에트 공민으로 인식하는 자아 정체감이 형성되어 있었다고 보여진다. 이것은 조선적 정체성과는 별개의 것으로 고려인은 연해주에서부터 이미 소비에트화된 공민이었던 셈이다. 강알렉싼드르는 「집으로 돌아가다」에서 고려인과 같은 사회적 기형민족은 살아남기 위한 수단으로서 '로력에 전적으로 종사'함으로써 고려인들이 언제나 남의 땅인 곳에서 자기 존재를 보답하기 위해서는 무슨 일이나 꺼리지 않고 해야 했는데, 그것이 '이민족에 있어서 사회 앞에 자신의 "명예회복"을 할 수 있는 구원의 가능성'이었다고 한다. 따라서 '머리를 숙이고 순종하나 등만은 당당하게 굽히지 않는 자세가 아마 고려인들의 전형적인 특성'이기는 하지만 살아남기 위해 '순

---

18 '놀음의 법'이란 강알렉싼드르의 「놀음의 법」이란 작품의 제목을 차용한 표현으로, 아이들의 세계 속에서 이루어지는 놀이의 법칙이자 이민족 아이들 사이에서 조선인 아이가 생존을 위해 선택하는 삶의 방식을 의미하는 말이다.

응주의와 일정한 민족성이 없는 소위 말하는 국제주의적 립장을 취하는' 고려인이 있음을 부인하지는 않는다.[19] 그리고 이것은 집단 이주를 형상화하고 있는 고려인 문학에서도 다르지 않다. 이미 소비에트화된 공민으로서 강제 이주라는 현실을 대하여 체제에 순응하고 체념하기는 하지만 거기에 그치는 것이 아니라 '자기 구원'을 통해 살아남을 수 있는 방법을 모색하는 것이다. 이것이 '민족의 수난'보다는 '이주 후 정착'을 형상화하는 데 무게감이 실리는 이유이다.

3. 자기 구원의 세 가지 방식

집단 이주를 형상화한 작품들은 '이주 전 혼란–이주 과정–이주 후 정착'을 복합적으로 형상화하는 것이 일반인데, 이 과정에서 두 가지의 '놀음의 법'이 가능했다. 하나는 '체념하기'이며 나머지 하나는 체념한 자신을 건져 올리는 법, 즉 '자기 구원'이었다. 이 두 방식은 개별 작품에서 독립적으로 나타나는 것이 아니라 한 작품에서 동시적으로 형상화되는 것이 특징인데, 이주 전에 보였던 내면화된 체념은 이주 후에도 다르지 않으나 그러한 체념은 단순히 체념에 그치는 것이 아니라 자기 구원의 방식을 통해 승화된다. 따라서 '자기 구원'은 이주 후 정착 과정에서 주로 나타난다. 그리고 그러한 자기 구원은 1) 고려인들이 믿고 의지했던, 아버지로 생각했던 스탈린과 소비에트를 비판하는 일과 2) 꼴호즈를 기반으로 한 공동체 사회 건설 그리고 3) 고려인 스스로의 정체성을 지키기 위한 노력이라는, 크게 세 가지의 방식으로 제시된다.

---

19 강알렉싼드르, 「집으로 돌아가다」, 『고려일보』, 1992. 3. 4, 4쪽.

1) 스탈린과 소비에트 비판

집단 이주를 모티프로 하고 있는 작품들에서 스탈린과 소비에트를 비판하는 내용은 가장 많다. 그렇다면 이러한 비판이 왜 자기 구원에 해당하는 것인가? 여기서 짚고 넘어갈 것이 연해주에서 누렸던 고려인의 삶이다. 상당수의 고려인들은 고국인 조선을 스스로 버린 것이 아니다. 오히려 그 반대라고 할 수 있다. 구한말에는 양반의 수탈과 경제적 궁핍으로 인해서 그리고 일제강점 이후에는 일제의 억압을 피해 고국을 등진 대다수의 사람들은 농민과 노동자였다. 그들은 '내 땅을 가질 수 있다'라는 레닌의 말을 믿고 러시아 혁명에 투신했으며, 그 결과 연해주는 고향이 되고, 고려인들에게 레닌은 인민의 아버지로 인식되었으며, "쏘련은 '전세계 무산자의 조국'"[20]으로서 고려인들은 "구쏘련을 두번째 조국으로 알"[21]고 당당한 소비에트인으로 거듭날 수 있었다. 그러나 그러한 믿음에 바탕을 둔 행복이 강제적 집단 이주로 인하여 산산이 부서지고만 것이다.

더욱이 이주 후에는 일순간에 행복을 앗아간 주체인 스탈린과 소비에트 당국을 비판할 수 없는 철저한 감시 속에서 입이 있어도 아프다고 말할 수 없는 억압은 그대로 '한(恨)'이 되었다. 그것이 소련의 해체라는 시대의 격변과 함께 봉인된 기억을 풀어놓을 수 있는 상황이 연출되자 비로소 한풀이가 가능해지며 과거의 청산과 새로운 출발이라는 명제가 고개를 들게 된다.

그것이 스탈린과 소비에트를 비판하는 작품으로 나타난 것인데, 한진

---

20 연성용, 「피로 물든 강제 이주」, 『고려일보』, 1995. 3. 4, 4쪽.
21 위의 글, 같은 곳.

의 「공포」, 송라브렌찌의 「삼각형의 면적」, 오병숙의 「바둑개」, 강태수의 「그날과 그날밤」, 연성용의 「피로 물든 강제 이주」, 이정희의 「희망은 마지막에 떠난다」 등이다.

먼저, 「공포」에서는 '사람 – 염소 – 양'의 알레고리를 통해서 소비에트를 비판한다. 여기서 '사람'은 '소비에트'이며 '염소'는 '고려인'이라고 할 수 있고 '양'은 '식량'을 의미한다. 사람들은 식량을 위해서 양을 도살장으로 이끌어야 했는데, 이때 온순하게 양들을 이끌어줄 매개체로 염소가 이용된다. 사람은 들어갈수록 피비린내가 짙어지며 기계가 무섭게 돌아가는, 즉 도살장으로 향하는 랑하(낭하)를 고삐를 당기는 것을 신호로 하여 염소가 지나도록 한다. 랑하의 벽에는 '외짝문'을 두어 '살구멍'을 만든 후에 반복해서 그 짓을 시킴으로써 염소를 길들이는 것이다. 랑하의 끝에 나가는 길이 있음을 알게 된 염소는 어떤 의심이나 두려움 없이 주인이 시키는 대로 그 길을 걸어간다. 그리고 염소가 있는 우리에 양들을 넣은 후 염소와 양이 한 무리가 되었을 때, 주인이 염소의 고삐를 당기면 염소는 도수장으로 향하는 랑하를 걷기 시작하고 양들은 그 염소를 뒤따르는 것이다. 그러면 염소는 자신도 모르게 양들을 죽음으로 내몰게 된다. 그런데 문제는 더 이상 죽여야 할 양이 없게 되면 주인은 '외짝문'을 열어주지 않고 염소를 잡는다. 사람을 믿었던 염소는 그 믿음으로부터 배반을 당하게 되는 셈이다.

이러한 주인으로부터의 배신은 「바둑개」에서도 확인할 수가 있다. 「바둑개」에서 주인의 생명을 구한 바둑개는 친아들이나 다름없음이 강조되고 있다.

　　　이런 생명의 구원자이며 충실한 벗인 개를 버린다는것은 큰 배반이
　　기에 천금은 1937년도 가을에 원동에서 이주해올때도 그 개를 데리고

와 마지막날까지 친아들처럼 돌보아주었다고 합니다.[22]

인간과 개의 관계를 소비에트와 고려인의 관계로 치환하면, '충실한 벗'을 버리는 것은 '배반'이라는 것인데, 고려인이 그러한 배반의 대상이 되었음을 역설(力說)하고 있다. 러시아 혁명에 투신해서 소비에트 건설에 일조한 고려인들, 즉 '생명의 구원자'에게 내려진 것은 '버림'이라는 가혹한 형벌이었다.

그리고 이러한 내침이 가능했던 것은 어디까지나 인민의 아버지였던 스탈린의 강압 정책 때문이었다.[23] 세르주 모스코비치에 따르면 소련인들에게서 스탈린과 레닌이 동일시되고 사람들이 스탈린에게서 레닌의 모습을 찾아냄으로써 스탈린은 이전의 감정에 다시 불을 붙이는 과거의 이마고를 다시 불러내는 것에 의해서 권력을 유지했다고 한다.[24]

부연하자면 스탈린은 레닌이 부활한 것이나 다름없었으나, 현실은 그렇지가 않았다. 강태수의 「그날과 그날밤」은 집단 이주라는 직접적 표현을 사용하지는 않지만 스탈린의 강압 정책으로 인해서 억울하게 수용소 생활을 하게 된 인물들의 이야기를 그리고 있다. 작품 속 인물들은 소비에트 체제를 간접적으로 혹은 은연중 비판했다는 사실 때문에 그리고 수령인 스탈린의 사진이 실린 신문을 마당에 굴러다니게 했다는 죄명 등으로 끌려온 것으로 형상화된다. 우상화한 독재주의를 우회적으로 비판하

---

22 오병숙, 「바둑개」, 『레닌기치』, 1990. 7. 12, 4쪽.
23 고려인들은 "이 비극폭정의 장본인이 바로 온 세계 근로자들의 영도자이며 태양인 스탈린과 그의 측근자들의 직접적인 지도 하에 감행되었다는것은 몰랐다. 때문에 스탈린에게 구원의 메쩨지를 쓰면 반드시 무슨 대답이 있으리라고 믿었던 것이다. 스탈린은 추호도 나물데가 없는 신성한 초인간으로, 하나님처럼" 인식되었다(원일, 「38년도 봄에…」, 『고려일보』, 1994. 6. 4, 4쪽).
24 Serge Moscovici, 『군중의 시대』, 이상률 역, 문예출판사, 1996, 486쪽 참조.

고 있는 것인데, 강제적 집단 이주의 참상과 이주 후의 정착 과정 중에 겪은 고난을 수기로 기록한 연성용의「피로 물든 강제 이주」에서 나타난 스탈린의 인상은 또한 다음과 같다.

> 스탈린대원수라고 써야 될것을 스탈린대원쑤라 썼다하여 붙잡혀가 10년 징역을 살았으며 또 어느 꼴호즈의 문화일군 한사람이 스탈린의 초상화를 그리기 위해 초상화 원본에 연필로 정방형 금을 그었는데 스탈린을 철창속에 가둔것으로 만들었다 하여 총살을 당하였다.[25]

스탈린의 강압 정책에 따른 공포정치와도 같은 상황 속에서 고려인들은 철저하게 행동에 제약을 받았다. 1930년대부터 시작된 스탈린의 강압 정책은 오랜 기간 고려인들을 육체적인 구속만이 아니라 정신적인 좌절에 이르게 하고 체념을 내면화하도록 만든 것이다.

그리고,「삼각형의 면적」에서는 소비에트 사회체제를 비판하고 있다. 이 작품의 화자인 '나'는 재봉사였던 어머니의 삶을 이야기하고 있다. 뛰어난 바느질 솜씨 때문에 어머니가 지은 옷을 입는 사람들은 자신이 하는 일에서 성공을 맛보는데, 결과적으로 어머니는 자신이 지닌 그 능력 때문에 소비에트 사회에 안착하지 못한다. 집단 이주 당시 카사흐인들이 "새로 실려온 사람들과 관계를 가져서는 안된다는 엄금의 말"[26]에도 불구하고 "동정과 결단성"[27]으로 고려인들을 도운 것처럼 어머니는 집단 이주 당시 헤어진 부모를 찾아 길을 떠난 한겨울의 짐자동차 위에서 옆에 앉은 카사흐 늙은이의 찢어진 소매를 기워주었고 그로 인해서 카사흐인의

---

25 연성용,「피로 물든 강제 이주」,『고려일보』, 1995. 2. 11, 6쪽.
26 송라브렌찌,「삼각형의 면적」,『레닌기치』, 1989. 7. 11, 4쪽.
27 위의 글, 같은 곳.

양털외투 속에서 추위를 피할 수도 있었다. 그러나 그처럼 정성으로 옷을 짓는 것 때문에 어머니는 국영 양복점의 재봉사들로부터 신소를 들어야 했으며, 그 결과 구역재정부에서는 그녀의 바느질을 '비법적인 로동'으로 규정한다. 할 수 없이 그녀는 기성복 공장에 들어가나 그녀가 일을 매우 잘하자 오히려 규정 보수는 낮아지고 생산 계획은 높아졌던 것이다. 그녀는 일을 그만두고 집으로 돌아온다. 그리고 집에서 옷을 짓는 면허를 내고 어떤 장애도 없이 바느질을 할 수 있게 되자 그녀는 자신의 재능을 잃어버리고 만다. 이유라면 '기적을 낳는 그 재능에 과해지는 벌금과 세금'이 너무 많았기 때문이다. 기적을 낳는 재능, 즉 개성이 간과되고 일에 대한 진지한 태도가 또한 묵살되는 무개성의 소비에트 사회체제를 비판하고 있는 것이다.

결론적으로 스탈린과 소비에트를 비판 혹은 고발하는 것은 고려인 사회 전체의 새 출발을 의미한다. 이주로 인한 고려인의 운명을 '노예 시절'이라며 한탄하는 작품인 「희망은 마지막에 떠난다」에서 러시아식 이름은 '싸냐'이나 러시아인들에게는 그냥 '김'일 뿐인 주인공이 갑작스럽게 고향을 떠나야 했고, 그 결과 부모와 생이별을 하게 된 강제적인 집단 이주를 회상하면서 "이렇게 허망하게 내 인생이 쪼각나지 않으리다. 반드시 일어설 것이고 부모를 찾고 또 우리를 화물 취급하는 저들을 밟고 올라서리"[28]라는 다짐을 하는데, 이것은 단순한 과거 회상 속의 한 장면에 그치는 것이 아니라 현재적 의미로 읽히는 고려인의 존재 증명이기도 하다.

---

28 이정희, 「희망은 마지막에 떠난다」, 『고려일보』, 2002. 4. 26, 16쪽.

2) 꼴호즈를 기반으로 한 공동체 건설

다음으로 꼴호즈를 중심으로 한 공동체 건설을 목표로 전개되는 김기철의 「이주초해」가 있다. 고려인 문학에서 "소비에트의 농업 집단화 정책에 따라서 고려인들은 원호의 척결과 함께 토지를 소유할 수 있는 기쁨을 맛보았고, 꼴호즈를 중심으로 한 소공동체 생활이 일상이 됨으로써 꼴호즈를 고향으로 인식"[29]하게 되는데, 「이주초해」가 그 연장선 위에 있다. 이 작품에 등장하는 인물들은 이주라는 상실감에 침윤되지 않는다. 살아남기 위해서 곧바로 새로운 사회에 적응하며 그들의 장기인 농사를 통해 낯선 환경인 중앙아시아에서의 삶을 훌륭하게 개척해나감으로써 소비에트 공민으로 거듭나는 노력을 경주한다. 무엇보다 그 과정이 원주민인 카사흐인을 비롯해서 러시아인과의 융화를 통해 이루어진다는 것이 이 작품의 의의라고 할 수가 있다.

「이주초해」에서 김두만은 꼴호즈 회장이다. 그의 아버지는 조선이 일제에 강점되자 두만이 네 살 되던 해인 1910년 가을 두만강을 건너 록동(녹동, 녹둔도) 근처 제갑동에 정착한다. 이후 두만의 아버지는 추풍에서 의병이 되어 싸우다가 전사한다. 그렇게 정착한 곳에서 조선인들을 이주시키는 청천벽력과도 같은 일이 벌어진다. 마을 사람들은 '불만의 빛, 분개의 빛'을 얼굴에 띠며 '죄 없는 죄수'처럼 이주 열차에 오르게 된다. 이주열차에서 김두만 일행은 차장에게 폭행을 당할 위기에 있던 의사인 김나쟈를 구한다. 그녀의 아버지는 집단 이주 전에 붙잡혀갔으며 그 소식을 듣고 외할머니의 병문안을 갔던 어머니가 돌아오지 않자 나쟈는 어머니를 찾아 헤매고 있는 중이었다. 그녀가 겪은 것처럼 이주 열차는 무법천

---

29 임형모, 「고려인 문학에 나타난 꼴호즈(колхоз)의 기능 : 꼴호즈와 고향만들기」, 국제한인문학회, 『국제한인문학연구』(제9호), 2012, 220쪽.

지의 공간으로 묘사되며 이주는 많은 이산가족을 양산했다.

그렇게 제갑동 사람들을 태운 열차는 10월 중순 씨르다리야 하류 지방에 정차한다. 그리고 그들이 도착한 곳은 다음과 같았다.

> 두만이는 락심에 사로잡히는 사람들을 위로하였다. 그러나 자동차들을 타고 살 곳이라는데를 와보니 갈밭속 호수가에 두 채의 찌그러져가는 토벽집들과 지붕이영 갈들이 거의 날려가 서까래들이 불룩불룩 들어난 양우리가 있을뿐이오. 살만한 집이라고는 없다. 사람들은 자동차에서 내리지도 않고 떠들어댔다.[30]

터전은 도저히 사람이 살 수 있을 만한 공간이 아니었다. 그러나 '두만강과 같은 장강'인 씨르다리야강을 보며 고향인 원동을 생각하고 농사의 가능성을 타진하며 움막집을 짓고 벼농사를 계획하기 시작한다. 김두만은 마을 입구에 무지개 문을 세우며 '붉은노을' 꼴호즈라는 간판을 내건다. 열차에서 만났던 나쟈는 어머니와 재회한 이후 보건부에 가서 '붉은노을' 꼴호즈에서 일할 것을 요청하나 그녀의 아버지가 원동집행위원회에서 일하다가 검거되었기에 그녀는 '인민의 원쑤의 딸'이라는 '검은점' 때문에 쉽게 승인이 나지 않는다. 이렇게 고려인들은 이주 후에도 소비에트 당국의 감시를 받았다.

한편 김두만은 파종을 준비하며 이미 중앙아시아에 정착해 살고 있는 박 노인으로부터 영농 경험담을 듣는다. 노인은 '돈고생', '쌀고생'으로 조선을 떠났던 사람이다. 그리고 두만이 길에서 만난 중년의 조선 사람은 조선사범대학 4학년생이었으나 대학이 문을 닫고 조선 학교들이 로어화가 되자 10년 공부가 헛일이 되었으며, 조선 책들은 모두 불살라진다는

---

30 김기철, 「이주초해」, 『레닌기치』, 1990. 4. 20, 3쪽.

얘기를 한다. 개별 민족의 특성은 인정되지 않았고, 집단 이주가 빚어낸 전염병으로 마을마다 아이들이 죽어나갔다.

새해가 되고 두만은 "비운의 해인 37년은 력사의 쓰레기통에 영영 처넣고 38년은 오로지 희망의 해, 성취의 해, 조선사람들이 처녀지개간에서 본때를 뵈우는 해"[31]라는 다짐을 한다. 그는 종곡을 구하기 위해 이웃 꼴호즈에 도움을 요청하고 이웃들은 흔쾌히 도움을 준다. 무엇보다 원주민인 카사흐인과 소통하게 되며 그들이 조선 꼴호즈에 들게 된다.

> 부모된 마음이야 다 한가지이지요. 그 숱한 아이들을 잃고 속들을 얼마나 태웠으며 눈물인들 얼마나 흘렸겠어요. 우리도 그보다 더하면 더했지 못지 않은 괴변을 겪었다오. 바로 4년전 1932년이였어요. 이때까지 우리는 유목생활을 했지요. 이 넓은 평원에서 동과 서, 서와 동으로 풀과 물을 따라다니며 양도 치고싶은대로 치고 고기도 먹고싶은대로 배불리 먹으며 살았지요. 손님이 한분만 와도 양을 두세마리 잡는것은 례상사였지요. 그러다가 불시에 정주생활로 넘어가 양무리들을 공유하고 고기배급제가 생겼는데 그것조차 제때에 주지 않아 고기기근이 들어 죽는데…혀가 잘 돌지 않는구먼. 그저 폐사때 양들을 쓸어내는것이였습니다.[32]

본래의 생활 방식을 상실했다는 점에서 삶의 터전을 상실한 고려인과 카사흐인은 동병상련의 처지다. 카사흐인이 당한 갑작스런 '정주생활'은 생활의 위기, 즉 식량 부족을 불러왔던 것이다. 따라서 김두만은 조선인들이 농사를 잘 짓고 카사흐인들이 목축을 잘한다는 점에서 둘은 서로를

---

31 위의 글, 1990. 5. 11, 4쪽.
32 위의 글, 1990. 5. 15, 4쪽.

보완해주는 방식으로 하나가 되자는 제안을 한다. 그것이 공동의 꼴호즈 생활을 하는 계기가 된다.

조선 민족을 상기하는 민족주의를 고취하는 노래 등이 일절 금지되는 이주 생활 속에서 어렵사리 봄갈이를 끝내게 되고 문화주택들이 준공되며 러시아인 노위꼬브는 조선 사람들을 돕는다. 이후 집들이가 시작되고 꼴호즈에 새 학교가 세워진다.

1) 9월 1일은 "붉은노을" 꼴호스안에 새 학교가 열리는 날이다. 할머니나 할아버지, 아버지와 어머니가 엮은 꽃묶음을 들고 책가방을 멘 일학년생들을 비롯하여 각학급 학생들이 몰려드는 점에 있어서 제갑동에서 살 때와 별로 다른 점이 없는것만 같다. 그리고 선생들도 그때와 같이 눈이 새까맣고 얼굴이 누릿한 그 조선사람들이다. 그러나 그들은 알고도 그러는지 몰라서 그러는지 로씨야말만 하며 인사조차도 ≪드라쓰뜨부이쩨≫ 하고 고개를 끄덕거리며 로씨야식으로 한다. 왈손이는 제이름을 왈레리라고 고친 것을 잊어버리고 대답하지 못했다고 놀려주어 주먹다짐이 나고 예쁘니는 제이름을 두냐라고 지었다고 뺄이 나서 울며 책보를 안고 집으로 가버렸다. 로어화한 학교가 열린다는것은 누구나 아 안바였지만 정작 와서 조선학교가 영 닫긴다는 것을 직접 보고 확인하니 가슴이 터지고 속으로 눈물이 쏟아진다. 두만이는 꾹 참고 개교식에서 이렇게 강조하였다.

동리여러분! 이러나 저러나 공부를 꼭 시켜야 합니다. 그리하여 우리 마을을 대학생이 제일 많은 마을로 만듭시다![33] (강조 : 인용자)

2) 누가 나를 여기 와 숨이 지게 하니? 누가 간책을 부려 실어오게 한 놈들이나 간책에 넘어가 실어온 놈들이나 처벌을 면치 못하리라. 정의가 이긴다. 정의가……어머니는 눈을 감으시었다.

---

33 위의 글, 1990. 6. 2, 6쪽.

－어머니, 그 잘된 햇쌀밥도 못잡숴보시구, 어머니!^[34]

　1)에서 마침내 꼴호즈 안에 학교가 세워지고 겉으로는 '제갑동에서 살
때와 별로 다른 점이 없'다. '선생들도 그때와 같이 눈이 새까맣고 얼굴이
누릿한 그 조선사람들'이지만 '로씨야말만' 해야 하는 것이 현실이 되었
다. 이를 보며 김두만은 '공부'를 강조하며 '대학생이 제일 많은 마을'을
강조한다. 소비에트 사회 속에서 살아남기 위한 방법으로 교육을 생각하
고 있는 것이다. 그것이 미래에 소비에트 사회의 공민으로 살아가기 위한
선택이라고 할 수 있다. 그가 공부를 원하는 학생들을 보며 "우리 모두의
미래가 너희들 공부에 달렸다고 할 수 있다. 가라. 가서 어떻게든지 대학
에 들어가라."^[35]라고 말하는 것은 체념이 아니라 교육을 통한 미래의 자
기 구원이라고 할 수 있다.

　한편 2)에서 총을 소지했다는 이유로 두만이 민경서에 불려갔다가 돌
아오자 아들을 보러 나온 어머니는 넘어져 '황금바다'를 이룬 '햇쌀밥'도
먹어보지 못하고 숨을 거두고 만다. 강제로 집단 이주를 당한 트라우마
속에서 최후를 맞는 것이다.

　「이주초해」는 김두만이란 영웅의 활약상을 보는 듯한 느낌을 주는데,
온갖 시련을 극복하고 집단 공동체인 꼴호즈를 완성했다는 점에서 그러
하다. 그러나 영웅의 어머니는 '정의가 이긴다'는 한마디를 하며 죽음을
맞는데, 그것은 김두만이란 영웅도 해결할 수 없는 문제이다. 그 해결은
교육을 통해서 고려인들이 당당한 소비에트인으로 거듭나는 것밖에는 방
법이 없는 것이다.

34　위의 글, 같은 곳.
35　위의 글, 1990. 6. 6, 4쪽.

3) 민족 정체성의 보전

끝으로 고려인들의 정체성을 지켜내기 위한 안간힘을 주제로 한 작품으로는 한진의「공포」, 강알렉싼드르의「도라지 까페」, 한진의「그 고장 이름은?…」, 강알렉싼드르의「놀음의 법」등이 있다.

한 사회의 비주류로서 강제적으로 집단 이주된 상황에서 부정된 민족주의는「도라지 까페」에서 제기하는 것처럼 개개의 고려인들에게 '순한 노예'로 살기를 주문한다.

> 젊은친구! 우리에겐 이런 조선음식을 먹든가 남에게 권하는것. 어떻든 사람답게 살아나가기 위해 사회, 정치적 권리니 무엇이니 한것을 다 걷어치우고 이런 고운 이름을 부친 까페나 화려한 집을 짓고 살며 루크나 수박을 파는 일밖엔 남지 않았네. <u>우리 이 찍 째진 눈과 이 음식외엔 아무것도 남지 않았단 말이네. 또다시 재생시킬수도 없단 말이야. 그러니 젊은친구. 아무것도 생각하지 말고 재간만 있으면 마음대로 잘 살란 말이야</u>… 이런 말을 그는 하였다. …(중략)… 살아있는 부모대신 국가서면통치만 손아귀안에 쥐게 된 그 벌판출신들이 연상되었다. <u>그 벌판출신들이란 사납고 험한 생활이 어떻게 그들을 쪼그라들게 하고 저도 모르게 양처럼 순한 노예로 만들었는가를 알수없었던 사람들이다.</u>[36] (강조 : 인용자)

집단 이주 후 고려인들에게 남은 것이 있다면 '찍 째진 눈'으로 대표되는 조선인임을 증명하는 신체적 특성과 '조선음식'으로 대표되는 문화밖에는 없다. 그리고 그것은 '재생시킬 수도 없'기에 정치와는 담을 쌓고 생

---

36 강알렉싼드르,「도라지 까페」,『레닌기치』, 1990. 9. 15, 4쪽.

각 없이 살아야 하는 것이다. 그것이 '벌판출신들'이 할 수 있는 유일한 삶의 방식이라는 것이다. 그러나 이러한 좌절과 체념만이 다는 아니었다.

「공포」에서 제기하는 문제는 민족 정체성이 상실될 위기에 처한 자의 자기 구원이다. 이주 후 고려인들은 "죄수처럼 허가 없이 도시에서 나가는 것이 엄금되"[37]는 속박 속에서 '경계선'인 씨르다리야강을 건너고 싶은 충동 속에서 살아간다. 어디든지 마음 내키는 대로 떠날 수 없음이 더욱 그러한 충동을 조장하는 것인데, 여기에는 버려야 할 민족성의 문제가 상황을 더욱 악화시킨다. 조선어는 "조선글을 읽으면 써먹을 데가 없"[38]다는 인식 속에서 급기야 조선어로 된 책은 러시아인 교장의 명령으로 불온서적으로 분류되고 불 속으로 던져질 운명에 처해진다. 러시아어가 공식어가 되고 학교에서도 러시아어만이 필요한 상황에서 공식어를 모르는 고려인 선생들은 쫓겨나야만 했다. 리 선생은 이러한 위기에 직면하여 조선 책들을 남몰래 모스크바 레닌 도서관으로 보낼 결심을 하고 책들을 상자에 담는다. 그리고 "리선생은 이것들이 책상자가 아니라 가까운 혈육의 상여처럼 눈시울이 뜨거워"[39]진다. 실상 '공포'란 다름 아닌 정체성 상실을 의미했던 것이고, 무슨 작전처럼 책들을 구해낸 리 선생은 비로소 공포에서 풀려난다.

> …(전략)… 이 책들은 신축된 카사흐공화국 뿌스낀 국립도서관의 특별장서실에 보관되어 있다.
> 그러나 이 책들을 읽는 사람들이 없다. 그때 조선사범대학이 문을 닫은 후 반세기라는 세월이 흘렀다. 그동안 어린애들에게 조선말을 가

---

37 한진, 「공포」, 『레닌기치』, 1989. 5. 25, 4쪽.
38 김기철, 「이주초해」, 『레닌기치』, 1990. 5. 5, 4쪽.
39 한진, 「공포」, 『레닌기치』, 1989. 5. 31, 4쪽.

르칠 선생들이 없어졌다. 이 책들을 읽을 사람들이 없어진 것이다.

　그러나 나는 믿는다. <u>때가 오면 다시 이 도서관을 찾아와 이 책들을 찾아 읽을 사람들이 반드시 있으리라는 것을 믿고 싶다. 순진한 리선생이 믿은 것 같이 그 날은 오고야 말 것이다.</u> 리선생에 대한 이 말은 쏘련의 조선사람들속에 널리 알려진 전설같은 이야기이다.[40] (강조 : 인용자)

결론적으로 조선어로 된 책을 구원하는 일은 자기 구원이자 미래 어느 날을 대비한 고려인 전체를 구원하는 일이라고 할 수 있다. 그것은 「그 고장 이름은?…」에서 까쭈샤의 어머니는 조선어를 할 줄 아는 아들이 오고 나서 종내 세상을 떠나는데, 조선어를 모르는 까쭈샤가 어머니가 돌아가시기 전에 마지막으로 하는 말들이 조선어였다는 사실 속에서 "어머님은 왜 돌아가시기 전에 조선말만 하셨는가?"[41]라는 까쭈샤가 풀어야 할 '수수께끼'와 상통한다. 그 수수께끼의 해답은 조선어의 습득과 보전일 터이며 남겨진 자의 몫이자 의무이기도 하다.

그리고 이러한 자기 구원의 절정이 「놀음의 법」이다. 집단 이주가 이루어지고 낯선 환경에서 '나'는 놀음의 법, 즉 여러 민족의 아이들 속에서 '노는 법'을 터득해간다. 카사흐, 우이구르, 독일 등의 아이들은 '나'에게 '조선사람'이면 조선말을 해보라고 하지만, 나는 조선말을 모른다. 더욱이 할머니가 러시아인에게 재가함으로써 '나'의 할아버지는 로씨야 사람이기에 '나'는 '반편'으로 인식된다. 그것은 "자기 말과 종속관계를 가진 특수하고 무자비한 어린이세계"[42]에서 '통행증'이었다. 그러나 아이들과의 전쟁놀이에서 '나'는 항상 도랑을 기어야 하는 존재였고 '불머리 쩨리크'와 '룩손

40　위의 글, 같은 곳.
41　한진, 「그 고장 이름은?…」, 『고려일보』, 1991. 8. 1, 4쪽.
42　강알렉싼드르, 「놀음의 법」, 『고려일보』, 1991. 8. 30, 4쪽.

이 와씨까'에게서 벗어나고 싶지만 '놀음의 법칙'을 위반하지는 못한다.

> 나는 정말 살고 싶었다. 그러나 길을 찾지 못하였다. 할 수 없이 자기 자신을 달랠 수밖에 없었다. <u>"속태울거 없어. 그저 참으면 되는거야. 눈을 꾹 감고 참으면 되는거야…그리고나면…그때는…"—이렇게 생각하니 마음이 진정하고 앞길이 트이는 것 같았다. 그때 나는 비겁한 생각이 어떻게 간사하게 사람을 도취시키는지 아직 몰랐었다.</u> (강조 : 인용자)

'나'는 법칙을 위반하기보다는 꾹 참는 체념을 선택한다. 이유는 잠시 체념함으로써 '마음이 진정하고 앞길이 트이는 것 같'기 때문이다. 하지만 그것은 '간사하게 사람을 도취시키는' 일에 불과한 것이었다. 다양한 민족으로 구성된 아이들의 세계에서도 주도권을 잡는 쪽은 항시 러시아인 아이였고 그 속에서 도랑을 기는 것은 역시나 고려인 아이였다. 아이들의 세계와 성인의 세계가 다르지 않은 것이다. 강제적 집단 이주라는 현실 앞에서 아이들의 부모 세대가 체념을 택했듯이 '나' 또한 체념을 선택한다. 그러나 부모 세대가 체념 속에서 묵묵히 삶을 견뎌온 것과는 달리 '나'는 새로운 놀음의 법칙을 고안한다.

> …(전략)… 손과 발로, 또 배때기로 이 쓰레기들을 샅샅이 쓸며 기여갔다. "잠시라도 내 이 돌쪼각이나 유리쪼각, 아니면 엉경퀴로 변할 수가 있었으면 얼마나 좋을가…" —얼핏 이런 생각이 들었다.— "그러면 아마 지금 나대신 누군가 다른애가 엉경퀴에 얼굴을 쏘이며 도랑바닥에 무릎살을 허비우며 기고있을 것이다…" —나는 이 가상적인 새 놀음에 골몰하여 그 놀음의 법칙을 고안하기 시작했다. 나는 상상했다 : 그러면 나는 도랑둔덕에 허리를 펴고서 있을것이다. 아니 차라리 방안에 앉아 창문으로 멀찍이 도랑을 바라다보고있을 것이다. 어

느 다른 애가 몸부림치며 기여가는 것이 바라다보였을게다…어느 다른 애가…다른 애가…미하일할아버지의 이야기가되살아났다. 초원에 밤광경이 떠올랐다. 싸늘한 별들이 빛을 뿌리는 넌 하늘, 그 밑에 이리저리 흩어져 쓸어진 사람들의 그림자, 활짝 열린 그림틀 같은 부엌의 창문…그리고는 나는 저도 모르게 꼭 눈을 감아버렸다. 봐서는 안될것이 눈앞에 떠올랐던 것이다. 그러나 때는 이미 늦었다. 나는 부끄러움에 가슴이 메이는 듯 하였다.[43]

'나'가 고안한 '놀음의 법칙'은 가해자와 피해자의 입장을 바꾸어 상상하는 일이다. 그러나 그 상상 속에서 '나' 대신 도랑을 기는 '다른 애'가 미하일 할아버지의 이야기 속 '쓸어진 사람들', 즉 고려인 전체로 오버랩되자 '나는 부끄러움에 가슴이 메'인다. 그 부끄러움의 실체란 부정하고 싶은 조선적 정체성이자 '반편'이의 삶이었던 것이다.

세 조선 늙은이가 창문옆에 앉아서 담배를 피우며 조용히 말하고있었다. 미하일할아버지도 있었다. 나는 깜짝 놀라서 다시 상밑에 숨어버렸다. 혹시 <u>그들의 말에서 무서웠던 그 옛날에 대한, 할아버지에 대한 무슨 새소식을 알아낼수 없겠는가, 또 그들의 말속에서 자기의 구원과 용서를 찾을 수 없겠는가 기대를 걸고 나는 귀를 귀울였다. 그러나 나는 한마디도 알아들을수가 없었다. 그들은 내가 모르는 우리 민족의 말을 하고 있었다.</u>[44] (강조 : 인용자)

고통에서 벗어나고자 '나'의 정체성을 부정해보지만 결국 남는 것은 '우리 민족'의 발견이었다.

---

43 강알렉싼드르, 「놀음의 법」, 『고려일보』, 1991. 10. 11, 4쪽.
44 위의 글, 같은 곳.

결론적으로 고려인 문학에서 형상화된 강제적 집단 이주는 체념 속에서 이주를 받아들였고 이주했지만 배반이라 말한다. 공간적으로 생활권이 달라진 것은 어찌 보면 중요한 것이 아닐 수 있다. 기억이 있고 동료가 있고 콜호스라는 집단 공동체가 있기 때문이다. 문제는 근본적으로 달라진 것이 있는데, 그것은 조선적인 것을 송두리째 상실할 수도 있다는 위기의식이던 것이다. 그리고 그러한 위기의식을 극복하기 위한 자기 구원의 몸부림은 소비에트 사회에서 살아남기 위한 수단으로써 소비에트식 육체에 조선적 정신을 결합하는 중층적 정체성을 띤 모습으로 구체화되는 것이다.

4. 강제적 '집단 이주'의 인간학

결론을 내리자. 지금까지 고려인 문학에 나타난 집단 이주와 관련한 연구는 '강제'에 방점을 찍고 민족의 수난에 초점을 맞춘 연구였다. 이것은 민족문학의 관점에서 볼 때, 한국 근대 유이민 문학을 연구하는 유효한 방법적 틀이었다. 그리고 이제 여기에 하나의 관점을 추가해야 한다.

고려인 문학에 나타난 이주는 단순히 '강제'에만 천착해서는 안 된다. 그들의 이주는 강제이지만 '집단 이주'였다는 점을 간과해서는 안 되는 것이다. 고려인들은 단지 나 혼자가 아니라, 소비에트 사회 속에서는 소수민족일지언정 꼴호즈라는 집단 공동체 속에서의 삶을 영위하고 있었고, 그들 전체의 이주였다. 그것은 공포 이전에 우리는 하나라는 안도감을 안겨주기도 했다. 강제적으로 집단 이주를 당했으나 사회체제가 변한 것은 아니었다. 하루 빨리 꼴호즈를 건설해서 삶의 기반을 다지는 일이 버려진 사람들, 즉 '벌판출신들'에게는 무엇보다 중요했다. 생존의 문제였기 때문이다. 그것은 오로지 민족의 아픔만을 노래하고 있을 수만은 없

는 현실이었다.[45] 소비에트 공민으로 거듭나는 것만이 유일한 생존법이
었다.

더불어, 고려인들은 조선을 등지고 또 다른 고향을 찾아 길 떠남을 강
행했던 사람들이다. 양반의 수탈을 피해서 일제의 억압을 피해서 먹고살
수가 없어서 길을 떠났다. 대부분이 농민이자 노동자였고 그들에게는 조
선이란 땅은 기억 속의 고향일 뿐 삶의 희망일 수는 없었다. 돌아간다고
해서 행복이 보장되는 것이 아니었다. 연해주에서의 삶은 소비에트 혁명
이후 한 번도 내 땅을 가져보지 못한 이들에게 땅을 주었고 양식을 주었
으며 차별 없이 교육받을 수 있는 기회를 제공했던 것이다. 그들은 거기
말고는 더 이상 기댈 곳이 없었던 셈이다.

결론적으로 말해서 기댈 곳 없는 자에게 이주란, 체념이 아니라 귀속
의지였다.

---

45 여기서 작가 김기철과 한진 및 강알렉싼드르의 출신 배경을 고찰할 필요가 있
다. 김기철의 작품이 민족의 수난보다는 꼴호즈 건설에 무게감이 실려 있다면
한진과 강알렉싼드르는 민족의 아픔을 그리고 있는데, 김기철이 연해주 출신
이라면 한진 등은 평양 출신으로 북한을 탈출해 고려인이 된 경우이다. 작가들
의 삶이 현실을 보는 관점에 차이를 만들었다고 사료된다.

참고문헌

기본자료

고려인 신문『레닌기치』, 1962. 11. 28~1990. 9. 15.
고려인 신문『고려일보』, 1991. 7. 30~2002. 4. 26.

논문 및 단행본

박명진, 「중앙아시아 고려인 文學에 나타난 民族敍事의 特徵 : 劇作家 한진의 텍
　　　스트를 중심으로」, 『어문연구』 32권 2호, 한국어문교육연구회, 2004.
강진구, 「중앙아시아 고려인 문학에 나타난 기억의 양상 연구 : 강제 이주를 중심
　　　으로」, 『국제한인문학연구』 창간호, 국제한인문학회, 2004.
김필영, 『소비에트 중앙아시아 고려인 문학사(1937~1991)』, 강남대학교 출판부,
　　　2004.
성동기, 『우즈베키스탄 불멸의 고려인 영웅 김병화』, 재외동포재단, 2006.
이명재, 『소련지역의 한글문학』, 국학자료원, 2002.
이복규, 「중앙아시아 고려인의 강제 이주담에 대하여」, 『한민족문화연구』 제38집,
　　　한민족문화학회, 2011.
이정선, 「중앙아시아 고려인 소설 연구 : 역사 복원 양상을 중심으로」, 경희대학
　　　교 박사학위 논문, 2011.
이채문, 『동토의 디아스포라』, 경북대학교 출판부, 2007.
임형모, 「고려인 문학에 나타난 꼴호즈(колхоз)의 기능 : 꼴호즈와 고향만들기」,
　　　『국제 한인문학연구』 제9호, 국제한인문학회, 2012.
장사선 · 우정권, 『고려인 디아스포라 문학 연구』, 월인, 2005.
정덕준 · 정미애, 「CIS 지역 러시아고려인 소설 연구 : 민족정체성의 변화 양상
　　　을 중심으로」, 『한국문학이론과 비평』 제34집, 한국문학이론과 비평학회,
　　　2007.

보리스 박 · 니콜라이 부가이, 『러시아에서의 140년간 : 재러한인 이주사』, 김광
환 · 이백용 역, 시대정신, 2004.

Kim German N., 『한인 이주의 역사』, 박영사, 2005.

S. Freud, 『집단 심리학』, 박영신 역, 학문과사상사, 1985.

Serge Moscovici, 『군중의 시대』, 이상률 역, 문예출판사, 1996.

Th. W. Adorno 외, 『계몽의 변증법』, 김유동 · 주경식 · 이상훈 역, 문예출판사,
1996.

김만선 문학세계의 변모 양상 연구

정원채

1. 서론

1940년 「홍수」를 발표하여 등단한 김만선(金萬善, 1915~？)은 주로 해방 이후로부터 한국전쟁 이전까지의 시기에 창작 활동을 한 작가이다. 작품 수가 적고, 작가에 대한 참고 자료가 부족한 때문인지 김만선에 대한 언급은 많지 않다. 이는 김만선의 작품 수준에 비해서 그에 대한 논의가 상대적으로 부족하다는 인상을 준다. 물론 해방 공간에서 이태준과 지하련, 김동리와 계용묵, 채만식과 같은 작가들의 중요성을 부정할 수는 없다. 그러나 작품 자체의 질적 수준을 두고 본다면 김만선의 소설도 해방 공간 문학 연구의 일환으로서 논의할 값어치가 있다. 이데올로기의 문제를 떠나서 작가가 자신의 정치적 입장을 형상화하는 방식이 주장이나 관념을 생경하게 노출시키는 차원을 벗어나 있기 때문이다.

김만선에 대해서는 작가의 개별 작품을 통해서나 작품 전반을 개괄하는 측면에서 언급되어왔다. 이에 해당하는 연구로는 임헌영·이동하·이정숙·강진호·박정규의 논의가 있다. 이 중에서 임헌영의 논의는 김만선 문학세계를 개괄한 것이고, 이동하·이정숙·강진호·박정규의 글은 작가의 개별 작품을 중심으로 언급한 것이다. 이들의 연구는 김만선의 문학세계를 일차적으로 조명했다는 점에서 의의를 가진다. 우선 개별 작품 위주의 논의를 살핀 후, 김만선 문학세계에 대해 개괄한 연구를 살펴보기로 한다.

이동하는 김만선이 소설 창작에 있어 체험을 중요시했다고 파악한다. 아울러 작가의 이러한 체험 중시는 ① 그의 소설이 해방 직후의 만주 풍경과 귀국자들의 내면 풍경에 대한 사실적인 기록이 되게 하며, ② 그의 작품들이 해방의 감격이라는 것을 추상적이거나 도식적으로 고찰하는 방향으로 나아가지 않도록 만든다고 언급한다.[1] 이동하는 이 논문을 통해 김만선 문학세계의 두 가지 중요한 특성을 지적한다. 하나는 작품과 작가의 체험이 밀접하게 연관된다는 점이다. 다른 하나는 김만선이 해방 전후의 체험을 작품에 담아냈으면서도 도식적인 형상화 방식을 취하지 않았다는 점이다.

이정숙은 간도행 이민소설을 다루면서 김만선의 작품을 언급한다. 이정숙에 의하면 「이중국적」은 중국인과 일본인의 틈바구니에서 눈치를 보며 살았던 당시 재만 조선인 중에서 간교한 사람들의 삶의 양태를 그린 작품이라고 한다. 이정숙은 이 작품 외에도 해방 당시의 만주 사정을 상세히 알 수 있는 작품으로 「한글 강습회」와 「압록강」을 든다. 전자는 만주를 떠나기 전 장춘에서의 어수선함을, 후자는 그 다음 단계인 만주를 떠나면서 귀국하기까지의 과정을 그렸다는 것이다.[2] 이정숙의 이러한 견해를 통해 볼 때, 「이중국적」「한글 강습회」「압록강」은 해방 후 귀국하기까지의 과정을 형상화한 작품으로 분류할 수 있다.

---

1 이동하, 『현대소설의 정신사적 연구』, 일지사, 1989, 186~187쪽.
2 위의 책, 같은 쪽.

강진호는 「홍수」와 「압록강」을 통해 김만선의 문학세계를 언급한다. 강진호는 "식민지 시대에는 민중의 따스한 인간애와 낙관적인 의지에 관심을 보였고, 해방 후에는 만주 체험을 바탕으로 귀환 동포의 애환을 사실적으로 형상화하여 민족대이동의 광경을 증언한 작가"로 김만선을 평가한다.[3] 그런데 지면 관계 탓으로, 강진호의 글에서는 귀국 이후의 모습을 형상화한 작품들에 대한 설명이 없다. 김만선의 문학세계를 이해하기 위해서는 귀국 후 국내에서의 정치적 혼란상을 다룬 작품에 대한 언급을 추가해야 할 필요가 있다.

박정규는 작가의 전기적 사실을 살핀 뒤 「홍수」와 「해방의 노래」를 분석한다. 박정규의 연구에서 주목할 점은 「해방의 노래」의 중요한 기법을 아이러니라고 본 점이다.[4] 그런데 아이러니는 비단 「해방의 노래」뿐만 아니라 김만선의 정치소설 전반을 해명할 수 있는 개념이자 구성 원리이다. 아이러니의 개념을 명확히 규정하고, 그것이 작품에서 어떤 방식으로 작용하는지 살펴보면 좋으리라는 암시를 주는 논문이다.

임헌영의 글은 김만선의 작품세계 전반을 처음으로 개괄한 것이다. 임헌영은 김만선을 "8·15 뒤 당시의 정치적 이념을 가장 선명하고 예술적으로 형상화한 제일급의 작가"라고 규정한다. 아울러 그는 김만선의 작품세계를 ① 식민지 시대의 작품, ② 8·15 직후 중국 대륙에서의 생활 체험을 다룬 작품, ③ 1946년 후반기 이후 본격적인 민족해방 투쟁 의식의 문학 시기의 작품으로 분류하여 설명한다. 임헌영의 이러한 논의는 김만선의 문학세계를 분류할 논리적 틀을 마련해주었다는 점에서 의의가 있다.

3　이정숙, 『실향소설연구』, 한샘, 1989, 153~159쪽.
4　박정규, 「김만선 소설 연구」, 『서울산업대학교 논문집』, 1995. 7, 541~555쪽.

김만선은 발표한 작품 분량이 적고, 창작 활동의 기간도 길지 않은 작가이다. 창작 활동의 기간이 짧은 탓인지 작품세계에 있어 변모의 진폭 또한 극심하지는 않다. 따라서 그의 문학세계는 해방 전, 해방에서 월북 전, 월북 후로 분류해도 작품들이 잘 맞아떨어진다. 본고에서는 해방 전, 해방에서 월북 전, 월북 후의 세 시기로 분류하여 김만선 문학세계의 변모 양상을 살펴보고자 한다. 이를 통해 김만선의 작품 경향의 변화 과정과 각 단계의 소설적 특징을 규명할 것이다. 구체적으로 2장에서는 김만선의 작가적 출발점이라 할 수 있는 「홍수」를, 3장에서는 해방 뒤 귀국했다가 월북하기 전까지의 소설들을, 4장에서는 한국전쟁 시기 북한의 종군작가로 활약하며 창작한 것으로 알려진 「사냥꾼」을 각각 논의한다.

2. 민중의 인간에 대한 관심 : 해방 전

해방 전 김만선이 발표한 작품은 『조선일보』 신춘문예 당선작 「홍수」(1940)이다. 연보[5]에 의하면 김만선은 1941년에서 해방 전까지 만주의 『만선일보(滿鮮日報)』 기자로 근무했다고 한다.[6] 무슨 이유인지 확실하지

---

5 이하로 본 논문에서 언급되는 작가의 연보는 김만선, 『압록강』, 깊은샘, 1989, 271~272쪽에 수록된 작가 연보에 근거한 것임을 밝혀둔다.

6 『만선일보』는 신경의 『만몽일보』와 용정의 『간도일보』를 통합한 것이다. 안수길은 「용정 · 신경 시대」라는 글에서 『만몽일보』와 『간도일보』의 사원, 그리고 서울에서 온 사람들이 『만선일보』의 구성원을 이루었다고 밝힌다. 아울러 자신이 『만선일보』 용정 특파원으로 있다가 본사로 돌아왔을 때, 편집국에서는 "김만선(金萬善)씨(조선일보 해방 전 마지막 당선 작가)의 새 얼굴도 보였다"고 언급한다(안수길, 「용정 · 신경시대(龍井 · 新京時代)」, 강진호 편, 『한국문단 이면사』, 깊은샘, 1999, 261~281쪽). 이러한 안수길의 회고에 근거한다면, 김만선은 빨라

는 않지만, 김만선은 등단 이후 해방이 되기까지 「홍수」 이외에는 소설을 발표하지 않았다. 그가 창작 활동을 재개한 때는 해방 이후이다. 따라서 「홍수」는 해방 이전에 김만선이 창작한 유일한 소설이자, 작가의 문학적 출발점을 살펴볼 수 있는 작품이다. 이 작품을 하나의 장에서 논하는 이유는 「홍수」가 정치의식이 농후한 해방 이후의 작품과는 성격을 달리하며, 이 작품이 작가 의식의 출발점을 드러내기 때문이다.

이 작품은 가난하고 힘없는 민중들의 인간애와 연대의식, 그리고 미래에 대한 낙관적인 비전을 제시한 작품이다. 작품은 지영호와 지점룡 부자 간의 갈등과 화해에 초점이 맞추어진다. 이 작품의 특징으로는 ① 민중의 인간애와 연대의식, ② 홍수라는 사건을 통해서 인물들의 갈등을 해결하는 작가의 기교, ③ 음울하거나 침울하지 않은 분위기와 미래에 대한 낙관적인 전망을 들 수 있다.

첫째로 민중의 인간애와 연대의식은 영호와 점룡의 가족애, 그리고 지영호가 자신의 집안 살림도 버려둔 채 마을 사람들을 구하러 가는 장면을 통해 구체화된다. 지영호는 아들 점룡이가 난봉을 피우자 면전에서는 죽일 듯이 야단을 치지만, 속으로는 항상 아들 걱정을 하는 따뜻한 부성애를 보여준다. 야단을 치는 이유도 실은 난봉꾼 아들이 개심하기를 바라기 때문이다. 그런데 이러한 지영호의 부성애에 아들 점룡도 반응을 보여온다. 지영호가 물에 빠져 죽을 고비에 이르자 점룡은 신속히 아버지를 구하려 드는 것이다. 이러한 일련의 사건들은 가난하고 힘없는 민중에게서 따뜻한 가족애를 발견하는 것으로 요약할 수 있다.

그런데 이러한 가족애는 한편으로 민중에 대한 연대감과도 연결된다.

야 1941년 봄 이후에나 『만선일보』에 편집국 기자로 들어간 셈이다. 안수길이 『만선일보』 특파원으로 용정에 갔을 때가 1941년 봄이기 때문이다.

지영호가 자신의 살림 도구를 구하는 것도 팽개친 채 마을 사람들을 구하러 가는 장면이 그 근거이다. 자신의 집안 세간이나 물에 젖지 않도록 언덕으로 실어 나르자는 아내의 말에 지영호는 "저런 소갈지 없는 소리 좀 봐. 사람들이나 살구 봐야지 세간이 그렇게 중해."[7](224쪽)라고 야단을 친다. 이것은 가난하고 힘없는 사람들 속의 인간애이자, 좀 더 의미를 부여한다면 민중들끼리의 연대의식으로 해석할 수 있다. 이상과 같은 민중의 따뜻한 인간애와 연대의식에 대한 조명은 해방 이후 작가가 좌익 이데올로기로 급격히 경사되는 모습을 이해하는 데 하나의 단초가 된다.

두 번째로 홍수라는 사건의 도입을 통해 작품의 긴장감을 강화하고 인물간의 갈등을 해소하는 작가의 능숙한 기교를 지적할 수 있다. 작품의 시작 부분에서 홍수를 언급함으로써 작품 끝 부분에서 일어날 재난을 암시하고 있다. 또한 사고를 치고 다시 돌아온 아들과 실랑이를 하는 장면에서 비를 내리게 함으로써 극적 긴장감을 형성한다. 이러한 기교는 해방 후 그의 작품에서 더욱 능숙해진 모습을 보인다. 정치의식을 구체적으로 드러내는 그의 해방 후 작품들이 형상화의 측면에서 도식성을 드러냈다면 소설적 긴장감과 재미는 감소했을 것이다. 하지만 김만선은 자신의 이데올로기를 직접적으로 드러내는 대신 우회적이고 간접적인 방식으로 형상화한다. 이러한 점은 김만선의 작가적 재능이다.

세 번째로 지적할 점은 이 작품이 가난하고 힘없는 민중들이 홍수라는 재앙을 맞아 비참한 상황에 빠진 것을 소재로 함에도 불구하고, 작품의 분위기는 결코 침울하지 않으며, 한편으로 미래에 대한 낙관적인 전

---

7   본고에서는 「대설」을 제외한 모든 작품의 인용을 김만선, 『압록강』, 깊은샘, 1989에 근거한다. 이하로 「대설」을 제외한 작품의 인용문은 깊은샘판의 해당 페이지 수만을 표기한다.

망까지 소설 결말을 통해 제시한다는 것이다. 이 또한 김만선의 작가적 재능을 드러낸다. 해방 이후에 발표한 그의 소설을 보아도 비참하다거나 침울한 느낌은 없다. 이는 작가가 자신의 주관적 감정에 빠지지 않고, 현상과 일정한 거리를 유지하기 때문이다. 이 또한 작가의 재능이라 할 수 있다.

이러한 세 가지 특성은 김만선 문학세계의 출발점이다. 또한 이러한 측면은 해방 이후 그의 문학세계와도 연결된다. 해방 이후의 작품은 이러한 작가적 바탕 위에 정치의식이 선명하게 드러나는 방향으로 변화하는 모습을 보이는 것이다. 민중들의 인간애와 연대의식에 대한 관심은 곧 좌익 이데올로기로 발전할 가능성을 보여준다. 그리고 능숙한 기교와 현상과의 거리 두기는 작가가 전달하고자 하는 이데올로기를 보다 효과적으로 드러내는 데 기여한다.

한편 해방 이후부터 월북하기 직전까지 김만선 작품세계의 전개 양상은 좌익 이데올로기를 더욱 선명하고 효과적으로 드러내어가는 과정이다. 다음 장에서는 김만선이 작품에서 정치의식을 구체화하는 과정을 1) 귀향 과정의 반영과 민족의식, 2) 귀국자의 내면적 혼란과 정치의식의 생성, 3) 좌익 이데올로기의 선명한 표출이라는 분류를 통해 살펴본다.

3. 정치의식의 구체화 과정 : 해방에서 월북 전까지

1) 귀향 과정의 반영과 민족의식
: 「이중국적」 「한글강습회」 「압록강」

김만선은 해방 이후부터 본격적인 창작 활동을 재개한다. 이 시기의 첫 번째 창작 경향으로는 작가가 만주의 해방 후 정황이나, 재만 조선인들이 고국으로 귀환하는 과정을 형상화했다는 점을 지적할 수 있다. 김만선은 해방 후 1945년 국내로 귀국한다. 이 단계의 작품들은 해방 후 귀국하기까지의 체험을 바탕으로 창작된 것으로 보인다.

만주에서의 생활을 그린 작품에는 해방 이후 그곳에서 살기 어려워진 상황이 그려진다. 그런데 이는 결국 재만 조선인들이 귀국하는 원인이 되므로, 해방 후 만주의 정황을 형상화한 작품 역시 귀향 과정의 반영이라는 항목 안에 포함시킬 수 있다. 다시 말해 해방 후 만주 정황을 그린「이중국적」과「한글강습회」는 한인들의 귀향 과정을 그린「압록강」바로 직전 단계의 소설인 셈이다. 각각의 작품들을 살펴보기로 한다.

「이중국적」은 중국과 일본의 대립 속에 눈치를 보며 살 수밖에 없었던 재만 조선인의 상황을 형상화한 소설이다.[8] 주인공 박 노인은 이중국적을 취득하고 시대적 정황에 따라 중국인이나 조선인으로 행세한다. 그가 중국인으로 행세하는 것은 중국에 팽배한 배일 정서 때문에 자신이 화를 입지 않을까 하는 불안감 때문이다. 한편으로 조선인으로 처신했던 이유는 해방 전 만주로 오는 일본인에게 땅을 소개하는 일을 하는 데 조선인으로 행세하는 것이 유리하기 때문이다. 이렇게 기회주의적으로 처신하는 박 노인은 해방 후에는 자신의 재산을 포기하지 못해 중국인 민적을 항시 소지하고 다닌다. 그런데 작품의 결말에서 그는 그러한 민적 때문에 오히려 조선인임이 탄로나 화를 입는다. 이 작품에서 주목할 점은 두 가

---

8 이정숙은 이 작품에 대해 "중국인도 일본인도 아닌, 그렇다고 떳떳하게 조선 사람으로 살아갈 수도 없는 미묘한 국제사회의 와중에서, 보다 정확히 비극적인 역사적 상황 속에서, 이 눈치 저 눈치 보며 살아야 하는 조선인들 가운데 보다 간교한 사람들의 삶의 형태를 그린 것"이라고 파악한다(이정숙, 앞의 책, 155쪽). 이러한 이정숙의 지적은 박 노인의 기회주의적 처신을 통해 볼 때 타당하다.

지이다. 그것은 ① 해방 후 재만 조선인의 불안한 상황을 드러냈다는 점, ② 소설에서 부정적인 인물을 주인공으로 내세워 거꾸로 비판하는 기법을 사용했다는 점이다. 그런데 ①과 ②는 상호 연관성을 가진다.

첫째로 재만 조선인의 불안한 상황을 드러내는 점은 해방 후 중국인들이 일본인뿐만 아니라 조선인에게 행패를 부리는 장면에서 확인할 수 있다. 중국인들이 조선인들에게 약탈과 방화를 일삼는 이유는 조선인과 일본인을 한통속으로 보기 때문이다.[9] 이러한 점을 통해 볼 때 이 작품에서는 민족의식이 엿보인다. 만주 땅에서 일본이 물러갔어도 중국인들에 의해서 시련을 당하는 모습을 보여주는 것은, 조선인은 중국인도 일본인도 될 수 없다는 정체성 문제를 드러내기 때문이다.

한편 민족의식이라는 주제를 형상화하기 위해 이 작품에서 박 노인이라는 부정적인 인물을 내세워 도리어 그러한 인물을 비판하는 방법을 사용한다. 박 노인은 중국 민적을 가지고 다니면서 자신의 모습이 중국인으로 보일 것이라고 생각한다. 하지만 그것은 박 노인의 착각임이 작품의 결말을 통해 드러난다. 빌려준 돈을 갚지 않은 김모의 세간을 끌어내리려는 욕심을 부리다 중국 군대에 잡힌 박 노인은 너무나 손쉽게 조선인임이 발각된다. 이러한 장면은 만주에서 조선인이 중국인으로 처세하면서 살 수 없다는 주제의식을 드러내기 위한 소설적 방법이다.[10]

---

9 이정숙은 중국인들이 재만 조선인을 핍박한 이유에 대해 그들을 일본인과 같은 차원에서 취급했기 때문이라고 파악한다. 일본의 중국 진출이 이루어지는 상황에서 "한국인을 일본인과 같은 차원에서 취급하는, 국가적 관계에서 오는 배척"이었다는 것이다(이정숙, 앞의 책, 104~105쪽).
10 이러한 방법의 효과에 대해 이정숙은 "어려울 때를 대비해 허리춤에 지니고 다니던 전대 때문에, 결정적으로 화를 입게 되는 박 노인에게서 아이러니와 희극적 비애를 동시에 느끼게 된다."(이정숙, 앞의 책, 158쪽)고 언급한다.

「한글강습회」 또한 해방 후 재만 조선인의 불안과 민족의식을 드러낸 작품이다. 해방 후 불안하고 어수선한 분위기의 장춘(長春)에서 주인공 원식은 한글강습회를 열 계획을 한다. 그것은 일반 재만 조선인뿐 아니라, 그들의 지도자격이라 할 수 있는 사람들까지도 "제 민족의 글을 올바로 못 쓴다는"(136쪽) 점에 원식이 문제의식을 느끼기 때문이다. 하지만 이런 의도로 계획한 한글강습회는 한글을 배우러 온 사람이 한 명도 없어 열리지 못한다. 그 이유는 한글강습회에 나오기에는 재만 조선인들이 불안감이 너무 크고, 한편으로 배움을 생각하기에는 당장 하루를 먹고살기가 어렵기 때문이다. 작가는 작품을 통해 두 가지 점을 비판한다. 첫째로 작가가 비판하는 것은 원식과 같은 지식인이 객관적인 정세에 어둡다는 점이다. 한글강습회에 대한 원식의 계획은 피난민들의 불안감을 고려하지 못했다는 점에서 문제점이 있다. 한편 작가는 해방 후 만주 민단의 활동이 재만 조선인들에게 실제적인 도움을 주지 못하고 있다는 점도 아울러 비판한다. 만주 민단의 활동은 자신들의 정치적 허영심을 만족시키거나 향락적인 생활을 보장해줄 뿐, 고국으로 돌아가려는 동포들에게 별 도움을 주지 못한다. 작품에 나타난 이러한 인식은 민족의식을 전제로 하지 않고서는 이해하기 어렵다. 민족의식이 작품의 바탕이 되지 않았다면 이러한 문제점을 작품에서 형상화할 수 없기 때문이다. 한편으로 이러한 문제 제기가 가능했던 데는 해방 후 민주와 재만 조선인의 사정을 작가가 소상히 알고 있었다는 점도 작용한다.

한편 「이중국적」이나 「한글강습회」에 나온 재만 조선인의 불안감은 「압록강」에서처럼 귀국길에 오르는 결과로 이어진다. 다시 말해 해방 후 재만 조선인의 불안감이 「압록강」에서 볼 수 있듯 그들로 하여금 귀국길에 오르도록 만든 것이다. 이 작품의 특징은 실향소설과 귀향소설의 중요한 소설적 장치가 열차인 것처럼, 귀국의 과정을 그린 이 작품에도 주요한 그것이 열차라는 점이다.[11] 이 작품의 대부분을 차지하는 내용은 귀국 열차에서 일어난 일이다. 귀국 열차 안에서 벌어진 일을 주 내용으로 하는 이 작품에서 발견할 수 있는 점은 ① 일본에 대한 부정적인 정서와 ② 소련에 대한 긍정적인 감정이다. ①은 일본인 기관사가 달아나는 바람에 차가 정체되는 장면이나 조선인인 체하고 새치기를 하는 중년 남자를 보안 대원에게 고발하는 장면을 통해, ②는 아버지가 조선 사람인 소련 병사 박용수를 긍정적인 인물로 그린 삽화를 통해 확인할 수 있다.[12] 그런데 이 두 가지 점은 모두 민족의식에서 비롯한다. ①은 식민 통치를 했던 일본에 대한 민족적 울분 때문이고, ②는 소련이 우리 민족의 식민 상태를 해방시켰다는 인식을 전제한 까닭이다.

한편 작가는 우리 민족의 비참한 모습과 해방으로 인한 조선인의 감격 또한 드러낸다. 장티푸스에 전염되어 죽은 아내를 기차 바깥으로 던지는 남자의 모습이나, 원식이 보안대원에게 일본인을 고발하는 장면이 그것

---

11 이 작품은 한편으로 여로형 구조를 지닌 소설이다. 이대규는 해방 공간에 발표된 소설의 크로노토프에 주목하면서 다음과 같이 언급한다. "해방 공간의 소설이 해방의 역사성과 그 의미를 형상화하고자 할 때 길의 크로노토프는 공간 안에서 시간을 객관화할 수 있고 그것이 만남의 모티프와 결합되어 현실의 객관화를 추구할 수 있는 기법이 되는 것이다."(이대규, 「한국 근대 귀향소설 연구」, 전북대학교 박사학위 논문, 1994, 154쪽.) 이러한 이대규의 지적은 「압록강」에도 해당한다. 기차를 타고 가는 과정은 크게 보아 하나의 여로이며, 작품에는 길의 크로노토프와 만남의 모티프가 결합하기 때문이다.

12 강진호는 이 작품에 그려진 "소련 병정에 대한 우호적인 감정과 일본인들에 대한 강한 적개심은 당대 민중들의 생각을 고스란히 반영한 것"이라고 파악한다. 우선 소련 병정에 대한 우호적 감정은 한국인 2세인 소련 병정 박용수의 삽화를 통해 구체화된다. 또한 일본에 대한 극단의 경멸적인 감정은 산중에다 2천여 명의 조선인 피난민들을 내동댕이치고 도주한 일본인 기관사나, 기차에 오르기 위해서 한국인으로 가장하고 새치기를 하는 일본인에 대한 적개심을 보이는 장면을 통해 표출된다고 한다(강진호, 앞의 글, 492쪽).

을 증명한다. 이러한 장면의 삽입은 작가가 민족의식을 바탕으로 이 작품을 창작했음을 짐작하게 만든다.

2) 귀국자의 내면적 혼란과 정치의식의 생성
:「귀국자」「노래기」

김만선은 다음 단계의 작품을 통해 귀국자의 내면적 혼란과 정치의식의 생성 과정을 형상화한다. 「귀국자」와 「노래기」가 그에 해당한다. 해방 후 타국에서의 삶이 불안해서 한국으로 돌아왔지만, 귀국인들의 내면에는 「귀국자」의 주인공 혁처럼 "돌아만 오면 무슨 자리든 높직한 의자를 차지하게 되리라."(168쪽)는 심리가 없지 않았다. 당장 생계 문제의 해결이 어려울뿐더러, 만주에서 왔다는 사실은 오히려 "처세하기 곤란한 것"(169쪽)이 된다. 「귀국자」와 「노래기」는 공통적으로 귀국자들의 어려운 처지와 내면적 혼란을 형상화한다. 또한 두 작품 모두 귀국자들이 내면적 혼란 끝에 현실의 모순을 인식하는 장면에서 끝난다. 이것은 김만선이 좌익 이데올로기를 작품에서 선명하게 표출하기 직전의 단계이다.

「귀국자」의 핵심은 주인공 혁의 가족 문제와 내면 의식에 있다. 딸인 경희와 아내 영애는 이 작품에서 부정적인 인물로 그려진다. 일본적인 풍습에 젖은 경희는 학생들의 자발적인 일어 구축 운동이 벌어지고 있는 학교에 가지 않으려 든다. 게다가 아내 영애는 해방 전에는 친일적으로 처신했지만, 해방 뒤 귀국한 이후로부터는 친미적인 태도를 보이며 혁에게 미군 통역관으로 일하라고 성화를 부린다. 이러한 가족에 대한 혁의 의식은 냉소적이고 부정적이다. 분명한 태도를 보여주기에는 혁의 내면은 혼란스럽다.

귀국 후 혁은 생계를 유지하는 일에 불안할 뿐만 아니라, 자신을 인정해주지 않는 세상에 원망도 느끼며, 한편으로는 해방 이전 자신의 친일

전력을 누가 거론할 것 같아 두려움도 느낀다.[13] 먹고 살기가 어려워서 "최후로 ××전문의 영어교수 자리를 선택"(170쪽)하기도 하지만, 가르친다는 것에도 정열을 느끼지 못한다. 게다가 스스로에 대한 부끄러움과 노여움을 느끼기도 한다. "해방의 덕택을 보려는 기분으로 높직한 자리만을 연상하며 귀국했던 양심의 부끄러움"(170쪽)을 느끼는 것이다.[14]

작품은 이러한 내면적 혼란을 거듭하던 혁이 좌익 세력의 지지자인 김인수(대학 동창이자 출판사를 경영하는 인물)를 만나고, 그것이 계기가 되어 신탁통치 관련 시위 현장에 가서 인식의 미세한 변화를 보이는 부분에서 끝난다. 작품에서 혁의 친구인 김인수는 신탁통치에 대해 "삼상결정은 신탁통치가 아니란 말야. 그렇다면 탁치를 지지허느냐 반대허느냐는 질문은 우문이지."(174쪽)[15]와 같이 신탁통치를 찬성하는 입장을 보였던

---

13 이러한 주인공 혁의 심리에는 작가 자신의 모습이 묻어난다. 김만선은 해방 이전 『만선일보』 기자로 일한 바 있다. 그런데 이 『만선일보』는 일본 "관동군 홍보처의 지휘 아래 놓여 있는 것"(김윤식, 『염상섭 연구』, 서울대학교 출판부, 1987, 617쪽)이었다. 따라서 당시 이 신문사에서 일했던 여러 한국인들이 민족적인 입장을 유지했더라도, 『만선일보』는 외양상 일본 관동군 소속이었다. 이러한 점에서 해방 후 김만선은 자신의 『만선일보』 기자 경력을 껄끄러워했을 수도 있다.

14 조남현은 '지식인소설'이 갖추어야 할 요건으로 "지식인이 주요인물로 나타날 것, 대체로 현실적 욕구와 理想 사이의 갈등이 메인 플롯이 되어야 할 것, 지식인의 本質과 力能 등에 관한 思惟와 覺醒이 포함되어야 할 것"이라는 세 가지 점을 든다(조남현, 『한국지식인소설연구』, 일지사, 1999, 12쪽). 이에 의한다면 「귀국자」 또한 지식인소설 유형에 포함시킬 수 있다.

15 조선공선당의 신탁통치 찬성에 대해서는 다음과 같은 서술을 참조할 수 있다. "조공을 중심으로 한 좌익은 모스크바 결정안이 조선을 곧바로 독립시키는 것이 아니라 5년 동안 신탁통치를 하기로 했기 때문에 처음에는 태도를 결정하는 데 머뭇거렸다. 그러나 조공은 모스크바 결정안의 핵심이 신탁통치가 아니라 조선민주주의 임시정부 수립이라는 것을 확인하고 삼상회의의 결정을 지지하기 시작했다."(역사학연구소, 『함께 보는 한국근현대사』, 서해문집, 2004, 280쪽) 이와 같은 서술이 타당한지는 쉽게 판단하기 어렵지만, 이러한 견해는 당

당시 좌익의 견해를 대변하는 인물이다. 주인공 혁은 신탁통치를 찬성하는 시위를 벌이는 김인수를 보며 행동으로 나설 용기가 없는 자신에 대해 부끄러움을 느낀다. 서술자는 위와 같이 혁의 내면을 보여줌으로써 주인공의 우유부단함을 우회적으로 비판한다. 하지만 혁은 부끄러움을 느낄 뿐 구체적인 행동으로 나서지 못한다. 자신의 내면적 고뇌와 방황만을 보여줄 뿐이다.[16] 이런 점에서 「귀국자」는 좌익 이데올로기를 명료하게 드러내는 단계의 소설은 아니다.

귀국자의 어려운 처지와 내면적 방황을 보여주면서 주인공이 현실의 문제점을 인식하는 장면에서 끝나는 점은 「노래기」 또한 마찬가지이다. 그런데 「노래기」의 환은 귀국인의 어려운 삶을 살고 있으면서도, 「귀국자」의 혁보다는 좀 더 뚜렷한 인식을 지닌 인물이다. 그는 돈을 만들어보라고 성화를 부리는 아버지에게 "해방된 오늘날 우리가 왜 이렇게 끼니도 잇지 못하는 고생들을 하느냐는 걸 생각하고 고놈들 때문에 고 친일파 매국노들을 없애 버릴 동안 우리두 더 좀 고생을 참어야지 어떡헙니

시 좌익 세력이 왜 찬탁 입장으로 돌아섰는지를 이해하는 데 참고가 된다.

16 조남현은 "이 작품에서는 주인공 혁이 좌파·우파에 대해 어떠한 기본인식을 지녔는지 그 구체적인 내용을 알 길이 없다."면서, 혁을 허무주의자로 파악한다. 아울러 이런 인식을 바탕으로 김만선을 "염상섭 못지않게 '중간파'의 인물과 논리에 큰 관심을 가졌던 작가"로 간주한다(조남현, 「해방직후 소설에 나타난 선택적 행위」, 이우용 편, 『해방공간의 문학 연구 II』, 태학사, 49~51쪽). 하지만 김만선의 전체 작품세계를 통해 볼 때 '중간파'적인 인물이 많지는 않다. 「귀국자」「어떤 친구」「형제」가 '중간파'적인 인물들이 등장하는 작품이다. 그런데 김만선의 작품에 나타나는 '중간파'적인 인물들은 작품의 결말에 가서는 미세한 의식의 변화를 보인다. 이는 작가가 좌익 이데올로기를 보다 효과적으로 독자에게 전달하기 위해 '중간파'적인 인물을 설정한 것임을 증명한다. 중립적인 위치에 있는 '중간파'적인 인물이 좌익으로 기우는 모습을 통해 독자로 하여금 좌익 이데올로기가 정당하다는 점을 설득하는 것이다.

까."(183쪽)라고 말할 정도로 뚜렷한 정치적 견해를 가진 인물이다. 이 작품도 주인공 환이 굶주린 아이들에 대한 동정을 느끼면서, 친일파나 매국노를 타도한 뒤에야 노래기 타령이나 좀도둑 타령이 없어질 것이라는 현실 인식을 획득하는 지점에서 작품이 끝난다. 이는「귀국자」와 유사한 점이다. 현실의 문제점을 발견하고 정치의식을 형성하는 지점에서 이야기가 마무리되는 것이다.「노래기」까지 이르면 김만선의 다음 작품들은 좌익 이데올로기를 보다 적극적이고 구체적으로 드러내는 쪽으로 변모할 것이라는 점을 짐작할 수 있다.

3) 좌익 이데올로기이 선명한 표출
:「해방의 노래」「어떤 친구」「형제」「대설」

「노래기」이후로 김만선은 선명한 정치적 색채를 작품 속에 드러내기 시작한다.「귀국자」「노래기」에서 귀국자의 내면적 혼란과 정치의식의 획득 과정이 드러난다면, 그 이후의 작품들은 구체적인 정치적 색채와 좌익 이데올로기가 선명히 나타나는 것이다. 이는 작가가 귀국 후 조선문학가동맹에 가입한 사실과도 연관성을 가진다고 보여진다. 그런데 여기서 주의할 점은 김만선이 작품을 통해 좌익 이데올로기를 형상화하는 방법이 도식적이지 않다는 것이다. 이러한 점이 김만선 소설의 문학적 가치를 담보한다. 이 단계에서 나타나는 작품의 특징은 두 가지이다. ① 좌익 이데올로기가 선명히 표출된다는 점과 ② 그러한 이데올로기를 설득력 있게 전달하기 위한 소설적 구성 원리로서 아이러니가 작용한다는 것이다.

우선 주체적 측면을 보면, 내면적 혼란이나 방황의 흔적이 작품에서 사라지고 작가의 좌익 이데올로기가 선명하게 드러난다.「해방의 노래」는 양조장 주인인 김병학이 아이들의 운동회에 갔다가 소동에 휘말리는 내용을 그린 작품이다. 이 작품에서는 김병학이 소동이 일어난 운동장에서 허둥지둥 나오는 모습을 통해 우익 세력을 조롱한다. 「어떤 친구」에서는 소설가인 C의 시선을 통해 조선인민당과 우익 세력을 아울러 비판한다. 한편 「형제」에서 당시 우리 정치 판도의 축약을 그려 보임과 동시에, 음모와 위선으로 가득 찬 인간상을 비판한다.[17] 「폭설」에서는 아이의 시선을 통해 좌익 이데올로기의 정당성을 강조한다. 이 소설에서 등장하는 아버지는 좌익 활동을 하는 큰형을 식구들 앞에서 격렬히 비난함으로써 좌익 세력을 비난하는 인물처럼 처음에는 그려진다. 하지만 작품의 마지막 부분에서는 아버지가 좌익 활동을 하는 큰형과 가족 몰래 교섭해왔던 사실이 아이의 시선을 통해 드러난다. 아버지나 큰형은 아이의 시선을 통해 긍정적으로 그려지는 반면, 우익 세력인 청년단원은 이 작품에서 부정적으로 그려진다. 청년단원들은 가난한 사람들을 착취해가는 세력으로 형상화되는 것이다. 가령 아래와 같은 서술을 통해 그것을 확인할 수 있다.

　　얼마전에는 경비를 뜯어써야겠으니 값은 이백원이나 기부삼아 삼백원이고 오백원이고 정성껏 내라고 청년단원들이 비누 한 장씩을 집집에다 드리밀었든 사실도 있거니와 이제 또다시 백원씩을 내라는데는 역정들이 났다. 너나 없이 가난한 사람들이요 거개가 미장이 목수 신기리와 같은 계절적인 직업을 갖인 자유노동자들이 몽여사는 동리요 산림간수들이 싸다니거나 말거나 도끼 하나를 들고 나서면 땔나무

를 해결할수 있던 그들이 이제는 눈에 막혀 추운 잠을 자야만한다. 삼
백원이 있으면 장작을 사겠다고 쑤군거렸다.[18]

김만선은 위의 작품들을 통해 좌익 세력을 옹호하고, 반대로 우익 세
력을 비판한다. 그런데 이러한 의도를 효과적으로 드러내기 위해 김만선
은 아이러니[19]를 소설적 방법론으로 즐겨 활용한다. 이 작품들에서는 외
형상으로 보이는 사실이 진실이 아니라는 점이 사건의 전개를 통해 드러
난다. 여기서 작품의 긴장감이 발생한다.

「해방의 노래」에서는 김병학이라는 부정적인 인물을 전면에 내세우는
데, 그를 통해서 거꾸로 우익 세력을 비판하고 좌익 이데올로기가 옳은
것임을 부각시킨다. 김병학은 8 · 15 이전에는 친일을 했고 이후에는 대
한민청을 지원하여 자신의 기득권을 유지하려는 우익 인사로 그려진다.
작가는 김병학이 운동회의 소동을 통해 혼쭐이 날 것임을 이미 알고 있으
면서도 짐짓 모르는 체한다. 그에 비해 김병학은 좌익 세력이 없어져 자
신의 양조장 경영이 탄탄대로일 것이라고 안심한 채 의기양양해 있다. 이
러한 부조화가 작품의 긴장감을 형성하면서 독자로 하여금 웃음을 유발

---

18 김만선, 「대설」, 『신천지』, 1949. 2, 243쪽.
19 D. C. Mueke는 아이러니의 요소들 중 하나로 '현실과 외관의 대조'를 든다. 이
   '현실과 외관의 대조'는 작가가 "한 가지를 말하는 것같이 보이면서 실제로는
   아주 다른 것을 말하는 것"이다. 그리고 "아이러니의 희생자는 사물은 보이는
   그대로라고 확신하는 반면 기실은 그것들이 전연 다르다는 것을 모르고 있는
   것"이라고 설명한다. 다시 말해 작가는 "외관을 내보이면서 현실을 모르고 있
   는 체하는 한편 희생자는 외관에 속아서 현실을 모르는 것"이다(D. C. Mueke,
   『아이러니』, 문상득 역, 서울대학교 출판부, 53쪽). 이러한 점을 통해 볼 때 김
   만선의 소설은 아이러니의 측면이 강하다. 서술자는 부정적인 인물을 작품 내
   에서 부각시킴으로써 자신이 주장하는 바를 역으로 드러내는 방식을 취하기
   때문이다.

하게 만든다.

한편 「어떤 친구」에서는 C라는 관찰자의 설정과 K라는 부정적인 인물의 부각을 통해 작가의 정치적 입장에 공감하도록 만든다. C는 어떤 정파에도 가담하지 않은 인물이다. 그 이유는 그가 문학 활동과 정치적 행동 사이에서 내적으로 갈등하기 때문이다. 어떤 정파에도 가담하지 않은 C는 독자로 하여금 중립적이고 객관적이라는 신빙성을 갖게 한다. 그런데 중립적인 인물인 C는 K의 위선을 목격함으로써 작품의 결말에 이르면 인식의 변화를 보여준다. 조선공산당의 입장에 공감을 보이는 것이다. C의 이러한 변화는 어떠한 정치 세력이 정당성을 가지는지 독자에게 암시하는 것이다. 그러니까 얼핏 중도적으로 보이는 C라는 인물 또한 작가의 계산 아래 설정된 것이다. 한편 작가는 K라는 부정적인 인물을 작품 전면에 내세워 그 인물이 속한 정치 세력을 비판한다. 다시 말해 K는 인민당 세력의 속성을 비판하기 위해 작가가 의도적으로 작품 전면에 부각시킨 인물이다. 이 K라는 인물은 P를 모리배이자 민족적인 죄악을 위장하기 위해 출판업을 하려는 인물로 비판한다. 그런데 작품 결말부에서는 K가 자신의 말과는 달리 P를 몰래 찾아갔던 사실이 드러난다. 이러한 결말은 K의 언행이 위선적이었음을 드러내는 것이다. 이 또한 아이러니의 원리를 활용한 것이다.

이렇게 겉으로 나타난 인물의 언행이 위선이었음을 작품 결말부에서 드러내는 방식은 「형제」 또한 마찬가지이다. 이 작품에서 부정적인 인물로 작품 전면에 부각되는 인물은 장빈이다. 장빈은 좌익인 이(李)를 악평한다. 이(李)가 고향에서 어떤 처녀를 강간하고 남의 물건을 협작해서 빼앗았다는 것이다. 하지만 사건이 전개될수록 오히려 장빈이 악질적인 인물임이 작품을 통해 드러난다. 이를 통해 중립적인 관찰자로 보였던 경수의 인식이 변화한다. 그를 통해 독자들은 장빈과 그가 속한 정치 세력에 대해 부정적인 시각을 가지게 된다.

한편 「대설」에서는 아버지라는 인물을 통해 아이러니를 드러낸다. 「대설」은 아이의 시각을 통해 하루 동안 아버지에게 일어난 일을 그리고 있는 작품이다. 그런데 여기서 아버지는 작품 초반부에는 좌익 활동에 불만을 가진 인물로 그려지지만, 작품 후반부에서는 그것이 큰형을 보호하기 위한 위장에 불과했음이 드러난다. 작품의 결말에서는 맏아들과의 만남을 통해 아버지는 좌익 이데올로기에 공감을 가진 인물임이 밝혀진다. 이것은 표면적인 언행을 작품 결말을 통해 뒤집는 것이라 할 수 있다. 이러한 면들을 통해 볼 때 작가는 좌익 이데올로기를 효과적으로 전달하기 위해 아이러니를 즐겨 활용했음을 알 수 있다.

4. 미군에 대한 증오심과 대중적 영웅주의의 반영
   : 월북 후

김만선이 월북 이후에 발표한 작품으로 알려진 작품은 「당증」(1950)과 「사냥꾼」(1951)이다.[20] 두 작품 모두 김만선이 북한 측의 종군작가로 활동

---

20 『조선문학사 4』(1978)와 『조선문학개관 II』(1986)에서는 「사냥꾼」에 대해 언급된다. 『조선문학사 4』에서는 「사냥꾼」을 "조국해방전쟁 시기 인민군용사들의 투쟁과 그들이 발휘한 숭고한 애국심, 대중적 영웅주의를 형상하는데 바쳐진 대표적인 소설"(과학백과종합출판사, 『조선문학사 4』, 역락, 1999, 185쪽)이라고 평가된다. 『조선문학개관 II』도 비슷한 맥락에서 「사냥꾼」을 언급한다. 김일성에 대한 충성심과 전사들의 영웅적 성격이 이 작품에 잘 반영되어 있다는 것이다(박종원·류만, 『조선문학개관 II』 인동, 1988, 158쪽). 『조선문학사 11』(1994)에서도 「사냥꾼」은 "전사―영웅들의 개성적인 성격적 특징을 다양한 시점에서 형상한 우수소설"로 평가된다. 이 또한 작품에 나타난 대중적 영웅주의

하면서 창작한 소설이다. 연보에 의하면, 김만선은 1949년 사상 문제로 투옥되지만, 한국전쟁 과정(9·28수복 와중)에서 북한군과 함께 월북했다고 한다. 김만선은 월북 이후 「당증」과 「사냥꾼」을 창작한 것 이외에는 특별한 창작 활동을 보여주지 못한다. 4장에서는 김만선의 월북 이후 작품 가운데에서 「사냥꾼」에 대해 살펴보기로 한다.[21]

「사냥꾼」은 김의성이라는 중기사수가 미군 전투기를 격추하기까지의 과정을 그린 소설이다. 미국에 대한 증오심으로 불타는 김의성이란 인물이 어떻게 하면 미군 전투기를 격추시킬 것인가 하는 문제를 해결해가는 과정을 그린 작품인 것이다. 이 작품의 특성으로는 ① 미군에 대한 증오심을 부각하고, ② 인민의 영웅적인 활약상을 형상화했다는 점을 들 수 있다. 평범한 인민의 영웅적인 활약상을 형상화한 것은 전시 상황에서 인민 대중들의 전투 의욕을 고취하기 위함이다. 그런데 이러한 전투 의욕 고취는 미군이라는 적에 대한 증오심과 결합된다.

첫째로 미군에 대한 증오심과 적개심은 작품 곳곳에 배어 있다. 미군의 잔악상과 적개심이라는 주제는 한국전쟁 시기 북한 종군작가들의 작

를 지적한다는 점에서 비슷하다. 다만 『조선문학사 11』에서는 이전의 북한 측 문학사 저서들과는 달리 「당증」을 거론하고 있다. 『조선문학사 11』에서는 「당증」에 대해 김일성에 대한 "충실성을 성격적 핵으로 한 인민군장병들의 영웅성과 완강성을 묘사한" 단편소설이라고 서술한다(김선려·리근실·정명옥, 『조선문학사 11』, 사회과학출판사, 1994, 238~132쪽).

21 『조선문학사 11』에 의하면, 「당증」은 리윤식(분대장)이라는 인물이 북한군 전차부대의 진격을 지체시키지 않기 위해 미처 제거하지 못한 전차 지뢰 위로 뛰어들어 전사한다는 줄거리의 단편소설이라고 한다(김선려·리근실·정명옥, 같은 책, 130쪽). 줄거리를 통해 볼 때 한국전쟁 시기 북한 측 소설의 특성을 공유하는 작품임을 추정해볼 수 있다. 「당증」을 접하지 못한 이유로 본고에서는 국내에 소개된 「사냥꾼」만을 언급하기로 한다.

품에서 일반적으로 나타나는 측면이다.[22] 김만선의 이 시기 작품 또한 이러한 경향에서 크게 벗어나지 않는다. 다음의 예문은 민가에 폭격을 일삼는 미군의 잔악상을 담은 부분이다.

> 그의 부락에서도 애매한 농민들이 논밭에서 일을 하다가 적기의 기총사격으로 벌써 10여 명이나 쓰러졌고 집 속에서도 대여섯 명이 생명을 빼앗겼다. 그 중에는 열 살 안짝인 어린이들과 며칠만 지나면 시집을 가게 된 처녀 하나가 끼여 있다.(235~236쪽)

작가는 이 작품에서 미군을 아무 죄도 없는 농민들과 민간인을 학살하는 무자비한 존재로 형상화한다. 미군의 이러한 잔악상은 군인이 되기에는 나이가 너무 많은 김의성을 입대하게 만든다. 김의성이 중기사수가 되려는 것 또한 미군 전투기를 격추시키기 위함인데, 그 바탕에는 미군에 대한 강렬한 증오심이 깔려 있다. 미군에 대한 증오심과 적개심은 "미국놈을 많이 죽일 수 있는 무기를 줬으면 도캤수다."(238쪽)라는 김의성의 말이나, "놈들은 바로 이 집을 불태우고 이 집의 무고한 식구들을 죽이려고 한다. 그는 새삼스럽게 미제의 야만성을 증오하였다."와 같은 화자의 서술을 통해서도 확인할 수 있다.

이 작품에서는 미군에 대한 증오 외에도 평범한 인민이 전투에서 영웅적인 활약상을 보여주는 모습이 부각된다. 작품의 주인공인 김의성이라

---

22 신영덕에 의하면 이 시기 북한의 종군작가들은 다소의 양상 차이가 있을 뿐 공통적으로 미군을 부정적으로 그리고 있다고 한다. 이들 작품에는 도식성이 느껴지는데, 그것은 전쟁 승리를 위해 적에 대한 증오심을 표현할 것을 요구한 전시하 당 문예정책으로 인한 주제의 유사성에서 비롯한다고 한다(신영덕, 「한국전쟁기 남북한 소설에 나타난 미군·중국군의 형상화 특성」, 이기윤·신영덕·임도한 편, 『한국전쟁과 세계문학』, 국학자료원, 2003, 81~87쪽).

는 인물을 보면 그러한 사실을 확인할 수 있다. 김의성은 중대 내에서 흔히 괴짜 아바이로 불리는데, 군인으로 활동하기에는 나이가 너무 들었으며 외양상으로도 그다지 특출할 것이 없는 인물이다. 평범하다 못해 조금은 모자란 인물이라고 할 수 있다. 또한 관념적인 고민이나 내면적인 갈등이 없어 단순한 인물이라는 느낌을 준다. 그런데 이러한 단순하고 평범한 인물이 영웅적인 활약상과 맹렬한 전투 의욕을 보여준다. "전투가 있었으면 전투가 끝난 때마다, 전투가 없었다면 하루에 두 번씩 꼬박꼬박 총 소제를 게으르지 않는"(240쪽) 모습이나, 작품 내내 미군의 전투기를 잡기 위해 누가 시키기도 전에 노심초사하는 면모, 미군 전투기 격추 장면이 그것을 증명한다. 약간은 모자라 보이는 인물을 통해 영웅적인 활약상을 그리는 이유는 인민들의 전투 의욕 고취라는 한국전쟁 시기 북한 문학의 지상과제와 연관성을 가진다. 이것은 당시 북한의 종군작가에게 요구되었던 대중적 영웅주의와 연관성을 가진다.[23] 평범하거나 모자란 인물의 영웅적 활약상을 그려 보임을 통해 인민 대중들의 전투 의지를 고취하는 것이다.

미군에 대한 증오와 적개심, 그리고 인민 영웅 형상화는 한국전쟁 당시 북한의 종군작가들에게 일괄적으로 부여된 주제였다. 「사냥꾼」은 한국전쟁기 북한 측 종군작가에게 요구된 과제에 부합하는 작품이라고 할 수 있다. 이러한 과제에 부합하는 북한의 작품들은 일정하게 어떤 패턴을 따르는 도식성을 가진다. 김만선의 「사냥꾼」 또한 북한 종군작가들의 소설처

---

23 신형기 · 오성호는 북한에서는 전쟁 시기를 통해 영웅 그리기가 강조되었다고 하면서, 이는 전시에서 인민들이 자발적인 참여를 유발하기 위한 것으로 파악한다. 이때의 영웅이란 차별이 없는 평범한 대중이라고 할 수 있다. 신형기 · 오성호는 이러한 대중적 영웅주의는 적에 대한 맹렬한 증오에 입각해 있었다고 설명하고 있다(신형기 · 오성호, 『북한문학사』, 평민사, 2001, 131~135쪽).

럼 그 형상화에 있어 도식성이 보인다는 한계점이 있다. 이것은 당의 문예
정책이 전시 북측 종군작가들에게 일방적으로 요구되었기 때문일 것이다.

5. 결론

지금까지 본고에서는 해방 전, 해방 후, 월북 후의 세 시기로 분류하여
김만선 문학세계의 변모 양상을 살펴보았다.

2장에서는 해방 전 작가가 발표한 작품인「홍수」를 통해 이 소설에 나
타난 세 가지 특징을 언급하였다. 그것은 ① 민중의 인간애와 연대의식,
② 홍수라는 사건을 통해서 인물들의 갈등을 해결하는 작가의 기교, ③
음울하거나 침울하지 않은 분위기와 미래에 대한 낙관적인 전망이다. 김
만선의 초기 작품이 보여주는 민중에 대한 관심과 능숙한 기교는 해방 후
월북 전에 이르는 시기에 발표된 작품들의 원형적 특성이다.

3장에서는 해방 후에서 월북 이전까지의 작품세계에 나타난 양상을
검토했다. 이 시기의 작품들은 ① 귀향 과정과 민족의식을 드러낸 것, ②
귀국자의 내면적 혼란과 정치의식의 생성을 형상화한 것, ③ 좌익 이데올
로기를 아이러니라는 방법으로 다룬 것으로 분류할 수 있다. 우선 ①에는
「이종국적」「한글강습회」「압록강」이 해당한다. 작가는 이들 작품들을 통
해 해방 후 재만 조선인들이 겪은 현실적 고통과 그로 인해 귀국길에 오
를 수밖에 없는 과정을 형상화한다. 다음으로 ②에는 「귀국자」「노래기」
가 해당한다. 작가는 이들 작품들을 통해 귀국자들이 해방된 조국에서 겪
는 내면적 혼란, 그 과정에서 인물들의 내면에서 정치의식이 싹트는 모습
을 형상화한다. ②의 단계 이후로 작가는 보다 적극적이고 선명하게 좌
익 이데올로기를 작품 속에 담아낸다. 그에 해당하는 작품으로는 「해방의

노래」「어떤 친구」「형제」「대설」이 있다. 이들 작품에서는 작가는 좌익 이데올로기를 효과적으로 전달하기 위해 아이러니를 적극적으로 활용한다. 그런데 이 아이러니야말로 김만선의 소설을 도식성에서 벗어나게 하는 효과적인 구성 원리로 작용한다.

4장에서는 김만선의 월북 이후 작품인 「사냥꾼」을 다루었다. 이 작품은 6·25전쟁 당시 창작된 것으로, 미군에 대한 증오심과 대중적 영웅주의라는 당시 북한 문학에 부여된 과제를 반영한 소설이다. 이 작품은 미군에 대한 증오심을 부추기고, 인민 대중들의 전투 의욕을 고취시키기 위해 창작된 것이다. 그런데 당시 북측 종군작가들에게 일괄적으로 부여된 과제를 충실히 수행했기 때문인지 이 작품은 인물이나 구성에 있어 도식성을 드러낸다.

결국 김만선은 민중에 대한 관심과 애정을 담아낸 작품으로 창작을 시작하여, 해방 후에는 좌익 이데올로기를 아이러니의 소설적 방법론으로 형상화한 정치적인 소설을 썼으며, 월북 후에는 전투 의욕을 고취시키기 위한 작품을 쓴 작가라고 할 수 있다. 그의 작품에서 가장 완성도를 보인 시기는 해방 후에서 월북 직전까지이다. 이 시기 김만선은 작가의 이념을 그대로 생경하게 노출시키거나, 자신의 정치의식을 독자에게 일방적으로 설복시키려 드는 방식으로 작품을 창작하지 않았다. 그리고 이러한 측면이 오히려 그의 소설을 도식성에서 벗어나게 한다. 이러한 작가적 능력이 월북 이후 만개하지 못한 점은 아쉬움으로 남는다고 하겠다.

참고문헌

기본자료

김만선, 「대설」, 『신천지』, 1949. 2.
───, 「압록강」, 깊은샘, 1989.

논문 및 단행본

강진호, 「지식인의 자괴감과 문학적 고뇌」, 이근영·김만선·현덕·현경준, 『한
　　　국소설문학대계』 25, 동아출판사, 1995.
─── 편, 『한국문단 이면사』, 깊은샘, 1999.
과학백과종합출판사, 『조선문학사 4』, 역락, 1999.
김선려·리근실·정명옥, 『조선 문학사 11』, 사회과학출판사, 1994.
김윤식, 『염상섭 연구』, 서울대학교 출판부, 1987.
박정규, 「김만선 소설 연구」, 서울산업대학교 논문집, 1995.
박종원·류만, 『조선문학개관 II』, 인동, 1988.
신영덕, 「한국전쟁기 남북한 소설에 나타난 미군·중국군의 형상화 특성」, 이기
　　　윤·신영덕·김도한, 『한국전쟁과 세계문학』, 국학자료원, 2003.
신형기·오성호, 『북한문학사』, 평민사, 2001.
역사학연구소, 『함께 보는 한국근현대사』, 서해문집, 2004.
이대규, 「한국 근대 귀향소설 연구」, 전북대학교 박사학위 논문, 1994.
이동하, 『현대소설의 정신사적 연구』, 일지사, 1989.
이정숙, 『실향소설연구』, 한샘, 1989.
조남현, 「해방직후 소설에 나타난 선택적 행위」, 이우용 편, 『해방공간의 문학연
　　　구 II』, 태학사, 1990.
D. C. Muecke, 『아이러니』, 문상득 역, 서울대학교 출판부, 1986.

'노동하는 여행', '월경'의 정동들과 '고향'의 의미

1970년대 취업 이민 모티프 서사를 중심으로

이 우

1. 노동의 여행을 위한 월경들

황석영의 중편소설 『객지』에는 이민선을 타고 브라질로 떠난 숙부가 보내 온 봉합엽서 한 장을 귀퉁이가 닳아 해질 때까지 작업복 윗주머니에 넣고 다니면서 읽는 한 청년이 등장한다. 거기에는 자리를 잡으면 곧 부르겠다는 희망의 메시지가 써져 있기 때문이다. 바로 주인공 동혁의 이야기다. 엽서에 기재된 일자는 1963년 1월 4일. 숙부는 정부 인솔자가 동선하여 브라질로 향하는 이민선 안에서 이 엽서를 썼고, 배가 싱가포르에 정박했을 때 엽서를 부쳤다. 이민 수속을 마치는 동안 우여곡절이 많았는지, "가끔 낮잠을 자다가 고향에 잇난듯한 착각에 깨고 내가 이민선안에 잇다는 거슬 알고 안심할 때가 많다. 나는 꿈나라에 잇난거시 안인가 하는 생각이 드는구나."[1]라고 쓰고 있다. 맞춤법이 전혀 무시되고 있는 이 엽서에서 숙부는 한국을 떠나던 날의 정황을 곁들여 자신의 '꿈'을 이렇

---

[1] 황석영, 『객지』, 창비, 2011, 212쪽.

게 설명한다.

> "떠나 올 적에는 정부요인들과 학생들이 태극기와 부라질 기빨을 번가라 흔들며 환송해 주었는데 애국가를 부를 저게는 감개무량하얏다. …(중략)… 너도 알다시피 두동강이가 나서 가난이 닥찌닥찌안즌 고국산천을 생각할 때 마음속으러 슬퍼만지는구나. 그 좁은 땅덩이에서도 헐뜯고 못살게굴고 서로 속이면서 고통밧는 것보다 더 널븐 곳에서 마음껏 민족의식을 발휘하야 내 자손들을 보담더 널코 크게 활약시키고시픈 마음 하루라도 맘편하게 키우고싶은 마음뿐이다."[2]

동혁은 어느 날 거기에 매달린 자신의 모습에 환멸이 나서 편지를 잘게 찢어버리고 만다. 1971년 『창작과 비평』 봄호에 연재된 이 소설은 노동자들이 자발적으로 쟁의를 구성하는 과정을 그린 문학적 성취로 고평받지만, 숙부가 이민선을 타고 떠날 때 품은 희망이 한때 동혁에게도 똑같이 존재했다는 점은 흔히 간과되었다. 사실 '가난'을 벗어나고자 하는 '새로운 방도' 중 산업화 시기 가장 각광을 받은 것은 취업 이민이었다. 외화벌이와 국위 선양이라는 당위적 가치를 포함해 취업 이민은 욕망을 실현할 수 있는 가장 현실적인 대안으로 받아들여졌다. 그러나 낙관적 전망과 그것을 현실화하는 것 사이에는 분명한 거리가 존재한다. 이 두 가지를 극점으로 하여 1960~70년대 '노동하는 여행'으로서 취업 이민 서사가 자리하며, 이 글은 두 극점 사이에서 운신의 폭을 지탱했던 취업 이민 노동자들의 월경을 '탈향의 정동'이라는 프레임으로 살펴보고자 한다.

당대 '노동하는 여행'의 사례는 날품을 팔기 위해 고향을 떠나 도시로

2　황석영, 위의 책, 212쪽.

오는 경우와 국경을 넘어 다른 나라로 가는 경우로 대별할 수 있다. 두 여행 모두 '고향'과 '가족'을 향한 '약속'과 연관되어 있으며, 가능성을 향한 여행이라는 점에서, 이들이 감행한 "노동의 여행은 자신의 변신이며 다른 사람들을 위한 의사표시이다."[3] 그러나 프롤레타리아가 되기 위한 여행이라는 공통적인 속성을 지닌다고 할지라도, 하루치 얼마를 내고 겨우 노숙을 피할 수 있는 서울 변두리의 노동자 합숙소를 파고드는 자와 취업 이민자가 다른 이유는, 전자가 비공식 부문의 경제 주체들로 분류되는 도시 빈민층이거나 곧 도시 빈민층으로 '자리 잡게' 될 불특정의 이농민들이라 할 때, 후자는 그나마 외국어를 습득할 수 있는 지적 필요와 과정에 대한 이해를 지니고 있는 계층이라는 점에서 비롯한다. 이들은 '국가'라는 영토적 속성을 떠나기 위해 요구되는 수속상의 여러 '진입 장벽'을 통과해냄으로써 역설적으로 '시민'의 자격을 승인받는 자들이기도 하다. 국위 선양이라는 민족주의적인 담론이 이들을 표상하는 프레임으로 고착화되는 지점도 이들이 국적을 유지한 채 외화를 국내로 유입시킴으로써 국가 이득에 이바지한 주체들이라는 역할론 때문이다.[4] 그러나 시대의 당

---

3 자크 랑시에르, 『사람들의 고향으로 가는 짧은 여행』, 곽동준 역, 인간사랑, 2014, 42쪽. '노동하는 여행' 혹은 '노동의 여행'이라는 표현은 랑시에르의 「유토피아의 땅」(같은 책, 39~56쪽)에서 가져왔다. 생시몽파가 생시몽적인 교리를 실천하기 위해 파리를 떠나 산업도시 리옹의 프롤레타리아 계급의 삶 속에 뛰어들었던 '선교적'인 여행은, 프롤레타리아 자신들 또한 신분의 우연에 불과한 계급적 한계를 뛰어넘어 노동하는 삶의 가치를 깨달아야 한다는 유토피아적인 지향을 지니고 있었다. 랑시에르가 사유한 민중 연대의 낭만성은 피상적인 손잡음이 아니라 자신을 변화시키는 데서 출발한다는 의미에서 하나의 "의사표시"라는 표현이 감행되는 것이다. 이 글에서 다루는 여행은 지식인 주체의 계급적 이행을 위한 여행과는 성격이 다르지만 다른 삶을 꿈꾸는 자의 '월경'이 품고 있는 여행의 감각과 계급의 가로지름에 주목하여 랑시에르를 참조하였다.
4 당시 해외 이민은 재산 도피 등 국가경제에 해를 끼치는 자 이외에는 적극 권

위성과 개인의 욕망이 접합하는 지점에 놓였던 월경하는 주체들은 과연 어떤 내면을 형성하고 있었을까.

당시 이주 노동자의 '월경'은 오이코노미아의 내부와 외부를 드러내는데, 영토 바깥의 삶을 상상하는 주체들은 '벌거벗은 생명'들의 장소로서의 '국가'의 내부를 드러냄과 동시에 영토 밖으로의 이동이 곧 오이코노미아의 적극적인 통치술에 부응하는 것이기도 하다는 점을 몸소 보여준다. 그러나 '국가'라는 영토적인 속성을 떠나(보내)는 것을 하나의 뚜렷한 서사적 경계로 설정하고 있다는 점에서 이들을 그린 서사는 민족주의적인 프레임을 초월한 현실 문제의 실상에 가닿는다. 아마도 이 점이 얼마 전 개봉되어 정치적 논란에 휩싸인 영화 〈국제시장〉의 관점과 다른 지점일 것이다. 즉 그곳이 아닌 이곳에서 떠나는 자와 떠나보내는 자 피차의 감정 경험이 주가 될 수밖에 없을 만큼 취업 이민을 다룬 서사는 단순한 사회적 리얼리티가 아니라 현실 세계가 이들의 신체와 감정에 가하는 변화들의 궤적을 그리는 데 중점을 둔다. 이때 이들의 월경은 단지 이들이 일구어낸 숫자로 환산되는 역사적 결과물이 아니라 오이코노미아 내·외부를 횡단한 감정의 역사를 환기한다. 이 때문에 그것은 단순히 빈곤(극복)을 겨냥하는 차원을 넘어 정치적인 속성을 지닐 수 있게 된다.

취업 이민은 노동 이민을 일컫는 말로, 1970년대 초·중반까지도 '인력 수출 사업'이라는 명명법으로 지칭되었다. 월남, 서독, 태국, 일본, 미국, 남미 등지로 노동 인력을 내보내는 것은 1960년대 초반부터 국책 사업의 하나로서 장려되었으며 70년대 초반 유류 파동으로 국내 생산 기업이 위축되어 실업자가 늘어날 것이 우려되는 상황에서 인력의 해외 진출

장하며 이중국적을 가진 자는 재입국을 불허하도록 했다(「인력진출을 개방」, 『경향신문』, 1971. 12. 4, 7면).

은 외화 가득률 및 기술 습득을 통한 경제적 이점으로 인해 여전히 계획 경제상의 중요한 부분으로 다루어졌다.[5] 그러나 이들이 출국할 수 있는 창구는 70년대 초까지도 일원화되지 않았던 듯하다. 1965년 해외개발공사를 발족하여 외화 유출을 막고 파견 업무를 통제하고자 계획했으나 실제로는 1970년대로 갈수록 해외 취업의 경로는 일괄적인 통제 범위를 초월하여 더욱 다양화되었다.[6] 이 점은 그만큼 노동 이민자를 요구하는 해외의 수요가 상승하고 있음을 반영하는 동시에 수요에 상응하는 호응 역시 높았음을 반영한다. 당시의 기사에 따르면, '영문 번역', '이민 수속' 등의 간판이 서울 시내에 즐비했다.[7]

---

5 1960년대 중반까지 월남 파견이 중심이 된 '인력 수출 사업'은 1966년 6월 말 현재 월남 서독 태국 일본 미국 남미 제국 등 25개국에 1만 131명을 파견하는 데 이르렀으며, 이중 파월 기술자는 5천 541명이다. 기사에 따르면 이들이 벌어들이는 외화는 월 3백만 달러 가까이 된다(「월남 가는 한국인력」, 『경향신문』, 1966. 7. 27, 4면). 1972년부터는 30만 명의 기술공 및 기능공 양성 계획 및 인력 수급 계획을 실행에 옮기기로 하였으며(「인력수출 일원화」, 『매일경제』, 1971. 5. 6, 7면) 특수 기술자들의 해외 진출을 지원하는 국내 수급 계획은 1974년에도 유지된다(「해외 인력진출 계획」, 『동아일보』, 1974. 1. 10, 2면).

6 민간 회사들이 제각기 다른 조건으로 취업 인원을 선발·파견하면서 브로커 사기 및 파견 노동자의 사후 관리 등에 관한 문제가 빈번하게 발생하였으나, 현실적으로는 수속 업무가 아닌 취업 관련 알선에 관계된 업무를 해외개발공사에서 일괄적으로 담당하는 것에는 한계가 있었던 것으로 보인다. 이 때문에 취업 이민은 개인 연고의 초청을 통해서 이루어지는 경우, 현지 공관의 구인 요청을 받아 노동청이 해외개발공사나 국제기능개발협회에 의뢰하여 선발하는 경우, 국내 해외 진출 기업체가 소속 인부를 차출해 가는 경우, 각 관공 부처에서 추천하는 경우 등으로 실질적으로는 더욱 다원화되어갔던 것으로 보인다(「인력수출 일원화」, 위의 기사 및 「해외 인력진출 계획」, 위의 기사 참고, 「뉴욕 NWTC사대표 손재롱씨 인터뷰 동포의 이민·취업에 진력」, 『동아일보』, 1970. 11. 21, 6면 참고).

7 「뉴욕 NWTC사대표 손재롱씨 인터뷰 동포의 이민·취업에 진력」, 위의 기사.

그런데 '취업 이민'은 소위 '미국 이민'과는 구별해서 보아야 한다. '미국 이민'은 1965년 미국 내의 이민법이 변경된 이후 고학력 중산층 가족을 중심으로 증가한 것으로 실제로는 극소수에게 열려 있었다.[8] 서사적으로도 차이가 나는데, '미국 이민'을 다룬 서사의 경우 미국을 공간으로 하여 식민주의를 고발하는 데 치중함으로써 한국 내의 우상화된 미국 표상을 교정하는 역할을 하며, 이 과정에서 환기된 '고향' 표상은 비록 감각적이고 추상적인 차원에 놓인 것일지라도 '민족'의 정체성을 부여함으로써 여전히 가난하고 미개한 나라에 불과한 한국에 대한 열등감을 극복하고 대안적인 정체성을 지닐 수 있게 한다.[9] 요컨대 이들 서사는 식민주의적

---

8   '미국 이민'에 국한해 본다면 1900년대 초 하와이 사탕수수밭 노동자들의 이민에서 시작되었으며 주로 농장 노동자로 이루어진 노동 이민의 형태를 띠었다. 1950년대에 전쟁신부나 혼혈아의 이민이 대다수였다면, 1965년 이후 미국 이민법이 바뀌면서 고학력 중산층에게 열린 이민은 선진 사회의 주체가 되기 위해 선택된 이민으로서 노동 이민과 구별하여야 한다(이에 대해 이광규, 『재미한국인』, 일조각, 1989, 66쪽 ; 윤인진, 『코리안 디아스포라』, 고려대학교 출판부, 2004, 200쪽 ; 이선미, 「미국 이민 서사의 '고향' 표상과 '민족' 담론의 관계 : 1970년대 초반 박시정의 소설 중심으로」, 『상허학보』, 상허학회, 2007. 6 재인용). 그러나 1970년 9월까지 해외개발공사를 통해 해외에 취업한 4,230명 중 단기 취업 및 해외 이민으로 미국에 간 사람은 해당 시점으로부터 1년간 194명이며 그중 가족 이민은 26명에 불과하다. 「뉴욕 NWTC사대표 손재룡씨 인터뷰 동포의 이민·취업에 진력」, 위의 기사.

9   이선미, 앞의 글 참고. 이선미는 박시정의 70년대 이민 서사를 분석하는 이 글에서, 60년대 후반 반문화운동의 일환으로 미국에서 유행한 히피즘은 '동양주의(오리엔탈리즘)'를 바탕으로 하고 있었다는 점을 지적하면서 박시정이 히피즘으로부터 영향을 받아 한국적인 것에서 대안을 찾은 것은 히피 정신에 대한 오해에서 비롯됐음을 지적한다. 더불어 박시정 소설에 대한 당대적 해석 담론이 한국 내의 담론의 영향이자 한계라는 점도 밝힌다. 그러나 이러한 몇몇 단점에도 불구하고, 식민주의 경험에 대한 기록이자 비판이라 할 박시정의 소설은 미국 및 한국에 대한 성찰을 하게 했다는 점에서 중요한 역할을 담당하고 있다고 논한다.

차별을 이겨내는 데 초점이 맞추어진다. '미국 이민'의 경험이 서사화됨으로써 미국의 상황에서 한국의 현실을 비판하는 원거리 조망이 가해졌다면, 취업 이민을 다룬 서사는 비록 목적지가 미국이라 할지라도 '월경'을 통해 한국의 현실 내부에서 파생된 문제들을 쟁점화한다. 그런 점에서 이 글은 '월경' 자체에 보다 천착하고자 하며, '고향'과 '탈향'이 갖는 언어적 무게감을 당대 월경하는 주체들의 정동적 핵심에 배치하고자 한다.

2. '잔혹한 낙관주의'가 삼킨 정동들

1970년대 소설에서 '취업 이민'은 다양한 맥락에서 서사화된다. 박완서의 「포말(泡沫)의 집」(『한국문학』, 1976. 10)이나 「여인들」(『세계의 문학』 여름호, 1977)에서처럼 국내 기업의 미국 지사나 중동 개발 건설지에 파견된 남편이 송금해주는 달러에 포박되어 일상의 허무와 외로움을 견디는 중산층 아내들을 다룬 소설들처럼 '노동하는 여행'으로 인한 살아가는 일의 '희생'을 강조하는 경우도 있고, 신석상의 「미필적 고의」(『다리』, 1972. 7)[10]와 같이 월남에 파견되어 꼬박꼬박 돈을 부친 남편의 귀국 후의 상황을 그린 소설도 있다. 공통점이 있다면 취업 이민으로 가정이 부를 이루는 동안에 잃게 되는 일상적 가치를 다룬다는 점이다. 앞의 소설들은 가정의 부를 지키기 위해 부부가 해외 파견 근무를 (연장)하는 데 동의하면서 거기서 파생된 감정적 부담은 각자 말없이 견뎌내는 고뇌를 다루고 있고, 후자는 남편이 없는 동안 춤바람이 난 아내가 돈을 모두 사기당

10 인용은 신석상, 『속물시대』(관동출판사, 1975)을 사용함.

하고, 그 사실을 알게 된 남편의 추궁 끝에 물에 빠져 죽음에 이르는 가정 파탄의 고통을 그린다. 「미필적 고의」는 앞선 소설들과 달리 초점화자인 남편의 입장에서 서술하고 있는데, 그는 "무서운 가난에서 탈출하기 위한 안간힘"(172쪽)으로 월남의 미국인 용역회사를 통해 구직하였던 것이며, 아내의 죽음에 대한 미필적 고의 살인 혐의로 복역한 후 사태를 정리하고 나서 낙향을 결심한다. 낙향길 시외버스 안에서 그는 옆자리에 동승한 농촌 봉사를 가는 여대생이 건넨 고대신문에 실린 기사를 읽는데, 거기에는 '공부 열심히 해서 훌륭한 사람이 되라'는, 1960~70년대 한국 사회가 만든 '금언'을 비판하는 글이 실려 있다. 이 글은 매우 상징적인데, '훌륭한 사람'이 되라는 말은 결국 출세를 하여 많은 사람을 지배하라는 것을 뜻하며, 그것은 지식인이 민중에게 '공해'가 되는 길이라는 것이다.

「미필적 고의」의 남편처럼 고생을 조금만 견디면 '밑천'을 잡을 수 있다는 의식 풍조가 월남 특수를 이용한 통치성의 '효과'로서 조성된 것이라면 당시 대부분의 사람들은 성공에 목매달며 달러를 벌어 애국을 하는 동시에 부자가 될 수 있다는 통치성의 '품행'[11]을 긍정하고 욕망했던 것임을 알 수 있다. 「미필적 고의」는 이 욕망들을 세속적인 역경으로 만들고, 어린 자식들을 맡아 기르고 있는 부모님 곁으로 낙향하게 만듦으로써 이러한 세태의 실상을 풍속적으로 비판한다. '공부해서 출세하라'는 금언

---

11 국가의 통치와 개인의 통치를 결합하는 좀 더 포괄적인 의미에서 본다면 통치성은 "품행에 대한 인도"라고 규정할 수 있다. "품행"은 프랑스어로 'conduite'로서 인도하는 행위와 인도되는 행위 그리고 인도받으면서 처신하는 상태를 모두 의미한다. 이에 대한 반란의 차원을 '대항품행'으로 볼 수 있으며 푸코는 "타인들을 인도하기 위해 작동되는 절차에 저항하는 투쟁"이라는 의미로 '대항품행(contre-conduite)'이라는 조어를 사용한다(Foucault, Michel, 『안전 영토 인구』, 오트르망(심세광·전혜리·조성은) 역, 난장, 2011, 285쪽 참고).

의 폭력성을 꼬집는 대목은 좀더 적극적으로 '품행'에 대한 '대항품행'의 사고방식을 나타낸다. 그럼에도 불구하고 취업 이민은 반드시 잡아야 할 하나의 기회로 인식되었다는 점 또한 분명하다. 모든 애착이 그렇듯 취업 이민은 낙관적(optimistic)인 정동적 특성을 지닌다.[12] 취업 이민을 통해 자신도 부의 주체가 될 수 있다는 가정을 하나의 실현 가능한 욕망의 대상이라고 한다면, 이 대상(= 취업 이민)에 대한 애착은 그것에 대한 상실을 미리 두려워하는 마음이 동시에 작동하게 함으로써 그 대상에 더욱 매이게 한다는 점에서 '잔혹하다.'[13] 마치 복권 당첨에 대한 믿음과 희망으로 복권 사는 일을 그만두지 못하는 상황처럼 말이다.

그런데 취업 이민을 다룬 서사들 대부분이 모두 성공이나 기쁨이 아니라 불행한 일상을 조명하고 있다는 점은 이를 주제화하는 작가들의 판단을 되새기게 만든다. 그것이 '부'와 '애국'으로 표상되면서 장려되었다고 해도 실제로는 개인의 욕망을 실현하기 어려운 현실적 문제의 발로에서 취업 이민을 위한 '월경'이 이루어졌다는 점에 주목할 필요가 있다. 취업 이민을 꿈꾸는 심리에는 현실에서의 기회가 막힌 자의 회한과 시름이 담겨 있는 것이다.

박완서의 「세상에서 제일 무거운 틀니」(『현대문학』, 1972. 8)[14]는 '가난'을 지독하게 '앓는' 소시민 여성 두 사람이 '월경'의 경계에서 맞닥뜨

---

12 "'잔혹한 낙관주의'란 실현이 불가능하여 순전히 환상에 불과하거나, 혹은 너무나 가능하여 중독성이 있는 타협된/공동약속된(compromised) 가능성의 조건에 대한 애착관계를 이르는 말이다."(멜리사 그레그 · 그레고리 시그워스 편, 『정동이론』, 최성희 · 김지영 · 박혜정 역, 갈무리, 2015, 162쪽)

13 멜랑콜리가 이미 잃어버린 대상에 대한 애착인 데 비해 '잔혹한 낙관주의'는 희망에 대한 미래형 가정의 애착이다. 이에 대해서는 위의 책, 161~164쪽 참고.

14 인용은 박완서, 『어떤 나들이』(문학동네, 2001)를 사용함.

린 감정적 경계를 다룬다. 가난과 불행한 사회현실을 가족사적인 것으로 껴안으며 서로 위로하고 살던 이웃인 설희 엄마와 '나'는 두 사람 모두 타고난 삶의 조건 때문에 생긴 역경을 가지고 있다는 공통분모가 있다. 설희 엄마는 장애를 가진 설희와 가난 때문에, 그리고 '나'는 좌익 내력을 가진 오빠 때문에 남편과 불화를 겪는 속내를 터놓으며 친구가 된다. '나'의 고통이란 6·25 때 의용군으로 나간 오빠가 간첩 교육을 받고 남파된다는 첩보를 입수한 정보국에서 집안 식구들을 감찰 대상으로 감시하면서 직장에서 남편의 출세길이 막히게 된 것으로 거슬러 올라간다. '나'가 설희 엄마에게 이런 사정들을 털어놓으면서도 단 하나 숨긴 속내는 남편과 이혼하고 싶다는 바람이다. 승진 기회와 외국 출장 순번을 번번이 놓치고 폭음으로 난폭해진 뒤 술이 깨면 남편은 "문둥이 보듯 증오와 연민으로"(67쪽) 자신을 대하고, '나'는 더 이상 그런 "수모"(67쪽)를 느끼고 싶지 않은 것이다.

그런데 어느 날 설희의 다리를 고쳐주고 싶다고 늘 말하던 설희 엄마는 미국으로 먼저 간 설희 아버지가 보험회사에 취직을 했다고, 곧 뒤를 따라 미국행 수속을 밟게 되었다고 말해준다. 이민을 어떻게 생각하느냐는 설희 엄마의 물음에 '나'는 "여행이건 유학이건 이민이건 이 나라에 돌아와서 봉사할 것을 전제로 하지 않은, 도피성 띤 모든 출국을 맹렬히 매도했다. 그동안 서른여덟의 찌든 여편네는 주체성이나 사대주의니 하는 어려운 말을 몇 번이고 써가며 마치 금메달을 목에 걸고 태극기를 우러르는 올림픽 선수보다도 더 애국적"(67쪽)으로 열변을 토했다. 그러나 막상 공항에서 설희네를 배웅하고 돌아오는 길에 '나'는 자신의 말들이 기만이었음을 깨닫고 벗어나고만 싶은 한국을 설희 엄마가 먼저 떠났다는 사실에서 오는 망연함을 느낀다. 설희 엄마의 출국에서야 비로소 '나'는 자신의 상황과 감정을 정직하게 객관화하게 된 것이다.

'월경'에 대한 '애착'이 자신 속에 잠재되어 있었다는 점을 드러내고 만 '나'의 뒤늦은 후회는 당대의 일상적 · 경험적 인식이 만들어낸 현실 규정 (reality definitions)으로서의 '월경'의 의미를 엿보게 한다. 즉 '월경'이란 한국 사회의 현실에서 개인의 노력으로 어찌해볼 도리가 없는 난관들이 만들어낸 대중 선망이자 '애착'이라고 할 수 있다. 사실 '나'는 얼마간은 설희네의 이민을 냉소적으로 받아들이고 있었는데, 설희 아버지가 '수수한 물빛 항아리'를 그리던 화가였다는 점은 그 역시 '잔혹한 낙관주의'에 기대어 이민국에서 보험회사 외판사원으로서의 길을 택한 것임을 알려준다. 설희 아버지의 직업 변경에 대한 설명은 '나'의 냉소적인 의아함 — 물빛 항아리와 미국과의 부조화 — 으로 미미하게밖에 드러나지 않지만, 가난 극복과 딸의 수술이라는 목적을 해결해줄 수 있는 유일한 방법이 한국을 떠나는 것이었음은 설희네 가족이 최소한 국가의 오이코노미아에 기댄 것이 아니었음을 분명히 드러낸다.

개인들이 갖는 어떠한 '애착'은 국가나 사회가 해결해주지 못하는 삶의 짐을 가볍게 해주는 순기능도 지니고 있지만, 만일 '애착'이 품고 있었을 가능성이나 희망이 실현되지 않는 경우에는 오히려 무언가에 희망을 품을 능력이 모조리 파괴될 위험이 있다.[15] 그것이 '잔혹한 낙관주의'의 위험이다. '국민'으로서의 외피를 보호막으로 삼을 수 있다 하더라도 내치(= 오이코노미아)로부터 자유롭지 않은 개인 즉 내치의 안전함을 신뢰할 수 없는 위치에 놓인 개인은 '난민'의 형상으로 존재할 가능성이 있다. 그렇다면 누가 혹은 무엇이 '애착'을 윤리적으로 현실 가능하게 만들 것인가. 이민에 대해서 어떻게 생각하느냐는 설희 엄마의 물음에 '나'는

---

15 멜리사 그레그 · 그레고리 시그워스 편, 앞의 책, 163쪽 참고.

이 지점에서 흔들렸던 것이다. 실상 '나'는 그 누구보다도 체제가 가하는 현실적 고통에 시달리는 중이다. 설희 엄마를 떠나보낸 후 틀니를 끼우지 않았는데도 도래하는 극심한 턱의 통증은 '나'에게 다름 아닌 '현실 규정'의 감각을 일깨운다.

> 빼버릴 틀니가 없기에 그 **고통**은 **절망**적이다. 나는 비로소 깨닫는다. 여직껏 얼마나 교묘하게 스스로를 이중삼중으로 **기만**하고 있었나를. 내 **아픔**은 결코 틀니에서 기인한 아픔이 아니었던 것이다. 나는 설희 엄마가 **부러워서,** 이 나라와 이 나라의 풍토가 주는 온갖 제약으로부터 자유로워진 그녀가 부러워서, 그녀에의 **선망과 질투**로 그렇게도 몹시 아팠던 것이다. 나는 그런 아픔이 **부끄러운** 나머지 틀니의 아픔으로 삼으려 들었던 것이다. **나를 내리누르는 한국적인 제약의 중압감, 마침내 이 나라를 뜨는 설희 엄마와 견주어 한층 못 견디게 느껴지는 중압감**조차 틀니의 중압감으로 착각하려 들었던 것이다. 비로소 나는 내 아픔을 정직하게 받아들였다. 그러나 나는 결코 내 아픔을 정직하게 신음하지는 않을 것이다. 정교하고 가벼운 틀니는 지금 손바닥에 있건만 아직도 나는 이 세상에서 제일 무거운 또 하나의 틀니의 중압감 밑에 옴짝달싹 못 하고 놓여진 채다. (72쪽, 인용자가 강조 표시)

그러나 보다 중요한 사실은 '나'의 뒤늦은 깨달음이 현실 규정의 밑바탕에 존재하는 국가에 대한 환멸을 은근히 드러나게 한다는 사실이다. 그러면서도 '나'는 자신의 아픔을 정직하게 신음하지 않을 것이라고 말하고 있다. 기만이 아닌 기만을 가장해야만 하는 상황이 뜻하는 것은 무엇일까. 체제적인 벽이 낳은 현실의 제약과 그것으로 인한 불행은 '월경'마저 쉽지 않음을 즉 해결책이 아님을 드러낸다. 그녀가 이러한 현실을 벗어날 방도를 설희 엄마의 월경에서 배웠다면 굳이 이런 아픔들과 맞닥뜨릴 까닭이 없기 때문이다. 따라서 '세상에서 제일 무거운 틀니'라는 제목이 가리키는 감정적인 고통들—기만, 절망, 아픔, 부러움, 질투, 부끄러움, 중압감 등—이 겨냥하는 것이 의지와는 무관하게 삶에 폭력적으로 개입하는 내치의 부당함이라는 점이 분명해진다. '월경'에 가로막힌 심리적인 경계는 '나'에게 현실을 견디게 할 새로운 가면을 덧씌울 뿐이다.

3. '고향' 표상과 훼손된 존엄의 회복

알다시피 한국의 근대화 과정에서 취업 이민은 서구 자본주의의 유동에 따른 종속적인 산물이다. 한국으로서는 제3세계의 노동 인력을 필요로 하는 세계경제의 지형도 내에서 자발적인 공급을 택할 수밖에 없는 취약한 경제구조를 지니고 있었기 때문에 '근대화'와 취업 이민을 연결지어 보아야 한다. 근대화란 "고향을 잃은 상태"[16]가 번져가는 것을 뜻한다고 할 때, 그것은 비단 '고향'의 실질적인 상실만이 아니라 내면적인 인간성의 변화를 포괄한다. 그런 점에서 '취업 이민'은 그것이 지닌 '근대적' 가치를 통해 개인이 맺고 있던 관계들로부터 자아를 새로이 절합시키는 계기임을 보여주는 하나의 서사적 장치이다. '월경'을 다룬 거개의 소설이 떠난 자가 아니라 떠나보내는 자의 시점에서 '월경'을 그리는 것은 이 때문이라고 할 수 있다. 당대 서사에서 '취업 이민'은 사회적 현상 자체로써 '근대화'에 대한 성찰을 매개로 하는 사회적 현상으로써의 중요한 계기였

---

16 피터 버거·브리짓 버거·한스프리드 켈너, 『고향을 잃은 사람들 *The Homeless Mind*』, 이종수 역, 한벗, 1981, 165쪽. 사적 영역에서 개인들은 '고향'의 상실을 상쇄할 피난처를 구가하며 재구성하고자 하지만 저자들에 따르면 그것은 항상 매우 불안정하다. 이에 대해서는 같은 책, 166~167쪽 참조.

던 셈이다.

박완서의 「이별의 김포공항」(『문학사상』, 1974. 4)[17]에는 구체적인 이유는 드러나지 않지만 이 땅에 침을 뱉고 떠나리라는 강한 혐오의 정동이 있다. 심지어 달러를 벌겠다는 의지보다 반드시 이 나라를 뜨고 말겠다는 집념(=‘애착’) 자체가 혐오감의 정도를 반영한다. 떠나가는 자가 내보이는 이러한 혐오감은 남은 가족들에게 거리감을 느끼게 한다. 이로 인해 「이별의 김포공항」은 형제자매 간에 반목만이 남는 서글프고 어두운 취업 이민의 초상을 보여준다.

「이별의 김포공항」에서 가족들의 ‘월경’을 관찰하는 초점화자는 장손녀로 그녀는 할머니의 출국을 통해 가족들의 ‘월경’이 남긴 상처들을 되새긴다. 장남인 그녀의 아버지만을 제외한 나머지 세 명의 삼촌들과 막내 고모는 모두 취업 이민을 떠났고 할머니마저 고모의 초청으로 미국행 비행기를 타게 된 것이 소설의 시초다.

‘노파’로 지칭되는 소녀의 할머니는 ‘미국에서 번 돈이 한국의 몇 배’라는 관념을 지니고 있기 때문에 이민 간 자식들을 자랑스러워하면서 한국의 모든 것들을 시시하게 치부한다. 노파는 ‘미국’이라는 말을 ‘출세’로 이해하고 자식들이 외국에 있다 하면 모두 ‘미국’에 있는 줄로만 아는 무식한 사람이다. 그런데 실상은 큰아들은 서독에, 둘째 아들은 브라질에, 셋째 아들은 괌에 가 있을 뿐 미국에 간 사람은 간호 보조원으로 간 막내 딸뿐이다. 손녀가 기억하기에 삼촌들은 저마다 ‘미국’에 가겠노라고 큰소리를 쳤지만 결국은 서독으로 브라질로 괌의 노동자로 갔고, 그조차도 브로커 비용과 수속 절차의 까다로움 때문에 ‘오랜 기간’ 매우 힘들게 ‘수

---

17 인용은 박완서, 『어떤 나들이』를 사용함.

속'을 했다. 그 와중에도 삼촌들은 '오줌도 이 땅 쪽으로만 누겠다'는 말로 혐오를 내비치곤 했는데, 수속이 완료된 다음부터는 남은 식구들을 노골적인 연민의 시선으로 대하기 시작했다.

손녀는 이민을 앞둔 할머니의 의기양양한 모습에서 삼촌들과 고모의 이민 전사를 새삼 떠올린다. 할머니의 태도는 이민수 속 중에 형제간 싸움이 고부간 싸움으로 번졌던 "가정불화와 궁핍"(187쪽)의 기억을 환기하게 만든다. 그 기억들은 손녀에게 "절망"(183쪽)을 느끼게 하는데, 반드시 떠나야겠다는 악착스러운 집착 ─'애착' ─은 오히려 그들이 매달렸던 '취업 이민'의 앙상한 실체를 보여준다. 박완서는 물론 이를 긍정하지 않는데, '애착'이라는 점에서 볼 때도, 즉 앞 장에서 살펴본 「세상에서 제일 무거운 틀니」에 비해 이들은 훨씬 더 맹목적인 면을 보이면서 인간적인 배려조차를 상실하고 있기 때문이다.

이 가족은 노파 대로부터 일평생 가난한 살림살이에 익숙해 있는 사람들이다. 빈농의 딸로 자라 현저동 막벌이꾼에게 시집을 온 후 난리를 겪고 과부가 되면서 현저동 오막살이에서 벗어나지 못한 채로 유복자까지 낳았던 노파나, 전쟁을 겪으면서 어린 나이에 미군 부대 주위를 맴돌며 구두닦이니 하우스 보이로 겨우 영어 말문이 트인 덕에 학벌 없이 당한 서러움을 무마할 수 있는 미국행을 동경해왔던 삼촌들이나 모두 '가난'에 찌들어 세상으로부터의 피해 의식을 지니고 있는 것이다. 손녀의 삼촌들이나 고모처럼 이번엔 노파가 남겨진 식구들과는 이제 처지가 달라진 듯 "노골적인 연민까지 베풀려 드는"(189쪽) 태도를 보이는 것은 따라서 허위의식에 지나지 않는다. 소녀의 어머니는 이런 이유로 할머니를 차갑게 대하는데, 고모가 호강하러 가는 게 아니라 간호사가 하기 싫은 환자 똥 치우러 가는 것인 줄이나 아시라며 호되게 핀잔을 주었던 그대로 냉소적인 태도로 일관한다.

손녀는 삼촌들이 보내오는 편지에서 삼촌들이 떠날 당시 보여준 "광적인 몸부림"(189쪽)이 자신에게 남긴 혼란으로부터 벗어날 계기들을 찾고 싶었으나 끝끝내 "삼촌 시대의 위악"(197쪽)이 비롯된 이유는 드러나지 않는다. 그러나 이들이 '위악'을 통해 내보인 피해 의식이 '사회'가 아니라 '한국' 사회였다는 점은 한계이다. 그들이 추구한 것이 '기회의 평등'이라면 '미국'은 이민자에게 그리 평등한 사회가 아니며 다른 나라에서도 취업 노동자로서 이들이 평등한 기회를 보장받으면서 정착하는 일은 고된 과정을 전제로 하기 때문이다. 물론 이러한 해석은 다소 사후적인 측면이 있다. 그러나 당대적인 현재성을 감안하더라도 이들이 그 어떤 미련도 없이 훌쩍 떠나버릴 수 있다는 것은 개인에게 가해지는 엄혹한 외부 현실이 개인 고유의 것을 헤친 데서 오는 상처와 무관하지 않다. 이들이 고생을 겪어오는 동안에 훼손당한 것이 '존엄'이라고 할 때 과연 '월경'이 그것을 얼마나 보상해주었는지는 괄호 쳐져 있지만, 노파의 출국 장면에서 이 부분이 제시된다는 점은 「이별의 김포공항」의 주제가 노파에게 집약되고 있음을 알려준다.

아들들에 비해 노파는, 비록 아둔한 사람이지만 '월경'의 과정에서 특별한 별리를 행사한다. 미국에 간다고 촌스럽게 꾸민 행장으로 나타나 공항의 풍경으로부터 도드라지는 노파를 발견한 손녀는 할머니의 무식함과 막내 손주인 동생에 대한 육친의 애착이 볼썽사나우면서도 육체의 아픔에 준하는 강한 연민을 느낀다. 비행장으로 이동하는 전송대에 손녀네 식구들은 이미 떠나고 없는데도 혼자 손을 흔드는 노파의 모습이나 샌프란시스코를 '쌍포리코'로 발음하는 우스꽝스러움은 그러나 노파를 희화화하려는 장치가 전혀 아니다. 노파는 일행들인 젊은이들이 일말의 애수조차 없이 기쁨에 가득 차 있는 데 대해 동류 의식을 느끼지 못하고 소외당한 유일한 사람으로 제시된다. 노파의 소외는 무엇보다 주변의 '밝은' 정동들으로부터의 소외를 뜻하는데, 노파만이 '탈향'—조국을 떠남—의 감각에 의미를 부여한다는 점이 이 정동적 소외의 핵심이다.

> 마침내 기체가 이륙하는 것을 노파는 심한 충격과 함께 의식한다. 그것은 누구나 느낄 수 있는 물리적 충격이 아니라 노파 하나만의 것 인 아무도 헤아릴 수 없는 크나큰 충격이다.
>
> 몇백년쯤 묵은 고목이 어떤 거대한 힘에 의해 몽땅 뽑히는 일이 있 다면 그때 받는 고목의 충격이 바로 이러하리라. 노파의 의식이 비로 소 혼돈을 헤치고 뿌리뽑힌 고목으로서의 스스로를 인식한다.
>
> 비행기 속의 젊은이들은 노파의 아들들이 그랬던 것처럼 조국을 뜨 는 마당에 일말의 애수조차 없이 다만 기쁘고, 빛나는 얼굴을 하고 있 다. 그래서 그런지 조금도 동류의식을 느낄 수 없다. 노파는 외롭다.
>
> "할머니 울잖아? 애기같이, 우리도 안 우는데. 울지 마. 우린 같은 처지야."
>
> 아까의 젊은이가 광대 같은 표정으로 어리광을 떨며 노파를 웃기려 든다.
>
> 하긴 저들도 뿌리뽑혔달 수도 있겠지. 그러나 저들은 묘목이다. 어 디에고 다시 뿌리를 내릴 수 있는 묘목이다. 그러나 난 틀렸어. 난 죽 은 목숨이야.
>
> 노파는 노파의 아들들이 이를 갈며 싫어했고 진저리를 치며 놓여나 기를 갈망했던 이 땅의 모든 구질구질한 것까지 자기가 얼마나 사랑 했던가를 안다. 노파는 마치 자기 시신을 보듯 이 숨막히는 공포로 뽑 혀 나동그라진 거대한 나무와 지상으로 노출된 수만 가닥의 수근(樹 根)이 말라비틀어지는 참담한 모습을 환상하며 심장을 쥐어짜듯이 서 럽게 운다.(198~199쪽)

노파가 '월경'의 순간에 거의 공포심에 가까운 감정적 충격에 휩싸이 는 것은 세대 차이로만 설명할 수 없는 자기 고유의 것, 자신이 아끼던 것 들에 대한 상실감에서 비롯한다. 노파는 그것을 '뿌리 뽑혀서' 죽음의 형상으로 누워 있는 고목에 비유하는데, 삭벌의 상황이 아니라 묘목이나 고목처럼 하나의 온전한 유기체의 형상으로 '월경'을 상정한다는 점에서 노파의 감각은 사실 본질에 가 닿는다. 개인이란 자신이 속한 세계와 분리 불가능한 정체성을 지니며 개인의 고유성이란 정체성의 생성 과정에서 생긴 자신에 대한 자기 자신의 해석이라고 할 수 있다. 외부적 현실이 변할지라도 '존엄'이 항상적인 것은 이 때문이다. 따라서 묘목이란 그 고유성을 온전히 소유하지 못한 채로 새로운 풍토에 적응할 수 있노라는 노파의 상상은 틀리지 않는다. 그런 점에서 노파의 공포심은 '미국'이라는 '출세'(=명예)의 가치로 환산할 수 없는 '존엄'의 가치[18]를 역설적으로 보여준다. '미국'에 대해 속물적인 지향으로 일관하던 노파가 '월경'의 순간에 사태의 어리석음을 깨달은 것은 이 소설의 교훈인 셈이다.

박완서는 「공항에서 만난 사람」(『문학과지성』 가을호, 1978)[19]에서도 '월경'의 모습을 관찰한다. '나'는 전후 미군 PX에서 일할 때 만났던 무대소 아줌마가 혼혈아 자식들을 데리고 미국으로 출국하는 장면을 우연히

---

18 노파가 집안의 어른으로서 지녀야 할 위엄은 이미 존재하지 않으며, 미국에 가는 것을 '출세'로 잘못 이해하고 있다는 점은 노파의 무지함과 단순함을 겨냥하는 소재일 뿐이다. 실상 명예란 전근대적이고 귀족적인 세계의 산물이며, 근대는 명예가 아니라 본질적인 인간성인 존엄을 아이덴티티와 연관짓는다. 이러한 존엄의 세계에서 개인은 사회가 부과한 여러 가지 역할들로부터 자기를 해방하여 자기의 본래성(authenticity)을 실현하지 않으면 안 된다. 그러나 안정된 아이덴티티는 안정된 사회적 맥락과의 상호작용에서만 생성되므로 근대화는 항상 아이덴티티의 위기를 내재하고 있다. 따라서 명예로 위시되는 사회적인 역할의 가면을 벗고 인간 성향의 연속성을 놓치지 않는 일이 곧 '존엄'이라는 생득적인 권리가 추구해야 할 가치이다. 노파가 허위의식을 벗어버리고 자기 고유의 아이덴티티를 깨닫는 장면은 이러한 존엄의 가치를 환기한다. '명예'와 '존엄'의 대비에 관해서는 피터 버거, 브리짓 버거, 한스프리드 켈너, 앞의 책, 85~87면 참조.
19 인용은 박완서, 『조그만 체험기』(문학동네, 2001)를 사용함.

목격한다. 세간의 눈으로는 무대소 아줌마가 양공주로 전락한 삶을 살아가고 있을지라도 그녀의 선량하고 정의로운 품성을 오롯이 기억하는 '나'에게는 그녀가 떠나가는 것이, 정확하게 말하면 그녀조차 한국을 떠난다는 것이 "아무리 친한 친구나 동기를 떠나보내고도"(347쪽) 느낄 수 없던 쓸쓸함에 빠지게 한다. 무대소 아줌마와의 이별이 서글프면서도 훈훈한 서사일 수 있는 것은 '나'가 몇십 년 만에 만난 무대소 아줌마가 반가워 스스럼없이 다가설 수 있을 만치 '나'의 회상 속에서 무대소 아줌마와 '나'와 교감했던 이력이 바탕이 되기 때문이다. 팍팍한 현실과 무관하게 항존하는 인간미의 가치란 곧 '쉽게 변하지 않는' '고유성'만의 특성이다. 그런 것만을 우리는 '윤리'라고 부를 수 있다.

남남끼리의 '알아줌'이 사회의 윤리적인 심급으로 제시되는 소설로 윤흥길의 「꿈꾸는 자의 나성」(『문학사상』, 1982. 3)[20]역시 중요하다. '나성'이란 로스앤젤레스를 가리키는 말로 역시 '미국'을 표상하는 단어로 통용됐다. 이 소설은 계절이 겨울로 순환하는데도 여전히 후줄근한 여름 양복을 벗지 못한 사내가 다방 레지들의 따가운 눈총을 받으면서 로스앤젤레스행 비행기표를 문의하는 장면을 '나'가 목격하면서 시작된다. '나'는 회사원으로서 서울살이에 적응하기 위해 속물의 논리를 배우는 중이지만 한편으로는 양심을 잃지 않으려는 어떤 '뿌리 의식'을 지니고 있다. 그것은 "서울의 생리"(199쪽)에 대한 거부감으로 표출되는데, 이로 인해 '나'와 사내의 심리적 관계가 시작된다고 할 수 있다.

'나'는 전화 수화기에 대고 "절실한 어조"(209쪽)로 비행기표를 묻는 사내의 초라한 행색과 대비되는 화려한 외국 도시 이름의 이질감이 주는

---

20 인용은 윤흥길, 『꿈꾸는 자의 나성』(문학과지성사, 1987)을 사용함.

"거리감"(199쪽)에서 고통스러운 현실에서 벗어나고자 하는 사내의 막연한 희망을 엿본다. 찻값이 없는 모양인지 차 한 잔도 시키지 못하면서 오직 전화기를 사용하려는 목적으로 다방에 오는 사내에게 '나'는 연민을 갖는데, 「꿈꾸는 자의 나성」의 서사 구조는 사내와 '나'의 관계를 단선적으로만 제시하지 않는다. '나'의 회사에서 벌어지는 일련의 사건이 심리적 연결고리가 되어 사내와 '나'의 관계를 중층적으로 구조화하는데, 결론부터 말하자면 사내와 손 과장의 동질성이 주는 깨달음이 '나'의 오해와 이해 사이에 엮여 있다.

사건의 발단은 화이트칼라들의 일상적 미셀러니에 불과하다. 샐러리맨들이 점심 식후에 들르는 종탑다방에서 늘 자기 차례가 되면 뒤로 빠지는 손 과장은 상급자이면서도 '나'에게 얌체라는 미운털이 박혔고 마침 손 과장과 동급인 '나'의 고향 선배가 지방으로 좌천을 가게 되자, 평소 손 과장이 출세를 위해 수첩에 남의 비리를 적어서 상부에 보고하는 것으로 생각했던 선배와 '나'는 송별 회식 자리에서 손 과장의 양복 저고리에 있는 수첩을 빼낸다. 회식이 벌어지는 자리에서 장난처럼 손 과장의 사래를 막으며 이리저리 던져진 수첩에 빼곡히 적혀 있는 것은 그러나 콩나물 값과 라면, 양파 값 따위의 가계부였다. '서울 생활'에 능숙한 인간으로 치부했던 손 과장의 의외의 진실이 드러났고, 그 방법이 상당히 짓궂은 폭력으로 이루어졌다는 점 때문에 회사 동료들로부터 '나'는 비난의 시선을 받는다. 손 과장은 심장병으로 고생하는 아내의 치료비를 위해 집을 팔면서까지도 자신의 빈곤함을 내색하지 않는 성실한 가장이었던 것이다. 사건 이후에 손 과장은 입사 이래 첫 결근을 하고 결국 사표를 내고 만다. '나'는 죄책감과 자책을 어찌하지 못하면서도 회사 동료들과의 거리를 애써 좁히려 하지 않는다. 대신 '나'는 후미진 다방을 전전하면서 비행기표를 문의하고 있을 이 사내의 뒤를 쫓는데, 이 사내와의 만남을 통해 '나'는 세태를 따르면서 생성된 자신의 속물성을 씻게 된다. 즉 '나'가 겪는 감정의 정화 과정을 통해 사회적 속물성의 환부를 도려내고자 하는 것이 서사의 의도인 셈이다.

그런데 이 모든 감정적 정화의 귀착지 혹은 발원지가 '고향'이라는 점은 사내가 '나'에게 들려주는 충고에서 보다 분명해진다. 사내는 "김달휘 씨, 당신은 후회하지도 말고 그렇다고 복수하지도 마시오."(240쪽)라고 하면서, 자신은 LA 대신에 '고향'으로 돌아가기로 결정했다며 작별을 고한다. 고향을 묻자 사내는 뜻밖에도 "고향인 서울로 가기 위해서" 서울을 떠난다고 말하는데, "나 역시 그 고향에 돌아가야 할 시기가 되었음을" "퍼뜩 깨달았다. 그 고향으로 가기 위해서는 다른 무엇보다도 고향길의 초입에 해당하는 손 과장의 관문부터 우선 뚫을 필요가 있다."(243~244쪽)고 생각하고 병문안을 가기로 결정한다. 손 과장의 가정 사정을 애초부터 알고 있었다는 부장이 손 과장의 일자리를 열심히 주선하는 모습은 '나'의 회사에 도래한 호혜의 따뜻함을 보여준다.

'후회하지도 말고 복수하지도 말라'는 것이 태도의 중도(中道)적인 실천을 의미하는 만큼 '고향' 표상은 반목과 배신에 치우치기 마련인 사회(인)의 속물성을 교정하는 기제로서 분명하게 제시된다. '나'가 고향 친구의 손에 들려 보내진 어머니의 보퉁이에서 고향집의 흙냄새를 맡고 흔들리는 부분에서도 '고향'은 당대 여전히 선연한 도덕적 정화의 기표로 기능했음이 드러난다. 배움이 많아 보이고 배움을 베푸는 일에 종사했을 법하다고 묘사된 사내가 왜 떠나고자 했는지 구체적으로 드러나지 않지만, '월경'을 통해 도달할 수 없는 자성이 '고향'이라는 정서적 매개를 통해 이루어질 수 있다는 점은 삶의 본질적 가치를 추구하는 자세의 소중함을 뜻한다. 그것이 사회 내부의 호혜를 회복하는 것과 맞통한다는 점이야말로 '월경'의 실패가 역설적으로 드러내는 사회적 가치이다.

4. '월경' 이후의 선택들, 혹은 남겨진 자들의 윤리

우리가 이제껏 살펴본 소설들에서 탈국경적 이동이란 '벗어남'의 정동을 공유하고 있음을 알 수 있다. '벗어남'이 주는 안도감, 낭만성, 우리가 '애착'이라고 칭한 맹목적인 갈구, 현실적인 지향과 타협 같은 것들이 '벗어남'의 정동에 밀착되어 있다. 그러니까, '왜', '어떤 목적을 위해'라는 구체적인 지향이 소거된 자리에서 단지 이곳이 아닌 그곳에서 실현할 수 있는 막연한 희망이 '벗어남'을 둘러싸고 있다. 산업화 시기에 이루어진 '월경'이란 그만큼 '벗어남'의 정동에서 수행된 것임을 알 수 있다. 이 때문에, '노동하는 여행' 즉 육체노동에 준하는 프롤레타리아가 되기 위한 여행임에도 이들 서사에서 향후의 노동의 윤리와 연관된 어떠한 표식도 발견하기 어렵다. 이 점은 취업 이민을 모티프로 한 서사들의 한계라기보다는 당시 한국 사회에서 '월경'에 부여된 우월함의 속성을 반추하는 편이 생산적이라는 사실을 드러낸다. 물론 이때의 '우월함'이란 '다른 환경'이 주는 반대급부를 지칭하는 것일 뿐 취업 이민을 통한 직업적 강등이나 '삶'의 강등을 괄호 친 것은 아니다. 그들이 맞닥뜨린 것은 분명 자신의 신체로 기입되는 프롤레타리아의 정체성을 대면하는 일일 것이기 때문이다. 그런 점에서 '벗어남'의 정동은 무엇보다 한국의 현실 사회가 가하는 압박감들을 외화하는 서사적 장치임을 다시 한 번 강조할 필요가 있다.

1970년대 취업 이민을 다룬 서사들이 월경하는 주체를 통해 오이코노미아의 내부와 외부를 드러내는 기제로서 통치성에 대한 비판을 내장하고 있었다는 점은 중산층의 외피를 입은 서사들도 보다 내밀하게 관찰해야 한다는 점을 보여주었다. 동시에, 취업 이민이 단순히 빈곤이나 '허기'를 벗어나는 데 집중된 것이 아니라는 점 또한 되새길 필요가 있다. 통치성의 좌표가 일대 일의 대응으로 품행과 대항품행을 생산하지 않듯이,

'월경'이란 주체의 다양한 욕망을 조건으로 산출되는 삶의 한 형식이기 때문이다. 어떻게 보면 '국가'라는 영토적인 속성을 의식하거나 혹은 '국가'라는 정체성을 내면화하는 문제는 개인의 이러한 욕망에 비춰보면 부차적인 것들일 수 있다. 지금, 이곳을 떠나려는 자와 남는 자 사이에 형성된 감정적 긴장감은 삶의 선택적인 부분이 도래하게 할 미지의 결과에 대한 상호간 책임감의 문제일 수 있다. 이 때문에 취업 이민은 하나의 소재적 장치가 아니라, 오이코노미아 내·외부를 횡단한 감정의 역사일 수 있는 것이다. 그것이 단순히 빈곤(극복)이나 '가난'을 겨냥하는 차원을 넘어 정치적인 속성을 지닐 수 있는 것은 이런 까닭이다. 호모에코노미쿠스가 되라는 통치성의 품행 밑바탕에 존재하는 국가에 대한 환멸이 단지 그에 대한 내밀한 비판의 소곤거림에서 멈추는 것이 아니라, '고향'의 정서가 환기하는 윤리의 세계에 가 닿음으로써 존엄을 회복하고 호혜로운 사회에 대한 전망을 제시하는 것 역시 이런 발로이다.

참고문헌

기본자료

박완서, 『어떤 나들이』, 문학동네, 2001.
───, 『조그만 체험기』, 문학동네, 2001.
신석상, 『속물시대』, 관동출판사, 1975.
윤흥길, 『꿈꾸는 자의 나성』, 문학과지성사, 1987.
황석영, 『객지』, 창비, 2011.

논문 및 단행본, 기사

김예림, 「이동하는 국적, 월경하는 주체, 경계적 문화자본 : 한국내 재일조선인 3
　　　세의 정체성 정치와 문화실천」, 『상허학보』, 상허학회, 2009. 2.
이선미, 「미국 이민 서사의 '고향' 표상과 '민족'담론의 관계 : 1970년대 초반 박시
　　　정의 소설 중심으로」, 『상허학보』, 상허학회, 2007. 6.
미셸 푸코, 『안전 영토 인구』, 오트르망(심세광·전혜리·조성은) 역, 난장, 2011.
멜리사 그레그·그레고리 시그워스 편, 『정동이론』, 최성희·김지영·박혜정 역,
　　　갈무리, 2015.
자크 랑시에르, 『사람들의 고향으로 가는 짧은 여행』, 곽동준 역, 인간사랑, 2014.
피터 버거·브리짓 버거·한스프리드 켈너, 『고향을 잃은 사람들 *The Homeless
　　　Mind*』, 이종수 역, 한벗, 1981.
「인력진출을 개방」, 『경향신문』, 1971. 12. 4, 7면.
「월남 가는 한국인력」, 『경향신문』, 1966. 7. 27, 4면.
「인력수출 일원화」, 『매일경제』, 1971. 5. 6, 7면.
「해외 인력진출 계획」, 『동아일보』, 1974. 1. 10, 2면.
「뉴욕 NWTC사대표 손재룡씨 인터뷰 동포의 이민·취업에 진력」, 『동아일보』,
　　　1970. 11. 21, 6면.

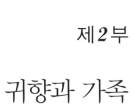

제2부

귀향과 가족

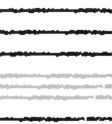

가족 상봉 소설의 형상화 연구

남북한 소설과 조선족 소설의 경우

이정숙

1. 들어가며 : 이산과 가족 찾기

1950년에 발발한 한국전쟁으로 인해 근 60년 가까이 한국은 분단 상황하에 놓여 있다. 제2차 세계대전 후 분단국가였던 독일이나 베트남이 통일하여 더 이상 분단국가로 남아 있지 않은 마당에 남북한은 냉전 이데올로기의 폐해를 가장 오랫동안 지속시킴으로써 같은 민족의 이산, 한 가족의 이별이라는 상처를 21세기에도 여전히 현재진행형으로 간직하고 있는 유일한 나라가 되었다.

전쟁이란 것이 역설적으로 문학에서는 커다란 보고(寶庫)가 된다고 할 수 있는바, 많은 불후의 명작들이 전쟁을 배경으로 하고 있음은 주지의 사실이다. 6·25전쟁이 문학 속에 형상화되는 것을 살펴보면 어떤 흐름이 있다[1]는 것을 알게 된다. 전쟁 그 자체나 전쟁 체험, 그로 인한 직접적인 폐해, 전후의 피폐한 사회상이나 이데올로기의 문제를 다루던 데서 차

---

1   이정숙, 「소설의 교수 학습 방법과 실천 논리」, 구인환 외, 『문학 교수 학습 방법론』, 삼지원, 1998, 249쪽.

츰 전쟁 이후의 상처 그리기에 초점이 옮겨가는데, 이산가족의 문제는 우리 민족의 가장 큰 정신적 상처로 자리잡고 있다. 남북 분단 고착화라는 시간의 켜가 두터워질수록 이산가족의 만남이라는 소재도 다양하게 형상화되는데 예를 들어 '아버지 찾기'[2]로 대표되는, 자식이 아버지를 찾는 일련의 소설들은 우리 민족의 세계화에 따라 자연스럽게 전 세계가 '아버지 만나보기'의 공간이 되는 식으로 그 운신의 폭이 넓혀졌다. 이런 점들은 소설이 시대 사회를 반영하는 문학예술인 만큼 당연하게 나타나는 현상이라고 할 수 있다. 그러나 아무리 월북한 아버지와 그로 인해 남아 있는 가족들의 신산한 삶이 그려진 소설들의 단계를 넘어서 적극적으로 가족 간의 만남을 시도한다 하더라도, 그 만남은 체제의 도움을 받을 수 없는 경우 은밀하게 진행될 수밖에 없었다. 가족과의 만남이 절실한 만큼 상상력과 구분되는 리얼리티 측면에서는 사실 허황된 부분도 없지 않았고[3] 여기서 월북한 아버지란 존재는 본 적도 없고 만날 수도 없기 때문에 추상적일 뿐 아니라 실제로 만났다 하더라도 여전히 추상적인 존재[4]로 남아 있는 식이었다.

---

2 이정숙, 「여행소설에 나타난 상상력의 구조변화―'아버지 찾기'를 중심으로」, 『국어교육』 105, 한국국어교육연구회, 2001. 6, 369~391쪽.
    이 논문의 대상이 된 작품들의 배경, 즉 '아버지 만나보기'의 공간은 남도 북도 아닌 제3국으로 되어 있어서 주인공들은 자연스럽게 한국을 떠나서 사건의 중심지가 되는 해당 외국으로 여행하는 양상을 띠게 된다. 제목이 '여행소설에 나타난─' 식으로 된 소이이다.
3 정소성의 「아테네 가는 배」에 그려진 아버지 만남의 시도는 현실성이 결여되어 있음을 작품에서도 토로한 바 있다. 이 작품은 현실보다는 신화의 의미가 강조되고 있다.
4 이문열은 월북한 아버지를 추상적 존재라 했는데 최윤의 「아버지 감시」에서 유럽으로 아들을 찾아온 아버지의 존재 역시 추상적이다(졸고, 「여행소설에 나타난 상상력의 구조변화」 참고).

본고에서 다루고자 하는 북한 소설「혈맥」과 남한 소설「어머니 마음」은 월북했던 아들이 아버지를 만나러 남한에 오거나, 남한의 아들이 월북했던 아버지를 만나러 대련으로 간다는 점에서 '아버지 찾기' 소설에 속한다. 이들은 실제로 아버지를 만났으며 부자 간에 감정적 정서적 교류를 통하여 아버지가 더 이상 추상적인 존재가 아니라 살아 있는 혈육임을 확인한다는 점에서 기존의 아버지 찾기 소설과 차별화된다.

　　한편 남북한 당국은 휴머니즘 차원에서 이산가족 상봉에 대한 논의를 진행해왔고 실제로 1985년 비로소 이산가족의 만남[5]이 이루어지게 된다. 오랜 가뭄에 잠깐 비 오듯 갈증 나게 이루어지기는 했으나 부모와 자식 간의 만남이 정치적 상황의 변화에 따라 정식으로 이산가족 상봉이라는 열린 기회를 통해 이루어지게 되는 것이다. 허춘식의『혈맥』은 바로 이러한 공개적 공식적 가족 만남의 장을 통해 이루어진 월북한 아들의 남한 방문 이야기이다. 반면에 홍상화의「어머니 마음」은 월북한 아버지와의 만남이 비공식적으로 은밀하게 이루어지는데 아들을 만나러 북한에서 대련으로 오는 아버지는 위험 부담을 안고 은밀하게 감행한 것이고 남한에서 찾아간 아들 역시 지극히 개인적이고 은밀한 추진 끝에 이루어진 행

5　2000년 현재 정부는 남한에 살고 있는 52세 이상의 이산가족 1세대를 123만 명으로 파악하고 있으며 이 중 60세 이상의 고령자는 69만 명이다. 고령 이산가족이 늘어나면서 생전에 가족을 만나겠다는 욕구가 커져, 최근 들어 제3국을 통해 생사를 확인하고 서신을 교환하거나 상봉을 하는 경우가 늘고 있다. 작년의 경우 제3국을 통한 이산가족 교류는 생사 확인 481건, 서신 교환 637건, 상봉 195건이었으며 북한 내에서 가족을 만난 경우도 5건에 이른다(장용훈,「이산가족… "우리는 만나야한다.",『관훈저널』 2000년 여름, 통권 75호). 2008년 현재 정부에 상봉 신청을 한 실향민 125,000명 가운데 이미 35,000명이 이산의 한을 안고 숨졌다고 한다. 일천만 이산가족위원회 이상철 위원장은 '지금까지 이산가족 만남은 상봉이 아닌 면회'라고 지적했다(『중앙일보』, 2008. 11. 19).

동이다. 이렇게 두 작품이 아버지를 만나보는 소설인 데 비해, 조선족 소설인 이여천의 「비 온 뒤 무지개」는 부모가 이미 돌아가신 중년의 형제가 남한과 북한에서 각각 공개적, 비공개적으로 연변의 조카를 만나러 온 형제 만남의 이야기다.

이산가족의 상봉이 거족적 행사가 되면서 국제적 주목도 받게 되는데 본고에서는 이러한 이산가족의 상봉을 다룬 소설이 커다란 시간의 차이가 없이 남북한 공히, 그리고 남북한이 비교적 균형 있게 교류하는 공간인 중국 동북 삼성의 조선족 소설에서도 나타나고 있음에 주목한다. 이런 종류의 작품들은 시대의 변천사와 궤를 같이하면서 시대 사회적 정치적 여건이 중요한 변수로 작용하는 만큼 본 연구의 서술 순서는 해당 작품의 발표 순서에 따르도록 한다.

2. '이산가족'의 공식적 만남과 유화적 접근
: 허춘식의 『혈맥』(1988)

6 · 25 당시 가족이 헤어질 때, 대부분 며칠 안에, 혹은 몇 달 안에 만날 것으로 생각한 일시적 헤어짐이었다. 따라서 그 이별이 반세기 이상 지속될 것이라고 생각하는 사람은 거의 없었다.[6] 그러나 남북 분단이 고착화되고 냉전 시대 남한과 북한의 적대적인 관계로 인해 1,000만 정도

---

6   조은, 「분단사회의 '국민되기'와 가족」, 『전쟁의 경험과 생활세계의 변화』, 한성대학교 전쟁과 평화연구소, 학진 기초학문 육성지원 1차 년도 학술발표회, 2006. 5. 27. 학술 발표회에서 인용된 수합 사례들의 거의 모든 경우가 이에 해당한다.

의 이산가족이 발생하게 되었다. 이산가족 상봉은 가장 인도적인 차원의 작업인 만큼 남북 적십자사 간에 논의는 되어왔으나 30년 이상 실행되지 못해왔다가 1985년 5월 27일부터 30일까지 서울에서 열린 제8차 남북적 십자회담에서 '이산가족 고향방문 및 예술공연단 교환원칙'[7]이 합의됨으로써 그해 9월 21일과 22일에 〈남북이산가족 고향방문단 및 예술공연단〉의 역사적인 첫 상봉이 이루어졌다.

월북한 아들의 남쪽 가족 찾기 소설인 허춘식의 『혈맥』(1988)[8]은 발표 시기로 볼 때, 또 쉐라톤호텔이라는 구체적인 장소로 볼 때, 바로 이 남북이산가족 고향 방문이 배경이 되고 있는 전체 15장으로 된 장편소설이다. 고향 방문단의 일원으로 서울을 방문하는 북한 의사의 시각에서 가족 만남의 과정과 서울에 대한 인상 등이 일반적인 북한 소설과 달리 비교적 사실적으로 그려져 있다. 많은 북한 문학 연구자들이 80년대 북한 문학에 주목하는 것은 이 시기의 문학이 주체 문예이론의 틀을 크게 벗어나지 않으면서 다소 유연한 시각[9]으로 다양한 현실 주제의 소설들을 발표하고 있기 때문이다. 이는 주체 문예이론의 경직성을 내부적으로 반성하는 징

---

7 남북한 양측이 세 차례에 걸친 실무 대표 접촉에서 합의한 내용은 방문단의 규모, 방문 지역(서울과 평양), 방문 기간(1985년 9월 20~23일), 교환 방법(동시 교환), 공연 횟수(2회), 공연 내용(정치적 성격 배제, 전통 민속 가무 중심) 등이었다. 이로써 9월 20일 동시에 판문점을 통과한 방문단은 평양대극장과 서울 중앙국립극장에서 각각 두 차례의 예술단 공연을 가진 데 이어 21일과 22일에는 서울의 워커힐호텔과 평양의 고려호텔에서 이산가족 상봉이 있었다. 남한 측에서 방문단 50명 중 35명이 41명의 북한 친척들을 만났으며, 북한 측에서는 방문단 50명 중 30명이 51명의 남한 친척들을 만났다.

8 허춘식, 『혈맥』, 평양 : 문예출판사, 1988. 이 작품의 인용 시 괄호 안에 이 책의 쪽수를 표기한다.

9 김종회, 「주체문학론 이후 북한 문학의 방향성」, 『디아스포라를 넘어서』, 민음사, 2007, 57쪽.

표로 해석되기도 하는데 이렇게 북한 당대 현실 내에서 제기되는 절실한 문제들을 폭넓게 다룬다는 점에서 그 이전의 소설과 다르며『혈맥』은 바로 이러한 시기에 발표된 이산가족 상봉을 소재로 한 작품이라는 점에서 의미가 있다.

1) 불신과 의혹의 타락한 도시, 서울

주인공은 충청도 청송 출신의 월북자인데 북한에서 의사로서 여유 있게 잘 살다가 고향 떠난 지 30여 년 만에 가족을 만나러 서울로 온다. 옛날 의과대학에 진학하여 공부하겠다고 집을 떠나 서울로 온 것이 그대로 이별이 된 경우이다. 고향을 회상하며 '눈물만 훔치던 어머니'. '함함하게 빗어 쪽진 숱많은 검은 머리-살림을 꾸려나가느라 쉬임없이 일했던"(24쪽) 어머니의 모습을 회상하지만 아들을 그리다가 죽었다는 말만 듣고 아버지와 누이동생만 만나게 된다. 그는 남한이 고향이고 서울에서 학교를 다녔기 때문에 서울이 낯이 익은 도시이다. 그런 그에게 서울은 타락한 도시로 다가오고 있다. "무학재 고개를 넘어 서울 시가로 들어서면서부터 펼쳐지는 거리의 광경과 행인들의 모습은 그대로 양풍과 왜풍이 범람하는 대하"(12쪽)이며 일본 관광객들과 어울리는 여인들의 모습을 "밑천들이지 않는 돈벌이"라 하여 국가 기업으로 권장하고 있는 도시이고 "사랑도 인정도 돈으로 헤아리는 경박한 도시"(135쪽)일 뿐이다. "제 나라 땅인 서울"에 와보니 "같은 조선말을 하는 조선사람들인데 서로 리해가 되지 않고 심정이 통하지 않고 말까지 알아듣기 힘들 지경"(112쪽)이라고 한탄하며 "세상이 썩었다."고 단언한다.

뻐스는 마지막 만찬이 마련되어 있는 호텔로 향해 질주했다. 해빛이 자취를 감춘 도시우에서 각색으로 물들인 네온이 현란하게 춤추고 있었다. 백주에도 가리우지 않았던 라체를 어둠 속에 번뜩이며 륜리의 붕괴가 극에 달하고 금권의 횡포가 인간을 압살하는 이 땅에서 생로의 표대를 찾지 못하고 도덕의 기준을 상실한 사람들을 육욕과 망각의 향연에로 부르고 있다. 량심과 정의는 철창에 가두고 생존의 의식을 관능의 자극으로 고취하는 그 광란하는 빛과 음향은 림종을 바라보며 광태에 빠진 말세의 단말마인양 강렬하고 애절하게 서울의 밤하늘을 찢어 발긴다.(123~124쪽)

주인공이 목격한 남한 사회는 인간다운 심정이나 목소리가 총검과 곤봉의 전횡에 유린되고 온갖 동물적인 것이 번성하는 "종말적 세계의 축도"(119쪽)이다. 이러한 남조선의 실태를 남조선 사람들에게 아무리 설득력 있게 말한다 해도 용납하려 하거나 이해하려 들지 않을 거라며 안타까워하는 주인공의 생각에서 역설적으로 소통의 가능성을 본다. 옳고 그름에 대한 판단, 인간이 지향해야 하는 사회에 대한 공통점을 발견할 수 있기 때문이다.

그런데 남한에서 주인공이 느끼는 거부감에는 문화적 차이에서 오는 면도 있다. 예를 들어 호텔 방에서 남한의 타락상을 강조하는 너절한 잡지들과 함께 "벽에는 구멍이 숭숭한 화포에 형상은 고사하고 형태조차 알아 볼 수 없는 추상파의 그림이 걸려 있는 방안이 그러지 않아도 답답"(20쪽)하다고 언급되어 있는데 당시 서울에서 유행했던 벽지의 모던함이나 추상화가 익숙하지 않았던 탓으로 보인다. 주인공은 타고 있는 버스까지도 "남보이기에 딱한 지대를 피하느라고"(12쪽) 에돌아 숙소로 가고 있다고 파악하고 있다. 이런 식의 시각은 이 작품이 발표된 지 20년이 지난 오늘 우리가 북한에 갔을 때 갖게 되는 자세일 수도 있다.

상봉 첫날, 남측의 '안내원, 기자, 접대원, 이 밖의 적십자관계자들'이

붐비는 속에서 만나게 된다는 사실을 알았을 때 주인공은 참을 수 없는 의문을 느낀다. "나의 부모 형제들이 죄수들이란 말인가? 우리가 과연 감옥엘 찾아왔단 말인가?"(37쪽)라고 분개하는 장면과 남쪽에서 변명하는 이유로 "가족들마다 한 방씩 제공하자면 방을 빌리는 데 돈이 많이 든다는 것" "독방에 넣으면 기자들의 취재가 곤란하다는 점" 등을 드는 데 이르면 남쪽 인사의 북한 방문기로 착각할 정도이다. 실제로 이산가족이 만났던 쉐라톤호텔 지하 홀은 "장날의 국수집"(38쪽)을 연상시키고 이 모든 과정을 나는 '한 막의 천박한 광대놀이' '눈가림'으로만 생각한다. 이러한 당국의 경직성은 방문단의 강경한 항의 덕분에 둘째 날의 상봉에서는 가족 단위로 각기 딴 방에서 오붓하게 진행된다. 그러나 아버지는 '몸이 편치 않아' 못 나온다 하고 의사인 아들이 아버지를 찾아보고자 하나 '상봉 절차에 없는 일'이라 안 된다고 한다. 중간중간에 '기자' '감시원'이 있었던 만큼 사실은 아버지가 아들에게 "넋을 보이고 진실을 드러낸 것"(95쪽)으로 인하여 아들을 만나러 오지 못하게 된 것이다. 이런 일을 겪으면서 아들은 남한 사회를 "제 넋을 묻어버리고 인간적인 본심도 깊이 감추어야만 살아갈 수 있는 세상, 건전한 정신을 엿보이거나 인간적인 본심을 드러내기만 하면 가차없이 제거되는 세상"(95쪽)으로 파악한다. 또 다른 방문단의 일원인 음악가 부녀의 극적인 만남도 '상봉 절차에 위반되는 행동'이라며 완력으로 밀치고 우격다짐으로 끌어내 막는 것을 보며 남측의 "기만과 모략, 비렬한 책동…"(95쪽)의 판국에서 주인공은 끓어오르는 분노를 가까스로 누른다. 과잉 대응이라 할 수 있고 거친 면이 보이지만, 이는 분단 이후 35년 만에 처음 시도되는 가족 상봉이니만큼 예정에 없는 돌발 상황에 대해서는 남쪽이나 북쪽 모두 민감하게 반응하면서 경직되게 진행되었을 것을 짐작하게 한다.

2) 유화적 시각

북한의 1980년대 소설[10] 가운데 이전까지와는 뚜렷이 구분되는 긍정적 특성을 보이고 있는 작품들은 이 시기 북한의 문예 정책 변화와 관계가 깊다. 1980년 제3차 조선 작가동맹대회에서 내린 사상 예술성이 높은 우수한 작품들을 더 많이 창작하여야 한다는 지침에 따른 것이다. 이산가족의 문제는 남북한 모두에게 절실한 현실 문제인 만큼『혈맥』은 이러한 환경에서 나온 것으로 보인다. 주인공인 의사는 일상생활에서 만나는 보통 사람인데 긍정적이면서도 자신의 주관이 강한 만큼 주체형의 긍정적 인물에 속한다. 그들은 고향 회상과 가족에 대한 그리움이 절실한 가운데서도 남한 당국의 진행 방법이나 태도 등 매사에 대해 불신하고 있다. 남측으로부터 가족을 찾지 못했다는 대답을 들으면서도 '과연 찾아는 보았는지' 근본적으로 믿지 못하는데 실제로 상봉 희망자 중에 누구를 만날 수 있는 건지 남측은 통고도 해주지 않는다. 소설의 전체적인 흐름이나 묘사가 마치 오늘날 남한의 방문자가 북한에서 느꼈을 내용을 거꾸로 묘사하고 있는 듯한 인상을 주고 있다. 그만큼 표면적으로 일반적인 북한 소설과 달리 휴머니즘이 바탕이 된, 경직되지 않은 유연함을 보여준다. 전체적으로 절대적 이데올로기의 주장보다는 남쪽의 경직된 일처

---

10 사회주의 현실 주제를 다룬 북한 소설의 1980년대 특성은 ① 평범한 일상 속에 '숨은 영웅'을 발굴하며 ② 도 · 농 격차, 세대 간 갈등, 여성 문제 같은 현실 주제의 부각 ③ 심리 묘사와 시점의 대담한 활용 등 예술적 기량의 성숙을 들 수 있다. 그러나 89년 무렵부터는 사정이 또 달라져서 옛 소련과 동유럽 사회주의의 붕괴라는 국제 정치 환경의 변화는 북한 체제를 더 한층 긴장하게 만들면서 문학에서는 '체제 수호'를 위한 대중 동원의 필요에 부응해야 하는 사정으로 나타난다.
김재용, 「1980년대 북한소설문학의 특징과 문제점」, 『북한문학의 역사적 이해』, 문학과지성, 1994, 263~273쪽.

리를 부각시킴으로써 북쪽 체제의 우월성을 강조하는 식이다. 아버지와 누이에 대해서도 사실 여부와 무관하게 매우 인간적으로 접근하고 있다. 첫날 만난 아버지는 조금 괴벽하지만 정신은 흐리지 않은 것 같고, "우린 걱정 없이 잘 살고들 있으니 안심을 해라."(52쪽)라며 호기롭게 말해서 대화의 분위기를 야릇하게 만들기도 한다. 그러나 아들과 무언가 진실한 이야기를 나누고 싶어 하다가 "그자들의 비위에 거슬리는 말을 해서", 즉 "그네들이 꺼려하는 진실을 밝혀서"(122쪽) 둘째 날에는 상봉 장소에 나올 수가 없게 된다.

한편 누이동생 옥련은 생기발랄하고 인정이 넘치던 모습에서 "굳어진 몸가짐, 정기 잃은 눈―생기없는 온 자태가 여겨볼수록 낯이 설"고 몰라보게 변해 탄식할 정도이다. 그녀의 딸이 미군과 사귀다가 미국으로 갔다는 사실을 아버지에게서 듣고 주인공은 가족 상봉의 기쁨과 감격보다 실망과 의혹으로 인해 기분이 무거워진다. 그런 이야기를 하는 아버지의 심정을 "그 정신은 더럽고 종잡을 수 없는 이 세상을 비웃으며 엇서다가도 기력이 없고 의지할 데가 없어 침묵과 고독 속에서 몸부림치는 듯했다."(66쪽)고 묘사하고 있다. 아버지 또한 문득문득 허탈함을 보여줌으로써 아들의 생각을 굳혀준다. 누이동생의 석연치 않은 태도에 실망하던 주인공은 누이가 담배 곽 안에 몰래 넣어놓은 편지를 통해 누이의 딸이 기지촌에서 일하다가 제대하는 미군을 따라 미국으로 갔지만 거기서 다시 팔려 한국의 기지촌보다 더한 시궁창 같은 생활을 하고 있다는 사실을 알게 된다. 거기서 벗어나기 위해 돈이 필요한 만큼, 주인공은 유난히 돈을 밝히는 누이동생의 목석같이 굳어지고 말라버린 상태를 이해하게 된다. 결국 남매는 화해하고 서로 이해하게 되는 셈인데 주인공은 통일을 다짐하며[12] 또 다른 귀향길에 오르게 된다.

중간에 부분부분 언급되는 반미적 언사와 주인공이 아내와의 만남에 얽힌 사연을 동생에게 말할 때 보여주는 북반부 체제의 우월성 강조 등을 제외하면, 가족들과의 만남에 대한 당국의 경직된 반응이나 억지는 북과 남을 거꾸로 그리고 있는 듯한 인상을 받는 것이 사실이다. 다분히 남한 소설을 의식한 듯 그와 유사하게 전개되는데 이는 위에서 언급했듯이 이 작품이 발표된 1980년대 중·후반 북한이 과거 편향된 계급주의 사고방식에서 벗어나 유화 국면으로 가는 시기였기 때문이다. 구소련이 붕괴되기 직전인 이 당시 발표된 북한 소설이나 영화는 서구 사회에 대해서도 관용적 태도를 보이고 있다. 덧붙여 이산가족들의 만남과 "그들의 눈물겨운 상봉에 대한 감동적인 이야기는 참으로 극적인 것"이라며 상봉에 대한 이야기를 소설화할 것을 강조한 김정일의 지시[12] 전에 발표된 것도 주목할 필요가 있다.

3. 월북한 아버지 만나보기와 상처 치유
: 홍상화의 「어머니 마음」(1993)

이 작품[13]은 6·25 때 아내와 뱃속에 있는 자식을 버리고 월북한 아버지와 편지를 왕래하다가 대련(大連)으로 아버지를 만나러 간 아들의 시각

---

11 김종회는 "1980년대 후반 이후−새로운 차원의 통일 방법의 가능성이 북한 사람들에 의해 검토 수용되면서 분단과 통일문제를 일종의 탈이데올로기적인 차원 내에서 접근하는 새로운 경향의 북한 소설들이 나오기 시작한다."고 밝히고 있다(김종회, 앞의 책, 63쪽).

12 김정일,『주체문학론』, 조선로동당출판사, 1992, 261쪽(김종회, 위의 책, 64쪽 재인용).

13 홍상화, 「어머니 마음」,『능바우 가는 길』, 문이당, 2000. 작품 인용 시 괄호 안에 이 책의 쪽수를 표기한다.

에서 쓰여진 일종의 '아버지 찾기' 소설이다. 성장 과정에서 어머니에 대한 혐오와 불만이 큰 만큼 상대적으로 아버지를 그리워했던 주인공이 아버지를 만나면서 어머니에 대한 반감도 해소되는 과정을 보여주고 있다. 대련에는 큰아버지의 딸이 살고 있는데, 아버지와 큰아버지는 두 분이 중국 유하(柳河)에서 살다가 해방되던 해 아버지만 귀국하여 형제가 헤어지게 된 경우이다. 귀국한 아버지는 사범학교를 나와 전쟁 전까지 보통학교 선생을 한 인텔리로서, 서당 교육 외에 신식 학교라고는 다녀보지도 못한 어머니와는 어울리는 부부가 아니었다. 아버지의 월북 후 어머니는 아들 하나 데리고 여러 남자를 거치며 살아왔고 그러한 어머니의 삶을 아들은 경멸한다. 이렇게 어머니와의 갈등이 소설 구조를 보다 복잡하게 만들고 있는데 현실 속의 어머니를 경멸하는 만큼 상상 속의 아버지를 숭배하는 아들에게 "사상에 미친 빨갱이"(123쪽)라고 아버지를 매도하는 어머니는 그저 막막한 대상일 뿐이다.

1) 어머니에 대한 혐오와 아버지를 향한 그리움

> 아직까지 나도 어머니를 만나고 나면 며칠 밤을 악몽에 시달리곤 했다. 그 악몽은 칠흑 같은 밤, 시골길 옆에 세워진 지프에 어린 나를 남겨두고 어느 군인에게 숲속으로 이끌려가던 어머니의 뒷모습이었다. 안타까움과 답답함, 억울함이 꿈속에서 나를 숨막히게 했다.(124쪽)

세 살 때 겪었던 이 장면은 아들의 마음에 아프게 각인되어 작품에서 4차례 이상 언급될 정도로 화자인 아들에게 큰 정신적 상처로 남아 있다. 어머니에 대한 이런 식의 성적 모멸감은 성장 과정에서도 여러 차례 남아 있는데, 예를 들어 어머니가 남자 품에 안겨 춤추던 장면, 휘발유 장사하는 새아버지와 살던 춘천집에서 트럭 운전사와 어머니가 알선해준 여자의 정사가 남긴 냄새 등등 어머니가 나에게 남긴 기억들이란 게 씻을 수 없는 추한 기억들이다. 그래서 사소한 부분에서도 어머니에 대해 모멸감을 드러낸다. 어머니에게 비친 아버지는 "사상운동을 한다고 도망치고 다녀 할아버지 속깨나 썩였고" 그래서 일찍 돌아가시게 만든 불효자이며 "뱃속에 있는 자식도 팽개치고 나몰라라 도망친" 남편으로서, 가족들을 견딜 수 없게 만든 분노의 대상이다. 그런 갈등 속에서 아버지에 대한 그리움과 어머니에 대한 모멸과 증오로 나는 아버지의 월북이 격이 맞지 않았던 어머니 때문이라고 추측하며 자신의 생각을 확인하고 싶어 한다. 실제로 편지 왕래를 통해서 아버지는 "남조선에 아이가 하나 있는데 아들인지 딸인지 모르겠다며 몹시 걱정하는" 아비의 정을 드러내고 있다. 그래서 아들은 카바레에서 색소폰을 불며 살아가는 자신의 처지에 무리를 해가며 대련으로 아버지를 만나러 가게 된다.

아들과 어머니의 갈등 요인은 우선 어린 시절 아들이 목격했던 어머니의 성적 문란함과 그로 인해 세 사람의 아버지를 거쳐야 했던 아들의 정신적 상처 때문이다. 동시에 성인이 된 아들이 그러한 정신적 상처를 극복하지 못한 것 또한 큰 요인이라 할 수 있는데 아들은 스무 살 때부터 현재까지 20년 동안 분 냄새를 맡으며 카바레 악단원으로 색소폰을 불어오는 처지이다. "어머니와 나는 똑같이 그러한 냄새[14] 속에서 살 운명을 타고"(119쪽)난 것 같다고 자조하는 만큼 아들의 현재적 위치가 여전히 어머니의 음습했던 과거를 환기시켜주고 있는 것이다. 거기서 벗어날 수 있는 유일한 탈출구가 '아버지'였고 '색소폰'이었다.

---

14 어머니가 겪었던 사내들의 땀 냄새, 아들이 일하는 곳 여인들의 지분 냄새를 말한다.

색소폰을 불 수 있는 나이가 되고부터 그 무거운 색소폰은 내 곁을 떠난 적이 없었다. 그리고 그것으로 '오 대니 보이'를 부는 동안 나는 바다 위를 나는 새와 같이 자유로워졌다. 과거로부터, 자학감으로부터, 아버지를 향한 그리움으로부터, 한 번도 보지 못한 아들에게 아버지는 위대한 유산을 남겨주었다. 어떤 아버지가 아들에게 외로움을 없애주고 자유를 가져다주고 호구지책을 마련해주는 유산을 남길 수 있겠는가!(129쪽)

아들의 상처를 위무해주었던 유일한 낙인 색소폰 불기는 아버지가 아들에게 남겨준 유산이기도 했다. 아버지 역시 색소폰을 불었고 그것은 아버지가 남긴 유일한 흔적이다. 아들은 아버지의 색소폰을 통해 정신적, 경제적으로 삶을 영위해나갈 수 있었던 것이다.

2) 오해와 진실의 만남, 대련

한 번도 보지 못한 아버지는 아들의 상상 속에서 있는 대로 미화되어 커지고 있고, 현실 속 어머니의 행태는 혐오스러웠던 만큼 더욱 축소되어 아들의 마음자리에서 내몰리고 있을 때 아들은 40여 년 만에 아버지를 만나게 된다.

경제적으로 무리를 해가면서 감행한 대련행이었지만 아버지와의 상봉이 쉽게 이루어지지는 않는다. 3개월을 머물면서도 만나볼 수 없다가 체류 허가의 마지막 날이 되어 떠나야 할 수밖에 없을 때 아슬아슬하게 아버지를 만나면서 비로소 부자간의 정을 확인하게 된다. 아버지는 아들을 만나기 위해 북한 땅 구성을 기차로 떠나 집안을 거쳐 통화역에 내려 버스를 타고 유하까지 12시간 걸려 왔고 다시 유하에서 아들이 떠난 것을 알고 신발을 벗을 시간도 없이 12시간 걸려 대련으로 내쳐 왔다. 아버지와 함께할 수 있는 시간은 대련에서 위해로 가는 바다 위에서의 하룻밤 뿐인데 그 짧은 시간 동안 부자간에는 많은 소통이 이루어진다. 아버지가 6·25 때 "잠시만 올라가 있다가 다시 고향으로 갈 수 있다고 해서" 가다가 결국 북조선으로 갔다는 것과 어머니 때문에 월북한 게 아니라는 사실과 함께 "너의 어머니도 좋은 세상 만났더라면 현모양처로 재미있게 살았을 사람"(139쪽)이라며 어머니를 이해하고 불쌍하게 여기고 있음을 알게 된다. 아들은 아버지와 닮은 점을 찾으며 좋아하는데 부자는 똑같이 짤막하고 삐뚤어진 다리에 평발이다. 또 아들의 십팔번이 〈오 대니 보이〉인데 아버지의 십팔번도 〈오 대니 보이〉였다. 40년을 함께 지내온 어머니에게서 느낀 공통점이 여인들의 지분 냄새나 남정네들의 땀 냄새 속에서 살아야 하는 운명의 동질성이라고 자조적으로 비하하는 데 비해, 10시간을 함께 보내면서 발견한 아버지와의 공통점은 혈연의 닮음이나 정서적 동질감 같은 강한 연대의식이다. 이렇게 '너무나 착하고 어진'(142쪽) 아버지를 만나보고 돌아온 이후, 정서적 안정감 속에서 나는 "어머니와 연관된 과거는 내 기억에서 사라진 지 꽤 오래"(144쪽)라는 식으로 상처가 극복되고 있음을 보여주고 있다. 게다가 마흔이 넘은 나이, 한 가정의 가장이라는 자리는, 더 이상 현실 생활과 유리된 과거의 정신적 상처 때문에 방황하기에는 훨씬 냉혹한 의무를 요구한다. 아무리 3류 카바레이지만 3개월을 비운 후 계속 일할 수 없게 되면서 생계를 위해 다른 일을 찾게 되는데 그 과정에서 정신적 상처가 치유되는 만큼 아버지와의 만남은 대가가 컸어도 그만큼 보람이 있는 셈이었다.

문제는 아버지와의 만남을 주선하고 애써준 사촌 누이에게 초청장을 보내주지 못하고 있는 것이다. 그들은 나를 국립취주악단의 색소폰 주자로 알고 있는 만큼 매우 섭섭해하고 있다. 귀국 후 택시 운전사를 하며 생계를 이어가는 나는 새벽에 남산에 가서 〈오 대니 보이〉를 불면서 "과거를 다독거려 주고 현재를 잊어버리고 미래를 채색"(152쪽)하는 시간, 즉 아버지와의 만남을 회상하며 대화하는 시간을 갖는다.

대련에 사는 금자 누이와 매형으로부터 서운함을 감추지 않은 독촉 편지를 연이어 받게 되었을 때 새벽길 남산에서 아버지와 마음속 대화를 하던 중 불어오는 바람에서 '눅눅하나 찐득찐득한 강인함'을 느끼게 되는데 그것이 마치 어머니의 마음 같다는 생각을 하게 된다. 그 순간 어머니를 떠올리면서 대련에서 돌아온 후 처음으로 어머니를 찾아 춘천에 가게 되고 거기서 금자 누이의 초청장 문제도 자연스럽게 해결된다. 다시 찾아간 어머니의 보신탕집은 담배 연기로 꽉 차 있고 보신탕집 특유의 시큼한 식초 냄새가 배어 있다. 나는 그 냄새에서 어머니의 과거를 또 환기하게 되는데 손님들 사이에서 "나이에 비해 너무 들어붙는 원피스를 걸친" "벌써 몇 차례 주석을 돌았음을 한눈에 알아 볼 수 있는" 어머니의 모습을 보며 "숨막히는 악몽, 이유모를 분노"(154쪽)를 또 느낀다. "아버지를 만나고 왔다는 것을 빤히 알면서도 … 넉살을 떠는 어머니가 얄미워"(155쪽)진 나는 어머니와 마주하며 시간을 끌고 싶지 않아서 금자 누이 얘기를 꺼낸다.

> "오라 캐라. 자식 새끼 하나 있는 것 에미 더럽다고 에미 취급도 안
> 하니…내가 딸처럼 생각하고 돌봐 줄테니 오라 캐라." 앞뒤 재지 않고
> 모든 게 즉흥적인 어머니는 역시 어머니다웠다.(155쪽)

어머니의 시원스런 한마디로 아들이 대련을 다녀온 이후 내내 해결하지 못해 걱정과 부담으로 남아 있던 사촌 누이의 초청장 문제가 일시에 해결이 된다. 결국 현실적 생활과 결부된 일, 어머니를 혐오하며 불만에 가득 찬 세월을 보내온 아들이 해결할 수 없는 일들을 어머니가 해결하는 것이다.

어머니에게 아버지의 북한 가족사진을 보여줄 때 나는 비로소 아버지의 월북에 얽힌 숨어 있던 진실을 알게 되고 아버지가 왜 어머니를 불쌍

한 여자라고 그 짧은 시간 동안에 두 번이나 언급했는지 그 이유를 알게 된다. 사진을 본 어머니는 너무나 어머니답지 않게 커억커억 격정적인 울음을 운다. 아버지가 북한에서 결혼한 여자는 아버지와 같은 학교 동료 여선생이었고 아버지는 "순진한 여선생 꼬셔가지고 사상운동한다 카고 데리고 다니다 가족 다 팽개치고 함께 도망간"(158쪽) 무책임하고 염치 없는 가장이었던 것이다. 이런 사정을 알고 난 후 어머니가 정말 "세상의 누구보다도 불쌍한 여자"(159쪽)라는 느낌이 드는데 이때 어머니의 강인함이 드러난다.

> 어머니는 고개를 들더니 손수건으로 눈물을 닦고 코를 '헹' 하고 풀었다. 나는 마음이 놓였다. 어머니가 코를 '헹' 하고 풀 때면 기쁨, 슬픔, 분노 할 것 없이 어떤 감정이라도 끝장을 보게 마련이었다.(159쪽)

여기서 홍상화라는 작가가 한국의 여인들의 강인함에 대해서 연작의 형태로 소설을 쓰는 이유, 그 배경을 읽을 수 있다. 작가 홍상화는 한국 여성의 마음씨를 매우 소중하게 여기고 그만큼 자랑스러워하면서 끈질긴 한국 여성의 생명성에 초점을 맞춘 작품을 연작으로 써왔다. 역사적으로 어려운 환경 속에서도 가족을 이끌어온 것은 한국 여성의 힘[15]이라는 소신을 경험으로 체득했는데 「어머니 마음」은 그러한 한국 여성의 힘을 '역설적'[16]으로 잘 보여주고 있는 작품이다. 작가는 『우리집 여인들』 서문에서 한국 여성들의 위대함을 강조하면서 작가 자신의 창작 동기이자 의미

---

15 홍상화, 「이민가족」, 『우리집 여인들』 랜덤하우스중앙, 2006, 154쪽.
16 여기서 역설적이라는 말은 긍정적 인물을 긍정적으로 보여주기보다 처음에는 매우 부정적으로 그렸지만 결과적으로 한국 여인의 저력을 보여주는 인물로 발전하는 것을 의미하는 용어로 사용했다.

가 바로 한국 여인들의 강인한 삶이었음을 고백하고 있다. 「어머니 마음」 역시 6·25를 겪어내고 현재는 식당을 운영하며 경제적 어려움 없이 남을 도우면서 살고 있는 어머니의 강인함에 초점을 맞추고 있음을 알 수 있다. 그런데 이 마지막 부분은 처음 발표되었을 때(1993)와 『우리집 여인들』이라는 연작 형태로 재수록되었을 때(2006) 조금 다르게 서술되어 있다. 2006년 판이 코를 푸는 행위를 통해 어머니의 단순함과 그 모든 것을 아우르는 어떤 의식을 강조한 것으로 초판보다 어머니의 성격을 부각시키면서 보다 효과적으로 마무리를 한 것으로 보인다. 『우리집 여인들』에서 작가의 가족사의 한 켜를 짐작해본다면 홍상화는 자신의 의지와는 무관하게 얽혀 있는 이른바 운명적 구체성을 태생적으로 갖고[17] 있다. 여기서 '운명적 구체성'이니 '태생적'이라는 말에 주목하면서 그에 대한 논의는 작가 연구의 몫으로 남겨두고자 한다.

4. 남과 북의 정서적 교집합
: 이여천의 「비 온 뒤 무지개」(2000)

「비 온 뒤 무지개」[18]는 중국 연변에 사는 조카에게 한국과 북한에서 삼

---

17 김윤식, 「'능바우'에서 '킬리만자로'까지」, 홍상화 소설집 『능바우 가는 길』 해설, 문이당, 2000, 266쪽. "분단문학은 반세기에 걸친 한국 문학에서 일종의 소명감각이 걸린 과제였고, 의식적이든 아니든 작가치고 이 수압에서 자유롭기 어려웠다고 본다면 작가 홍상화는 이 점에서 썩 유리한 위치에 있다."고 함.
18 리여천 소설선집, 『울고 울어도』, 문학총서 아리랑 총63호, 연변인민출판사, 2000. 이 작품집에 수록된 「비 온 뒤 무지개」의 인용 부분은 괄호 안에 쪽수만 표시한다.

촌들이 찾아와 서로 만나게 되면서 일어나는 형제 상봉의 기쁨, 문화적 충돌, 정신적 갈등을 그린 단편소설이다. 조카는 화자이면서 남북 두 삼촌을 만나게 하는 장본인인데 신문에 글을 쓰기도 하는 문필가로서 작가 자신을 연상시키는 면이 있다. 이들 형제들이 남한과 북한 그리고 중국에 서로 떨어져 살게 된 내력은 다음과 같다.

> 원래 우리 아버지 대에는 삼형제가 있었는데 독립군이였던 맏이인 아버지가 중국 만주땅으로 피신온 것이 바로 그들 형제가 갈라진 주요원인이라는 것이었다. 당시 고향에는 해마다 수재가 들다보니 살아가기가 어려운 형편이었다. 그래서 부모를 모시고 있는 큰 삼촌은 감히 떠나지 못하고 둘째 삼촌이 동공으로 나선 것이 그만 이리저리 노가다판에 떠나게 되었다. 나중에는 강원도 원주리에 가서 일하다가 6·25가 터지는 바람에 삼형제가 이렇게 세 곳에 헤어져 살아야 했다고 한다. 당시 지원군으로 나갔던 아버지, 인민군에서 총을 멨던 이북 삼촌과 남조선국방군에 있었던 둘째 삼촌은 서로 적수가 되어 전쟁판에 말려들어야했다는 것이다.(136쪽)

일제강점기 하에서 독립운동은 만주 지역이 중심이었던바, 당시 독립운동가들의 후손이 주로 만주 지역에 살게 된 것은 자연스러운 현상이고 이렇게 삼형제가 만주와 남북한으로 갈라져 살게 된 내력은 우리의 역사에서 드물지 않은 경우이다.

1) 정치적 정서적 중간 지대, 연길

이들 형제들이 30년 이상을 헤어져 있다가 비공식적으로라도 만날 수 있는 것은 중국이 남북한과 동시에 국교를 맺고 있으면서 북한과 지리적으로 매우 가까운 곳에 조선족들의 주된 공간인 연길이 있기 때문에 가능하다. 그렇더라도 이들 형제간의 만남이 쉽지는 않았는데 우선 조카가 이 북 삼촌을 찾는 게 쉽지 않았고 남북 양쪽에 초청장을 띄우고 그 시간을 맞추는 데 거의 1년이 걸렸던 것이다. 중국 연변의 조선족이 남한과 북한 을 이어주는 다리 역할을 할 것이라는 것은 중국과 국교 수립할 때부터 이미 예상했던 바인데, 연길은 실제로 남한 사람들이 자연스럽게 북한을 접할 수 있는 곳, 북한 사람이나 북한의 문화를 만날 수 있는 곳이며, 그 가운데 도문을 중심으로 한 고구려의 옛 유적지는 남북한을 한데 묶는 심 정적 고리 역할을 하고 있기도 하다. 무엇보다도 도문강의 해관문은 북한 과 중국을 잇는 국경으로 다리 하나를 두고 두 나라가 마주 보고 있는 곳 이다. 그러나 이렇게 가까운 지형적 문화적 거리에도 불구하고 아직도 북 한 사람과의 접촉이 쉽지는 않다. 북한의 삼촌은 조카와의 만남이기 때문 에 연변에 올 수 있는 것이고, 남한의 삼촌은 그때에 맞추어 오는 식으로 이루어진 형제간의 상봉인 것이다.

> 이북삼촌이 한국삼촌에게 보내는 편지는 우리 집으로 부쳐왔다가 내가 다시 한국으로 보내야 했고 한국삼촌의 편지는 아예 나의 필체 로 고쳐서 이북에다 보내야 했는데 한 번 편지가 오고가는데도 거의 달반이 걸렸다.(137쪽)

이번 상봉을 추진하면서 조카는 여러 면에서 신경을 써야 했고 아내에 게는 이번 삼촌들을 맞아 말조심하라고 거듭 당부했었다. "특히 이북에서 오신 삼촌을 더 존중하라고 강조"(144쪽)한 것은 "사람은 가난할수록 자 존심밖에 남은 것이 없기에 자칫하다간 노여움을 탈 수가 있기 때문"이 었다. 시장에 쌓여 있는 물건들을 보며 놀라는 삼촌어머니(숙모)의 반응 이나 미제의 남조선 주둔 때문에 "허리끈을 풀어놓고 마음놓고 먹을 수가 없는게지, 없어서 못먹는건 아니"(149쪽)라는 삼촌의 변명 등은 바로 내가 신경을 써야 하는 중요한 이유이다. 자칫하다가 두 삼촌의 만남이 '불쾌'로 돌아가서는 안 되기 때문이다. 실제로 이북 삼촌과의 대화에서 나름대로 신경을 썼음에도 불구하고 어려운 친척에 대한 배려가 당사자에게는 체제에 대한 모욕으로 들리는 식으로 미묘한 감정의 어긋남이 형성되기도 했으나, 자잘한 것은 혈육이라는 큰 틀 안에서 해소되고 있다. 그러나 거리 구경하러 나갈 때 가슴에 달린 배지를 떼어놓고 나가라는 손주의 말에 아예 나가지 않겠다고 대답하는 이북 삼촌의 경직되고 불안한 반응이나 '꽃 적삼' 입고 나가려는 한국 할배에게 다른 옷으로 바꿔 입으라는 손주의 말을 따르는 한국 삼촌에게서 연길의 조선족이 남과 북의 중간 지대에서 정서적으로도 중간 역할을 하고 있음을 볼 수 있다.

남북한 사람들의 가치관이나 일반적인 성향도 대조적으로 드러나는데, 이북 삼촌은 갑자기 많이 먹은 음식 때문인지 설사를 하는 중인데도 수령님이 공부하시던 길림시 육문중학교에 가보겠다고 부탁한다. 이에 반해 한국 삼촌은 우리 민족의 넋이 묻혀 있는 백두산 천지를 가보자고 해서 결국 각자 원하는 대로 따로따로 움직이게 된다. 각자 다녀온 후 이북 삼촌은 "무슨 큰 시름을 던 듯" 하고 한국 삼촌은 "무슨 장한 일이라도 해낸 듯"(150쪽)하다는 표현은 남과 북의 거리를 그대로 보여주고 있는 부분이다.

이북 체제에 대한 당황은 이북 삼촌이 마을에서 베풀어준 축하연에서 답례로 인사말을 할 때 드러난다. "두 나라 수령님의 만수무강을 위하여"라는 철두철미한 외교 연설을 하는 것을 보며 같은 사회주의 국가에서 살아온 중국의 조카까지도 "얼굴이 화끈 달아올라"오면서 납득하지 못하는 장면, 촌에서 베푸는 축하연에서 한국을 드나들던 덕수에게 이북 삼촌이 질겁을 하며 "나라 수령님의 이름을 마음대로 부르는" 것을 비난하니 덕수는 "이북에서는 다 좋은데 충성을 람용하는 것이 딱 우리 문화대혁명때 같다."(155쪽)고 반박하는 부분 등이 그러하다. 덕수는 이어 남한 쪽에는 할 말을 다 하며 이북 쪽에는 할 말을 못 하는 화자(조카)를 비난한다.

> "우리 조상들이 동족상잔하지 않았으면 우리가 왜 여기에 와 있겠소. 그래도 우린 거의다 독립군의 후손들이라우. 형님은 다 좋은데 그 거짓말 하는 게 난 딱 질색이라우. 뻔히 이북이 어떤 면은 지나치다는 줄 알면서도 왜 감히 말 못하우. 형님, 한국 욕하는 글 신문에서 나두 봤수. 왜 한국은 자본주의라고 욕할 수 있고 이북은 사회주의라고 욕하면 안된다우? 꾸민 욕도 아닌데. 실은 안타까와서 그러는 게고 사랑해서 그러는 게지, 한번 재간 있으면 이북 어떻다고 사실 그대로 써보라구.(156쪽)

이런 덕수의 말에 모욕감을 느끼면서 자존심이 상한 이북 삼촌이 돌아가겠다고 싱갱이를 하게 되고 그 과정에서 다시 6·25가 남침이냐 북침이냐는 금기의 주제로 논쟁하기에 이른다. 이북 삼촌의 욕지거리에서 조카는 이북 삼촌이 "그 어떤 자신의 운명에 대한 공포심이 가득 담겨 있음"(158쪽)을 느낀다. 그 두려움은 "내가 중국에 와서 한국 동생을 몰래 만나본 일이 탄로되는 날이면 어떤 후과가 차례지는지 넌 모를게다."(160쪽)라는 이북 삼촌 말에서 확인된다. 여기서 이북 체제에 대한 불만이나 불평은 주로 한국을 다녀온 마을 주민 덕수에 의해 언급되고 화자는 이를 전달하는 식인 데 비해 한국에 대해서는 화자가 직접 자기 소리로 자신의 감정이나 생각을 드러낸다는 점에서 작가의 태도를 읽을 수 있다.

2) 남북한에 대한 차별화된 애증

중국과의 국교 수교 후 한동안 중국을 방문하는 한국 사람들의 우월감과 졸부(猝富) 의식 등 사려 깊지 못한 행동이 사회문제화되고 중국인들을 크게 자극했던 점은 현재까지도 일부 지속되면서 진정한 소통을 가로막는 원인이 되기도 한다. 이 작품에서도 남한의 작은삼촌에 대한 서운함이 여러 경로에서 언급되는 것은 작가 자신의 경험과 무관하지 않아 보인다. 이북에서 오는 큰삼촌을 만나러 온 남한의 작은삼촌이 도문 입구에서 며칠째 형을 기다릴 때 조카가 사다준 사이다를 "이게 어디 맛이 있어 먹겠느냐"(135쪽) 하면서 거절할 때 조카는 "측은해보이면서도 또 어딘가 괘씸하기도 했다. 한국은 얼마나 잘 살기에 사이다도 맛없다 하느냐 싶은게 밸이 욱하고 치밀었다."(135쪽)는 반발심이 든다. 또 이북 삼촌을 기다리는 일주일 동안 "언제나 밥상 앞에 앉으면 타발부터 하는 한국 삼촌"(140쪽)이다. 때로는 한국에서 가져온 라면을 먹기도 하는 삼촌이 아무래도 중국음식을 꺼리는 것으로 비친다. "물론 한국은 잘 살아서 이보다 더 고급음식을 먹겠지만 중국에서는 그래도 이만하면 정성을 다한 셈"(145쪽)인 만큼 아무래도 서운할 수밖에 없다. 남과 북에서 친척이 왔다고 촌에서 만들어준 축하연에서 이북 삼촌과 6·25가 남침이냐 북침이냐로 의가 상한 후 투자처를 고찰한다고 나간 한국 삼촌은 며칠이고 돌아오지 않는데 그동안 연길 가라오케에서 여자와 어울리고 있었다는 식의 부정적인 모습으로 그려지기도 한다. 그런 한국 삼촌은 정작 조카의 집에 들어올 때는 빈 손으로 들어섰다. 물론 위해해관에 천연색 텔레비전을 맡겨놓아 후에 도문해관에서 찾아 쓰라고는 했다. 그러나 조카로서는 남쪽 삼촌이 빈손으로 들어선 그날 당시 실망했던 만큼 이북 삼촌의 자잘한 선물이 더 반갑다.

한국은 잘산다기에 원래부터 기대가 컸던 만큼 그대신 가져다주는 실망도 더 컸고 이북에 대해서는 처음부터 바라는 것이 없었기에 서

운할 필요가 없었던 것이다.(143쪽)

한국에 대한 불만은 한국을 왕래하는 조선족에게 부당하게 대접하는 한국 정부에 대한 불만으로 나타난다. "한국에서 불법체류, 불법체류 하면서 벌어가는 딸라를 아쉬워 하지만 그들이 통일에 기여하는 그 가치는 어찌 몇 푼되는 딸라로 계산할 수 있겠어요. 게다가 싼 월급 대신 창조한 로동가치는 또 얼마인가요?"(153쪽)라고 불만을 쏘아대는 데서 이들의 불만이 잘 드러나고 있다.

> 우리 마을에만 해도 한국에 갔다 온 집이 거의 절반이 되는데 올봄에 모두들 쫓겨왔다. 그들은 분한 나머지 이젠 다시는 한국을 쳐다보지도 않겠다는 맹세를 했지만 반년이 멀다 하고 또 로무일군으로 나간다, 려행사를 거쳐 나간다 하면서 갖은 방법을 다 쓰고 있다. 말로는 한국이 못살 곳이라고 욕하지만 남들이 한국 나쁘다고 하면 이를 물고 대드는건 또 왜서일까?(153쪽)

이들은 중국에 사는 조선 사람만큼 인심이 후하고 자기 민족의 전통을 가지고 있고 남북통일에 관심 돌리고 애쓰는 해외동포들은 없다고 자부심이 대단하다. 그런 만큼 한국 정부의 조치에 대한 불만이 상대적으로 클 수밖에 없다. 예를 들어 60세 미만은 초청하지 못하도록 한 데 대해서 "그럼 통일은 60세 미만은 관계치 말고 60세 이상 분들이 구천에 가서 하겠"(154쪽)느냐고 반문하는 식이다. 문제는 조카 자신이 바로 이 초청장 문제를 한국 삼촌에게 말하고 싶었다가 차마 입에서 떨어지지 않아 못 하고 있었던 것이다. 적어도 삼촌들에 대한 감정에서 볼 때 이북 삼촌에 대해서는 측은함이, 한국 삼촌에 대해서는 묘한 아니꼬움이 우선하는 것으로 보인다.

5. 나오며 : 가족 관계의 복원

남북 이산가족의 상봉 소설은 우리 민족사의 상처와 더불어 역사, 사회적 환경 변화에 따라 그 형상화의 내용이 필연적으로 변할 수밖에 없다. 이념의 냉전 시대에는 이산가족의 만남은 거의 불가능했으니 남파 간첩으로 내려와서 혹은 제3국에서 시도하는 정도였던 만큼 가족 상봉을 그린 소설은 거의 없다[19]고 할 수 있다. 이후 남북 이산가족 찾기와 만남이 어떤 형식으로든 제도적 장치의 틀에서 이루어지는 현재에 이르면서, 또 북한과 친밀감을 유지해온 중국과의 수교가 이루어지면서 조선족 자치구가 있는 연길 같은 공간은 비공식적인 만남의 주요 공간으로 그려져 있다.

남북한이나 중국의 조선족 소설에서 나타나는 가족 상봉 소설이 지향하는 공통점은 가족 간의 화해와 휴머니즘적 자세라고 할 수 있다. 사실 혈육의 의미를 강조한다는 것은 체제나 이념을 넘어서 가족[20]이라는 어떤 가치보다 우위에 놓여 있는 인간관계의 복원과 화해를 강조하는 결말로 나아갈 수밖에 없다. 그리고 바로 이 부분에서 우리 민족이 공동으로 지향해나가야 할 덕목과 방향을 찾을 수 있겠다. 『혈맥』에서 고향을 찾는 이들은 한결같이 부모님들이 "살아계시기나 한지…"(36쪽)라며 독백하고 있다. 어머니 대신 누이를 만나면서 누이에 대한 아련한 추억을 강조하고 그리워하는 데서 누이에 대한 열린 마음, 누이 콤플렉스라고 할 만한 문

19　홍상화의 『우리집 여인들』에 수록되어 있는 작품들이 여기 해당하는데 1988년 서울 올림픽을 계기로 월북 문인이 해금되고 중국, 소련 등 공산권 국가와의 교류가 활발해지면서 1990년대 이후에 비로소 발표되고 있다.

20　여러 면에서 볼 때 가족주의 전통은 사상 운동의 차원보다 훨씬 깊은 곳에 자리잡고 있는 것으로 보인다(최시한, 「경향소설에서의 가족」, 『현대소설의 이야기학』, 프레스, 2000).

학적 형상화의 공통 정서도 읽을 수 있다. 그래서 누이에 대한 실망으로 남매간 우애가 불화와 반목으로 틀어질 지경에서 주인공은 적극적으로 마음을 가다듬는다. 기본적으로 오빠의 누이동생에 대한 애틋한 마음이 바탕이 되면서 '혈육의 정', '형제간의 도리', '선각자의 의무' 같은 화해의 의지가 더욱 가능해질 수 있었다.

이산가족들이 만나는 홀 안이 격동에 휩싸이는 것을 보며 주인공과 한 방에 묵는 성악가 김인석이 문득 떠올렸다는 옛 가요는 〈정석가〉로서 "구슬이 바위에 떨어진들/끈이야 끊기리잇가/천년을 떠나서 지낸들/정이야 끊치리잇가…"(42쪽)라는 인용문에서 감정의 소통이 쉽게 이루어지는 것은 같은 역사를 갖고 있는 같은 민족으로서 공통점을 찾기가 그만큼 수월했기 때문이다.

『혈맥』에서는 합리적이고 따뜻한 마음을 지니고 있는 주인공의 생각을 통해 결국 우리 개개인이 나아가야 할 방향을 말하고 있다. "래일도 오늘처럼 랭담하게 만나고 서로 기약할 수도 없는 작별을 고한다면 이 상봉은 기쁨보다도 고통을, 혈육들간의 리해와 사랑보다는 반목과 질시만을 남길 것이다."(90쪽)라면서 가족의 상봉이 기쁨이 되어야 하고 혈육들 간의 이해와 사랑이 우선되어야 한다는 상식적이고도 합리적인 다짐을 하고 있다.

「어머니 마음」에서 어머니는 아버지의 월북 이후 젊은 몸으로 살아가면서 아들에게 성적 문란함의 현장을 보여줌으로써 정신적 상처를 주고 40년 동안을 내내 아들의 분노와 모멸의 대상이 되어 불화의 상태를 이어가고 있다. 대련에서 가까스로 만난 아버지는 경상도 사투리의 어머니와 전혀 다른 사람으로서 표준말을 쓰고 있는데, 아버지는 북한에 살면서도 아들과 정신적 유대감으로 이어져 서로 애틋한 마음을 나눈다. 어머니에 대한 혐오감이 클수록 아버지에 대한 애정이 비례해서 증폭되면서 남쪽에서 같이 살아온 어머니와는 적대적이고 북한의 아버지와 더욱 친화적이 된다. 이러한 갈등이 해소되는 것은 역설적으로 어머니에 의해서 가능해진다. 대련에 머무는 동안, 또 그 후에도 늘 초청장을 보내라는 사촌누이의 간청을 들어주지 못해 부담스러웠던 문제를 어머니가 해결해주었고 그 과정에서 아버지의 월북의 실체를 알게 되었기 때문이다. 말하자면 어머니의 문란함보다는 아버지의 배신이 더 우선하였고 어머니는 전쟁 후 지금까지 강인한 생명력을 통해 세파를 헤쳐왔던 것이다. 마지막에 어머니를 포함하여 '우리 세 식구'라는 표현을 통해 화해하는 아들의 마음을 알 수 있다. '우리 세 식구'가 한자리에 모여서 아버지가 용서를 구하고 어머니는 용서하는 꿈을 꾸는 데서 이미 어느 정도 형성된 화해의 마무리를 볼 수 있다. 가족 중에 가장 큰 상처를 입었으면서도 강인한 생명력으로 생활을 헤쳐온 사람은 어머니라는 사실을 알게 되는 데서 아들의 어머니에 대한 혐오감도 사라지게 된다. 그런데 6·25 때 월북한 당사자들이 사회주의 사상 때문이든 여인과의 사랑의 도피행이든, 월북 자체를 표면적으로 부정하는 인물들은 그려져 있지 않다.[21] 그러나 무언중 드러나는 회한을 통해 자신들의 과거를 자랑스러워하지 않는 분위기를 느낄 수 있다.

「비 온 뒤 무지개」에서도 화해의 가능성을 볼 수 있는데 특히 중국의 조선족이 매개의 중심이 될 수 있다고 보고 있다. 개 한 마리를 잡아 축하연을 베풀어주는 마을 촌장이 '개고기'가 이북에서 '단고기', 한국에서

---

21 프랑스에서 근무 중인 아들이 북한에서 온 아버지를 만나게 되는 최윤의 「아버지 감시」(『저기 소리없이 한 점 꽃잎이 지고』, 문학과지성사, 1992 수록)에서 그려진 아버지의 모습 또한 가족에게 남겨진 자신의 망령을 없애야 한다는 생각과 함께 파리의 '코뮌 병사들의 벽' 앞에서 '자기 같은' 공산주의자들이 밟았던 길을 정리하고자 한다.

'보신탕'이라 하는데 "중국에 사는 우리는 남북 쌍방이 다 접수할 수 있는 일을 해야 한다."(151쪽)고 하는 부분이나, 북의 삼촌이 잘못 알고 있는 한국의 실상에 대해 실제로 한국을 드나들던 조선족들이 바로 고쳐주며 "남북 통일은 우리 중국 동포들이 하고 있다."(153쪽)는 자부심을 보이는 데서 그들의 역할을 볼 수 있다. 이 점은 재중 조선인들의 소설에서 이미 나타난 재중 조선인으로 주체성을 분명히 하려는 의도[22]와 통하는 부분이다.

한편 형제간의 정은 아무리 낯을 붉히고 헤어졌어도 동생이 오지 않아 떠나지 못하는 이북 삼촌에게서도 읽을 수 있다. 사실 이북 삼촌은 "사실 말이지 내가 형제정이 너무 그리워서 온 게지 아니면 감히 오겠냐?"(160쪽)고 조카에게 말할 정도로 위험을 무릅쓰고 동생 만나러 온 것임을 밝힌다. 조카 또한 연길에 가서 오지 않는 한국 삼촌을 기다리다 한숨을 쉬며 북한으로 돌아가겠다는 이북 삼촌을 위해 돈을 빌려서까지 재봉침 등 여러 물건들을 장만하고 "우리가 허리끈을 조여 매면 이북 손님들이 돌아가서 몇 년을 잘 살 수 있다."(160쪽)며 아내의 불만을 잠재운다. 도문에서 "혁명 사업이 바쁘다보니" 급하게 떠난다는 이북 삼촌과 헤어짐을 아쉬워하고 있을 때 한국 삼촌이 헐레벌떡 뛰어오고, 형제는 서로 자신의 잘못을 통곡하며 탓하고 다시 만날 날을 기약한다. "큰 삼촌네가 다리목에서 내려 사라진지가 퍼그나 지났지만 나와 한국 삼촌은 정신 나간 사람처럼 다리우만 멍하니 바라보고 있었다. …비온 뒤의 무지개는 더욱 아름다웠다."(162)라는 마지막 대목은 형제간의 다툼이 해소된 뒤에 보이는 혈육의 정이 더욱 두터웠다는 도식적인 결말이지만 이러한 과정과 결말

---

22 차희정, 「해방기 '연변일보' 소재 재중 조선인 소설연구」, 한중인문학 연구20, 2007, 138쪽.

은 통일로 가기 위해 거쳐야 할 필요한 단계인 것이다.

　여기서 각 작품의 배경 공간이 『혈맥』이 서울이고, 「어머니 마음」이 중국의 대련과 서울, 춘천이며 「비 온 뒤 무지개」가 연변인 점이 시사하는 바는 매우 크다. 주인공들이 속해 있는 체제를 넘어서 다른 공간으로의 이동을 보여주고 있기 때문이다. 이렇게 체제가 다른 공간에서 쓰여진 남북 이산가족 상봉 소설이 결국 가족 관계의 복원을 강조하며 형상화되고 있다는 점에 주목하면서 이를 통해서 아직도 진행 중인 분단의 문제를 극복하는 여러 방향을 모색해볼 수 있을 것이다.

참고문헌

기본자료

리여천,『울고 울어도』, 연변인민출판사, 2000
허춘식,『혈맥』, 평양 : 문예출판사, 1988.
홍상화,『능바우 가는 길』, 문이당, 2000.

논문 및 단행본

김윤식,「'능바우'에서 '킬리만자로'까지」, 홍상화,『능바우 가는 길』, 문이당,
    2000.
김재용,『북한문학의 역사적 이해』, 문학과지성사, 1994.
김정일,『주체문학론』, 조선로동당출판사, 1992,
김종회,「주체문학론 이후 북한 문학의 방향성」,『디아스포라를 넘어서』, 민음사,
    2007.
목원대 국어교육과 편,『북한문학의 이해』, 국학자료원, 2002.
이명재,『통일시대 문학의 길찾기』, 새미, 2002.
이정숙,「소설의 교수 학습 방법과 실천 논리」, 구인환 외,『문학 교수 학습 방법
    론』, 삼지원, 1998,
———,「여행소설에 나타난 상상력의 구조변화 ―'아버지 찾기'를 중심으로」,
    『국어교육』, 105, 한국국어교육연구회, 2001. 6.
장용훈,「이산가족―"우리는 만나야한다."」,『관훈저널』통권 75호, 2000년 여름.
정덕준 외,『중국조선족 문학의 어제와 오늘』, 푸른사상, 2006.
조성일·권철 외,『중국 조선족 문학통사』, 이회문화사, 1997.
조 은,「분단사회의 '국민되기'와 가족」,『전쟁의 경험과 생활세계의 변화』, 한성
    대학교 전쟁과 평화연구소, 학진 기초학문 육성지원 1차년도 학술 발표
    회, 2006. 5. 27.

차희정, 「해방기 '연변일보' 소재 재중 조선인 소설연구」, 『한중인문학연구』 20, 2007.

최시한, '경향소설에서의 가족', 『현대소설의 이야기학』, 프레스, 2000.

홍상화, 『우리집 여인들』, 랜덤하우스중앙, 2006.

박완서 문학의 고향 회귀와 근대 도시 개성

김종회

1. 개성으로 향하는 관심의 방향

고려 시대의 수도로 개경(開京)·송도(松都) 등으로 불리었던 개성(開城)은, 조선 시대를 거치면서 개성부, 개성군 등으로 이름이 바뀌었다가 1957년 북한 정권에 의해 인근의 개풍군·장풍군·판문군을 포함하여 개성직할시가 되었다. 지금은 송악산 기슭에 고려 왕궁이었던 만월대 터와 그 서쪽에 첨성대 터가 남아 있으며, 남대문에 3대 명종(名鐘)의 하나인 고려 연복사 종이 걸려 있고, 정몽주가 피살된 선죽교와 그의 신위가 있는 숭양서원이 있다. 또한 고려 유신 72인이 숨어 살던 두문동과 박연폭포 등의 명승도 있다.

김대중 정부의 대북 유화 정책 이래, 남한 국민들의 금강산 관광과 더불어 개성공단 개발이 남북 화해 협력의 상징적 사업으로 떠오르면서, 개성은 다시 민족적 관심을 환기하는 지역적 대상이 되었다. 이를테면 개성이 세계적인 경쟁력을 갖춘 경제특구이자 공단 및 신도시가 어우러진 복합적인 자유 신도시로 거듭나는 것이, 남과 북의 동시대적 이해관계에 밀착하는 과제가 되고 있는 셈이다. 남북 및 국제사회의 현안인 북핵 또는 미사일 발사 문제 등이 잘 조절되고 해결된다면, 개성이 고려의 송도에 못지않는 위력과 명성을 되찾을 가능성도 없지 않다.

실상 개성은 서울 도심에서 약 60킬로미터에 지나지 않는 거리에 있고 통관 수속을 포함해도 이동 시간이 2시간 남짓에 불과하다. 길이 없는 것이 아니라 그 길이 인위적 장벽 때문에 가로막혀 있었던 것이고, 그것은 또한 한민족이 당면한 역사적 비극을 제유법적으로 보여주는 현실이었다. 그리고 그 안타까운 현실이 60년이 넘도록 지속되어왔던 터이다. "사람들이 걷기 시작하면 그것이 길이 된다."는 루쉰의 말이 무슨 경구처럼 들리는 답답한 현실, 그것이 일말의 해소 가능성을 보이고 있는 시기에 지금 우리가 도달해 있는 셈이다.

지역적으로 지근거리에 있는 개성을 두고 거기에 도달하는 길의 개방이 민족적 활로라도 되는 양 확대 해석한 감이 없지 않다. 미상불 이 물리적 소통 경로의 해소는 극히 상징적인 것이며 그 너머에 있는 남북간 협력 체제의 확대는 물론 개성의 문물을 시발로 하는 북한의 문물, 문화, 생활 양식과의 접촉을 내다보지 않을 수 없다. 더욱이 개성은 황진이를 필두로 하여 일찍 깨어난 문학적 성가(聲價)를 누렸던 곳이다.

개성의 문물을 생각하면서 중요하게 받아들여야 할 것은, 지정학적 외형으로 평가하고 판단할 수 있는 트렌드(trend)만이 아니라 오랜 역사 과정을 거치면서 그 내면을 지탱해온 문화적 인식과 그 축적된 콘텐츠(contents)들에 대한 다면적 접근이라 하겠다. 예컨대 '천년을 이어온 자린고비 경영 철학'으로 호명되는 개성상인[1]의 정신이라든지, 개성과 『고려사』를 배경으로 한 이규보·이제현·박지원 등의 인물[2]이 펼쳐놓은 문학적

---

1 홍하상, 『개성상인』, 국일미디어, 2004.
2 송경록, 『북한의 향토사학자가 쓴 개성이야기』, 푸른숲, 2000.

성과라든지 하는 대목들이 이제 본격적 관심과 연구의 대상이 되어야 한다는 뜻이다.

이는 단순히 개성과의 상관성을 넘어 남북 관계 전체에 적용되어야 할 하나의 당위적 태도이며, 궁극적으로 국토의 통합이나 정치적 통합이 문화적 통합이나 의식의 통합에 뒤따라야 온전한 절차일 것이라는 경각심과 관련된다. 또한 이는 한반도와 유사한 상황에 있었던 독일 통일의 선례에서 뼈아프게 납득할 수 있었던 부분이며, 이 글의 주제도 바로 그러한 부분에서 기여하는 바가 있기를 기대한다.

2. 박완서 문학에 나타난 개성의 의미

북한의 '향토사학자'란 이름으로 송경록(1932~)이 쓴 글에 의하면, 고려 시대 백운거사 이규보와 익재 이제현, 조선 시대 연암 박지원 등이 개성과 『고려사』를 배경으로 한 주요 인물로 기록되어 있고, 동시에 이들에 얽힌 야담 등을 소개하고 있다.[3] 이 기록은 강원도에서 출생하여 전후 개성으로 이주, 지금까지 개성에서 생활하고 있는 역사학자의 글인 까닭으로 그동안 남한에서 볼 수 없었던 일화들이 소개되고 있어 주목해볼 만하다.

그러나 시가에 있어 개성을 대표하는 인물은 단연 조선 시대의 황진이이다. 그에 대해선 여기에서 상술할 상황이 아니거니와, 우리 문학사 전반을 포괄하여 그만큼 탁발한 문장의 재치와 적확한 심경의 표현을 찾아

---

3   송경록, 위의 책, 247~278쪽.

보기 어려운 형편이어서, 여성문학이라는 시각에 비추어 보지 않더라도 그 비중을 쉽사리 가늠할 수 있다. 그런가하면 서예로 이름이 높은 석봉 한호의 고향 또한 개성이다. 이처럼 숱한 인물들을 생산한 고장이지만, 분단 이래 남한에서는 지리적 접근이 어려운 만큼 그에 대한 관심조차 엷어졌던 것이 사실이었다.

그러나 남북 관계에 대한 관심이 고조되고, 북한이 단순히 잃어버린 땅이 아니라 민족사적 관점에서 결코 유리될 수 없는 땅이라는 인식이 확대되면서 이것이 문학적 생산물에도 반영되기 시작했다. 황석영의『장길산』[4]이 황해도 해주에서 시작하고 구월산 일대를 배경으로 하면서, 작품 배경을 찾아가 보겠다고 시도한 작가의 방북이 한 시대의 사회적 문제로 등장했다. 그런가 하면, 김주영의『활빈도』[5]의 집필 중에 작가가 자료의 미비를 하나의 이유로 하여 소위 절필 선언을 하고, 그와 더불어 작품의 무대인 개성을 방문하려 시도했던 것들이 바로 그러한 상황에 대한 설명이 된다.

그 외에도 개성상인의 기량과 금도를 탁월한 역사소설로 보여준 최인호의『상도』[6]나, 그 미학적 가치를 유보하고 본다면 한 시기 낙양의 지가를 올린 것으로 이름을 얻은 김진명의『무궁화꽃이 피었습니다』[7] 등의 소설에도 개성이 주요한 작품 배경으로 등장한다. 북한 문학으로서 이태준의『황진이』[8]나 근자 북한 최고의 인기 소설인 홍석중의『황진이』[9]의 경

4 황석영,『장길산』, 현암사, 1976~1984.
5 김주영,『활빈도』, 문이당, 1994.
6 최인호,『상도』, 여백미디어, 2000.
7 김진명,『무궁화꽃이 피었습니다』, 해냄, 1993.
8 이태준,『황진이』, 깊은샘, 1999.
9 홍석중,『황진이』, 평양 문학예술출판사, 2002.

우도, 그 작품의 성격상 개성이 배경이 된 것은 당연한 일이다.

동시대 작가 가운데 개성이 고향이자 그 고향 개성을 작품의 배경으로 하여 장편소설『미망』[10]을 비롯한 일련의 창작물을 내놓은 이가 박완서이다. 『미망』외에도 어린 시절을 회고하는 성장소설『그 많던 싱아는 누가 다 먹었을까』[11]와 산문집『두부』[12]에 실린 「가족」 「옛날」 「개성사람 이야기」 등이 모두 개성을 배경으로 하여 그 지역적 특성과 함께 성립된 작품들이다.

1) 한 지역 사회와 그 구체적 삶의 실상으로 읽는 시대사
:『미망』의 경우

『미망』은 역사적 상상력을 통하여 개성이라고 하는 한 지역에 뿌리를 둔 가족사의 근원을 캐어 들어감으로써, 시대사의 흐름 속에 숨어 있는 구체적 삶의 실상을 조명한 작품이다. 이는 단순히 있었던 사실로서의 삶을 발굴하고 조명한다는 뜻이 아니라, 그것이 안고 있는 내면적 의미를 찾아내고 이를 해명하는 소설의 특성을 말한다. 이때의 이 지역사회를 기반으로 한 가족사는 곧 민초들의 생명력과 저항력으로 표현되며, 한 개인에게 부하되는 운명의 전횡에 대한 거부의 의지를 포괄한다. 또한 이 작품에서는 여성 작가 특유의 '여성 콤플렉스'에 대한 소설적 발현도 볼 수 있어 다각적인 관찰의 눈을 필요로 한다.

『미망』은 봉건 시대의 제도와 관습이 무너지기 시작하는 조선조 말기

---

10   박완서,『미망』, 문학사상사, 1997.
11   박완서,『그 많던 싱아는 누가 다 먹었을까』, 웅진씽크빅, 2002.
12   박완서,『두부』, 창작과비평사, 2002.

에서 현대사의 한복판으로 이어지는 6·25동란 직후까지, 파란만장한 시대사의 흐름을 생동하는 인물들의 구체적 형상과 더불어 조감하고 그 내면적 의미의 추적과 해명을 위한 그물을 던지고 있다.

이 항목에서는 두 줄기의 분명한 관점이 작동되고 있다. 하나는 작가의 고향이자 500년이란 장구한 세월을 두고 멸망한 고려 왕조의 울혈이 서려 있는 개성의 지역적 특성을 바탕으로 하고 있고, 다른 하나는 관료나 관변 지도층의 역할을 폄출하고 상공 중시의 효용성에 대한 확신을 붙들고 있는 중인계급의 세계관에 기반을 두고 있다는 것이다. 이때 두 번째의 소설적 속성 또한 개성이라는 지역의 성격과 밀접하게 연관되어 있다.

소설의 중심축을 이루는 이종상과 전태임의 결합은 이 지방의 중인 토호들이 선택한 당대적 삶의 전형적인 방식이며, 그들의 선대와 후예들이 펼치고 있는 다기한 삶의 양태를 하나의 묶음으로 연결하는 거멀못의 구실을 담당한다.

개성이라는 특수한 공간 환경과 이 지역에 뿌리내린 중인 부유층의 시각에 비친 격렬한 시대의 변화는 비록 역사철학적인 경각심의 대입이라는 공격성으로 조명되지는 못하지만 차분하고 설득력 있게 맨 밑바닥에서부터의 요동으로 포착되고 있다. 이 작가는 소설의 도처에서, 새롭게 꾸려지는 시대의 모습에 대응하는 힘이 '가진 것도 없고 문벌도 없고 배운 것도 없는' 민초들의 저항력으로부터 생성된다는 소중한 깨우침을 피력한다.

> 종상이가 을사보호조약이 체결된 후의 한 달 가량을 서울에서 머물면서 보고 듣고 느낀 건 가진 것도 없고 문벌도 없고 배운 것도 없는 사람들의 소용돌이치는 힘이었다. 그들이 목숨 걸고 저항하고자 한 건 간교한 외세뿐이 아니었다. 부패하고 무능한 조정과 일신의 안일과 영달에만 급급한 나머지 나라를 이 지경으로 만든 양반 계급에 대

해서 한층 극심하게 분노하고 있었다. 종상이도 혼인한 후 가장 마음 아프게 자신의 안일과 부유와 학식을 돌이켜보며 자괴(自愧)를 금하지 못했다.

아래로부터 치밀어오르는 이와 같은 힘이, 예컨대 황석영의『장길산』에서처럼 역동적인 사회 세력으로 전화되는 문맥을 확보하는 일이 박완서의 목표가 아니므로 군이 구체적인 공과를 검증할 필요는 없겠지만, 소설의 이야기 전개를 두고 3·1만세운동 및 만주 간도에서의 독립운동과 일정한 연계를 설정하려 한 것은 이에 대한 작가의 고심을 짐작하게 한다.

또한『미망』에서는 한 개인의 자유 의사와 상관없이 그 개인에게 부하되는 운명의 전횡에 대해 이를 거부하는 완강한 의지가 여러 가지 형태로 그려지고 있다. 태임의 할아버지 전처만이 가문을 일으키는 발단 부분에서 이 생원에 대적하는 눈빛, 여자이면서도 당돌하고 기골차게 결정을 밀고 나가는 태임의 태도, 몰락한 양반의 후예라는 신분상의 조건에도 불구하고 확신의 실행에 충실한 초창기 종상의 행위, 그리고 간도로 이주한 무렵의 당당한 달래와 태남의 신념 등에서 우리는 그것을 쉽사리 알아차릴 수 있다.

> 종상이 역시 부성이네 청포전에서 처음 만났을 때의 미소년 티는 봉두난발과 무성하게 자란 수염과 사경의 부기 때문에 알아볼 길이 없이 변해 있었지만 눈빛만은 어찌나 건강하고 아름답게 빛나던지 태임이는 넋을 빼앗겼고, 그가 진실을 호소하고 있음을 단박에 믿었고, 그를 위해서라면 그 무서운 할아버지도 능히 기만하고 배반할 수 있다고까지 생각했었다.

기실 이 눈빛은 작가가 힘주어 말하고 싶었던 것으로 보이는, 소설의 저변을 관류하는 올곧고 건실한 의식의 실체이며, 몇 사람의 주요한 등장

인물이 현실에 맞서고 또 이겨나가는 동력원으로 기능한다.

　여성 작가가 쓴 작품이라서 그러하다고 하면 지나친 이분법이 될지 모르지만, 이 소설은 태임이나 그의 딸 여란과 같은 여성 캐릭터의 시점과 의식 체계를 중점적인 발화법의 수단으로 사용한다. 시나 단편에서 여성을 화자나 작품의 대상으로 하여 '정서적 호소력을 가진 서사적 공간'을 획득하려는 것을 여성 콤플렉스(Female complex)라 호명하는데, 이러한 한정적인 개념을 대하장편에 적용하는 일에 무리함이 있다면 있는 대로 『미망』에서 그 면모가 약여하게 나타남은 부인하기 어렵다.

　박경리가 『토지』에서 제작해낸 서희의 이미지를 우리는 태임에게서도 유사하게 찾아볼 수 있다. 달래의 능동적 성격이나 혜정의 자기 운명 감당, 태임이 의붓동생 태남의 아이를 거두려는 욕구나 박승재의 처가 여란의 친어머니 노릇을 하려는 시도 등도 궁극적으로 이와 한 꿰미로 엮어질 수 있는 절목들이다. 아울러 우리가 유의해야 할 사항은 그러한 성향의 발현 자체가 아니라, 그것이 이 소설의 어조나 분위기를 조화롭게 가꾸는 데, 그리고 지속적으로 전개되는 사건들의 내면을 효율적으로 적출하는 데 유익하다는 측면일 터이다.

　우리는 이 소설을 통하여 작가 박완서의 체험과 상상을 아우르는 서사적 형상력이 유다르게 심기일전한 창작법을 목도하게 된다. 이제까지 이 작가가 일상적 체험과 섬세한 감각을 토대로 하여 세상살이의 보편적 법칙을 깊이 있게 묘파하는 데 능란한 솜씨를 가지고 있었던 데 비해 보면 더욱 그렇다. 『미망』과 함께 광활한 역사적 상상력을 발효시킨 그의 세계를 통하여, 우리는 개성이라고 하는 한 지역의 가족사와 시대의 변천사를 의미 있게 읽을 수 있고 그것을 고난의 역사에 대한 진실성 있는 증언으로 받아들이게 된다.

2) 유년의 눈으로 바라본 '꿈의 고장'
:『그 많던 싱아는 누가 다 먹었을까』의 경우

『그 많던 싱아는 누가 다 먹었을까』는 1930년대에서 1950년대에 걸친 개성 및 서울, 곧 박완서의 생장에 뒷그림이 된 지역적 배경과 더불어 당대의 풍속과 생활상, 그리고 6·25동란 체험을 그린 자전적 성장소설이다. 동심의 눈, 순진의 눈으로 바라본 그 시대 사회와 사람들의 모습을, 이제는 원로 작가의 반열에 오른 작가의 유려한 필치에 담고 있다. 개성 지방 산천의 모습과 서울역 전경 등을 삽화로 보여주면서, 지금은 잘 쓰지 않는 우리말에 주를 달아 이해를 돕기도 했다.

이 소설의 주인공 '나'는 개성에서 조금 떨어진 박적골에서 태어나 유년기를 보낸다. 아버지를 일찍 여윈 '나'는 시골 선비였던 할아버지의 사랑을 독차지했던 평화로운 어린 시절의 기억을 가졌다. 그러다가 딸도 아들과 똑같이 서울에서 공부시키겠다는 엄마의 결심으로, '나'와 엄마는 서울의 변두리 현저동으로 이주한다. 사대문 밖에 살면서도 사대문 안으로 학교를 보내려는 엄마의 극성스러운 교육열로, 학교에서는 사대문 안에 사는 것처럼 거짓 행동을 하게 되면서 '나'는 정체성의 혼란을 경험한다. 그렇게 시작된 '나'의 혼란은 6·25 체험으로 그 정도를 더욱 더해간다.

'나'는 우여곡절 끝에 숙명고에 입학하고, 오빠는 조선총독부에 취직후 와타나베 철공소 이직으로 일제의 징집 대상에서 제외된다. 그 후 결혼한 오빠는 첫 올케의 죽음에 대한 아픔이 채 가시기도 전에 6·25동란 중 의용군으로 징집된다. 사상 운동에 가담했다가 단정 수립과 함께 보도연맹에 가입했던 오빠는 남과 북의 공방전 속에서 희생양이 되었다. 대학 신입생이었던 '나'는 어머니, 와병 중인 오빠, 오빠의 두 번째 부인인 만삭의 올케, 어린 조카까지 부양해야 할 형편에 이른다.

피난 중에 식구들을 먹여살리기 위해 피난 떠난 빈집을 털면서 참담함을 느낀다. 이와 같은, 그야말로 참담하기 이를 데 없는 성인화 과정을 서술하면서, 작가는 자신의 고향이자 작품 속 화자인 '나'의 고향 개성 일원을 다음과 같은 문장들로 묘사하고 있다.

> 시골에서 물감은 아주 귀물이었다. 할아버지가 송도에서 사 오셨다. 내가 태어난 고장은 개성에서 남서쪽으로 이십 리가량 떨어진 개풍군 청교면 묵송리 박적골이라는 이십 호가 채 안 되는 벽촌인데 마을 사람들은 개성을 송도라고 불렀다. 어린 나에게 송도는 꿈의 고장이었다. 물감뿐 아니라 고무신이나 참빗이나 금박 댕기나 식칼이나 호미나 낫도 다 송도에 가야만 살 수가 있었다.[13]

> 발 아래 생전 처음 보는 풍경이 펼쳐졌다. 말로만 듣던 송도였다. 나는 탄성을 질렀다. 은빛으로 빛나는 아름다운 도시였다. 길도 집도 왜 그렇게 새하얗게만 보였던지. 나중에 안 것이지만 송도고보, 호수돈고녀를 비롯한 신식의 큰 건물들은 모두 화강암으로 지었고, 토지도 사질(砂質)이어서 길이나 바위가 유난히 흰 게 개성 지방의 특징이었다.[14]

> 드디어 당도한 개성역은 웅장하고 그 안은 복잡하고 시끌시끌했다. …(중략)… 표를 내고 나가니까 엄청나게 큰 사닥다리가 공중에 걸려 있었다. 엄마는 그게 구름다리라고 했다. 그 와중에도 서울역의 구름다리는 여기 댈 것도 아니게 크고 복잡하다는 서울 자랑도 잊지 않았다.[15]

---

13 박완서, 『그 많던 싱아는 누가 다 먹었을까』, 웅진씽크빅, 2002, 12쪽.
14 위의 책, 41쪽.
15 위의 책, 43쪽.

주인공 '나'가 개성에서 조금 떨어진 박적골이라는 시골에서 유년기를 보내면서, 그 벽촌에서 바라본 개성은 어린아이의 눈에 가히 '꿈의 고장'으로 묘사되기에 손색이 없다. 벽촌에 사는 '나'의 가족은, 생필품이 필요할 때에 할아버지가 개성에 나가 구해오는 것으로 충당했으니, 동심의 순진한 눈에 개성은 새로운 세계요 그 부피가 확장된 공간 환경으로 기능할 수밖에 없다.

그런데 두 번째 인용문에 있는 '나중에 안 것이지만'과 같은 어투로 짐작할 수 있듯, 이 개성에 대한 묘사와 그 평가의 기록은 성장한 이후의 회상 시점에 의거해 있고, 이는 김용성의 『도둑일기』나 윤흥길의 「장마」, 그리고 제임스 조이스의 「애러비 시장」에서 그러한 바와 같이 과거의 회상이 현실의 상황과 긴밀하게 연계되어 있음을 나타낸다. 곧 이 작가의 어린 시절 체험은, 지금 그의 창작 심리학에 적잖은 영향을 미치고 있는 터이고, 그것은 그의 작품 곳곳에 유년의 고향이 지속적인 등장을 보이는 것으로 미루어 짐작할 수 있다.

3) 수필 장르의 특성에 힘입은 직설적 자긍심
:「가족」「옛날」「개성사람 이야기」의 경우

익히 알고 있듯 수필은 소설과 달라서, 작가의 육성과 실제적 상황이 거의 그대로 드러나는 문학 형식이다. 박완서의 수필집 『두부』에 실려 있는 지역적 배경으로서의 개성과 구체적 체험으로서의 가족사는, 다른 소설들에 비해 훨씬 더 정확한 정보를 공여한다고 판단해도 무방할 터이다.

> 돌아온 고모부는 개성으로 가서 송도중학 선생이 되었다. 그때 그
> 부부에게는 아들이 둘 있었는데 큰 아들이 당시 송도중학 2학년이었

다. 고모는 난생 처음으로 남편의 월급봉투로 생활을 꾸릴 수 있는 편안한 처지가 되었다. 그러나 곧 6·25가 터지고 고모부는 제2국민병으로 소집된 덕분에 월남을 하고 고모는 아들들하고 개성에 남은 채로 휴전이 되었다.[16)]

이 인용문은 작가의 가족 이야기, 그중에서도 고모부의 이야기를 중심 내용으로 하고 있는 수필의 일부이다. 고모부가 개성에 머물고 있을 때의 상황을 직접적으로 보여준다. 그런가 하면 「옛날」에서는 고향 개성에 대한 추억과 지금의 생각을 아무런 여과 없이 자연스럽게 토로하고 있다.

고향타령은 그렇게 자주 하면서 왜 방북할 수 있는 길을 모색해보지 않느냐는 질문을 종종 받는다. …(중략)… 아무의 주목도 받지 않고 아무렇지도 않게 고향마을에 들어서보고 싶은 건 천 마리 만 마리의 소떼를 몰고 가는 것보다 더 이룰 수 없는 꿈이다.
정회장의 방북과 거의 같은 무렵, 평소 일면식도 없던 전(前) 서울대 지리학과 교수 최창조씨가 우편으로 석 장의 사진을 보내주었다. 개성 가서 찍은 사진이었다. …(중략)… 자남산과 송악산이 보이게 찍은 개성의 시가지 모습은 5층 아파트 사이로 고층 아파트가 솟기 시작하는 남쪽의 소도시 모습과 비슷했다. 송악산의 웅혼한 기상도 자남산의 우아한 자태도 매연인지 안개인지 모를 희뿌연 공기에 가려, 설명문이 없더라면 식별할 수 없을 정도였다. 송악산, 자남산이라는 그리운 이름말고는 아무데서도 고려의 옛 도읍다운 그 깔끔하고 배타적인 품위를 느낄 수 있는 단서는 찾아지지 않았다. 개성에 대한 이미지가 송악산 맞은편의 용수산에서 바라본, 은백색으로 빛나는 땅에 겸손하고 품위있는 기와집들이 즐비한 주택가 사이로 '나깟줄'(시냇물)

---

16 박완서, 「가족」, 『두부』, 창작과비평사, 2002, 20쪽.

이 그물처럼 얽힌 아담한 고도에 고정되어 있는 게 문제일지도 모르지만.

나머지 한 장은 만월대에서 찍은 사진이었다. 나는 비로소 헉, 하고 숨을 안으로 삼켰다. 만월대는 그대로였다. 궁궐터의 초석만 남은 만월대, 때는 늦가을이나 겨울인 듯, 저만치 둔덕 너머로 상록수의 끄트머리가 조금 보일 뿐, 온통 마른풀만 남은 폐허에 최교수인 듯싶은 이가 그림자를 길게 끌고 서 있었다. 옛 시조가 아니라도 폐허에 추초(秋草)처럼 어울리는게 또 있을까. 가슴이 둔탁하게 아파왔다. 그건 혹시 부러움이 아니었을까. …(중략)…

내가 개성 시내에서 살아본 것은 해방을 전후한 반년 남짓한 동안밖에 안된다. 그러나 막 어른의 문턱에 선 열대여섯살 무렵이었다. 그때도 무슨 삐딱한 마음에서였는지 나는 선주교의 혈흔(血痕)을 믿지 못했다. 우리의 경배를 강요하는 충절에 대한 수다스러운 꾸밈이 싫었다. 만월대는 후세의 어떤 꾸밈도 거부하는 허무 그 자체였다. …(중략)…

만월대는 옛날 그대로였다. …(중략)…

그러나 역시 세상 만물은 변하면서 소멸되어가는 것을. 그 한 장의 사진이 떠다밀 듯 내 본심을 들여다보게 만들었다. 입으로는 죽기 전에 고향 한번 가보는 게 소원인 것처럼 말하지만 실은 가고 싶지 않은 거였다. 나처럼 오랫동안 변치 않은 고향의 모습을 간직하고 있는 이는 아마 없을 것이다. 그것만도 얼마나 큰 복인가. 그리고 그건 나에게 맞는 복이었다. 만약 내가 고향을 방문할 수 있게 된다면 그날이 바로 마음 속에 있는 내 고향, 이상화된 농경 사회의 평화와 조화를 상실하는 날이 될 뻔하지 않은가. 어떻데 변했나 보고 싶지 않은 것이다. 보아버리면 다시는 안 보았을 때로 돌아올 수 없을 테니까. 일단 글을 깨치고 나면 문맹상태가 되는 것이 불가능하듯 말이다.[17]

---

17 박완서, 「옛날」, 위의 책, 49~52쪽.

이 글에서 작가는 자신도 모르게 자꾸만 '옛날 타령'을 하는 사람으로 드러난다. 자신이 시도때도 없이 '옛날'을 강조한다는 내용을 제시하면서 고향에 대해 언급한다. 한두 장의 사진으로 개성을 보면서 인위적으로 꾸미려고만 하는 태도가 북쪽의 체제인 줄 알았는데 만월대를 그냥 둔 것을 매우 반가워한다. 그러나 결국 작가에게 있어 모든 것은 변하면서 소멸한다는 생각에는 변함이 없다. 고향에 가고 싶지만, 자신이 꿈꾸던 고향은 아닐 것이기에 보고 싶지 않은 것이다. 변하지 않은 이상적인 고향을 간직하고 싶은 작가의 마음, 그것은 고향이 곧 본향이어야 한다는 해묵은 신념처럼 보인다.

작가가 글의 제목에 직접적으로 '개성 사람'을 달아 쓴 수필이 「개성사람 이야기」[18]이다. 이 글은 아예 내놓고 개성 사람들의 특질을 설명하여, 작가 자신이 그에 속하는 개성 사람으로서의 자부심을 드러낸다. 그러기에 작가는 마지막 문장으로 "해방된 날 고이 간직했던 태극기를 내다건 집이 적지 않았던 개성이 내 고향이라는 게 자랑스럽다."고 적었다. 작품 속에 나타난 개성의 특질과 개성사람으로서의 자부심은 다음과 같이 요약될 수 있다.

첫째, 개성사람들의 경제적 특질은 돈셈에 있어서서의 투명성과 정직성에 있다.

둘째, 개성은 예로부터 상업이 발달한 고장이다.

셋째, 음식, 가옥구조, 집치레 등에 있어 외화보다는 실속을 중하게 여기는 것이 개성사람들의 좋은 특질 중 하나이다.

넷째, 개성은 여자들이 부지런하며 비교적 넉넉한 지역에 속했다.

다섯째, 개성사람은 자신을 위해 아끼고, 베풀 만한 사람에게는 베

---

18 박완서, 「개성사람 이야기」, 위의 책, 159~171쪽.

풀되, 나중에 그것을 떠벌리지 않는 결곡한 정신이 있다.

여섯째, 개성사람들의 특질을 만들어낸, 면면히 이어져온 저항정신이 있다.

이상과 같은 항목들은 모두 개성 사람이 가진 장점들을 표현하고 있는 것이거니와, 앞서의 소설들에서 작품의 배경으로 개성을 차용하고 그 지역성의 의미를 간접적으로 드러내던 것을, 수필들에서는 직설적 설명으로 보여주고 있다. 이는 작가로서 자신의 출생 지역에 대한 자긍심의 일단을 강력하게 피력하는 것으로 받아들일 수 있다. 물론 형식적 차원에서는 소설과 수필의 장르적 특성에 대한 구분의 문제가 상관되어 있다.

3. 마무리

한 작가에게 있어 고향의 의미란 무엇일까를 살피는 일은 그렇게 간단하지 않다. '고향'을 국어사전에서 찾으면 '자기가 태어나서 자란 곳'이란 제1의 설명 다음에, '자기 조상이 오래 누려 살던 곳'이라는 제2의 설명이 있다. 한 작가가 모국어를 익히고 그것을 통해 작품을 쓰는 동안, 그 시발과 전개의 과정을 통하여 단순히 말을 익히는 수준에 그치지 않고 그 말의 바탕을 공여한 가족들의 생애사와 당대 사회의 문물을 배태한 문화사를 함께 익히기 마련이다. 이는 곧 역사주의 문학의 고색창연한 명제이기도 하다.

비록 개성에 거주하며 살았던 기간이 그다지 오래지 않는다 하더라도, 이와 같은 의미 구조를 적용해보자면, 개성은 박완서 문학의 중요한 받침돌이 아닐 수 없다. 실제로 작가 박완서는 그의 여러 소설에서, 그리고 짧지만 자신의 생각을 가장 선명하게 드러낸 여러 수필에서, 개성이라는 공간 환경이 자신의 삶과 문학에 어떤 영향을 끼친 존재였던가를 생생하게 증언하고 있다.

지금 한국문학의 입지에서 보자면 쉽게 다가갈 수 없는 금단의 지역, 그러나 고려 왕조 이래 500년 도읍지이자 기호지방의 중요한 거점 도시로서 우리 민족의 장래는 물론 그 문학적 표현에 있어 전혀 도외시될 수 없는 지역으로서 개성은, 앞으로도 지속적인 관심을 촉발하는 민족적 삶의 터전으로 남을 것이다.

그러한 까닭으로, 이 글은 개성과 관련된 박완서의 문학을 탐사하면서, 그의 문학이 확보한 예술성보다는 소재적 · 주제적 차원에서 개성이라는 공간 환경이 보이는 성격적 특성을 살펴보는 데 중점을 두었다. 그 지역성의 의미와 박완서 문학의 장점이 어떻게 조화롭게 만나고 악수하는가를 보다 구체적으로 살펴보는 일은 다음 기회로 미루고자 한다.

참고문헌

기본자료

박완서, 『미망』, 문학사상사, 1997.
──, 『그 많던 싱아는 누가 다 먹었을까』, 웅진씽크빅, 2002.
──, 「가족」, 「옛날」, 「개성사람 이야기」, 『두부』, 창작과비평사, 2002.

단행본

김주영, 『활빈도』, 문이당, 1994.
김진명, 『무궁화꽃이 피었습니다』, 해냄, 1993.
송경록, 『북한의 향토사학자가 쓴 개성이야기』, 푸른숲, 2000.
이태준, 『황진이』, 깊은샘, 1999.
최인호, 『상도』, 여백미디어, 2000.
홍석중, 『황진이』, 평양 문학예술출판사, 2002.
홍하상, 『개성상인』, 국일미디어, 2004.
황석영, 『장길산』, 현암사, 1976~1984.

해방 직후 한국 소설에 나타난 귀환과 정주의 선택과 그 의미

만주 지역에서의 귀환과 정주를 다룬 소설을 중심으로

최병우

1. 서론

1,500년이 넘는 기간 동안 한반도 내에서 공동체를 이루며 살아온 한민족은 19세기 후반부터 경제적인 궁핍을 극복하기 위하여 만주로 이동하는 자발적 이산을 시작하였다. 이후 근대화와 함께 닥친 일제의 강점은 이산을 촉진시켰고, 만주국 건립에 따른 일제의 기획 이민과 태평양 전쟁에 필요한 인력의 징용과 징병으로 이산이 더욱 심화되었다. 그 결과 500만 명에 이르던 이산된 한민족[1]은 해방과 함께 여러 가지 경로를 통해 귀환하여 절반 정도가 돌아오고 나머지는 돌아오지 못하거나 않아[2] 현금

---

1   당시 한반도에 살고 있던 조선인이 2,000만 명에 미치지 않은 것을 생각하면 불과 50년 정도의 기간 동안에 전체 인구의 20% 이상이 이산되는 비극적인 상황이었음을 알게 된다.

2   장석흥, 「해방 후 연변지역 한인의 귀환과 현지 정착」, 채영국 외, 『연변 조선족 사회의 과거와 현재』, 고구려연구재단, 2006, 99쪽. 해방 당시 이산 조선인의 수나 해방 이후 귀환인의 수에 대한 정확한 통계는 존재하지 않는다. 대체로 중국 지역에 있던 230만 명 중 100만 명 정도가 귀환하고 130만 정도가 남았고, 일본에 있던 200만 명 중 140만 정도가 돌아오고 60만 정도가 남았으며,

재외 한민족의 뿌리가 되었다.

연합군 측이 전쟁을 끝내고 귀환 계획을 수립하기 이전에 이미 엄청난 규모의 사적인 귀환이 이루어지고 있었다.[3] 미 군정청 외무처의 기록에 1946년 10월 2일까지 남한으로의 귀환 인구가 220만에 달한다[4]고 한 것으로 보아 조선인의 귀환은 미 국무부의 예견[5]대로 남한 내의 인구 과잉을 낳았고 또 주택 문제를 비롯한 많은 사회문제를 유발하였다.

해방 직후 조선인의 귀환이 이러한 여러 문제를 가지고 있음에도 불구하고 이에 관한 연구는 비교적 소루한 편이다.[6] 이는 해방 직후 혼란한 시기에 많은 조선인들이 개인적으로 귀환을 감행[7]하여 귀환의 규모나

기타 러시아, 사할린, 미국 등지에 있던 조선인들의 귀국은 별로 이루어지지 않은 것으로 이야기되고 있을 뿐이다.

3 종전 당시 연합군은 해외에 거주하는 조선인들을 귀국시킨다는 일반 방침을 가지고 있었으나, 연합군이 재일 조선인에 대한 귀환 정책을 수립하기 전에 개인적인 선편 귀환이 이루어졌고, 또 만주 지역의 조선인들의 귀환 문제에 대해 미국이나 중국 측은 신중한 입장을 가지고 있었지만 해방 직후 많은 재만 조선인들은 육로로 귀환을 서둘렀다.

4 김윤식, 「우리 문학의 만주 탈출 체험의 세 가지 유형」, 『한국학보』 44집, 1986, 168~169쪽 재인용.

5 미 국무부는 1943년 5월, 전후 처리와 관련하여 해외 한인 문제를 다루면서 전후 만주 지역의 한인의 거취를 놓고 "방대한 수의 한인이 귀환할 경우 한국 내 인구 과잉이 극히 악화될 것이기 때문에 중국인의 한인에 대한 차별이 없다면 한국 귀환을 강요하기보다는 잔류시키는 것이 득책"이라는 결론에 이르고 있음을 볼 수 있다. 장석흥, 앞의 글, 104쪽.

6 해방 직후 조선인의 귀환 문제에 관한 연구 성과와 앞으로의 연구 전망에 대해서는 장석흥, 「해방 후 귀환문제 연구의 성과와 과제」(『한국근현대사연구』 25집, 2003.6)와 이연식, 「해방 직후 조선인 귀환연구에 대한 회고와 전망」(『한일민족문제연구』 6집, 2004)에 잘 정리되어 있다.

7 이연식, 「해방 직후 해외동포의 귀환과 미군정의 정책」, 서울시립대학교 석사학위 논문, 1998, 8~11쪽 참조.

양상이 불분명한 점과 해방 이후 한국 사회가 정치적 · 사회적 불안 속에 '나라 세우기'에 치중함으로써 귀환의 문제가 묻혀버린 점에 기인한다.

마찬가지로 해방 직후 한국 문단에는 귀환의 문제가 문학의 한 문제로 등장하나 해방에 따른 정치적 혼란과 경제적 궁핍 그리고 사회적 불안의 문제가 이슈화되면서 문학의 중심 주제로 자리 잡지 못하였다.[8] 해방 직후 귀환한 염상섭, 김만선, 허준, 안회남 등의 작가들에 의해 귀환을 다룬 작품들이 발표되기는 하지만 곧장 귀환인들의 궁핍한 삶이나 이념의 갈등 등이 소설의 주제로 자리 잡게 된다. 귀환의 문제는 그 역사적 의의에 비해 소루하게 다루어진 것이다.

이는 귀환소설의 연구에서도 마찬가지 양상을 보인다. 귀환소설에 대한 본격적인 연구는 1980년대에 이르러 김윤식에 의해 시작되었다. 김윤식[9]은 귀환의 유형을 심정적 귀소 본능, 타인의 설득에 무작정 따라 나선 귀환, 역사와 현실에 대한 어느 정도 객관적 진실을 보여주는 지식인의 귀환으로 나누어 살펴 이후 귀환소설 연구의 한 방향을 제시하였다.

이후 여러 논자들에 의해 귀환소설의 특성이 논구된 바 김태운[10]은 비

---

8 권영민은 "당시의 상황으로 보면, 정치 사회적인 불안과 사상적인 갈등, 경제의 혼란 등을 수습할 수 있는 민족적 역량이 충분한 상태는 아니었다. 문단의 경우에도 사태는 마찬가지여서, 정치적 이데올로기의 주장이 문단을 압도하였으며, 작가들 자신도 대부분 스스로 현실에 직면하여 그것을 바르게 인식하고 작품의 세계 속으로 끌어들일 만한 정신적인 여유를 갖지 못하였다. 그러므로 해방 직후의 소설들은 대체로 무엇을 쓸 것인가 하는 근본문제에서부터 상당한 망설임을 드러낼 수밖에 없었다. 주제의 빈곤이라고 할 수 있는 이러한 현상은 작가가 주체적인 세계관을 확립하지 못하고 있다는 사실에서 비롯되는 것이었다."고 이러한 상황의 근본 요인을 분명히 제시하고 있다. 권영민, 『해방 직후의 민족문학운동연구』, 서울대학교 출판부, 1986, 174~175쪽.

9 김윤식, 앞의 글.

10 김태운, 「해방기 귀환소설 연구」, 『어문연구』 25집, 1994.

평적 읽기를 통해 귀환성 유이민 소설의 특성은 자아 정체성 내지 민족 동일성 회복에 바탕을 두고 있음을 밝혔으며, 임희종[11]은 외국에서의 돌아옴을 다룬 귀환소설과 내국인이 고향으로 돌아가는 귀향소설을 모두 묶어 귀로형 소설로 함께 고찰했다. 이 두 논문은 작품에 대한 정치한 이해로만 끝나고 귀환소설의 특성을 밝히지 못한 한계를 보인다. 정종현[12]은 해방기 일본과 중국 등지에서 귀환이라는 제재를 다룬 귀환소설을 중심으로 귀환의 양상을 다루면서 국민국가의 형성, 새로운 정체성의 구성 그리고 심상지리의 축소 과정 등을 살펴보았다. 그러나 이러한 귀환의 의미 해석이 다소 평면적이라는 한계를 보인다.

이들의 업적을 바탕으로 정재석은 그의 석사학위 논문[13]에서 해방기 귀환소설에 나타나는 주제적 특징을 이주의 기억과 해방의 인식, 결별과 조우의 과정에 나타나는 귀환의 의례, 귀환으로 나타나는 생활의 상실과 국가 건설과 통합의 문제 등으로 나누어 심도 있게 논구하였다. 이 논문은 해방기 귀환 소설의 주제적 특징을 시대적 상황과 관련하여 다양한 측면에서 심도 있게 논의한 점은 높이 살 만하나 각각의 주제들이 상호 긴밀한 논리적 연관을 맺지 않은 아쉬움을 보인다. 또 오태영[14]은 일본으로부터의 귀환서사를 통해 민족국가를 형성하지 못하고 있었던 조선인의 귀환은 '조선인 되기'라는 민족적 제의를 겪어야 함을 밝히고 있다. 이는 일본에서의 귀환의 경우 해당하나 중국에서의 귀환을 다루는 경우에는 해당되지 않을 개연성이 있다. 최정아[15]는 귀환소설을 일본에서의 귀환

---

11 임희종, 「해방기 귀로형 소설 연구」, 『현대문학이론연구』 7집, 1997.

12 정종현, 「해방기 소설에 나타난 '귀환'의 민족서사」, 『비교문학』 40집, 2006.

13 정재석, 「해방기 귀환 서사 연구」, 연세대학교 석사학위 논문, 2006.

14 오태영, 「민족적 제의로서의 '귀환'」, 『한국문학연구』 32집, 동국대학교, 2007. 6.

15 최정아, 「해방기 귀환소설 연구」, 『우리어문연구』 33집, 2009. 1.

과 중국에서의 귀환으로 나누어 살펴 해방기 귀환소설이 '조선인 되기'의 귀환 서사였음을 해명하고 그것이 정화와 재생, 회복과 결속의 상상력에 의해 전개되는 순혈주의와 가부장제의 이데올로기에 의해 작동되고 있음을 밝혀 귀환소설의 내적 의미망을 의미 있게 정리했으나 작품 읽기에만 한정된 점은 귀환소설의 연구로서 일정한 한계를 보인다.

이상 살핀 바와 같이 귀환소설에 대한 연구는 전반적으로 소루하였고, 그간 이루어진 연구 성과 역시 작품 내적 범주 내에서만 귀환의 의미를 연구한 한계를 보인다. 더욱이 귀환소설을 연구함에 있어서 귀환인(전재민)들의 삶의 조건과 이념의 혼란 그리고 이후의 국가 만들기 등에 치중한 것은 이주와 귀환과 정주의 선택이라는 귀환인들에게 있어 본질적이고 절박한 문제에 대한 천착이 없었다는 한계를 보인다. 이러한 점에 착안하여 본고는 귀환소설을 연구함에 있어 역사학계의 연구를 적극 참조하여 500만명에 이르는 이주 조선인들이 절반은 귀환하고 절반은 정주를 선택하는 원인과 그 과정에서 겪게 되는 갈등의 양상을 파악하고자 한다. 이는 귀환의 선택이 혼란 속에 있는 타 민족의 공간에서 있을 고난과 아직 국가가 세워지지 않은 고향 땅에서의 고통을 선택하는 행위였기 때문이다.

해방 이후 아시아 각지와 하와이 등지에서 조선인의 귀환이 이루어지지만 그 규모가 가장 큰 것이 일본, 중국에서의 이동이어서 집중적인 연구의 대상이 된다. 그러나 일본으로의 이주와 중국으로의 이주가 그 역사나 이유가 같지 않으며, 일본에서의 귀환이 주로 미군의 주도하에 비교적 체계적으로 이루어진 것임에 비해 만주에서의 귀환은 거의 개인적인 것이었다는 점에서 그 양상은 보다 복잡하고 다양한 층위를 지닌다.[16] 따라

---

16 해방 이후 조선인의 귀환에 나타나는 거주 지역별 양상은 이연식, 앞의 글, 14~24쪽에서 비교적 상세하게 고찰된 바 있다.

서 본고는 해방 이후 중국에서의 귀환과 그것을 형상화한 귀환소설을 대상으로 귀환과 정주의 선택 과정에 나타난 이주민들의 심적 갈등의 양상과 그 의미를 해명하고자 한다. 이러한 연구가 이후 조선인의 이주와 귀환 그리고 정주의 문제를 연구함에 있어 새로운 시각을 만들어줄 것으로 기대한다.

2. 만주 지역의 혼란과 조선인의 불안

일본이 연합국 측에 항복하였을 때 만주에 살고 있던 조선인들은 이제 해방이 되었다는 기쁨에 젖어들었겠지만 동시에 만주인들의 움직임에 대해 불안감을 갖지 않을 수 없었다. 일제의 만주에 대한 정책에 따라 이주해 왔고 일본인들의 보호 아래 비교적 안정된 삶을 유지하며 만주인들을 약간은 내려다보던 조선인들로서는 14년간이나 일제의 억압을 받은 만주인들의 일제의 패망에 따른 반응이 두려울 수밖에 없었다. 치안을 유지하고 있던 일본군과 경찰력이 힘을 상실해버리고 아직 소련군이든 국민당이든 공산당이든 치안을 담당할 권력이 만주 지역을 장악하지 않은 현실에서 자신들을 억압하던 일본인이나 그 아류로 인식되던 조선인에 대한 개인적 분풀이나 약탈은 충분히 예견될 수밖에 없는 상황이었기 때문이다.

더욱이 일본인이 장악한 언론사들이 활동을 중지하게 되자 정보는 단절되고 확인되지 않은 루머들이 주민들 사이에 떠돌게 된다. 이러한 불안정한 상황에서 패전국민인 일본인들은 숨을 죽이고 사태의 추이를 바라보며 귀국을 서둘렀겠지만, 조선인들은 자신들도 일제에 나라를 빼앗기고 박해를 받은 민족이라는 생각을 하면서도 만주인들과 소련군의 반응에 대해 불안한 마음을 감출 수가 없었을 것이다. 해방 직후 만주 지역의 조선인들이 갖고 있었던 해방에 대한 기대감과 현실에 대한 불안감은 아래 인용문에 잘 드러난다.

> 일본이 항복하기는 미국과 영국한테 뿐이요, 만주에 있는 일본군은 눌러서 그대로 소련과 전쟁을 한다더라.
> 항복하기를 거절한 일본 군대가 만주에서 각지로 흩어져 약탈을 하고 조선 사람을 함부로 죽인다더라.
> 아무데서는 만인이 들고 일어서서 조선 사람의 집들을 엄습하고 재물을 뺏고 여자를 겁탈하였다더라.
> 옛날의 만주처럼 처처에 마적이 굉장히 많이 퍼져 함부로 다니지를 못한다더라.
> 고국에는 벌써 정부가 서 상해·중경(上海重慶)에 가 있던 임시정부의 김구(金九)가 대통령으로, 김일성이 육군 대신으로 모두들 들어앉았다더라. …(중략)…
> 전자에 조선 사람들이 일본의 세력을 믿고 덩달아 만인을 핍박한 그 분풀이를 만인들은 이 계제에 하여치우려고 벼른다더라
> 소련군은 조선이 일본과 협력하여 전쟁을 했다고 조선도 일본과 같이 적국으로 인정을 하기 때문에 조선 사람에게 대단히 가혹히 군다더라.[17]

사람들을 불안하게 만드는 것은 직접 당하거나 목격한 사건이기보다는 소문인 경우가 더 많다. 소문은 어디선가 만들어져 모르는 사이에 주변으로 퍼져나가 사람들 사이에 널리 알려져 그 이야기를 들은 많은 사람들의 의식을 마비시킨다. 소문은 확인하기도 쉽지 않고 또 확인이 된다고 하여도 그 사실 여부를 확신할 수 없다는 점에서 두려움을 배가시키며, 그 두려움이 새로운 소문을 만들어내기 마련이다. 조선인들은 일본 제국

---

17 채만식, 「소년은 자란다」, 『채만식전집』 6권, 창작과비평사, 1989, 309쪽.

주의에 의해 나라를 빼앗겨 만주로 일본으로 러시아로 이산되어 고난에 찬 삶을 살고 있었다. 그러나 식민지 치하이기는 하나 일제의 정책에 따라 만주 지역으로 이주해와서 일본의 보호 아래 생활하고 있었던 조선인들로서는 일제의 패망이란 잃었던 나라를 되찾는 일이어서 환희에 차야 할 일이기는 하였지만, 만주라는 타자의 공간에서 자신들을 어느 정도까지는 보호해주리라 믿었던 일본이 항복하였다는 수용하기 어려운 상황이기도 할 터였다.

앞의 인용에서 첫 번째 소문은 일본이 완전히 패배해서 일본열도로 돌아간다는 사실이 믿기지 않는 조선인들의 마음을 그대로 보여준다. 이는 일본이 망하여야만 잃었던 나라가 독립이 되는 것이겠지만 그것이 현실로는 다가오지 않는 이중적인 심리 상태에 다름 아닌 것이다. 이어지는 세 소문은 재만 조선인들의 마음을 더욱 불안하게 만드는 것들이다. 일본 군대가 만주 각처로 흩어져 약탈을 일삼고 조선인들을 마구 죽인다는 소문은 경신참변 이후 수없이 많은 일본군에 의한 학살을 경험한 조선인들에게는 엄청난 공포가 아닐 수 없었을 것이다. 일본인들이 패전의 책임을 조선인들에게 전가하고 학살을 할지도 모른다는 불안감이 이러한 흉흉한 소문들을 만들어내고 민심을 불안하게 하는 요인이 된 것이리라. 또 일본군을 몰아내고 만주 지역으로 들어온 소련군 역시 소문의 대상이 되지 않을 수가 없었다. 한 치 앞을 바라볼 수 없는 상황에서 소련군이 일본 국적을 지닌 조선인들을 일본인들과 마찬가지로 적국민으로 여겨 가혹히 대한다는 소문은 충분히 공감을 가지고 퍼져나갔을 것이며 조선인들이 만주를 떠나 고향으로 귀환하여야 하는가를 고민하게 하는 불안 요인이었을 것이다.

만인들이 일어나 조선인들을 공격하고 여자를 겁탈한다는 세 번째 소문도 만주에 살고 있던 조선인들로서는 믿지 않을 수 없는 소문이었을 터이다. 위 인용문의 여섯 번째 소문에서 보듯이 재만 조선인들은 일본인들의 보호 아래 만인들과 경쟁하였고 그런 사실들은 만인들의 조선인에 대한 적개심을 만들어내기 충분했다. 더욱이 만인들로서는 만보산사건에서 보듯이 일본인들의 정책을 믿고 만인들에게 우월감을 가지고 대하였던 조선인들에게 핍박과 수모를 당했다는 느낌을 가지게 되었을 것이다. 일제 패망 직후 조선인들이 만인들의 공격을 두려워한 것은 이러한 역사적 사실에 기인한 바 없지 않다. 특히 만주국을 실제로 장악하였던 일제의 치안이 부재하자 앞의 소문처럼 마적들이 다시 움직이기 시작하기도 하였다. 실제로 일제가 패망한 직후 만주 지역의 치안은 매우 불안하여 토비들이 들끓었고 그들에 의한 조선인들의 피해가 이만저만이 아니었음은 해방 직후의 일들을 회상하는 아래 글에도 잘 나타나 있다.

> 1945년말, 북만의 3분의 2이상 지역이 리화당, 사문동, 최대강, 강붕희, 마회산, 조홍무, 정은봉, 장락산(독수리) 등 토비들의 수중에 장악되었다. 그자들은 우리 군의 군정간부를 살해하고 백성의 재물을 빼앗았으며 제멋대로 사람을 죽이고 불을 지르는 등 갖은 나쁜짓을 다하였다.
>
> 그 속에서도 더욱 위협을 받는 것은 조선민족이였다. 원래부터 조선족을 눈에 든 가시처럼 여기던 토비들은 국민당반동파와 결탁하여 조선이주민들을 저들의 로략질 대상으로 삼고 더더욱 못살게 굴었다.
>
> 하여 토비들의 등쌀에 견디다 못해 지어는 논판에 누렇게 익은 벼마저 모두 버리고 살길을 찾아 떠났는데 석가툰(오늘의 화성촌)같은 곳에는 100여세대중 근근히 6세대밖에 남지 않았다. 방정현에서 연수로 통하는 토목다리우에는 피난민의 대렬이 줄지었는데 중도에서 토비들의 습격을 받기도 하였다. 그리하여 고향을 찾아가다가 도중에 재물을 빼앗기고 목숨마저 잃은 사람들이 얼마인지 모른다.[18]

---

18 연수현민족종교사무국, 『연수현 조선족 100년사』, 민족출판사, 2005, 84~85쪽.

인용문은 채만식의 「소년은 자란다」에 등장하는 소문이 전혀 헛된 것만은 아니어서 일제가 패망한 후 불과 반 년도 안 되어 북만주의 거의 전역이 토비들의 수중에 들어가고 그들의 약탈과 박해가 엄청나게 심하였음을 말해주고 있다. 이 글에 따르면 북만 지역을 장악한 토비들은 일본의 비호 아래 나대었던 조선인들을 더욱 미워하여 주된 공격 대상으로 삼아서 어쩔 수 없이 북만 지역의 많은 조선인들은 살길을 찾아 추수도 포기하고 고향을 찾아 이동하였으며 이 과정에서 수많은 사람들이 재물을 빼앗기고 목숨을 잃었다는 것이다. 실제로 이 지역 촌로들의 기억에 따르면 일제가 패망한 후 치안이 취약하던 농촌 지역에서 공동체를 이루고 살던 조선인들은 이 시기 대다수가 상지나 하얼빈 같은 대도시로 이주하였고 이 과정에서 엄청난 핍박을 당했고 목숨도 많이 잃었다[19]고 한다.

이 같은 만인들의 조선인들에 대한 핍박은 여러 귀환소설에 소재로 등장하고 있다. 만인들의 폭력적인 행위는 조선인들이 만주에서 살기가 불안해져서 귀환을 결심하게 되는 중요한 요인으로 작용하는 것으로 그려진다.

> 수십 명의 폭도들이 한패가 되어 박노인이 사는 뒷편에 어쩌다 외롭게 살던 일인 가옥을 습격했다. 돌아나오던 폭도 중의 한 자가
> "저 집두 쳐라! 조선눔의 집이다!"
> 이렇게 외치자 험한 기세로 우루루 걸음을 빨리하는 꼴들을 여태까지는 일인 가옥을 습격했으니 만약 일인이 집에 있었다면 얼마나 참혹한 짓들을 했고 또 그런 끝에 묏들을 약탈해 오나 하는 것을 구경삼아 엿보려 집앞 골목 옆에 나서 있던 박노인은 그런 꼴들임을 발견하고서는 기겁을 해 집안으로 뛰어 들어갔다.

---

19 2006년 6월 28일 오후 3시 연수현 조선족 원로들과의 대담.

"애들아 큰일났다. 큰일났어! 모두들 뒤꼍 방공호 속으로 어서 가 숨어라!"

박노인은 얼떨김에 이렇게 식구들에게 소리쳤다.

박노인의 아들 명환과 그의 며느리는 무슨 까닭이란 걸 직감했다. 그렇게 때문에 왜 그러느냐는 반문을 하는 법 없이 새파랗게 질린 낯으로 잽싸게 여섯 살 난 계집아이와 세 살 난 사내아이를 제각기 한 아이씩 들쳐업고서는 뒤꼍으로 통한 부엌문을 발길로 열어 제끼며 도망쳤다.[20]

이 글에 등장하는 박 노인은 일본 국적과 만주 국적을 가진 이중국적자이다. 그는 만주 국민으로서 주위의 만인들과 좋은 관계를 맺고 살았다. 해서 일제가 패망한 다음에 만인들이 일본인들의 가옥을 공격하고 재물을 약탈할 때에 약간의 불안감을 느끼기는 하였지만, 그것은 일본인들에 대한 만인들의 분풀이에 지나지 않을 것이므로 자신에게는 아무런 위해가 없을 것이라 위안을 하고 있었다. 그러나 일본인의 집을 습격하고 돌아 나오던 만인 폭도 중 하나가 자신의 집을 가리키며 조선 놈의 집인 저 집도 치라고 외치자 험한 기세로 우루루 자신의 집으로 폭도들이 몰려들어 그는 기겁을 한다. 박 노인은 가족들에게 위험을 알리고 몸을 감추고, 그의 고함 소리를 들은 아들과 며느리 역시 상황을 짐작하고 부엌문을 박차고 피신한다. 자신의 주위에서 사이좋게 살던 이웃들이 돌변하여 자신을 공격하는 상황에서 몸을 피해 달아난 박 노인 가족이 느끼는 것은 단순한 공포가 아니었을 것이다. 자신이 살 곳이 위협받는 상황에서 일단 친지의 집에 몸을 감추었지만 다시 집으로 돌아오기가 두려워지는, 말할

20 김만선, 「이중국적」, 『압록강』, 깊은샘, 1989, 114~115쪽.

수 없는 공포에 사로잡히고 만다.

만주 지역에서의 이러한 만인들의 일본인과 조선인에 대한 공격은 만인들이 만주국 시절 경험한 민족적 수모를 갚으려 한 만주 지역에서만의 특수한 사건이라 이해할 수는 없다. 나치 독일이 패망한 후 프랑스에서는 독일인에 대한 공격도 있었고 독일인에게 부역한 자들에 대한 사적인 린치가 적지 않았으나 짧은 시간 안에 법적인 절차에 의해 처리되는 과정을 밟게 된다.[21] 그러나 사적인 판결에 의한 사형 집행이 법적인 절차에 의한 것보다 훨씬 많았음은 공권력에 의한 치안 부재가 공포스러운 상황을 만들게 된다는 것을 알게 해준다. 일제 패망 직후 만인들의 폭력적 행위 때문에 조선인들이 겪었을 불안하고 절박한 심정은 치안 부재 상태에 노출된 패전국민과 그와 같은 존재로 분류된 소수자들이 겪을 수밖에 없는 일이었다. 위의 인용문은 당시 재만 조선인이 경험한 사적 린치의 현장을 극적으로 보여준다고 평가할 수 있을 것이다.

일본 패망 직후 만주 지역에서 발생한 조선인에 대한 폭력은 수모에 대한 분풀이라는 점도 있지만 중국 정부 측의 정책에도 어느 정도 그러한 결과를 노정할 근거가 마련되어 있었다. 1945년 8월 국민당 정부 측에서 작성한 동북 수복에 관한 「東北復員計劃綱要草案」에 만주국의 모든 기관을 접수하고 일한 이민의 농장을 접수하며, 일본적 이민은 일률로 경외로 축출하고, 일본이 동북 점령 시 이주한 한인들에 대해서는 귀환을 명

---

21 1944년 8월 프랑스가 해방된 후 부역자 처벌을 위한 재판부가 만들어진 11월까지 부역자에 대한 개인적 처벌이 약식 재판에 의해 진행되어 약 만 명 정도가 처벌된 것으로 파악된다. 그리고 정식 재판부가 설립된 후 부역자 재판부에서 55만 명을 판결하여, 6,763명에게 사형을, 3만 8천 명에 대해 징역을 선고했고, 사형 선고자 중 767명의 사형이 집행되었다. 이용우, 「프랑스 대독협력자 숙청」, 안병직 외, 『세계의 과거사 청산』, 푸른역사, 2005, 94쪽 이하 참조.

하고, 재산은 조례에 따라 처리한다[22]고 규정되어 있기 때문이다. 이러한 국민당의 정책이 만인들의 조선인들에 대한 공격을 권장한 것은 아니지만 방임하는 듯한 인상을 지울 수 없게 한다. 물론 일제가 물러난 만주 지역에서는 내전이 시작되어 국민당의 정책이 제대로 시행되지는 못하였겠지만 이러한 국민당의 정책은 일본 패망 직후 재만 조선인의 불안감을 형성하는 데 커다란 빌미를 제공한 것이라 아니할 수 없다.

3. 귀환과 정주, 그 갈등과 선택

전 장에서 살펴보았듯이 일제가 패망한 후 재만 조선인들의 미래는 불투명했다. 일제의 패망을 승전으로 받아들여 환희하며 잔치를 벌이는 만인들과는 달리 조선인들은 사태의 추이를 바라볼 수밖에 없었다. 만인들이 해방을 축하하기 위하여 축제를 벌이는 것을 보면서도 거기에 참가하지도 못하고 불안한 마음으로 지켜보아야만 하는 조선인들은 마음속 저 깊은 곳에서부터 공포가 밀려나올 수밖에 없었을 것이다.

만주반점 앞 넓은 마당을 중심으로 벌써 사흘 낮 사흘 밤을 두고 똥땅거리고 삐삐거리는 〈까오쟈오〉-(高脚舞=만주인의 춤)는 오늘도 훤하면서부터 또 질번질번히 벌어졌다. 승전 축하의 거리의 잔치다. 팔월 십오 일 저녁부터 시작된 이 탈춤은 언제나 그칠 줄 모른다. 신구시가의 교차점이 이 거리에서 남편인 신시가에 사는 이민족의 불안과 공포에 싸인 눈에는 얼마나 부럽게 보이고 아직도 무더운 한 밤을 시

---

22 조례의 내용에 대해서는 김춘선, 「광복 후 중국 동북지역 한인들의 정착과 국내귀환」, 『한국근현대사연구』 28집, 2004. 3, 194쪽을 재인용함.

달리고 난 고달픈 새벽잠이 몇 번이나 그 피리 소리와 갈채 소리에 소
스라쳐 깨었던지 모른다.
　치안유지회가 신구 시가의 교통을 원칙적으로 금지도 하였거니와
신시가의 일본 사람은 말할 것도 없고 조선 사람도 치안 상태가 염려
되니까 구시가에는 접근하길 꺼리고 다만 원광으로 그 질탕히 노는
거리의 국민제전을 멀거니 바라볼 뿐이었다.[23)]

　구시가지에 거주하는 만인들은 일제가 패망한 날부터 승전 축하의 잔
치를 벌인다. 삼박사일을 쉬지 않고 나발을 불고 북을 치며 춤을 추는 이
잔치는 언제 끝날지 모르게 지속된다. 그러나 구시가 남쪽의 신시가지에
거주하는 조선인들은 불안과 공포에 싸여 마음 놓고 축제를 벌이는 만인
들의 모습을 부럽고 불안스러운 마음으로 바라본다. 밤새 시끄러운 피리
소리와 갈채 소리에 잠이 깨면서도 그들은 불만을 드러내지 못하고 조용
히 거취를 살펴볼 뿐이다. 그들은 얼마 전까지 거리를 사이에 두고 이웃
으로 살아왔지만 상황은 전변하여 치안을 위하여 교통조차 금지되어 있
는 실정이다. 일인도 만인도 아닌 조선인들로서는 만인들이 축제를 하며
밤새 쏟아내는 소음이나 지독스럽게 조용한 신시가지의 모습이나 모두가
다 견디기 어려운 상황일 뿐이다. 그래서 그들은 몸을 낮추고 구시가지
만인들의 동향을 살필 수밖에 없다.

　만주서 살지 말라는 법은 없었다. 중국 사람들은
　"한국도 이젠 독립했죠. 우리 나라하군 옛날부터 형제국이었으니까
　앞으로도 형제같이 지냅시다."
　했고

23　염상섭, 「혼란」, 『염상섭전집 10 : 중기단편』, 민음사, 1987, 152쪽.

"만주의 벼농살 위해서도 조선 사람은 만주서 살아야 한다."

고 어떤 소련 장교가 말을 했다고 한다. 하지만 대부분 조선 사람들은 만주서 그대로 살아나갈 자신을 잃었고 생활이 불안해만 갔다. 이러한 현상은 도시에서 보다도 법이 멀고 집단생활이 아닌 촌에서 더 심한 까닭으로 만주땅과 몇십 년씩 씨름을 했던 농사꾼들이 대부분 피난민 열차에 몸을 실어 압록강을 다시금 건넜고 앞으로도 수없이 건널 것이다.[24]

국민당 정부가 마련한 「東北復員計劃綱要草案」에서는 조선인들을 귀환시킨다는 방침이 천명되어 있지만, 중국 정부나 연합국 측에서나 조선인의 귀환에 대해서는 다소 부정적인 시각을 가지고 있었다. 한국이 독립했지만 중국과는 형제국이니까 함께 살자거나 벼농사를 위해서 조선인들이 만주에 거주해야 한다는 위의 인용문의 말들은 모두 당시 만주 지역의 조선인에 대해 가지고 있던 시각을 대변한다. 일본이 항복하기 이전에 미군은 이미 만주 지역이 해방되었을 때 대다수의 조선인들이 귀환할 경우 한국 통치에 경제적 어려움이 발생할 것을 예견하고 귀환보다는 잔류로 유도해야 한다[25]는 입장을 보였고 또 재외 한인의 갑작스런 귀환은 급작스런 인구 증가를 가져와 식량이나 주거 등에 대한 부담이 가중될 것을 우려[26]하기도 하였다. 즉 여러 측면에서 중국이나 연합국 측에서는 재만 조선인의 잔류를 더 나은 해결 방법으로 인식하고 있었다.

하지만 조선인들은 앞의 몇몇 인용문에서 본 바와 같이 만인들에 의

---

24 김만선, 「압록강」, 『압록강』, 깊은샘, 1989, 146~147쪽.
25 장석흥, 「해방 후 연변지역 한인의 귀환과 현지 정착」, 채영국 외, 『연변 조선족 사회의 과거와 현재』, 고구려연구재단, 2006, 109쪽.
26 이연식, 앞의 글, 17쪽.

한 조선인에 대한 폭력이나 토비들의 만행과 같은 불안 요소들로 만주에서의 생활에 자신을 잃기에 이른다. 그 결과 조선인들은 농촌보다는 치안이 안정된 도시로 이주하거나 조선으로의 귀환을 결정하게 된다. 짧게는 몇 년 길게는 몇십 년을 살아온 곳을 떠나 낯설고 물 선 조선으로 귀환한다는 일이 그리 쉬운 일이 아니었을 것이다. 무엇보다 경제적인 조건들은 그들의 결정을 어렵게 하는 중요한 요인이 되었다.

> 집이라야 물론 옛 이야기책의 흥부의 집만도 못한 알량한 것이지만, 그렇더라도 다만 몇 푼이라도 받고 팔아야 하는 것이지, 아까와서 차마 그대로 내버리고 떠날 수는 없었다.
> 고국에는 왜사람들이 살다가 내놓고 간 좋은 집들이 많은 터이었다. 독립이 된 고국에서는 순사가 전같이 딱딱거리고 함부로 때리고 하지 않고 친절한 것처럼, 일반 동포들도 친절하여 그런 일본 사람들이 살다가 내놓고 간 집은 타국에서 고생하던 동포에게 사양하기를 인색치 아니할 터이었다. 그러므로 고국으로 돌아가 당장 몸을 담을 집은 걱정이 아니었다. 그러나 고국 동포가 아무리 친절하게 하여 줄지라도, 그래도 되도록 돈을 다소라도 마련을 해가지고 가야만 돌아가는 당장이든지 장차 농사를 시작하는 데든지 옹색이 덜할 것이었다.
> 세간 나부랭이도 그래서 손 가벼운 것이야 헌 누더기나마 옷과 함께 가지고 간다지만, 부피 큰 것이며 무거운 것은 팔아야 하였다.
> 금년 농사한 것도 거진 다 익어서 멀지 않아 거두게 되었으니 이왕 거두어서 돈을 장만하여야망정이지, 그것을 들에다 내버리고 일어선다는 것은 아깝기도 하려니와 손복할 노릇이었다.[27]

옹색하기는 하나마 그들이 살고 있는 집과 세간들을 그대로 버리고 살

---

27 채만식, 「소년은 자란다」, 『채만식전집』 6권, 창작과비평사, 1989, 308쪽.

던 곳을 떠난다는 것은 쉽지 않은 일이었다. 조선에 돌아가면 일인들이 버리고 간 집들이 적지 않을 것이고 고향을 떠나 만주에까지 이주하여 간고하게 살다 온 자신들을 홀대하지 않을 것이라는 막연한 기대[28]를 가져 보지만 그것도 자신이 있는 것은 아니고, 고향에 돌아가서 자리 잡을 때까지 당장 필요한 돈을 만드는 일이 필요하다는 생각을 하지 않을 수 없다. 부피가 큰 세간들을 팔고 땅을 팔아야 하고, 추수철이 다 된 마당에 추수를 하여 돈을 만들어야 한다는 사소한 일들이 그들이 귀환을 결정하더라도 쉽게 실행에 옮기지 못하게 하였을 것이다. 그럼에도 불구하고 일제 패망 직후 재만 조선인들은 귀환을 서둘러 1945년 말까지 약 80만 명에 가까운 인원이 육로를 통하여 귀환한다.

일제 패망 직후의 만주 지역의 치안 부재에 따른 불안감과 해방된 조국이 주는 기대감 그리고 고향에 대한 그리움 등이 재만 조선인들이 귀환을 선택하는 중요한 한 이유였을 것이다. 그러나 많은 재만 조선인들은 이미 떠나온 고향으로 되돌아가기보다는 현재 자신이 살고 있는 만주를 고향으로 만들려는 생각을 갖기도 한다. 땅뙈기 하나 없어 낯선 만주로 떠나왔던 그들은 고향으로 돌아가는 것에 대해 회의적일 수밖에 없었던 것이다.

> "우리 중국에는 조선족을 내놓고도 수많은 형제민족들이 있지요. 한
> 족도 그렇고 다른 형제민족들두 다 그 대부분은 가난속에서 고생하는
> 사람들입니다. 가난한 사람들은 어느 민족에 속해있거나 모두 한집안

---

28 「소년은 자란다」에 보이는 이러한 기대는 너무나 순진한 것이었다. 해방 이후 한국에서 일인들이 버리고 간 적산가옥의 문제는 매우 심각한 사회문제를 야기했고, 만주에서 돌아온 귀환인들에게는 방 한 칸도 차례지지 않아 방공호나 땅굴 속에서 살고 겨울을 나기도 했다. 이러한 귀환인의 간고한 삶은 김동리의 「혈거부족」, 계용묵의 「별을 헨다」 등 해방 후 귀환소설의 중요한 한 제재가 된다.

사람들입니다. 우리가 반동통치배들을 때려엎고 우리 자신의 로동자, 농민의 나라를 세우는 날이면 모든 문제들은 저절로 풀려질겁니다. 그 때가 되면 민족적압박도 없어지고 민족적기시도 없어질 것입니다."

"그 말이 정말이시우?"

"정말이구말구요. 공산당은 민족평등을 주장하니까요."

"그런 세월이 온다면야 얼마나 좋겠습니까!"

그래도 치백령감은 반신반의하면서 탄식도, 감탄도 아닌 일종 이름 할수 없는 낯빛을 지으며 후유 하고 긴숨을 내쉬었다.[29]

조선족 1세대로서 조선인들의 마을인 서위자촌의 정신적 지주이기도 한 김치백 영감은 일제의 패망 이후 국민당과 공산당 사이의 내전과 그 사이에 들려오는 수없이 많은 소문들 속에 마음을 정하지 못한다. 마을 사람들 중 일부는 국민당을 지지하며 조선으로 돌아갈 것을 주장하고, 일부는 공산당과 힘을 합쳐 지주를 몰아내어 자신의 땅을 가진 조선인 농민 마을을 만들자고 한다.[30] 조선으로 돌아가는 일에 대해 회의적이고 또 지주들을 몰아내고 난 다음에 조선인들이 만주에서 다른 여타 민족들과 평등하게 살 수 있는가에 대해서도 의문을 지닌 김치백 영감은 결국 공산당 지역 간부인 왕위민을 찾아가 자신의 심중을 말하고 그에게서 진실한 답변을 듣고자 한다.

여기서 김치백 영감은 왕위민에게서 분명한 답을 듣게 된다. 가난한

---

29 리근전, 『범바위』, 흑룡강조선민족출판사, 1986, 123쪽.

30 리근전은 자신이 「범바위」를 수개하게 된 것은 초판을 발행한 뒤, 1946년 봄부터 해방될 때까지 심양에 주재하고 있으면서 민족분열을 일삼았던 남조선 반동기구들에 대한 자료를 발견하여 조선인들이 그 진실을 소설화할 필요를 느꼈기 때문이라 지적한 바 있다. 리근전, 「시대감과 주제사상—장편소설 「범바위」를 수개하면서」, 『문학예술연구』, 1982. 9, 34~35쪽 참조.

사람들은 모두 한 민족이라는 것과 중국 공산당은 가난한 사람을 위하여 투쟁하고 반동 세력을 몰아낸 후 평등하게 살 것이라는 확실한 답을 들은 것이다. 민족적 압박도 없고 계급적 압박도 없는 사회, 즉 조선인 농민들이 자기 소유의 농토에서 농사를 짓고 한인들과 어울려 차별받지 않고 살 수 있다는 말은 일제강점기를 만주에서 살며 온갖 차별을 경험한 김치백 영감으로서는 쉽게 믿기지는 않는 말이지만 왕위민의 말에 큰 기대를 갖게 된다. 이 대화 이후 김치백 영감은 마을 사람들과 함께 공산당을 도와 혁명 투쟁에 나서고 결국 서위자촌을 자신들의 고향으로 만들기에 이른다.

만주 지역으로 이주해 간 조선인들의 거의 전부는 경제적인 궁핍을 극복하겠다는 목적을 가지고 있었다. 19세기 말과 20세기 초에 개별적으로 간도에 가서 사이섬 농사를 짓다가 월경한 세대들로부터 만주국 수립 이후 일제의 이민 정책에 의해 만주로 건너간 사람들까지 그들은 모두 만주의 농토에 기대어 기아를 면하겠다는 뚜렷한 목적을 가지고 있었고, 조선에 있을 때보다는 경제적 상태가 조금은 나아져 있는 경우가 대부분이었다. 그런 이력을 가진 조선인들로서는 농민들에게 무상으로 농토를 분배한다는 공산당의 정책은 거부하기 어려운 유혹이었을 것이고, 그들은 고향으로 돌아가기보다는 공산당과 함께 무장투쟁을 하고 농토를 획득하는 방법을 선택하였을 것이다. 이런 점에서 미 국무부 비밀 자료(1945. 6. 27)의 "현재 간도에 있는 한국인들의 대다수는 그들이 고향에 있을 때보다 더 나은 재정 상태에 있고 만주와 한국이 해방될 때 간도에 남기를 선택할 것으로 보인다. 이러한 선택의 중요한 이유는 간도의 한국인들 대부분이 농부라는 사실이다."[31]라는 지적은 재만 조선인들의 처지와 현실 인

---

31 장석흥, 앞의 글, 104쪽 재인용.

식을 정확히 파악한 것이라 하겠다.

일제 패망 후 재만 조선인들은 공산당의 토지 무상분배 정책에 따르면 자신의 토지를 소유할 수 있다는 기대를 갖게 되어 귀환을 포기하기에 이른다. 자기 땅이 없어 고향을 떠나온 사람들에게 자기 소유의 토지가 생긴다는 것은 거부할 수 없는 유혹이었을 것이다. 토지가 생길 수만 있다면 그들은 떠나온 고향으로 돌아가기보다는 자신이 이미 터 잡은 만주에 고향을 만드는 것이 낫다는 판단을 하게 된 조선인들은 공산당과 협력하고 혁명 투쟁에 앞장서서 참여하여 큰 공을 세운다.[32] 그 결과 많은 재만 조선인들은 중국 공산당이 주재하는 토지 분배에 참여하고 자기 소유의 토지를 획득하기에 이른다. 일례로 1946년 7월부터 1948년 4월까지 진행된 연변 지역의 토지 분배에 많은 조선인들이 참여하여 자신의 토지를 가지게 된다.[33]

만주 지역 조선인들의 대다수는 토지를 분배받은 후 조선으로의 귀환을 포기하게 된다. 만주 지역에서의 귀환이 일제의 패망 직후에 집중적으로 이루어지고 1946년이 지나면서 현격히 줄어들게 되는 것은 공산당의 정책에 따른 이러한 경제적인 문제와 밀접히 관련된다. 이로 보아 일제가 패망하고 불안한 정치적, 사회적 상황이 계속되던 만주 지역에서 조선으로 귀환할 것인가 만주에 정주할 것인가는 재만 조선인들에게 많은 갈등을 불러일으키는 문제였다. 그러나 조선인의 40% 정도는 귀환을 선택하고 나머지는 정주를 선택하였다. 이러한 귀환과 정주의 선택의 문제는 만주에 이주한 기간과 그로 인한 각각의 처지에 따라 만주와 고국에 대한

---

32 리근전의 「범바위」에는 이러한 해방 후 재만 조선인의 고향 만들기 과정이 잘 그려져 있다.

33 그 구체적 양상에 대해서는 김춘선, 앞의 글, 215쪽을 참조할 것.

선호가 달랐다는 데 기인하기도 하겠지만,[34] 경제적인 이유가 더 중요한 결정의 요인이었음을 간과할 수는 없는 일이다.

4. 결론

일제의 패망과 함께 조선인들은 고국으로 귀환할 것인가 하는 선택의 문제에 빠진다. 조선인들은 일제의 억압이나 정책에 의해서이기는 하지만 각기 다른 이유로 세계 여러 지역으로 이산되었고 그들은 나름의 이유로 귀환과 정주를 선택하게 된다. 귀환의 문제는 해방 직후 한국의 중요한 사회문제였기에 적지 않은 문학작품들이 이를 제재로 삼았다. 그러나 한국에서의 귀환 문제는 해방 이후 한국 사회에 몰아닥친 이념의 갈등과 나라 세우기라는 커다란 이슈들에 묻혀버리고 만 느낌이다.

대부분의 귀환소설들은 귀환 이후 한국에서 정주하는 과정을 다루고 있다. 정치적, 사회적 혼란 속에서 귀환인들에 대한 관심은 전무하여 집도 없이 걸식하는 상황에 빠져 귀환하기 전의 삶이 나았다는 인식을 보여주기도 한다. 그리고 다른 한편으로는 귀환인들이 한국 사회에 적응하지 못하여 떠돌게 되는 문제나 이념의 갈등 속에서 이러지도 저러지도 못하는 귀환인들의 모습이 그려지기도 한다. 대부분의 귀환소설에 대한 연구가 이러한 문제에 천착한 것은 한국의 귀환소설이 지닌 제재상의 특징에서 비롯된 것이라 하겠다.

---

34 당시 만주 이주 1세대와 2세대는 고국인 한국과 거주지인 만주에 대한 심리적 거리가 달라 그것이 귀환과 정주를 선택하는 중요한 요인이었을 것으로 짐작되나 작품에서 그 구체적인 양상이 확인되지는 않았다.

본고는 만주 지역의 조선인들의 경우를 다룬 한국 귀환소설에 나타난 귀환과 정주의 선택 문제에 대해 초점을 맞추어보았다. 일제가 패망한 후 조선인들은 자신이 이산되어 온 지역에 정주를 할 것인지 고국으로 귀환할 것인지에 대해 갈등하고 선택하여야 하는 상황에 빠진다. 그들은 불안한 사회 분위기와 만인들의 폭력 등으로 공포에 사로잡혀 도시로 나가거나 귀환을 선택하기도 한다. 그러나 경제적인 이유들이 선뜻 귀환을 선택하기 어렵게 만들고 토지 분배와 민족 평등을 내세우는 공산당의 정책에 따라 정주를 결정하기도 한다. 이러한 귀환과 정주의 선택은 상당히 내밀한 것이었기에 어느 하나로 그 원인을 정리할 수는 없다.

본고는 이러한 한계를 수용하여 한국 귀환소설에 나타난 재만 조선인들의 귀환과 정주의 갈등과 선택 양상을 살펴보았다. 그 결과 그들의 선택에는 경제적인 요인이 가장 중요한 요인이었음을 알 수 있었다. 그리고 만주에서 거주한 기간도 선택의 중요한 원인이었을 것임을 짐작할 수 있었다. 이는 전체 만주 지역에서 귀환한 조선인의 대다수가 안동을 경유[35]한 것으로 나타난다는 점에서 추측해볼 수 있는 일이다. 초기 이주자들이 많은 연변 지역 귀환인들이 선택하였을 두만강 연안에 비해 만주국 수립 이후 이주자들이 많이 거주한 심양, 장춘, 하얼빈 지역의 귀환인들이 선택하였을 안동을 경유한 귀환인들이 많다는 것은 초기 이주자들의 경우 이미 2세가 만주에 거주하고 있어 고국으로의 귀환을 선택하기 어려웠을 것이라는 짐작을 가능하게 한다.[36] 이와 함께 일제의 패망으로 치안력이

---

35 통계에 의하면 해방 직후 만주 지역에서 귀환한 80여만 명의 한인 가운데 60여만 명 이상이 안동을 경유한 것으로 나타나 두만강 연안을 통해 귀환한 한인의 수는 20여만 명 정도 되었던 것 같다. 장석홍, 앞의 글, 120쪽.

36 이 문제를 귀환소설을 통해 확인하기 위해서는 연변 지역 조선인의 귀환과 정주를 다룬 작품들을 검토할 필요가 있다. 한국에서 발표된 작품들 중에는 이런

붕괴된 만주에서의 불안스러운 상황이 공포감을 유발하여 한국으로의 귀환을 결심하게 된 경우도 적지 않았을 것이다.

그러나 본고는 만주 지역 조선인의 귀환과 정주의 갈등과 선택만을 대상으로 하여 몇 가지 한계를 지닌다. 먼저 중국 관내에서의 귀환과 일본에서의 귀환 역시 해방 이후의 귀환소설을 연구하기 위해서는 필수적인 부분이다. 이 지역 조선인들은 만주 지역의 조선인에 비해 귀환의 비율이 높았다는 점, 대부분의 인원이 연합군에 의해 배로 귀환되었다는 점에서 만주 지역의 조선인과는 다른 귀환의 양상을 보인다. 이들을 다룬 작품에 대한 연구가 병행될 때 이 연구는 보다 완전한 의미를 지닐 것으로 생각된다. 또 본고가 귀환의 과정과 귀환 이후 한국에서의 정주 과정의 소설적 형상화 양상을 다루지 않은 것은 한국 귀환소설의 전모를 밝히지 못했다는 한계를 스스로 노정한다. 본고가 이러한 선택을 한 것은 논문의 통일성을 위한 것이었지만 추후 이 부분에 대한 연구를 통해 한국 귀환소설의 전모를 밝혀야 한다는 것은 본고가 가질 수밖에 없는 책무이다.

작품들이 전무하여 중국 조선족 소설 중에서 그 가능성이 기대된다. 이를 다룬 중국 조선족 소설에 대해 제대로 검토하지 못한 것은 본고의 한계임을 밝힌다.

참고문헌

기본자료

계용묵 외, 『별을 헨다 외』, 푸른사상, 2006.

김만선, 『압록강』, 깊은샘, 1989.

리근전, 『범바위』, 흑룡강조선민족출판사, 1986.

안회남, 「불」, 『북으로 간 작가선집 2』, 을유문화사, 1988.

염상섭, 『염상섭전집 10 : 중기단편』, 민음사, 1987.

채만식, 「少年은 자란다」, 『채만식전집』 6권, 창작과비평사, 1989.

허　준 외, 『잔등 외』, 푸른사상, 2006.

『개벽』, 『대조』, 『문예』, 『문학』, 『백민』, 『신천지』, 『우리문학』

논문 및 단행본

국민대학교 한국학연구소 편, 『중국지역 한인귀환과 정책 6』, 역사공간, 2006.

권영민, 『해방직후의 민족문학운동연구』, 서울대학교 출판부, 1986.

김윤식, 「우리 문학의 만주 탈출 체험의 세 가지 유형」, 『한국학보』 44집, 1986.

───── 편, 『해방공간의 문학운동과 문학의 현실인식』, 한울, 1989.

─────, 『해방공간 한국작가의 민족문학 글쓰기론』, 서울대학교 출판부, 2006.

김춘선, 「광복후 중국 동북지역 한인들의 정착과 국내귀환」, 『한국근현대사연구』 28집, 2004. 3.

김태운, 「해방기 귀환소설 연구」, 『어문연구』 25집, 1994.

리근전, 「시대감과 주제사상─장편소설 「범바위」를 수개하면서」, 『문학예술연구』, 1982. 9.

연수현민족종교사무국, 『연수현 조선족 100년사』, 민족출판사, 2005.

안미영, 「해방직후 황순원 소설에 나타난 귀환전재민의 의의」, 『현대문학이론연구』 40집, 2010.

안병직 외, 『세계의 과거사 청산』, 푸른역사, 2005.

안한상, 『해방기 소설의 현실인식과 구조 연구』, 국학자료원, 1995.

오태영, 「민족적 제의로서의 '귀환'」, 『한국문학연구』 32집, 동국대학교, 2007. 6.

이대규, 『한국 근대 귀향소설 연구』, 이회출판사, 1995.

이동하, 『한국소설의 정신사적 연구』, 일지사, 1989.

이연식, 「해방 직후 해외동포의 귀환과 미군정의 정책」, 서울시립대학교 석사학
　　　위 논문, 1998.

─── , 「해방직후 조선인 귀환연구에 대한 회고와 전망」, 『한일민족문제연구』 6
　　　집, 2004.

임희종, 「해방기 귀로형 소설 연구」, 『현대문학이론연구』 7집, 1997.

장석흥, 「해방 후 귀환문제 연구의 성과와 과제」, 『한국근현대사연구』 25집, 2003. 6.

─── , 「해방 후 연변지역 한인의 귀환과 현지 정착」, 채영국 외, 『연변 조선족
　　　사회의 과거와 현재』, 고구려연구재단, 2006.

전흥남, 『해방기 소설의 시대정신』, 국학자료원, 1999.

정원채, 「김만선 문학세계의 변모 양상 연구」, 『현대소설연구』 30집, 2006. 6.

정재석, 「해방기 귀환 서사 연구」, 연세대학교 석사학위 논문, 2006.

정종현, 「해방기 소설에 나타난 '귀환'의 민족서사」, 『비교문학』 40집, 2006.

차희정, 「해방기 소설의 탈식민성 연구 : 잡지 게재 소설을 중심으로」, 아주대학
　　　교 박사학위 논문, 2009. 2.

최정아, 「해방기 귀환소설 연구」, 『우리어문연구』 33집, 2009. 1.

淺野豊美(아사노 도요미), 『살아서 돌아오다―해방공간에서의 귀환』, 이길진 역,
　　　솔, 2005.

1930년대 소설의 내적 형식으로서의 '귀향'의 두 양상

김동환

1. '귀향'의 전제로서의 '출향'의 전경화

이광수의『흙』과 이기영의『고향』은 이 책의 주제와 관련해서 매우 흥미로운 관계 양상을 보여주는 작품이다. 두 작가는 당시의 문학적 지형도로 볼 때 여러 측면에서 대조적이거나 대척적이기까지 하는 위상에 놓여 있었음에도 불구하고, 두 작품의 내적 형식으로서의 '귀향'은 의미 있는 유사성을 보여준다는 점에서 그러하다. 그 유사성의 핵심은 귀향의 전제로서의 출향이 전경화되어 있다는 점이다.

두 작품은 1930년대를 시대적 배경으로 하고 있으면서 당시 대타적인 문학적 경향이었던 경향파 소설과 범민족주의 계열 소설의 대표적인 성과로 평가되고 있다. 『흙』이 1932년 4월부터,『고향』은 1933년 11월부터 연재가 시작되었으니[1] 창작 시기가 매우 근접해 있다. 또한 '살여울'과

---

1 『흙』의 서지 사항은 좀 복잡한 양상을 띤다. 연재 과정에서는 '권'이라고 구분했던 것이 단행본으로 나올 때는 '장'으로 구분되고 연재 횟수 등을 표기하기도 하는데 횟수나 장의 구분이 애매한 경우가 많다. 이에 대해서는 필자가 엮은 『흙』(현대문학사, 2011) 참조.

'원터'라는 농촌을 주된 배경으로 삼고 있고 형상화의 방향성은 다르지만 당대 현실을 치밀하게 묘파해내고 있다는 점에서 흥미로운 견주기가 가능한 작품들이다.

두 작품의 내적 형식을 견주어볼 때 초점을 두어야 할 대목은 '귀향'의 전제로서의 '출향' 모티프이다. 두 작품은 주인공들이 출향–타향(이국)–귀향이라는 과정을 거쳐 고향을 위해 헌신하게 된다는 점에서 작품 구조상의 유사성을 보여준다. 이 유사성은 작품의 의미망이 보여주는 차별성을 배태하게 되기에 전경화 장치로 볼 수 있다. 출향은 말 그대로 고향을 떠나는 것을 의미하는데 두 작품 모두 맨 처음 단계에서 이를 전경화시켜 보여주고 있다.

두 작품에서 드러나는 출향의 장면을 검토해보기로 한다.

1) 『흙』: 자의성과 타의성의 공존

『흙』에서 주인공 허숭이 출향하는 맥락은 다음 부분들에서 찾을 수 있다.

> 숭은 이 동네에서는 잘 산다는 말을 듣던 집이었다. 숭의 아버지 겸
> 謙은 옛날 평양 대성학교 출신으로 신민회 사건이니, 북간도 사건이
> 니, 서간도 사건이니 만세 사건이니 하는 형사 사건에는 빼놓지 않고
> 걸려들어서 헌병대 시절부터, 경무총감부 시절부터 붙들려 다니기를
> 시작하여 징역을 진 것만이 전후 팔년, 경찰서와 검사국에 들어 있던
> 날짜를 모두 합하면 십여 년이나 죄수 생활을 하였다.
> 이렇게 기나긴 세월에 옥바라지를 하고 나니, 가산이 말이 못되어
> 숭의 학비는커녕 집을 보존하기도 어려웠다. 그래서 겸은 남은 논마
> 지기, 밭날갈이를 온통 금융조합에 갖다 바치고, 평생에 해보지도 못
> 한 장사를 한다고 돌아다니다가 저당한 토지만 잃어버리고, 홧김에
> 술만 먹다가 어디서 장질부사를 묻혀서 자기도 죽고 아내도 죽고 숭

의 누이동생 하나도 죽고, 숭이 한 몸뚱이만 댕그렇게 남은 것이다. 현재의 숭에게는 집 한 칸 없다. 지금 숭이 와서 머무는 집은 숭의 당숙 誠의 집이다.[2](제1장 1-1, 26~27쪽)

　　그것은 사실이다. 조상 적부터 해먹던 땅 파기가 싫어서 아니꼽게 놀고 먹어보겠다고 시골 남녀 학생들이 서울로 모여드는 것은 사실이었다. 선조 대대로 피땀 흘려 갈아오던 밭과 산—그 속에서는 땀만 뿌리면 밥과 옷과 채소와 모든 생명의 필수품이 다 나오는 것이다—을, 혹은 학생이나, 자녀를 보내는 부모나, 그 유일한 동기는 땅을 파지 아니하고 놀고 먹자는 것이다. 얼굴이 검고 손이 크고 살이 거칠고 발도 크고, 눈이 유순하고 몸이 익살스러운, 대체로 농촌의 자연에서 근육 노동을 하던 집 자식이 분명한 청년 남녀가, 몸에 어울리지 아니히는 도회식 옷을 입고 도회의 거리로 돌아다니는 꼴, 아무리 제 깐에는 도회식으로 차린다고 값진 옷을 입더라도, 원 도회 사람의 눈에는 '시골 무지렁이, 시골뜨기' 하는 빛이 보여 골계에 가까운 인상을 주는, 그러한 청년 남녀들이 땅을 팔아가지고, 부모는 굶기면서 종로로, 동아, 삼월, 정자옥으로, 카페로, 피땀 묻은 돈을 뿌리고 다니는 것을 보면 일종의 비참을 느끼지 아니할 수 없지 아니하냐.

　　그렇게까지 해서 전문학교나 대학을 마친다고 하자. 그러고는 무엇을 하여먹나. 놀고먹어보자던 소망도, 벼슬깨나, 회사원, 은행원이나 해먹자던 소망도 이 직업 난에 다 달하지 못하고. 얻은 것이 졸업장과, 고등 소비생활의 습관과 욕망과, 꽤 다수의 결핵병, 화류병, 자연 속에서 생장한 체질로서 부자연한 도시 생활에 들어오기 때문에 생기는 건강의 장애와, 이것뿐이 아닌가. 조상 적부터 해먹던 땅을 파자니 싫고, 직업은 없고, 그야말로 놀고먹자던 것이 놀고 굶게 되지 아니하는가.

2　이광수, 『흙』(한국현대문학전집 19), 현대문학사, 2011. 이하 『흙』의 인용은 이 책에 따르며 인용시 괄호 안에 장과 쪽수를 표기한다.

"나는 그중의 하나다."

하고 숭은 낙심이 되었다.(제11장 1-7, 41~42쪽)

이 대목들을 보면 주인공 허숭의 출향은 가문의 몰락으로 인해 비롯된 것으로 타의성이 개입된 것이다. 그리고 자신이 출향을 해서 소위 출세를 하고자 하는 욕망의 소유자였음을 숨기지 않고 있다. 즉 타의적인 맥락과 자의적이 맥락이 공존하고 있다. 그런데 여기서 주목할 부분은 허숭은 자신의 출향을 반성적인 태도로 바라보고 있다는 점이다. 도회로 나간 '청년 남녀'들의 대부분이 소비적이고 패배적인 생활을 영위하고 있으며 자신도 그 부류에 속한다고 보고 있다.

지식인이 지니는 반성적인 사고는 여러 가지 양상으로 전화될 수 있다. 반성에 따른 성찰과 성찰에 이은 발전의 단계로 나아갈 수도 있고, 그 성찰이 회의론으로 발전해 생활의 포기나 자기 상실로 나아가기도 한다. 일제강점기의 룸펜 인텔리겐치아는 후자의 전형적인 예가 될 것이다. 그런데 작가인 이광수는 민족주의적인 성향을 지향하고 있었던바, 이러한 지향성은 작품의 구조에 영향을 미치게 되고『흙』의 내적 형식은 주인공의 귀향으로 이어지게 된다.

2)『고향』 : 자의성의 강화

『고향』에서 드러나는 출향의 맥락은 다음 부분들에서 찾을 수 있다.

희준이는 열네 살 먹던 해 봄에 지금 아내와—복임이는 열여섯 살 먹어서—결혼을 했다. 그해에 희준이는 보통학교를 졸업했는데 그때 어린 맘에도 그는 조혼을 반대했던 것이다.

그러나 부모는 한사코 그에게 결혼을 시켰다. 그들이 그와 같이 아들의 조혼을 강제로 한 것은 재래의 습관도 습관이었지만 그보다도 중대한 원인이 또 한 가지 있었다. 그것은 그해 봄이 희준이 조모의 갑년인데, 회갑 잔치에 손부까지 겹쳐서 경사를 보자는 것이 그들의 유일한 이상이었기 때문이다.

…(중략)…

희준이는 결혼을 하고 나서 바로 서울로 올라갔다. 그는 맘에 없는 결혼을 한 때문에 잠시도 집에 있기가 싫었던 것이다. 그것은 자기가 장가를 들었다는 것보다 무엇을 강제로 당한 것 같은 불만한 생각이 항상 흉중을 떠나지 않았다.

그 뒤에 동무들이 희준이를 조혼했다고 놀릴 때면 그는 으레 이런 말로 대꾸하고 허구픈 웃음을 웃었다.

"가만들 두어. 그게 중학하고 바꾼 교환조건이란다!"

그러나 한번 올라간 희준이는 일년 일차의 여름방학에도 갖은 핑계를 다 해가며 집에는 내려오지 않으려 했다. 그래 그 어느 해인가 한 번은 그의 부친이 일부러 올라가서 그 아들을 붙잡아 가지고 내려온 일까지도 있었다.

…(중략)…

만일 올 여름에 또 놓치면 내년 일년을 다시 기다려야 한다. 큰아들에게서는 벌써 손자와 손녀들이 주렁주렁한데 이건 하늘을 봐야 별을 딴다구, 제 아내 옆에도 가기를 싫어하니 어찌한담. 그래 그는 번연히 영감의 성미를 알면서도 아들의 말을 남편에게 전하였다. 부친은 아들의 이 말을 듣더니만 별안간 우루루 달려가서 아무 말 없이 희준이를 주먹으로 쥐어박았다.

웬 영문을 모르는 희준이는 한 손으로 볼을 싸잡고 멀거니 서서 그의 부친을 마주 쳐다보았다.

희준이가 그날 밤차로 올라간 후에 그는 졸업을 할 때까지 내려오지 않았다. 이래저래 살림은 해마다 치패해 가는데 그들은 희준이로 하여금 심화를 한 가지 더하게 하였다.

…(중략)…

부친상을 당한 후에 그는 잠시 집안에 머물러 있었다.

뜻밖에 상부(喪夫)의 변을 당한 모친은 추연히 눈물을 흘리면서 인제는 남편의 대신으로 아들을 책하였다.

"네가 어쩔라구 그리느냐? 너의 아버지가 왜 돌아가신 줄 아니? 가뜩이나 울화가 많으신데 너까지 그래서 응결이 든 줄을!"

"응결은 나도 들었소."

"네가 응결 들 게 무어냐?"

모친은 한동안 맥없이 쳐다보다가,

"너는 그걸 모다 부모의 죄로 아는지 모르나 말이란 하기에 달리고 생각이란 먹기에 달린 것이란다. 미운 사람도 눌러 보면 귀염성 있어 보이고 맛없는 음식이라도 배가 고프면 달게 먹는 법인데 사내자식이 왜 그렇게 외곬고 벽친 듯이 옹고집이란 말이냐."

"당기지가 않는 것도 달게 먹어요."

"저런 망할놈 말하는 것 보아!"

모친은 더 말할 나위가 없던지 혀를 차고 돌아앉는다.

"아이구, 소경 개천 나무랄 것 있나, 제 눈먼 탓이나 하지."

"잘 생각하셨수."

"이녀석아, 말이나 말어라. 속상해 죽겠다."

"그러기에 어머니도 좀 생각해 보시구려. 세상일이란 하나도 공 게 없는 게랍니다. 그때는 좋아서들 그랬으니까 인제는 그 값을 갚어야지요. 그때 뭐라고 했는데요? 내 원망은 말랬지요!"

"글쎄 너는 그렇지만 네 아내야 무슨 죄니?"

"무슨 죄요. 저도 부모 잘못 만나고 시대를 잘못 탄 죄지?"

"그럼 넌 한평생 그 모양으로 지낼 테냐? 그것 참 웃을 수도 없고!"

모친은 다시 돌아앉으며 하소연하는 듯이 아들의 눈치를 보았다.

"그러니까 맘대로 하란 말이지요. 그냥 있기가 싫으면 가든지 가기가 싫으면 나 하는 대로 내버려두든지! 두 가지 중에서 하라는데, 나 보고만 자꾸 그러면 어떡허우?"

그러자 희준이는 다시 일본으로 건너가지 않았는가. 그때 그는 온 집안 식구가 울며불며 만류하는 것도 한사코 듣지 않고 떠났

다.[3](190~195쪽)

위 내용을 살펴 보면 김희준은 부모의 조혼 강요에 대한 반발심으로 출향을 한 것으로 요약된다. 표면상으로는 공부를 위한 것이지만 그 내면을 들여다보면 조혼을 강요한 부모에 대한 반발에서 비롯된 '가출'에 다름아니다. 가출이란 출향의 양상 중에서 가장 자의성이 두드러진 것이라 할 수 있다. 즉 김희준은 봉건적 인습에 대한 반발로 유학이라는 명분을 내세워 서울과 동경으로 향하는 출향을 시도한 것이다.

이런 측면에서『고향』에서 드러나는 주인공의 출향은『흙』에서 자의성과 타의성이 공존했던 것과 달리 자의성이 주를 이룬다는 측면에서 차별성을 지니고 있다. 작가 이기영이 현실주의의 입장을 공고히 하고 있다는 점에서 민족주의적 지향성을 보인『흙』에서 보다 자의성을 강화하고 있는 것으로 볼 수 있다. 현실의 양상은 유사하겠지만 그 현실을 대하는 인물의 태도, 즉 출향의 양상을 통해 현실을 바라보는 시각을 내세우고 있는 셈이다. 이처럼 식민지 조선의 현실을 수용하는 태도에서『흙』의 수동적인 태도와『고향』의 적극적인 태도는 내적 형식의 출발점을 형성하는 요소로 작용하고 있다.

2. 귀향의 양상

그렇다면 출향이라는 모티브의 구조적 연계 요소로 나타나야 할 귀향

---

3 이기영,『고향』(한국문학대계 9), 동아출판사, 2001. 이하『고향』의 인용은 이 책에 따르며, 인용할 때 괄호 안에 쪽수를 표기한다.

의 양상은 어떠한가를 살펴보기로 한다.

1) 『흙』 : 도덕적 회의와 귀향

먼저 『흙』에서 허숭이 귀향하는 맥락은 다음과 같다.

> 숭은 편지를 다 읽고 나서는 힘없이 방바닥에 떨어뜨렸다. 그리고
> 그날 밤이 새도록 잠을 못 이루고 고민하였다.
> '밤중으로 달아나서 유순에게로 갈까.'
> 이렇게도 생각해보았다.
> '차라리 정선과 윤 참판에게 남아답게 혼인을 거절하고 유순에게로
> 갈까.'
> 이러한 생각은 하기만 해도 맘이 시원해지는 것 같았다.
> "그러나 내일이 혼인 예식인데, 내일 오후 세 시만 지나면 만사는
> 해결되는데-행복(?)된 길로 해결되는데."
> 이렇게도 생각하였다.
> 숭은 이 세 가지 생각을 삼각형의 정점으로 삼고 개미 쳇바퀴 돌듯
> 이 그 석 점 사이로 뱅뱅 도는 동안에 밤이 새고 혼인 예식이 왔다.(제
> 1장 1-44, 135~136쪽)

위 인용 부분에서 일차적으로 나타나는 허숭의 귀향은 부부간의 윤리
적인 문제로 나타난다. 그리고 그 윤리적인 문제는 다음과 같이 좀더 구
체화되어 나타난다.

> 그러나 그것은 숭에게는 자기를 낮추는 듯한 심히 불쾌한 일이었
> 다. 그가 애써서 수양해 온 인격의 존엄이라는 것을 깨뜨려 버리는 것
> 이 싫었다.

그러나 숭이 인격의 존엄을 지키려 할 때에 정선은 이것이 사랑이 없는 까닭이라 하여 원망하고, 심하면 유순이라는 계집애를 못 잊는 까닭이라고 해서 바가지를 긁었다.

원망하는 여자의 얼굴, 질투의 불에 타는 여자의 얼굴은 숭의 눈에는 심히 추하였다. 아내의 눈에서 질투의 불길이 솟고, 그 혀끝에서 원망의 독한 화살이 나올 때에 숭은 몸서리가 나도록 불쾌하였다.

…(중략)…

숭은 마침내 자기의 정성을 가지고 정선의 상태를, 도덕 표준을, 인생관을 보다 높은 것으로 끌어올리려고도 결심을 해보았다. 그러나 숭의 정성된 도덕적 탄원은 정선의 비웃음거리만 되고 말았다. 정선에게는 남편인 숭에 대한 우월감이 깊이깊이 뿌리를 박은 것 같았다. 숭의 말이면 무엇이나 비웃고 반대하였다. 그러할뿐더러 정선은 적극적으로 빈정대고 박박 긁어서 숭을 볶는 것으로 한 낙을 삼는 것같이도 보였다.(제2장 2-10, 160~161쪽)

미적 감각으로서의 '불쾌'의 정서는 식민지 조선의 현실에 대한 인식으로서는 미달형에 속한다. 더구나 그것이 윤리적인 문제에 국한되어 나타남으로써 현실과의 거리는 더욱 커지는 셈이다. 이런 이유로『흙』의 귀향은 개인화된 정서의 차원으로 전화되게 된다. 귀향의 전제로서의 출향이 사회적 현실과의 관련성을 상당 정도 확보하고 있었음에도 불구하고 그 구조적 연관 요소로서의 귀향은 개인화된 측면에서 이루어지고 있다.

『흙』의 귀향이 이러한 양상을 보이게 되는 데는 여러 이유가 있겠지만 신문의 연재소설로서, 경성과 상류층을 배경으로 한 통속적 소설로서의 속성이 가장 강한 영향을 미쳤을 것으로 판단된다.

출향이 현실적 관련성을 지닌 만큼 귀향 또한 현실에 대한 인식을 보다 분명하고 깊게 확보한 맥락에서 이루어졌더라면『흙』의 내적 형식으로서의 출향-귀향의 구조는 또다른 의미망을 형성할 수 있었을 터이다. 그러나 귀향이 지나치게 개인화되고 윤리적인 문제에 기반하고 있다는 점에서『흙』의 내적 형식으로서의 귀향은 소설사적 의미가 퇴색하게 된다.

2)『고향』: 개혁 의지와 귀향

『고향』에서 김희준의 귀향은 다음과 같은 맥락을 보인다.

> 그 동안에 나는 무엇을 했을까. 아무것도 한 것이 없지 않은가. 작년에 지금 떠난 저 차를 타고 왔을 때 유쾌한 기분과 팔딱이던 기상은 지금도 기억에 떠오른다. 그런데 그것은 불과 사흘이 못 가서 없어지지 않았던가.
>
> 그는 그때 동경을 떠나올 때 차 안에서부터 여러 가지 생각에 얽히었었다. 그는 실로 고향에 돌아와서 할 일을 궁리해 보았던 것이다. 그의 이런 포부는 현해탄을 건너서 부산을 접어들면서부터 더 크게 하였다.
>
> 차창 밖으로 내보이는 철도 연선의 살풍경인 촌락은 그로 하여금 감개무량하게 하는 동시에 또한 그의 마음을 굳게도 하였다. 농촌은 오륙 년 전보다도 더욱 황폐해지지 않았는가. 그런데 그는 고향에 돌아온 지가 벌써 일년이 되어 간다. 그 동안에 자기는 무엇을 했는가?
>
> …(중략)…
>
> 희준이는 그들의 이와 같은 선입견을 위험시하였다. 그는 거의 일년 동안이나 그들과 싸워 왔다. 그는 어떤 때 스스로 실망하기도 했다. 또 어떤 때는 자기 자신도 그들과 다르지 않은 인물로 비관해 본 적도 있었다.
>
> '나도 그들과 같은 부류의 인간이다. 나의 한 일은 무엇이냐?'
>
> 그의 이러한 생각은 모든 것을 다 집어치우고 멀리 해외로나 어디로나 가고 싶었다. 하나 그의 다음 생각은 그것을 물리쳤다. 그것은

마치 추수할 곡식을 문 앞에 두고 다른 곳으로 찾아가는 자기 도피와 같기 때문에—

'나는 아직 한 사람 몫의 일꾼이 못 되었다. 좀더 공부할 필요가 있지 않은가!'

그는 다시 자기가 무슨 일을 해보겠다는 것이 원체 외람된 짓이라고 반성해 보았다. 그러나 또한 공부를 한다면 어떤 공부를 더 해야 할 것인가? 이것은 또한 자기의 안일한 생활을 합리화하자는 용서치 못할 자기 기만이 아닌가? 무자비한 자기 비판은 그를 아주 하찮은 존재로 떨어뜨리고 말았다. 자기는 폐인같이 아무 소용 없는 인간이 된 것 같다. 그는 가책에 견디지 못해서 답답증이 났다.(37~40쪽)

희준이가 동경에서 나오던 날 저녁때 원터 동리는 별안간 발칵 뒤집혔다. 동리 개는 있는 대로 다 나와 짖고 닭이 풍기고 돼지가 꿀꿀거리고 송아지가 네 굽을 놓고 뛰며 어미소를 불렀다. 그것은 인성이가 학교에서 돌아오는 길에 희준이를 만나보고 인사를 하자 한달음에 뛰어와서 선통을 했기 때문이다. 그래서 희준이 집은 물론 인성이 집 안팎 식구와 업동이네 김선달네 수동이네 막동이네— 그 외에도 누구누구, 거의 온 동리 사람이 옹기옹기 나와서 동구 앞을 내다보았다. 젊은 각시들은 울밑과 삽짝문 옆에 붙어 서고 졸망구니들은 달음박질을 해서 골목길 거리로 뛰어나왔다. 이 바람에 닭이 풍기고 개가 짖고 송아지가 뛰고 돼지가 꿀꿀거린 것이다. 그런데 웬일이냐? 그들은 희준의 행장이 너무나 초라한 데 그만 놀랐다. 그들의 생각에는 그도 좋은 양복에 금테안경을 쓰고 금시곗줄을 늘이고 그리고 짐꾼에게는 부담을 잔뜩 지워 가지고 호기 있게 들어올 줄 알았다. 그것은 그들뿐 아니라 희준의 모친과 그의 아내까지도. 한데 그는 시꺼먼 학생양복에 테두리가 오골쪼골한 모자를 쓰고 행장이라고는 모서리가 해어진 손가방 한 개를 들었을 뿐이다. 그는 일본으로 건너간 지 오륙 년 만에 나오지 않는가. 서울 가서 중학을 마치고 다시 일본까지 건너가서 유학을 하고 나올 적에는 그는 무엇이든지 장한 일을 하고 온 줄 알았다. (그들의 장한 일이라는 것은 돈을 많이 벌었거나 무슨 월급자리를 얻었거나 그

런 것인데 그는 아무것도 못 한 것 같기 때문에 —(25~26쪽)

그러나 희준이는 이런 것에는 도무지 상관도 없는 사람처럼 유쾌한 기분으로 마을에 들어왔다. 모친과 동리 사람들은 그의 이런 기분을 이상히 여겼다. 혹시 그는 일부러 어리손을 치느라고 이런 기분을 강작함이나 아닐까? 그들은 희준의 심정을 참으로 알 수 없었다. 사실 그때 희준이는 진심으로 유쾌하였다. 그것은 오래간만에 고향에 돌아오는 기쁨보다도 그 동안의 변천은 어쩐지 형용하지 못할 그런 쾌감을 자아냈다.

집은 읍내에서 살던 집에 비교하면 토굴과 같고 협착하다. 모친은 두 볼이 오므라지도록 더 늙고 아내는 보기 싫게 앙상해졌다. 이런 것을 생각하면 그는 응당 슬퍼할는지 모른다. 그러나 그 외의 모든 것은 원칠이의 두드러진 코가 더욱 검붉게 두드러지고 입 모습이 자물쇠처럼 꽉 잠긴 것과 아울러 모든 것은 새 생활을 앞둔 고민과 같았다. 태아를 비롯는 산모의 진통과 같이 묵은 것은 한편으로 쓰러져 간 것 같다. 그것은 다만 묵은 것을 조상하는 것은 아니었다. 묵은 둥치에서 새싹이 움돋는 것과 같다 할까? 늙은이는 더 늙고 죽어 갔으나 젊은이들은 여름 풀과 같이 씩씩하게 자라났다. 어린아이들은 몰라보도록 컸다.

인순이는 색시태가 흐르고 인동이는 몰라보도록 장성하지 않았는가?(27쪽)

이기영의 『고향』의 주요 인물들은 '가출' 경험을 갖고 있다. 김희준, 안갑숙, 방개 등은 가족과의 대립이나 반발로 인한 가출을 하게 되고 인순이와 경호는 가족과의 합의하에 일종의 가출 상태에 놓이게 된다. 『고향』의 주요 인물들이 공통적으로 경험하는 '가출'의 의미를 파악하기 위해 먼저 경향소설의 주요 모티프로 설정되고 있는 '귀향' 모티프를 검토해 보자.

'귀향'은 임화가 한설야의 「과도기」를 논하는 글에서 창선의 귀향에 대해 중요한 의미를 부여한 이래 경향소설의 주된 분석 개념으로 원용되고 있다.[4] 필자는 기왕의 논자들과 달리 '귀향' 모티프를 경향소설의 작가들이 작품의 경향성을 강화하기 위해 신경향파 소설의 인물, 배경과 의식적으로 단절시키고자 하는 노력의 일환에서 설정된 것으로 보고자 한다.

주지하다시피 신경향파 소설의 인물들은 생활의 비참을 극하지 못해 살인, 방화라는 개인적이며 고립된 극한 행동을 하는 선에 머무르고 있다. 이러한 인물들이 가지는 한계는 명확한 것으로 임화의 지적대로 그 인물들이 계속적으로 창조되는 한 경향소설의 발전은 있을 수 없었기에[5] 카프 작가들은 자신들의 이념을 구현해줄 새로운 인물을 창조해야 했지만 그들이 경험하고 객관적으로 인식하는 한 쉽게 확보될 수 없었다. 조선의 현실로서는 신경향파 소설에 나타나는 인물들의 문제의식이 사회적으로 성장하여 '선진적 인물'이나 '전위'로 나타나기에는 어려움이 많았다. 이때 작가들은 그들을 만주나 간도로 떠나보낸 다음 적절한 시기에 귀향시킴으로써 그 목적을 달성하고 있다. 그들이 떠날 때는 신경향파적 인물이었으나 돌아올 때는 훌륭한 '전위'로 성장했다는 구도는 작가들의 고민을 해결해주는 더없이 좋은 장치였다. 또한 그들이 돌아온 고향은 5~6년 사이에 많은 변화를 일으켜 농촌 분해와 공업화가 진행되어 '전위'가 활동할 수 있는 조건을 충족시키고 있다는 점에서 두 가지 난제가 해결되는 셈이다. 물론 식민지의 공업화가 진행되면서 농촌 분해가 가속화되어 농업과 공업이 병존하는 농촌이 형성된 것은 당대의 일반적 현상이었지만 그 현상이 어느 날 갑자기 나타난 인물에게 '주어지고' 있다는

---

4   다음 논의들이 대표적이다. 김윤식·정호웅, 『한국현대소설사』, 예하, 1995 ; 조남현, 『한국현대소설연구』, 민음사, 1987 ; 서경석, 「1920~30년대 한국경향소설연구」, 서울대학교 석사학위 논문, 1987.
5   임화, 「한설야론」, 『문학의 논리』, 학예사, 1940, 554~569쪽.

점에서 상황 설정의 작위성이 드러나고 있다. 이 작위성은 주인공들이 고향을 떠났다가 다시 돌아올 때까지의 과정이 전혀 언급되어 있지 않기 때문에 그들이 어떠한 과정을 거쳐 '의식 있는 인물'로 성장하게 되었는가가 전혀 배제되어 있음으로 해서 그 정도가 심화된다. 결국 '귀향'은 신경향파 소설의 인물들을 작위적으로 성장시킬 수 있는 시간과 그 인물이 활동할 수 있는 상황과 조건을 만들어내는 데 필요한 시간을 확보하기 위한 장치로서 '산 인간'을 만드는 데 실패한 주요 원인으로 작용했다고 본다.

또 하나 '귀향'형 소설을 보는 데 있어 주목되는 점은 경향소설 일반에서 나타나는 '귀향'과 노농이 공존하는 상황 설정이 1925~30년대 소련의 소설에서 보편적으로 나타나고 있다는 사실이다. '프롤레타리아 소설가'나 5개년 계획기의 소설가들의 단편에 주로 나타나는 이러한 특징은 우리의 경향소설과 매우 흡사한 모습을 보여주고 있다. 대표적인 작품인 글라드코프(Fyodor Gladkov)의 「시멘트(Tsement)」(1925)와 판표로프(Fedor Panfyorov)의 「브루스키(Bruski)」(1930)는 작품의 서두가 주인공이 오랜 타향 생활 끝에 귀향을 하는 장면으로 시작되고 있으며 그가 돌아온 고향은 예전의 고향이 아니고 공장이 들어선 농촌의 모습으로 변해 있다는 상황 설정이나 이후의 주인공이 생활해나가는 모습 등에서 우리의 경향소설과 대동소이하다.[6] 이 중 「부르스키」는 임화와 김남천의 「서화」에 대한 논쟁 과정에서 두 사람이 프로소설의 전범으로 인용하고 있다는 점에서 주목된다. 이 관련 양상에 대해서는 좀더 세밀히 검토되어야 할 것이다.

위에서 살펴본 '귀향'과 비교할 때 '가출' 모티프는 인물의 의식 성장의

---

6   G. Struve, *Russian Literature under Lenin and Stalin 1917~1953*, Routledge & Kegan Paul, 1971 ; K. Eimermacher, *Dokumente zur sowjetischen Literaturpolitik 1971~1932*, W. Kohlhammer, 1972 ; F. W. Gladnov, 『시멘트』, 강모라 역, 만남, 1989.

한 계기로 설정되어 있다는 점에서는 동일한 장치에 속하나 그 계기가 당대의 현실에서 보편적으로 존재했던 현상이었다는 점에서 설득력을 가진다. 예를 들어 김희준의 경우를 보면 김희준은 조혼을 강요하는 부모와 대립을 하다 가출, 동경 유학길에 오른다. 이 조혼과 동경 유학은 당시로서는 불가분의 관계에 있었는데 카프 문인들의 전기적 사실과도 무관하지 않다. 여기에서 문제되는 것은 이들에게 조혼의 문제가 가장 전형적인 봉건 잔재의 하나로 인식되고 있다는 사실이다.[7] 봉건 잔재를 완강히 고집하는 부모(주로 부)와 맞서 거부하다 가출을 한 김희준이 동경으로 건너가 성장한 의식을 가지고 돌아오게 된다는 구도는 그런 의미에서 매우 자연스럽다. 물론 김희준이 동경에 가서 어떠한 생활을 했으며 그 과정에서 의식이 성장하게 되는 계기에 대한 언급이 없는 점은 '귀향'형 소설과 동일하나 가출을 하게 되는 동기가 조혼의 반대였다는 사실을 그 암시로서 손색이 없다 할 수 있다. 그리고 김희준이 귀향하게 되는 시기가 아버지가 죽은 후 곧 자신의 가출을 야기시킨 대상이 사라진 때였다는 점도 의미 있는 부분이다. 그런데 여기서 한 가지 고려해야 할 점은 당시 사회에서 조혼으로 인한 궁극적인 피해자는 남자라기보다 여자라고 보는 것이 당대의 일반화된 관점이라는 사실이다. 이러한 사실은 일제가 '본부살해(本夫殺害)'를 범죄의 한 유형으로 법률화까지 시키고 있었던 데서도 확인된다.[8] 그래서『조선농민』지는 농촌 여성과 조혼의 폐해와 그 대책에 대한 글을 지속적으로 싣고 있다. 이러한 저간의 상황에도 불구하고『고향』에서 김희준의 처에 관한 부분이 극소화되고 있고 거의 맹목적으로 생

---

7 이러한 인식은 신경향파 시기의 비평문에서부터 나타나고 있다. 김기진,「십자로 우에서」,『개벽』, 1925. 5가 대표적이다.
8 工藤武城, 朝鮮特有の犯罪本夫殺害犯の婦人科學的考察(1-5) 朝鮮 1933. 2-6.

활을 해나가는 것으로 그리고 있음은『고향』의 한 결점으로 볼 수 있다.

　김희준의 경우와는 달리 안갑숙의 가출은 '가출'의 동기와 이후의 과정에서 드러나는 갑숙의 행위들이 다소 필연성이 결여된 부분이 많다는 점에서 그 의미가 축소된다. 물론 가출로 인한 변화의 정도만을 문제 삼으면 갑숙의 가출이 훨씬 큰 의미를 가지나 그 변화의 폭이 지나침으로 인해 오히려 설득력을 잃고 있다.『고향』에서 가장 비현실적인 인물로 안갑숙을 지적할 수 있는 근거는 여기에 있다. 경호와의 관계에서 드러나는 행위들과 김희준이나 인순을 대하는 태도와의 사이에 존재하는 거리감은 갑숙이 철저하게 꾸며진 인물임을 보여준다. 이 허구성은 갑숙과 관계되는 부분을 그려내는 작자의 수법과도 관계되는데 갑숙이 가출하여 옥희라는 인물로 변신하여 공장 생활을 하는 부분에서 옥희가 갑숙이라는 사실이 밝혀지는 부분까지는 흡사 탐정소설을 연상케 하는 식으로 서술하고 있다. 다분히 독자의 흥미를 염두에 둔 이러한 수법은 그의 말대로 '수완'일 뿐 작품의 질의 측면에서는 그리 긍정적이지 못하다.[9] 이 사소한 부분이 문제가 될 수 있는 것은 갑숙과 경호의 이야기가 작품 전체의 거의 1/3을 차지하고 있음을 보아 작가가 갑숙이라는 인물을 매우 중요하고 의미 있는 인물로 그리고자 한 의도가 있었음을 알 수 있기 때문이다. 작가가 새로운 인물 유형으로 갑숙을 설정하고 성장시켰으나 지나친 변화의

9　이러한 부분은 갑숙과 인순 그리고 공장 여공들이 김희준과 은밀히 만나는 장면에서도 나타나는데 신문 연재분과 단행본 사이에 상당한 차이가 있음으로 보아 작가의 의도가 다분히 작용하고 있는 것으로 보인다. 그 차이는 그들이 만나는 과정이 단행본에서는 갑숙이를 포함한 공장 여공들이 "김희준을 모두 인순의 사촌오빠로 알았다."로 되어 있으나 신문 연재분은 "처음 보는 여공 둘은 김희준을 인순의 오빠로만 알았다."로 되어 있어 갑숙의 존재를 무의식적으로 밝히고 있다. 노농 연대를 암시하는 이 부분에 작가의 의도가 다분히 개재하고 있음은『고향』의 성격과 무관하지 않다.

폭들이 오히려 그 생명력을 약화시켰으며 독자 대중의 흥미를 유발시키고자 하는 단순한 통속성의 한 기제로 떨어진 채로 남아 있을 뿐이다.

　인순이나 경호의 일종의 가출은 그들의 의식 성장의 계기로 작용한다는 점에서 위의 두 경우와 동일하나 가출 전후의 상황 설정이나 행동 결과가 발전적으로 이루어지지 못하고 있다. 인순의 경우 경제적 궁핍을 덜어보려는 이유에서 집을 떠나 공장에 취직하게 되는 과정이 당시 농촌의 보편적인 상황이라는 점에서 매우 정합적이지만 갑숙과 희준을 연결시켜 주는 역할만을 담당하게 되는 부차적인 인물로 남게 된다는 점에서 실패한 인물 창조의 한 예로 보인다. 노농 현장이 공존하는 현실에서 노동의 과정을 통해 식민지 사회와 자본주의의 구조적 모순을 파악하고 사회의 변혁을 위한 운동에 헌신하게 되는 인물의 성장 과정을 그려내는 것이 당대 문학의 한 과제였다면 인순의 부차적 인물화는 그와는 거리가 먼 경우에 해당한다. 경호의 경우는 인순의 경우와는 또다른 측면에서 한계를 지니고 있다. 머슴, 떠돌이, 중 등 사회의 최하층에 속하는 인물들 간의 관계에서 비롯되는 비극적 운명의 산물인 경호의 설정은 다소 극단적이기는 하나 하층민들의 비참한 생활 양상을 잘 드러내줄 수 있다는 점에서 성공적으로 다루어질 여지가 있었지만 '신문 사회면의 기사'감(320~332쪽)에 머무르는 선에서 경호의 출생과 성장 과정을 서술함으로써 흥미 유발의 차원에 떨어지고 있다. 그렇기 때문에 공장에 취직한 경호가 이전의 감상적 태도에서 벗어나 나름대로의 사회적 자각을 하게 되는 부분에 이르러서도 경호의 성격화가 이루어지지 못하고 있다.

　『고향』의 인물들에게서 공통적으로 나타나는 가출 모티프는 30년대 후반의 장편소설들에 그대로 연결되어 나타난다. 앞에서 잠깐 언급했던 바와 같이 『대하』 『봄』 『탑』 등에는 경향소설의 주인공들의 유년기에 해당하는 시기인 개화기에 어린 소년들이 가출하는 장면이 나오는데 필자는 이

가출 소년들이 후에(작품이 쓰여진 시기로 본다면 전이지만) 경향소설의 주인공으로 등장하게 되는 것으로 보고자 한다. 여기에 우리가 주목하고자 하는 것은 『고향』이나 30년대 후반의 소설들에 나타나는 가출의 주요 동기가 반봉건의 성격을 강하게 띠고 나타난다는 점이다. 조혼에의 강한 불만이나 삭발 등을 통해 드러나는 봉건적 관습에 대항하는 의식의 표출은 그 행위들이 당대 민중들이 보편적으로 경험했던 사실이라는 점에서 독자 대중과의 동질성 확보를 위한 매우 효과적인 설정이라 할 수 있다. 김희준이나 안갑숙이 중심인물로서 소작쟁의를 이끌어나갈 때 지도력을 발휘할 수 있게 되는 이유는 이 두 인물이 봉건적 관습과의 대항을 통해 자각의 과정을 겪게 되는 보편성을 지니고 있기 때문이라 본다. 『고향』이 거둔 성과나 카프가 봉건적 잔재와의 의식적 투쟁을 강령으로 내세운 점을 주의 깊게 바라볼 때 프로문학 운동을 바라보는 시각을 재검토해야 할 필요가 있지 않을까 하는 생각이 든다.

3. 1930년대 소설의 내적 형식으로서의 '출향-귀향'의 의미

1930년대의 소설사적 주된 흐름은 경향소설군과 그에 대한 대타적 소설군들에 의해 이루어지고 있는데, 이 글에서 다룬 『고향』과 『흙』은 각각을 대표하는 작품들로 볼 수 있다. 두 작품은 농촌을 배경으로 하고 있으며 핵심 인물이 출향-타향으로 이어지는 내적 형식 위에서 행동하고 어떤 태도를 보여주고 있다는 점에서 흥미로운 견주기가 가능한 작품들이다.

식민지 시기 농촌에서 살아가는 문제적 인물에게 농촌은 떠나야 할 공간이기도 하지만 돌아가야 할 공간이기도 하다. 제국주의 체제에서 일차적인 수탈 대상이 되고 전근대적인 의식이 깊게 자리잡고 있기에 최소한의 문제의식을 지니고 있는 인물들로서는 머물러 있을 수 없는 공간이자 역사적 전망에서 볼 때 포기할 수 없는 공간이기도 하기 때문이다. 이광수나 이기영은 당대 현실에 대해 깊은 문제의식을 지닌 작가들로서 농촌이라는 공간에 대한 작가 나름의 소설사적 의미망을 부여하고자 노력하고 있다.

필자는 두 작가가 농촌에서 성장한 인물을 어떤 맥락에서 '출향'시키고 다시 '귀향'시키는가는 작가의 세계관을 반영하는 방식이라는 점에서 주목할 필요가 있다고 보았다. 출향의 동기는 현실 상황에 대한 인식을, 귀향의 목적은 현실에 대한 전망의 표명일 수 있다는 점에서 그렇게 판단했다.

이광수가『흙』의 주인공 허숭을 출향시키고 귀향시키는 맥락을 타의성과 자의성의 조합, 윤리적 문제로 환원시키고 있는 점은 소설사적 측면에서 볼 때 아쉬움을 던져준다. 특히 귀향의 목적이 일차적으로 윤리의 문제로 귀결되고 있음은 농촌 문제를 바라보는 시각이 예각화되지 못하고 있음을 말해주기 때문이다. 당대 농촌의 현실은 정서적 차원에서 대응하기에 적절치 않기 때문이다. 식민지 현실에 대한 문학적 대응에는 기본적인 한계가 있겠으나 그 한계 내에서 최대치에 이를 수 있는 길 자체를 폐쇄하는 선택을 한 셈이다. 민족주의적인 성향을 보이기는 하지만 민족개조론 등에서 드러나는 식민지 지식으로서의 의식의 한계를 그대로 노출하고 있는 대목이 바로 주인공 허숭이 보여주는 귀향의 양상이다.

이와 달리 이기영은『고향』에서 주인공 김희준의 출향과 귀향을 경향성의 발현을 위한 장치로 적절하게 활용하고 있다고 평가할 수 있다. 출향의 동기를 반봉건적 의식에 대응하는 '가출'로 설정하고 있으며 귀향의 목적을 현실 개혁과 관련되는 의식의 맥락에서 설정하고 있다는 점에서 그러하다. 물론『고향』에서 드러나는 출향-귀향의 내적 형식이 당대적 현실에서 문제적 인물이 선택 가능한 최선의 현실 대응 방식을 보여주는가에 대해서는 이론의 여지가 있다. 하지만 현실 대응 방식을 추상적인 범주가 아닌 내적 형식이라는 구체적인 범주로 환원시켜 제시하고 있다는 점에서 의미를 부여할 수 있을 것이다.

참고문헌

기본자료

이광수, 『흙』(한국현대문학전집 19), 현대문학사, 2011.
이기영, 『고향』(한국문학대계 9), 동아출판사, 2001.

논문 및 단행본

김동환, 『한국소설의 내적형식』, 태학사, 1996.

김윤식·정호웅, 『한국현대소설사』, 예하, 1995.

서경석, 「1920~30년대 한국경향소설연구」, 서울대학교 석사학위 논문, 1987.

임 화, 「한설야론」, 『문학의 논리』, 학예사, 1940.

조남현, 『한국현대소설연구』, 민음사, 1987.

F. W. Gladnov, 『시멘트』, 강모라 역, 만남, 1989.

G. Struve, *Russian Literature under Lenin and Stalin 1917~1953*, Routledge & Kegan Paul, 1971.

K. Eimermacher, *Dokumente zur sowjetischen Literaturpolitik 1971~1932*, W. Kohlhammer, 1972.

工藤武城, 朝鮮特有犯罪本夫殺害犯婦人科學的考察(1-5) 朝鮮 1933. 2-6.

제3부

탈향과 정착

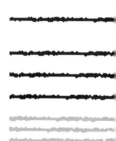

고향의 강

유재용, 「성하(聖河)」를 중심으로

유인순

1. 들어가는 글

> 숨 막힐 마음속에 어데 강물이 흐르느뇨
> 달은 강을 따르고 나는 차디찬 강 맘에 드리노라[1]
>
> ― 이육사 「자야곡」 부분

어느 시인은 고향이란 '지닌 것 없이/혼자 걸어가는/들길의 의미……'[2]와 같은 것이라고 했다. 그 들길에 한 줄기 강(江)이 흐르고 있다면 그것은 '숨 막힐 마음속'에 흐르는 그리움의 강, '고향의 강'이라고 불러야 하지 않을까.

한국문학사에서 고향에 대한 그리움을 읊은 가장 오래된 글은 혜초스님(704~780)이 남천축국에서 지은 오언시[3]로 보인다. 그러나 혜초의 망

---

1 이육사, 『이육사 · 윤동주, 한국현대시문학대계』 8, 지식산업사, 1984, 38쪽.
2 이형기, 「들길」 부분.
3 혜초스님은 16세에 중국으로 갔고, 723년에 인도와 서역의 여러 나라를 약 4년

향가는 자발적인, 구도(求道)를 위해 떠난 길에서 나온 것이다. 그의 천축국으로의 여행도 마찬가지다. 자발적으로 떠났다 할지라도 이역만리 인도에서 그는 고국 신라를 그리워하며 글을 지었다.

그로부터 1,300년 가까운 세월이 흘렀다. 역시 먼 이역 땅 인도에서 고국을, 고향을 그리워하는 이들의 이야기가 나왔다. 한국전쟁 정전 직후, 제3국을 선택했던 포로 출신자의 이야기, 선택이라 해도 미래에 대한 확신을 가진 선택이 아니었다. 추방자의 낙인이 찍히기 전에 스스로 이방인이 될 것을 선택한 이들이었다. 그렇기에 그들은 고국의 산하가 멀어지는 순간 죽는 날까지 향수(鄕愁)의 포로가 되어버린다. 유재용의「성하」는 천형처럼 향수에 시달리는 사람들의 이야기다.

유재용(柳在用, 1936~2009)은 강원도 금화군 창도 출신이다. 조선일보 신춘문예에 동화로 등단(1965)한 이후, 문공부 제정 신인예술상(1968), 현대문학상(1978), 이상문학상(1982), 대한민국문학상(1982), 조오현문학상(1985), 동인문학상(1987), 박영준문학상(1994), 오영수문학상(2000) 그리고 사망하기 몇 달 전에는 서울특별시 문화상(2009)을 수상했다. 이렇게 보면 상복은 꽤 있는 작가이다. 그럼에도 불구하고 그의 소설문학에 대한 학자들의 접근은 빈약하고[4] 소설문학사에서의 언급 또한

간 순방하고 727년에 신강 위구르 자치구의 쿠차를 거쳐 장안으로 돌아왔다. 여기에서 말하는 남천축국은 바티피를 수도로 하고 나르마다가 강 이남의 남부 인도를 지배하던 서찰쿠리키아를 말한다고 한다. 혜초스님의『왕오천축국전』에는 다음과 같은 시구가 나온다.
"달 밝은 밤에 고향 길을 바라보니/뜬구름은 너울너울 돌아가네./그 편에 감히 편지 한 장 부쳐보지만/바람이 거세어 화답이 안 들리는구나./내 나라는 하늘가 북쪽에 있고/남의 나라는 땅 끝 서쪽에 있네./일남(日南)에는 기러기마저 없으니/누가 소식 전하러 계림(鷄林)으로 날아가리." (정수일,『왕오천축국전』1, 학고재, 2008, 250쪽.)
4 유재용 문학에 대한 연구는 2000년대 초반 몇몇 신진 연구가들에 의해서 수행

지극히 간략하다.

이재선 교수는 한 무리의 작가들(김동리, 박완서, 김원일, 전상국, 윤홍길, 임철우, 김향숙)의 작품에 유재용의 「누님의 초상」을 곁들여 전쟁으로 인해 여인들이 입은 고통과 '한의 근원 또는 내면적인 상처'가 의식에 잠복하거나 또 지속되고 있음을 제시한다고, 또 그의 「어제 울린 총소리」역시 전쟁으로 인한 '남성들의 심신의 상처'를 그린 작품으로 보았다.[5]

권영민 교수는 '소설을 통한 분단상황의 재인식을 가능하게 만들어준'[6] 작가군에 유재용의 이름을 언급하고, 「누님의 초상」(1978), 「짐꾼 이야기」(1979), 「어제 울린 총소리」(1985) 등에 주목, '남북한을 가로막은 38선의 접경지대를 중심으로 해방 직후의 남북왕래의 흔적'을 찾거나 이산가족의 사연을[7] 들려주는 작가로 지목한다.

김윤식 · 정호웅 교수는 유재용을 플롯이 아닌 스토리 작가로 분류한다.

> 유재용의 소설세계는 세월의 흐름을 따라 어떤 인물이 또는 어떤 집안이 어떻게 변했는가를 그냥 보여줄 뿐인, 말하자면 인생유전의 다양한 면면으로 가득 차 있다. 변화의 원인에 대한 탐구는 없거나 극히 미미하니 그 같은 변화를 꿰뚫어 흐르는 시간은 사회 · 역사적 관

되었다. 김종회, 「유재용 소설의 종교적 성향과 그 의미 고찰」, 『조영식 박사 희수기념논문집』, 1997 ; 임영천, 「한국 기독교 믿음의 세 유형과 행태」, 『한국문예비평연구』Vol.14, 2004 ; 신승희, 「주제(主題)의 반복성, 제재(題材)의 교체성에 대한 고찰」, 『새국어교육』Vol.82, 2009 ; 이경재, 「유재용 초기 소설에 나타난 모방 메커니즘 연구」, 『우리文學硏究』Vol.28, 2009 ; 이규호, 「욕망의 주체와 실천의 주체, 그 이중적 관계─유재용의 70년대 소설을 중심으로」, 『韓國文學論叢』Vol.49, 2008.

5 이재선, 『현대한국소설사』, 민음사, 1991, 115쪽.
6 권영민, 『한국현대문학사』, 민음사, 1993, 222쪽.
7 위의 책, 328쪽.

계의 그물과는 무관한 그냥 흐름일 뿐이다.[8]

이 인용문에서 필자가 주목하는 것은 유재용 소설 속 인물들이 '사회·역사적 관계의 그물과는 무관'하게 그려지고 있다는 것이다. 김윤식·정호웅 교수는 유재용의 소설이 철저히 무시간적이고, '이야기는 언제나 시작될 수 있고 아무 데서나 끝날 수 있다. 플롯의 세계가 아니기에 기승전결의 논리적 구조는 중요하지 않은 것'[9]으로 보았다.

한편 신동욱 교수는 문학지리학적 입장에서 유재용이 강원도 금화 출신으로 자신의 생장 배경을 예술적 자아로 조화시킨 작가라고 본다. 그는 유재용이 어린 시절 가족과 함께 월남했다는 사실, 그리고 유재용 작품에서 반복되는 남북 분단 문제와 실향 의식이 이와 무관치 않음에 주목한 것이다. 그리고 1985년 조오현문학상 수상작인 「성하」에 이르러, 한국전쟁 정전(停戰) 직후, 제3국 선택 포로 출신인 권성칠이 갠지스 강변에서 임종의 순간, 그의 고향 마을에 흐르는 '서흥강'의 이름을 부르는 것에 주목, 이야말로 '고향에의 복귀'이고 '자아의 원래적인 통합을 기하는 것'[10]이라고 보았다.

> 작가 유재용에 있어 자아의 분리와 통합의 주제는 바로 역사적 시기의 삶의 문제로 전개되어 인식되고 있으며, 그 근원적 통합에의 본연한 지향을 찾아 예리하게 밝혀주고 있다.[11]

---

8   김윤식·정호웅, 『한국소설사』, 예하, 1993, 422쪽.
9   김윤식·정호웅, 앞의 책, 422쪽
10 신동욱, 「삶의 근원적인 힘과 그 모순의 고통」, 유재용, 『성하』, 삼중당, 1986. 331쪽.
11 위의 글, 331쪽.

이것은 앞에서 김윤식·정호웅 교수가 '사회·역사적 관계의 그물과는 무관'하다는 언급과 상반된 주장인 것이다.

1980년 제4회 이상문학상 수상 연설에서 유재용은 "소설은 제 삶의 내용이고, 제 삶은 소설 속에 빠져 푹 젖어 있는 듯한 느낌마저 줍니다."라고 하여 소설과 삶의 일체성을 주장했다. 그리고 그의 소설 창작 태도에 대해 "저는 소설에 접근하는 방법으로 해부나 분석보다는 소설과의 대화를 택했다고 할 수 있겠습니다."[12]라고 하며 '한 생명체로서의 소설과의 대화와 대결'에서 소설의 가치는 객관적 거리 지키기에 있다고 했다. 그리고 좋은 소설에 대해서는 "훌륭한 형태 속에 역사와 삶의 진실과 깊이를 담아 간직한 작품이야말로 독자의 마음에 큰 울림으로서의 진정한 감동을 불러일으키는 작품"이라고 했다. 적어도 그는 그의 소설 속에 역사와 삶의 진실을 담으려고 노력했다는 것이다. 신동욱 교수는 유재용의 진정성을 인정해주고 있는 것이다.

이 글은 유재용의 「성하」를 중심으로 텍스트의 서사 구조와 작품 속에 나타난 사회 역사성의 문제, 특히 텍스트에 스며들어간 망향 의식이 어떻게 전개되고 있는지를 살펴보려고 한다. 다음 장에서는 한국전쟁과 포로문학에 대해 간략히 언급하기로 한다.

2. 한국전쟁과 포로문학

한국 문학사에서 포로문학의 백미는 영광 출신 의병장 강항(姜沆,

---

12 유재용, 「제4회 이상문학상 수상연설」, 『문학사상』, 문학사상사, 1980. 12, 231쪽.

1567 ~1618)의『간양록(看羊錄)』으로 지적된다.[13] 이 글은 임진왜란 당시 포로가 된 강항이 오사카와 교토에 유폐되었다가 귀국할 때까지, 포로들의 참상과 일본의 역사, 군사, 지리, 관제, 풍속, 지도 등[14]을 빠짐없이 기록한 글이다. 따라서 이것은 실기문학(實記文學)으로 분류된다. 포로 생활을 소재로, 작가 상상력이 가미된 본격적인 소설 작품이 나온 것은 아무래도 한국전쟁 이후로 보아야 할 것이다.

한국 현대소설사에서 포로문학, 혹은 포로를 일부 소재로 다룬 소설 작품이 나온 것은 한국전쟁의 정전 이후부터이다. 박영준의 「용초도 근해」(1953), 최인훈의 「광장」(1960), 강용준의 「철조망」(1960), 「사월산」(1971~1973), 『멀고 긴 날들과의 만남』(1983), 유재용의 「성하」(1985), 이건숙의 『거제도 포로수용소에서』(1989), 박상연의 「D·M·Z」(1996), 손영목의 「거제도」(2006) 등이 그것이다.

이들 포로문학 가운데서도, 한국전쟁이 정전을 맞이하면서 제3국을 선택한 포로들을 다룬 작품으로는 최인훈의 「광장」(1960), 유재용의 「성하」(1985), 박상연의 「D·M·Z」(1996) 등을 들 수 있다.

제3국을 선택한 포로들에 대한 이야기는 다음 기사문들에서 참조할 수 있다.

> 1954년 2월의 현실은 소설과 같았다. 한국전 당시 제3국행을 택한 전쟁 포로 77명(중국인 포함 88명)이 인천항에서 '아스투리아스호'를

---

13 강항은 1597년 9월부터 1600년 5월까지 3년 동안을 임진왜란 때 왜적의 포로로 지냈다. 그 당시의 경험을 책으로 남긴 것이 바로 이것이다. 그리고 이 글은 1656년 수제자 윤순거에 의해 죄인이 타는 수레라는 뜻의『간양록(看羊錄)』이라는 이름으로 편찬되었다.

14 광주MBC, http://blog.kjmbc.co.kr/220348711691(2015. 12. 7).

타고 실제 인도로 떠났다. 이 가운데 55명이 다시 브라질로, 9명이 아르헨티나로 이주했다.[15]

　　석방된 뒤 제3국을 택한 포로들은 먼저 인도로 보내졌다. 일부는 미국으로 가고 싶어 했으나 정전 협정상 중립국만 택할 수 있었다.
　　조성훈 군사편찬연구소 선임연구원의 2001년 조사 결과를 보면 이들은 2년간 인도에 남았다가 60명은 브라질과 아르헨티나로 떠나고 10여 명은 남한이나 북한으로 돌아갔다.
　　타국에서 이들은 의학교수, 채석장 주인, 어선 선주, 목사 등 다양한 삶을 살았다.[16]

　　신문사에 따라 제3국을 선택한 한국인 포로 수효는 76~77명으로 차이가 보이기는 하나, 이들은 인도 선박 '아스투리아스호'를 타고 인도로 떠났음을 알 수 있다. 그리고 2년 뒤 그들 가운데 55명이 브라질로, 9명이 아르헨티나로 떠났고 이후 그들은 교수, 채석장 주인, 선주, 목사 등 다양한 삶을 살았음을 보게 된다.
　　제3국 선택 포로를 등장인물로 하는 최인훈의 「광장」에서 이명준은 인도로 가는 '타고르호' 안에서 그의 대학 시절을, 그가 남과 북에서 만났던 사람들을, 그리고 전쟁발발 후 일어난 일들을 기억해낸다. 소설 「광장」에서의 서사는 배 안에서 이명준과 선장, 이명준과 제3국 선택 포로 사이에서 일어난 에피소드가 일부 삽입된 것을 제외하고, 모두 이명준의 내면에서 풀려나오는 기억의 흐름을 늘어놓은 것이다. 3천 톤급의 '타고르호'는

---

15 『한겨레신문』, http://www.hani.co.kr/arti/society/society_general/703942.html (2015. 12. 7).
16 연합뉴스, http://www.yonhapnews.co.kr/bulletin/2015/05/30/0200000000AKR20150530051900009.HTML?input=1179m(2015. 12. 8).

인도를 향해 달리는데 이명준은 '타고르호'에서 바다로 투신한다는 것이 「광장」의 전체 얼개이다.

박상연의 「D·M·Z」에서 주인공은 한국계의 아버지와 스위스계의 어머니 사이에서 태어난 한국명 이강민, 브라질명 에스또네라 리, 스위스명 지그 베르사미이다. 현재 스위스 국적인 베르사미 소령은 중립국 감시위원으로 한국의 휴전선, D·M·Z에 파견 나왔다가 남북 군인들 사이의 총격전 사건 사고가 일어나자 그 진상을 규명해나간다. 베르사미는 어린 시절부터 아들에게 폭군이었던, 지금은 정신병원에 입원 중인 아버지를 경원시한다. 그러나 베르사미 소령은 아버지의 일기장을 통해서 자신의 아버지가 제3국을 선택한 76인 중 유일한 생존 장교라는 사실을 알게 된다. 아버지는 실천적 지식인으로 박헌영 계파였고, 강원도 양구 해안 분지의 만대리 출신임을 알게 된다. 그리고 아버지가 제3국을 선택할 수밖에 없었던 이유를 알게 되면서 D·M·Z에서 일어난 총격 사건이 증오심 때문이 아니라 순간적 공포에 의해 발생한 것임을 이해하게 된다.

「광장」의 이명준은 인도로 가는 배 안에서 투신하고, 「D·M·Z」에서 베르사미의 아버지, 포로 출신 이연우는 포로수용소에서 얻은 트라우마로 인해 정신병원에서 임종한다. 「광장」이 포로가 되기 이전 남과 북에서의 이명준의 삶에 조명을 맞추고 있다면 「D·M·Z」에서 제3국 선택 포로 출신 이연우는 아들 베르사미가 세상에 대한 안목을 넓히는 데 중요한 에피소드로서 작용할 뿐이다.

유재용의 「성하」는 인도에 남은 포로 가운데 2명의 포로 출신자, 포로수용소에서의 악몽과 같은 사건으로 고국과 고향이 싫어서 떠나왔지만, 고국과 고향의 삶에서 결코 벗어날 수 없는 사람들을 집중 조명한 것이다.

3. 제3국 선택의 이유와 그 이후

한국전쟁에서 정전 협정이 이루어진 것은 1953년 7월 27일이었다. 그에 앞서 포로 교환 협정은 1953년 6월 8일에 이루어졌다. 본국으로의 송환을 거부하는 포로 문제를 위한 협정이었다. 그리고 1954년 2월, 제3국을 택한 포로 76명은 인천항에서 '아스투리아스호'를 타고 인도로 떠났다.[17] 인도에 도착한 2년 뒤 55명이 브라질로, 9명이 아르헨티나로 이주했다.

브라질로 이주했다가 다시 미국으로 가서 정착, 목사가 되어 60여 년 만에 고국을 찾은 강희동(86세) 씨는 당시 중립국을 택했던 이유에 대해 다음과 같이 말했다.

> "정치적 이념을 초월해 참으로 평안한 땅, 자유로운 세계에 가서 새로이 생활을 개척하는 게 좋지 않겠느냐고 생각했어요. 남과 북이라는 두 선택을 초월해서 이상적인 세상에 살고 싶었던 거지요."[18]

그렇다면 2015년 현재 제3국 선택 포로 76명의 현황은 어떤가. 다큐멘터리 영화 〈귀향〉을 제작 중인 조경덕 감독, 그가 2009년 인터뷰했던 21명의 포로 출신자 가운데 생존자는 11명이 전부라고 한다.[19]

다음은 소설에서 제3국행을 선택한 등장인물들의 선택 이유와 그 이후를 보기로 한다.

「광장」의 이명준이 제3국행을 선택하는 데에는 은혜의 죽음에서 오는

---

17 『한겨레신문』, 앞의 자료.

18 『한국일보』, http://www.hankookilbo.com/v/dcaa2feb5d6149a5ae165603c071 ed49 (2015. 12. 7).

19 『연합뉴스』, 앞의 자료.

영향이 크다. 은혜가 없는 북으로 가야 할 이유가 없었다.[20](176쪽) 그리고 실질적으로 다음과 같은 이유를 생각해보기도 한다.

　　적에게 잡혔다가 돌아온 사람의 처지가 어떠하리라는 것을 생각하고 이명준은 자기한테 돌아온 운명을 한탄했다. 적어도 남만큼 한 충성심을 인정받으면서, 자기가 믿는 바대로 남은 세월을 조용히, 그러나 자기 힘이 미치는 너비에서 옳게 써나간다는 삶조차도 꾸리지 못하게 될 것이 뻔했다. 제국주의자들의 균을 묻혀가지고 온 자로써 일이 있을 적마다 끌려나와 참회해야 할 것이었다. 동네 안에 살면서도 사람은 아닌 문둥이처럼. 그런 처지에서 무슨 일을 할 수 있겠는가.
　　이것이 돌아갈 수 없는 정말 까닭이었다. 그렇다면? 남녘을 택할 것인가? 명준의 눈에는 남한이란 키에르케고르 선생식으로 말하면 실존하지 않는 사람들의 광장 아닌 광장이었다.
　　미친 믿음이 무섭다면, 숫제 믿음조차 없는 것은 허망하다. 다만 좋은 데가 있다면, 그 곳에는, 타락할 수 있는 자유와, 게으를 수 있는 자유가 있었다. 정말 그곳은 자유 마을이었다.(179쪽)

　이명준은 북에 아버지가 있다 할지라도 "효도 같은 걸 하기엔 현실이 너무 무거웠다". 은혜가 없는, "맺어질 아무도 없는 사회"가 두려웠다. 게다가 북송될 경우, 포로 출신이라는 이유로 소외되고 경멸받을 것을 두려워한다. 또 남한을 선택할 경우 자유는 있되 존재의 의미와 목적을 외면한 사람들과 함께할 자신이 없었다. 그래서 인도로 가는 타고르호 안에서 이명준은 지난날들을 반추하다가 바다에 투신하고 만다.
　한편「D·M·Z」에서 베르사미의 아버지 이연우의 제3국 선택은 스

20　최인훈, 『광장』, 문학과지성사, 1986(32쇄). 이후 이 작품을 인용할 때 괄호 안에 쪽수를 표기한다.

스로를 생지옥에 유배시키려는 처절한 몸부림이다. 그는 정전이 되기 몇 달 전 박헌영을 비롯한 남로당 수뇌들의 숙청 소식을 듣는다. 그리하여 북송 이후 자신도 남로당 간부 출신이기에 숙청될 것이 뻔하다고 생각한다. 그러나 직접적인 원인은 사건 나기 한 달 전, 수용소 안에서 우연히 친동생 이연철을 만나게 된 것이다. 친공 포로의 대표자 격인 이연우는 자신과 대치 중인 상대가 단 하나뿐인 혈육 이연철임을 보았다. 연철은 반공 포로였다. 형은 위험을 무릅쓰고 아우를 살리려는 순간, 아우가 "어머니가 어떻게 돌아가셨는지 알아?" 한다. 어머니의 사망 소식에 충격받은 이 연우는 자신의 칼로 자신의 목을 찌르려던 순간, 정찰조에서 "미군이다." 소리를 듣는다.

> 순식간에 주위는 아수라장이 되어 나와 연철이를 둘러싸고 있던 공산 포로들은 빠르게 흩어지기 시작했다. 그때, 꿇어앉아 있던 연철이가 급히 일어났다. 아직도 그것이 칼을 빼앗아 나를 공격하기 위해서였는지, 그냥 단순히 이야기를 하기 위해서였는지 알 수는 없다. 그리고 내가 언제 칼을 뻗었는지도 알 수 없다. 다만 선지피를 쏟으며 반 이상 잘려나간 연철의 목이 나에게로 떨어지던 기억…… 그 연철이의 마지막 고갯짓…… 난 비명을 질렀지만 아무도 내 비명을 듣지 못했고 내 귀에도 비명은 들리지 않았다.[21]

형제 살해의 죄를 저지른 형은 "난 결코 죽어서도 저승에 가지 않을 것이다. 연철이를 포함해 나에게 살해당한 수많은 영혼이, 또한 그들의 아내가, 그들의 어머니가 나에게 울부짖으며 나에게 달려들 것이 아닌가"

---

21 박상연, 「D · M · Z」, 『세계의 문학』 82(겨울호), 1996, 643~644쪽.

하고 오열한다. 그는 죄의 땅에서 달아나기 위해서, 스스로를 징벌하기 위해 제3국을 선택한다. 이연우는 인도에서 브라질로 이주, 리우 부두의 하역 노동자 생활을 하다가 브라질 주재 스위스 외신 기자와 결혼, 아들을 낳지만 알코올중독자가 되고 아내와 이혼, 그리고 만년에는 정신병원에 입원, 그곳에서 사망한다.

「성하」에서 한장석 씨와 권성칠 씨는 가족이 있는 북한으로 돌아가려고 했다. 그러나 북한 포로와 반공 포로 사이에 충돌이 일어나면서 북한 포로들은 잔인을 극한 방법으로 반공 포로에게 제재를 가하기 시작한다. 그리고 한장석 씨와 권성칠에게 반동을 살해하는 하수인 역할을 강요한다.

> "너희들의 피와 사상이 붉다면 그 사실을 증명해라. 너희 가슴속에 조국에 대한 충성이 변하지 않았다면 그 사실을 행동으로 증명하라." 극렬분자들이 말했다.
> 한장석 씨와 권성칠 씨는 두려움으로 떨면서 '반동'의 가슴과 배를 창으로 찔렀다. 소요가 가라앉고 질서가 회복되었을 때 한장석 씨와 권성칠 씨의 마음은 변해 있었다. 조국 땅을 떠나 영원히 조국을 잊고 살아가겠다고 작정했다.[22](24~25쪽)

한장석 씨와 권성칠 씨는 살기 위해 반공 포로를 잔인하게 살해하는 데 동참했다. 그들 역시 형제 살해의 죄를 저지른 것이다. 그들은 자신들에게 죄를 저지르게 한 "내 고국, 내 민족에 대한 혐오감"으로 인해 조국에서 탈출한다.

실존 인물인 제3국 선택 포로 강희동 씨는 "정치적 이념을 초월해 참

---

22 유재용, 『성하』, 삼중당, 1986. 이후 이 작품을 인용할 때 괄호 안에 쪽수를 표기한다.

으로 평안한 땅, 자유로운 세계, 이상적인 세상"에 살고자 제3국을 선택했다. 「광장」의 이명준은 자신과 맺어질 아무도 없는 사회가 두려웠고, 북송될 경우 포로 출신이라는 데서 오는 소외와 불리함이 싫었으며, 남으로 갈 경우 자유롭되 존재의 이유를 모르는 이들과의 공존이 싫었던 것이다. 다분히 개인적이고 감상적이다. 이에 비해 「D·M·Z」에서 이연우는 친동기를 살해한 충격, 죄의 땅에서 벗어나기 위해 제3국을 선택하고, 「성하」에서 한장석 씨와 권성칠 씨 역시 자신들의 손에 피를 묻히게 한 고국과 민족에 대한 혐오감 때문에 인도를 선택한다.

한장석 씨와 권성칠 씨는 인도에 뿌리를 내리고 산다. 이 두 사람의 인도에서의 삶은 다음 장에서 밝히도록 한다.

4. 「성하」의 서사 전개와 망향 의식

먼저 「성하」의 전개 과정을 보기로 한다.

「성하」에서 이야기의 배경 공간은 인도의 바라나시, 갠지스 강변 목욕장의 계단을 중심으로 하고 있다. 계절에 대한 언급은 없지만 갠지스 강 건너 벌판에 대한 이야기로 미루어 건기(乾期)로 추정된다. 이 이야기는 갠지스 강변에서, 오후 4시경부터 시작해서 달이 공중으로 떠오른 시간대까지, 대략 4~5시간에 걸친다.[23]

「성하」에서 '이야기하는 시간'은 늦은 오후부터 황혼녘, 밤, 달이 뜨기

---

23 「성하」의 허두에서 소설가 박은 지난 밤 11시에 뉴델리 공항 도착, 한장석 씨 집에서 눈을 붙였고 오늘 오전 11시에 국내선을 이용 바라나시에 도착했다. 그가 인도 도착 후 17시간이 지났다고 했다(7쪽 참조).

까지이고, '이야기되는 시간'은 반공포로 한장석 씨의 측면에서 보았을 때 30여 년 전 포로수용소 생활, 제3국 선택 후 인도에서의 생활과 근래까지, 소설가 박의 입장에서는 3년 전 인도 여행 시의 기억과 어제 인도 도착 후 한장석 씨와 택시를 타고 가며 나눈 이야기, 오늘 아침 뉴델리에서 바라나시로 오는 국내선 비행기에서 한장석 씨에게 들은 이야기, 그리고 다시 현재 상황을 보며 느낀 이야기들로 연결된다.

「성하」의 서사 전개 형식은 범박히 말하면 'A–B–A'형이다. 그러나 텍스트를 자세히 들여다보면 그렇게 간단한 것은 아니다. A–A 과정 중에 '이야기하는 시간'과 '이야기되는 시간'들이 복잡하게 엮어져 들어가 있는 까닭이다. 그래서 앞에서 언급한 바 있는 김윤식 · 정호웅 교수는 유재용의 작품이 '플롯의 세계가 아니기에 기승전결의 논리적 구조는 중요하지 않은 것'[24]이라고 하지 않았을까.

「성하」에 나타난 이들 '이야기하는 시간'과 '이야기되는 시간'의 연결과 교체의 과정을 배열해보기로 한다.

편의상, '이야기하는 시간'을 A, '이야기되는 시간' 가운데, 지난 밤 뉴델리 시내로 들어가는 택시 안에서의 시간과 오늘 아침 바라나시로 오는 국내선 비행기에서의 시간을 B, 3년 전 인도 여행 시간을 C로 표기하면 이 작품의 전체 배열 구조는 다음과 같다.

> A1. 갠지스 강 강가에 앉아 있다(16시 전후로 추정).
> B1. 전날 23시 뉴델리 바람 공항 도착. 한장석 씨와 택시 탑승.
>   임종을 앞둔 친구를 위해 바라나시로 가야 한다기에 소설가
>   박도 동행 요구(한장석의 고향은 황해도 서흥, 소설가 박의

---

24 김윤식 · 정호웅, 앞의 책, 422쪽.

고향은 강원도 회양으로 밝혀짐)하다.

B2. 오늘 오전 11시 바나라시행 국내선 탑승. 힌두교 신자 권성칠(56세), 갠지스 강변에서 임종을 앞두고 있다는 정보 듣다.

C1. 3년 전 인도 여행, 동틀 무렵의 갠지스 강가에서 본 인상 떠올리다.

A2. 바라나시 갠지스 강변 목욕장 계단-해는 서편으로 훨씬 기울어진 시간, 권성칠을 중심으로 모여 앉은 권의 딸, 한장석과 소설가 박.

C2. 3년 전 인도 여행 시에 인도로 온 한국전쟁 포로 중 자기의 이야기를 책으로 쓰고 싶어 하는 사람(한장석 씨)에 관한 정보, 당사자 만나 의견 교환, 후일을 기약하다.

A3. 갠지스 강물을 마시는 권성칠.

B3. 국내선 비행기 안, 한장석이 증언하는 힌두교도의 이상적 삶과 권성칠의 삶에 대해 이야기하다.

C3. 인도 여행시 안내원이 들려주던 가난한 힌두교인들이 갠지스 강에서의 임종을 위한 고행과 고난의 이야기를 기억하다.

A4. 갠지스 강가-사원의 그림자가 갠지스 강을 온통 덮다-해가 저물다.

B4. 포로 출신으로 처음 인도에 입국했을 때의 실망과 포로들의 인도 출국. 인도에 정착한 이유, 권성칠의 인도 여성과의 결혼담을 듣다.

C4. 3년 전 바라나시 시내의 인상-수레바퀴와 같은 환형 속에 엉긴 존재들을 기억하다.

B5. 아내가 사망한 이후 권성칠 씨의 힌두교의 늪에 빠진 삶에 대한 이야기를 듣다.

B6. 한장석, 제3국 선택했던 이유를 말하다.

A5. 갠지스 강가-어둠이 내리다-어둠의 저 끝에서 달이 떠오르다.

　　한장석 씨가 한국의 강과 강 이름들을 떠올리고 그것들이 성하(聖河)라고, 가장 성스러운 강으로 고향의 서흥강을 든다. 소설가 박은 자신의 고향 회양강의 모습을 떠올리고, 권성칠의 마지막 발화, '서…흥…강….' 두 사람은 권성칠의 마지막 말을 확인하다.

앞에서 「성하」 전편을 흐르는 서사의 흐름을 보았다. 소설가 박은 제3국을 선택한 포로 출신 한장석 씨의 자서전 대필을 위해 인도로 왔다. 현재 시점에서 보는 것은, 갠지스 강가에서 임종을 기다리는 권성칠 씨와 힌두교도들의 모습들, 마침내 권성칠 씨의 마지막 발화와 죽음의 확인이다. 그러나 이 이야기에는 보이는 현실의 이야기보다 훨씬 더 많이, 3년 전 인도 여행 시의 기억, 지난 밤 택시 안에서, 오늘 아침 바라나시로 오는 비행기 안에서 한장석 씨에게 들었던 이야기들이 삽입되면서 이것들을 교체시켜가며 한 편의 소설로 엮여진다. 왜 권성칠 씨가 마지막 순간, '서…홍…강…'을 부르며 죽어야 했는가는 30여 년 전의 한국전쟁, 포로수용소에서 있었던 비극적 사건에 그 뿌리를 둔 것이었다.

이 작품의 서사 진행에는 몇 가지 특징이 있다.

첫째 눈에 두드러진 것은 이야기의 전개가, 늦은 오후에 시작해서 황혼이 되고, 해가 지고 어두워지고 달이 떠오르는 상황에 연결되고 있다는 것이다.

> A1. 나는 갠지스 강 강가에 앉아 있었다.(7쪽, 16시 전후로 추정)
> A2. 나는 바라나시 갠지스 강변 목욕장 계단에 앉아 있었다. 해는 서편으로 훨씬 기울어……(11쪽)
> A3. 갠지스 강물을 마시는 권성칠(16쪽)
> A4. 힌두 사원의 그림자가 갠지스 강을 온통 덮어버리고 강 건너 황량한 벌판으로 번져가고 있었다.(19쪽, 사원의 그림자를 통해 석양 녘임을 암시)
> A5. 해가 지고 한동안, 강 서안에 성채처럼 늘어선 힌두 사원들 뒤쪽 하늘에 놀이 불타더니, 놀도 사위어 버리고 이윽고 어둠이 내렸다.…… 어둠의 저 끝에서 달이 떠올랐다.(25쪽)

늦은 오후부터 하루가 저물어 어두워지고 달이 떠오르는 것은 우주적인 순환이고, 갠지스 강은 영원회귀로 돌아가는 신화의 강이며, 인간이 갠지스 강물에 몸을 씻고 그 강물에 재를 뿌린다는 것은 신화 세계로의 복귀 과정임을 보여준다.

두 번째 특징으로 보이는 것은 신화의 세계를 가슴에 받아들이는 등장 인물들의 심리적 변화에 따른, 그들의 심리적 기저에 자리 잡은 망향 의식의 변화 양상이다. 갠지스 강이 인간 영혼의 정화와 신의 세계로의 이동을 돕는다는 것은 힌두교도들의 희망 사항이다. 갠지스 강의 신화가 한국인에게도 설득력을 갖기 위해서는 영적 체험의 시간이 필요하다.

> a. 동이 터 뿌옇게 밝아오는 새벽빛 속에 검고 탁하게 누워 있는 갠지스 강이 내 눈앞에 떠올라 보였다.(10쪽)
> b. 눈 아래로 흐르는 갠지스 강물은 탁했다. 물빛은 흙탕물 같기도 했고 시궁창물 같기도 했다. 온갖 영혼의 때를 씻어내 품안에 지니고는 유유히 흐르고 있었다.(11쪽)
> c. 신들의 땅과 인간들의 땅이 갠지스 강을 사이에 두고 마주 바라보고 있었다. 신들의 땅은 나룻배를 타고 가 닿을 수 있는 곳이었다. 우리는 인간의 영역에 자리 잡고 앉아 성스럽고도 더러운 강과 그 건너 신들의 황량한 땅을 바라보며 …(후략)…(19쪽)
> d. 온종일 인간의 죄를 씻고, 죽은 자의 영혼을 영원한 나라로 실어 나르기에 피로해진 갠지스 강과 그 건너 신들의 황량한 땅이 어둠 속으로 깊이 묻혀 들어가는가 했는데, 어둠의 저 끝에서 달이 떠올랐다.(25쪽)

인용문 a는 3년 전 동틀 무렵 소설가 박이 갠지스 강물을 지켜본 반응으로 결코 호의적이지 않았다. 그는 현실에 바탕한 눈으로 갠지스 강물을 본 것이다. 그러나 b에서는 임종을 앞둔 권성칠 씨의 머리맡에 앉아 있다. 권성칠 씨는 힌두교도가 되어 자신의 죄를 갠지스 강물로 정화시키려고 한다. 권성칠 씨의 삶에 대한 이야기를 들었기로 소설가 박은 가능한 한 권성칠 씨에게 가까운 누이 되어 갠지스 강물을 바라본다. 갠지스 강물이 탁해 보이는 것은 온갖 영혼의 때를 씻어서 품안에 지녔다고, 갠지스 강물과 영혼의 결속을 인정한다. c에서 갠지스 강은 여전히 더러운 강이지만 신과 인간의 영역을 경계지어주는, 말을 바꾸면 인간계와 신계를 연결시켜주는 강이 된다. 그리고 d에 이르게 되면 망자의 죄를 씻고 그 깨끗해진 영혼을 신의 나라로 실어다주노라 피곤해진 강에 대한 감사의 마음이 배어든다. 그때 신의 응답이듯이 달이 떠오르고, 세상은 문득 '몽환적인 색채'로 물이 든다. '내 고국 내 민족에 대한 혐오감'(25쪽)에서 아직은 완전히 벗어나지 못했지만, 한장석 씨는 달빛으로 채색된 갠지스 강과 권성칠 씨가 혼몽 속에서 흘리는 신음 소리를 들으며 숱한 시체들을 삭여내었던 한국의 강들을 떠올린다.

> "압록강, 청천강, 대동강, 임진강, 한강, 금강, 낙동강…… 내가 한국 전쟁 때 건너다니거나 본 강입니다. 그 강들이야말로 오랜 세월 우리 민족의 고통과 죄악을 씻어주며 흘렀지요. 성하(聖河)라고 불러도 부족함이 없을 것 같습니다."(26쪽)

어둠의 끝에서 떠오른 달이 갠지스 강물 수면 위에서 구슬처럼 부서지는 것을 보면서 한장석 씨는 하늘 높은 곳의 달이 고향의 강 위에서도 구슬처럼 부서지고 있으리라고, 갠지스 강이 성하이듯, 고향의 강도 성스러운 강이라는 데 생각이 미친 것이다.

이제 포로 출신 한장석 씨에게 고국과 민족은 더이상 혐오의 대상이 아니다. 그들은 저마다의 고향의 강물로 고통과 죄악을 씻어낸 존재가 되고, 고향의 강은 성스러운 강으로 승화된다. 특히 그의 고향 서흥군을 흐르는 서흥강은 "무릎 꿇고 옷깃을 여미고 싶은" 성하가 되고, 그 이야기를 듣는 순간 소설가 박은 자신의 고향 회양 땅을 흐르는 '회양강'을 가슴으로 끌어들인다. '고향의 강'이 '성하'로 인식되는 순간 그것을 확인이라도 해주듯 권성칠 씨는 마지막으로 "서…흥…강…, 서…흥…강…"(27쪽) 고향의 강 이름을 부른다.

이미 호흡이 멎은 권성칠 씨가 남긴 마지막 말이 '서흥강'임을 확인하면서 소설가 박에게 갠지스 강은 신의 세계를 향해 흐르는, 깊고도 '어두운 강' '그 표면에 달빛이' 부서지는 축복받은 강이 된다. 그리고 달은 온 세상의 강물에 달빛을 흘려보내 하늘과 땅이 연결되고 고국과 이역이, 삶과 죽음이 연결되는 몽환의 세상을 경험하게 한다. 그것은 곧 자아와 세계와의 합일과 화합에 다름 아닌 것이다.

이 작품의 서사 전개에서 세 번째 특징으로 보이는 것은 작품 전체를 통해 수수께끼를 제안하고 대답하는 것이다. 한장석 씨를 따라 국내선 비행기를 타고 바라나시로 오던 중에 소설가 박은 권성칠 씨가 철저한 힌두교도가 되었다는 이야기를 듣고 맘속으로 "한국 사람이 인도 사람에게 손색이 없는 힌두교도가 될 수 있을까요?"(10쪽)라고 질문을 던진다. 발화되지 못했던 이 질문은, 임종을 앞두고 갠지스 강물을 마시는 권성칠 씨를 보는 소설가 박의 가슴속에서 다시 울린다(19쪽). 권성칠 씨는 5년 전 아내가 사망한 이래 철저하게 힌두교도로서의 예식과 순례 행사를 거행해왔다. 그는 스스로 전생에 인도인이었다고 했으면서도 그의 아내와 딸 앞에서는 자유로울 수 있었지만, 그러나 고향과 고향의 가족에게서는 자유롭지 못하다고(21쪽) 친구 한장석에게 고백한 바 있다. 그리고 갠지스 강가에서의 마지막 순간, 그는 고향의 강 이름을 부르며 죽어갔다. 결국 "한국 사람이 인도 사람에게 손색이 없는 힌두교도가 될 수 있을까요?"라는 질문에 대한 답은 '그럴 수 없다'로 모아진다.

아무리 신앙의 힘이 강하다고 해도 한국 사람은 인도 사람에게 손색이 없는 힌두교도가 될 수는 없다. 그러나, 가슴에 고향의 강을 품고 있는 사람들은 그 고향의 강에서 정화된 영혼을 가질 수 있다는 것, 권성칠 씨는 미처 깨닫지 못했지만 임종의 순간 그것을 깨달았던 것이고, 그를 지켜보는 한장석 씨와 소설가 박은 그동안 잊고 있었던, 또는 애써 잊으려 했었던 고향의 강을 기억해낸 것이다.

다음은 이 작품에 나타난 등장인물들의 사회·역사관을 보기로 한다.

사실 「성하」는 인도에 살거나 인도를 방문한 세 사람의 실향민에 관한 이야기다. 한장석, 권성칠 씨는 황해도 서흥군 출신의 반공 포로, 제3국을 선택한 실향민이다. 한장석과 권성칠의 비극적 운명을 소개하고 있는 소설가 박 또한 강원도 회양 출신의 실향민이다.

한장석은 쌍둥이같이 친한 친구 권성칠 때문에 인도에 정착했다. 인도에서 고향의 냄새를 맡았다. 고향의 냄새는, 어머니의 자궁 속 "양수처럼 걸쭉하고 다뜻한 액체의 비릿하고 후텁지근하고 텁텁한 냄새"(20쪽)를 맡았고, 그 냄새의 흡인력에 한없이 침잠해 들어갔다.

그 냄새가 얼마만한 깊이에서 풍겨나오고 있는지 가늠을 할 수가 없었지요. 그 깊이를 가늠해보려고 성지와 사원과 석굴과 폐허가 되어가기 시작한 옛서까지 찾아다녀 보곤 했었지요. 하지만 그 끝에 내가 힐끗 보았다고 느낀 것은 바닥이 없는 수렁 같은 것이었어요. 외로운 자를, 약한 자를, 서러운 자를, 한을 품은 자를 끌어들여가는 수렁 같은 것이었어요. 외로움이, 약함이, 서러움이, 한스러움이 그 수렁 속으로 강물처럼 흘러들어가고, 수렁은 소용돌이치는 강물을 끝없이 받아들여 삼키고 있었어요. 어느 땐가 문득 정신을 차리고 보니 나도 성칠이도 그 수렁 속으로 한 발을 디밀고 있었지요. 그 수렁 속 깊이를 알 수 없는 곳에서 냄새가 풍겨 나오고 있었어요. 고국의 냄새도, 고향의 냄새도, 조상들의 냄새도 그 냄새 속에 배어들어 있는 것 같았어요. 나는 수렁 속으로 디밀어 놓은 내 발을 매몰차게 끌어냈습니다.

성칠이 보고도 발을 빼내라고 소리쳤지요.(21쪽)

한장석 씨는 그들이 인도에서 맡은 고향의 냄새가 수렁임을 깨닫는 순간 매몰차게 자신의 발길을 끌어냈다. 그러나 권성칠 씨는 그 수렁 속에 깊이 빠져 들어가 힌두교도가 되고 무더위 속에서 성지 순례여행을 한다. 권성칠 씨는 인도인 아내가 사망하자 가게 경영을 정리해버리고 성지순례를 계속하며 현실 생활을 포기했다. 여기에서 자신에게 주어진 환경 속에서 균형 잡기 문제가 보인다. 주어진 환경 속에서의 균형 잡기란 실은 주어진 사회에서 자신의 위치를 인식하고 그에 합당한 처신을 하는 것에 다름 아니다. 한장석 씨는 자신의 사회적 위치를 인식했고 권성칠 씨는 실패했다.

3년 전 인도 여행길에서 소설가 박은 자서전을 써주는 대가로 인도에서 6개월 체류와 여행의 기회를 제공해주겠다는 반공포로 출신의 인사를 만나기까지, 신중한 자세를 보인다. 그는 분단국가의 작가임을 인식하고 있던 것이다. 그렇기에 인도 주재 한국 상사원의 제안을 듣고 먼저 한국 대사관에 전화를 걸어 자신이 만나려는 사람의 신분을 확인한다. 이 작품이 발표된 것이 1985년경임을 환기한다면, 당시 해외에서 적성국가 소속 사람을 만나는 것은 대단히 조심스러운 일이었을 것이다.

당시 국가에서는 제도적으로 적성국가 사람들과의 만남에 제재를 가하고 있었다. 이 작품에 당시 군사정부 시절, 한국 사회의 경직된 모습이 소설가 박의 모습을 통해서 보인다. 그런가 하면 한장석 씨의 경우 인도 국적을 갖고 있고 성공한 무역인이기에 북한 측에서의 적극적인 포섭 시도가 있었지만 그는 남북 관계자 사이에서 균형을 지킨다. 그는 인도 사회에 적응해 살아가기 위해서 인도에서 대학 교육을 받았고 성공한 무역인이 될 수 있었다. 소설가 박은 '인도'와 '제3세계 선택 포로'라는 좋은 소설의 재료감이 있었지만, 여러 문제들을 생각해서 3년이란 숙고의 시간을 가지다. 여기서 말하는 여러 문제들이란 소설가 박이, 자신이 분단 국가의 국민이고 작가임을 통감하는 것, 제3국을 택한 포로를 작품의 소재로 다룬다는 것은(작품 속에서는 한장석 씨의 자서전 대필) 한국과 한국인이 겪어야 했던 특정한 시대의 경험을 기록, 증언해야 하는 것이고 이는 바로 작가에게 주어진 사회적 역사적 소임임을 인정하는 것이다.

이와 같은 이 두 사람의 사회·역사에 대한 인식과 균형 잡힌 생활 태도는 작품의 말미에서 갠지스 강을 통해 갠지스 강이 가진 신화에 침몰되지 않고 고국을, 고향의 강을 떠올려 정화된 영혼을 갖게 된다. 그들은 실향민의 아픔, 그 아픔에 침몰하지 않고, 가슴속에 '고향의 강'을 하나씩 갖게 된다. 그리고 그 '고향의 강'을 통해 영혼을 정화시키며 동시에 '고향의 강'을 성스러운 강으로 승화시키게 된다.

5. 나가는 글

인도에서 혜초스님은 계림(신라)이 그리워 오언시를 지었다. 그리고 1,300년이 지난 뒤, 포로 출신으로 인도를 선택한 두 사내는, 인도에 정착하면서 버리고 온 고국과 고향을 잊지 못해 향수병에 걸리고, 그 과정을 한 권의 책으로 엮기 위해 한국인 소설가를 초청한다.

한국의 포로문학 가운데 제3국 선택 포로들의 삶을 다룬 소설작품으로는 「광장」「성하」「D·M·Z」가 있다. 그 가운데 인도에서 포로 출신들의 삶을 정면으로 다룬 것은 유재용의 「성하」였다. 황해도 서흥 출신으로 포로수용소에서 어쩔 수 없이 반공 포로들을 살해한, 형제 살해의 죄를 저지른 한장석과 권영칠은 고향이 아닌 제3국, 인도를 선택했다. 인도에서 그들은 고향의 냄새를, 어머니의 자궁에서 맡았던 양수의 냄새에 매달렸다. 그중 한 사람은 인도에서 맡았던 고향의 냄새, 어머니의 냄새가 수렁임을 알고 매몰차게 발을 뺐고, 또 다른 사람은 고향의 냄새에서 벗어나기 위해 수렁 속에 더 깊이 몸을 담가 힌두교도가 되었다. 한장석은 자신이 겪었던 삶을 책으로 엮기 위해 한국에서 소설가 박을 초청했다. 소설가 박도 강원도 회양 출신의 실향민이었다.

세 사람의 실향민이 등장하는 「성하」는 바라나시의 갠지스 강 목욕장 계단을 주 공간으로, 하루의 늦은 오후에서 어둔 밤 달이 떠오르기까지, 현실의 시간에서 무수한 과거 시간을 떠올려 이야기를 엮는다. 영혼을 정화하고 신의 나라로 그 영혼을 데려가는 갠지스 강에 대해서 한장석 씨와 소설가 박의 시선이 긍정적인 그것으로 변화하기까지에는 몇 단계, 생각의 시간이 배치된다.

갠지스 강 위로 어둠이 내리고 달이 떠오르자 고국과 민족에 대한 혐오감에서 자유롭지 못하던 한장석은 한국의 강, 고향의 강, 서홍강을 떠올려 그들이 바로 성하(聖河)임을 선포한다. 소설가 박은 그의 고향의 강 회양강의 모습을 그려보려는데, 권성칠의 입에서 마지막 말 '서홍강'이란 강 이름이 발화된다. 30년을 두고 인도인이, 힌두교도가 되려고 했었던 권성칠 씨가 부른 '서홍강'이야말로 영혼을 정화시키고, 그 영혼을 영원으로 인도해가는 '고향의 강'이었던 것이다.

「성하」, 인도에서 부르는 망향가는 애증과 원망의 세월을 넘어 가슴속 '고향의 강'을 떠올리고 그 '고향의 강'에서 영혼을 정화하는 실향민의 통과제의 과정을 그린 작품이다.

참고문헌

기본자료

박상연, 「D · M · Z」, 『세계의 문학』 82(겨울호), 1996.
유재용, 『성하』, 삼중당, 1986.
최인훈, 『광장』, 문학과지성사, 1986(32쇄).

논문 및 단행본

권영민, 『한국현대문학사』, 민음사, 1993.
김윤식 · 정호웅, 『한국소설사』, 예하, 1993.
김종회, 「유재용 소설의 종교적 성향과 그 의미 고찰」, 『조영식 박사 희수기념 논
      문집』, 1997.
신승희, 「주제(主題)의 반복성, 제재(題材)의 교체성에 대한 고찰」, 『새국어교육』
      Vol.82, 2009.
유재용, 「제4회 이상문학상 수상연설」, 『문학사상』, 문학사상사, 1980. 12.
이경재, 「유재용 초기 소설에 나타난 모방 메커니즘 연구」, 『우리文學研究』 Vol.
      28, 2009.
이규호, 「욕망의 주체와 실천의 주체, 그 이중적 관계─유재용의 70년대 소설을
      중심으로」, 『韓國文學論叢』 Vol.49, 2008.
이육사, 『이육사 · 윤동주, 한국현대시문학대계』 8, 지식산업사, 1984.
이재선, 『현대한국소설사』, 민음사, 1991.
임영천, 「한국 기독교 믿음의 세 유형과 행태」, 『한국문예비평연구』 Vol.14, 2004.
정수일, 『왕오천축국전』 1, 학고재, 2008.

기타

광주 MBC, http://blog.kjmbc.co.kr/220348711691(2015. 12. 7).

연합뉴스, http://www.yonhapnews.co.kr/bulletin/2015/05/30/0200000000A
        KR20150530051900009.HTML?input=1179m(2015. 12. 8).

『한겨레신문』, http://www.hani.co.kr/arti/society/society_general/703942.html
        (2015. 12. 7).

『한국일보』, http://www.hankookilbo.com/v/dcaa2feb5d6149a5ae165603c071ed49
        (2015. 12. 7).

탈북자 소설에 나타난 분단 현실의 재현과 갈등 양상의 모색

김인경

1. 들어가며

6·25전쟁은 기존 전통 사회의 구조와 체제를 약화시켰으나 현대문학에서는 전후문학을 형성하였다. 이 시기는 전쟁에 대한 형상화를 가장 잘 드러낸 시기로 많은 작가들의 주목을 받았다. 북한 사회의 비인간적인 실상에 대한 관심, 정권 유지에 대한 비판, 권력의 욕망과 실상 등에 대한 접근이 다양하게 시도된 것이다. 그래서 소설의 경향은 개개인의 시각이나 중점을 두는 주제에 따라 분류되었다.[1] 이후 발표된 소설도 대체로 이 범주에 속하며 전쟁의 흔적은 여전히 소설에서 새로운 방식으로 형상화

---

1   이러한 분류는 전쟁 체험과 상처를 그린 소설, 이데올로기를 다룬 소설, 어린 시절 전쟁의 흔적을 어른이 되어 그린 소설, 현재를 배경으로 전쟁과 분단의 문제를 다룬 소설, 외국을 배경으로 이산가족의 주제를 다룬 소설 등으로 나눌 수 있다. 특히 한국문학에서는 60년대 중반까지도 전쟁의 참혹성과 그 비극의 직접성에서 벗어날 수 없는 시대적 한계를 안고 있었다. 그래서 문학의 내용도 극우 반공 이데올로기의 노골적 표현이나 전쟁 체험을 보편화시키는 전후문학으로의 귀결이 주류를 형성했다(이정숙, 「6·25 전쟁 60년과 소설적 수용의 다변화, 그 심화와 확대」, 『한국 현대소설, 이주와 상처의 미학』, 푸른사상, 2012, 참조).

되고 있다. 그만큼 분단 현실은 억압과 복원이라는 관점에서 현대사회의 문제를 짚어볼 수 있는 중요한 의미를 갖는다.

이러한 분단의 현실에 대한 문학적 탐구는 80년대까지 한국문학에 주요하게 등장했으나, 90년대에는 그다지 주목을 받지 못했다. 90년대에는 사회. 역사적 문제보다는 다원적이고 개연성을 내세우는 개별화된 담론이 만연했기 때문이다.[2] 그러나 분단 현실은 한국문학에서 창조적 변화를 수용해나감으로써 다시 형상화되기 시작했다. 90년대 이후에는 분단의 역사가 갖는 이질성을 극복하고 민족적 화해와 동질성의 회복을 추구하고자 한 것이다. 그중에서 '탈북자'[3] 문제는 한반도의 분단 체제 극복과 이를 통한 동일 시대의 문제점을 살펴볼 수 있는 중요한 소재로 등장했다. 이것은 탈북자들의 일상적 삶의 문제를 통해 분단을 극복하고 이질화된 삶을 어떻게 바라볼 것인가에 대한 여러 논의를 하게 한다.

90년대 대표적인 탈북자 소재 소설로는 최윤의 「아버지 감시」, 김지

---

2   김승환 · 신범순 편, 『분단문학의 비평』, 청하, 1987, 참조.

3   북한을 이탈한 주민들을 일반적으로 '탈북자', '탈북 난민', '탈북 주민', '북한 이탈 주민' 등으로 다양하게 부르고 있으며, 통일부에서는 '북한이탈민'에서 2005년부터 '새터민'이라는 순화된 용어를 제시하기도 했다. 그러나 아직까지도 '탈북자(the defector from the North)'라는 용어가 가장 많이 쓰이고 있다. 탈북자는 수는 정확히 파악되지 않고 있으나, 한국에는 1만 명 정도로 집계되고 있다. 그 외에 중국 등 다른 나라에 있는 탈북자들까지 포함하면 약 10만 명 정도로 추산할 수 있다. 이와 같이 매년 증가하는 '탈북자'에 대한 관심은 향후 남북 분단 극복의 중요한 척도이다. 또한 한국문학 안에 분단문학의 자리매김을 새롭게 할 수 있는 중요한 자료이기도 하다 따라서 본고에서는 가치중립적인 용어이고 문학적 함의가 있다고 판단되는 '탈북자'라는 용어를 사용하고자 한다(조용관 · 김병로, 『북한 한 걸음 더 다가서기』, 예술전도단, 2002 ; 강권찬, 「기획망명 후의 탈북자 문제 해결방안」, 『민족연구』 10집, 한국민족연구원, 2003 ; 이성희, 「탈북자 소설에 드러나 한국 자본주의의 문제점 연구」, 『한국문학논총』, 한국문학회, 2009 참조).

수4)의 「무거운 생」, 박덕규5)의 「노루사냥」 「함께 있어도 외로움에 떠는 당신들」 「동화 읽는 여자」 「세 사람」 등이 있다. 이 작품들은 이념적인 가치 지향과 생활 정서에 중심을 두고 남한 사회의 자본주의에 적응하지 못하는 탈북자들의 비극적인 삶의 과정을 다루고 있다. 이 중에서 최윤의 「아버지 감시」는 분단문학을 통일 지향의 통합 문학으로 볼 수 있게 하는 계기가 되었다. 이 소설은 분단 시대를 대표적으로 보여주는 말인 "이데올로기는 피보다 진하다"는 냉전시대의 우상을 "피는 이데올로기보다 진하다."6)로 바꿔주었다.

이후 2000년대 탈북자 소재 소설에서는 주 인물들의 월경의 과정과 제3국에서 생활하면서 겪는 어려움 등이 중심을 이룬다. 여기에서 물리적 생존의 문제는 정신적 삶의 지향성과 가치를 상실할 정도로 크게 작용한다. 이것은 6·25전쟁기에 많은 사람들이 겪은 생존의 문제와 유사하다. 특히 2000년 중반에 발표된 황석영의 『바리데기』, 강영숙의 『리나』, 이응준의 『국가의 사생활』 등에서는 탈북자들의 문제를 소설 기법의 다양성을 바탕으로 전 지구적인 문제로 확대시켜나갔다. 이 소설들은 "분단문학의 경계를 세계문학으로 확장시키는 탈북 디아스포라 문학의 새로운 양상

---

4   김지수는 「무거운 생」에서 '탈북자'의 문제를 '여성' 문제와 연결시켜 두 주체를 사회적 약자로 환기하는 데 성공한다. 또한 '탈북자'를 특별한 사람이 아니라 보편적 인간으로 이해해야 한다는 주제의식을 강조한다. 작품 속 두 사람은 우리 사회의 소외된 약자를 대변하며, 그들의 동질감과 연대 의식은 분단문학이 통일문학으로 갈 수 있는 계기를 주는 의미를 갖는다.

5   90년대부터 지속적으로 작품을 발표한 박덕규는 탈북자를 주인공으로 하는 여러 소설들을 2000년대에 와서 『고양이 살리기』 『함께 있어도 외로움에 떠는 사람들』 등의 작품집으로 묶기도 했다. 이 소설들에서는 탈북자들이 남한의 자본주의에 적응하지 못하는 것을 통해 인간의 존재 방식에 대한 질문을 던지고 있다.

6   임헌영, 「남북한 만남의 문학 변천사」, 『불확실한 시대의 문학』, 한길사, 2012, 287쪽.

에 주목"[7]했다. 또한 자본주의의 팽배와 권력 속에서 소외될 수밖에 없는 소수자들의 생활을 잘 보여주고 있다. 탈북자들의 삶을 본격적으로 다룬 장편소설로는 정도상의『찔레꽃』, 이대환의『큰돈과 콘돔』등이 있다.『찔레꽃』[8]은 탈북 과정에,『큰돈과 콘돔』은 남한에서 정착한 이후의 삶을 집중적으로 보여준다. 이 작품들은 객관적인 거리를 두고 남북한 체제에 대한 비판을 하고 있으며, 북한-중국(제3국)-남한 여정으로 분단 체제에 대해 더 깊은 고민으로 통일 시대에 대한 가능성을 더욱 열어놓았다.

이 외에도 2000년대에는 다양한 탈북자 소재 소설들이 등장하고 있는 추세이다.[9] 이러한 탈북자의 문제는 인권과 민족 문제, 분단 모순과 국제법 등이 복잡하게 얽혀 있어 어느 하나의 시각으로만 접근할 수 없는 것이 본질이다. 특히 탈북자의 인권 문제는 소수자 문제가 지닌 보편성과 특수성이 변증법적으로 결합된 한국 사회의 특수한 문제이기도 하다. 따라서 탈북자의 문제를 다양한 시선으로 바라본 것은 우리 사회에 있는 타자 또는 소수자들을 어떻게 포용해나가야 하는지 고민하게 한다. 이것은 우리 문학사에서 의미가 있게 다루어봐야 할 주제이며 이에 대한 논의[10]

---

7 고인환, 「코리아 디아스포라 문학의 한 양상」,『비평문학』, 한국비평문학회, 2010, 56쪽.

8 정도상의「찔레꽃」은 기존의 탈북자들이 굶주림이나 강압적 상황으로 탈북을 한 것과 달리 인신매매범의 사기로 어쩔 수 없이 탈북을 하게 된 여성 탈북자를 중심으로 하고 있다. 정도상은 여느 소설처럼 탈북자들에 대해 연민과 동정의 시선으로만 묘사하지 않는다. 일례로 주인공 '충심'은 탈북 과정에서 뚜렷한 소신과 자존심을 지켜나가는 모습을 종종 보이기도 한다. 이것은 탈북자, 특히 탈북 여성의 면모를 폭넓게 볼 수 있는 계기를 준다고 하겠다.

9 정을병「남과 북」, 김정현『길 없는 사람들』(전 3권), 전성태「강을 건너는 사람들」, 문순태「울타리」, 정철훈『인간의 악보』, 권리『왼손잡이 미스터리』, 리지명『삶은 어디에』, 강희진『유령』 등이 2000년대에 주목되는 탈북자 소재 소설들이다.

10 한원균, 「탈북자 문제의 소설사회학」,『비판적 성찰의 글쓰기』, 청동거울, 2005

는 앞으로도 지속적으로 이루어져야 할 필요가 있다.

이에 이 글에서는 분단 현실이 2000년대 소설에서는 어떻게 재현되며 그 가운데 갈등 양상을 어떻게 모색해나가는지 권리의 『왼손잡이 미스터 리』와 강희진의 『유령』을 중심으로 살펴보고자 한다. 두 작가의 소설을 중심으로 하는 이유는, 먼저 권리의 『왼손잡이 미스터 리』는 탈북자를 소재로 남한 사회의 이분법적이고 정치 편향적인 현실을 극명하게 나타내며, 강희진의 『유령』은 탈북자들의 삶과 현재를 살아가는 사람들의 억압된 삶의 모습이 밀접하게 나타나기 때문이다. 특히 두 작가의 작품은 탈북자들이 겪는 남한 사회의 여러 문제적 상황을 통해 자본주의 근대의 모순을 확인할 수 있게 한다. 또한 그들의 모습을 통해 남한 사회의 소수자 인권과 그들에 대한 근본적인 문제 해결책에 대한 고민을 하게 한다. 따라서 본고의 논의는 분단이라는 특수한 역사적 상황을 우리 모두가 공유하고, 새로운 연대의 가능성의 모색하는 계기를 마련할 것이라 본다.

; 이성희, 앞의 글 ; 고인환, 「탈북자 문제 형상화의 새로운 양상 연구」, 『한국문학논총』 제5집, 한국문학회, 2009 ; 홍용희, 「통일시대를 향한 탈북자 문제의 소설적 인식 연구」, 『한국언어문화』 제40집, 한국언어문화학회, 2009 ; 이경재, 「네이션과 2000년대 한국소설」, 『문학수첩』 제7권 제4호, 문학수첩사, 2009 ; 백지현, 「타자의 인식과 공공성의 성찰」, 『창작과 비평』 2009년 겨울호, 창작과비평사, 2009 ; 오윤호, 「탈북 디아스포라의 타자정체성과 자본주의 생태의 비극성」, 『문학과 환경』 제10권 1호, 문학과환경학회, 2009 ; 김효석, 「'거울'의 서사와 '탈북'을 둘러싼 다양한 시선들」, 『문예운동』 2010년 봄호, 문예운동사, 2010 ; 이성희, 「탈북자 문제로 본 분단의식의 대비적 고찰」, 『한국문학논총』 제56집, 한국문학회, 2010 ; 고명철, 「분단체제에 대한 2000년대 한국소설의 서사적 응전」, 『한국문학논총』 제58집, 한국문학회, 2011 ; 김세령, 「탈북자 소재 한국 소설 연구」, 『현대소설연구』 제53호, 한국현대소설학회, 2013.

2. 자본주의의 모순과 타자적 인식의 변화

남한 사회는 2005년 1월 탈북자를 '새터민'으로 개칭했다. '새터민'은 새로운 터전에서 삶의 희망을 갖는 사람들을 가리킨다. 탈북자에 대한 우리 사회의 지원은 '하나원'부터 시작된다. 그들은 하나원에 입소하여 1년 정도의 시간 동안 탈북 과정에서 오는 피로감과 정신적, 육체적 상처를 치유하고 기존의 탈북자들과의 유대를 통해 다양한 적응 교육을 받는다.[11]

그러나 아직도 이들은 우리 사회에서 소수의 '타자'로 인식되고 있다. 그들에 대한 우리 사회의 편견은 여전히 줄어들지 않고 있기 때문이다. 그들이 주류 사회의 '타자'가 되어 고통과 차별에 시달린다는 것은 우리 사회가 소수자들의 권익과 인격이 존중되는 다문화 공동체에 대한 준비가 미비하기 때문이다. 남한 사회에 팽배해져가는 무한 경쟁과 그에 따른 급격한 경제 속도는 그들을 '합의를 통한 배제, 합의로부터의 배제의 대상'[12]을 만들었다. 이것은 자본주의가 초래한 인간의 공동체적인 유대감의 파괴와 그에 따른 인간관계의 왜곡을 수반하고 있다. 그렇기 때문에 탈북자들은 스스로 자신의 정체성을 부정하고 속이면서 다수자의 체제에 따라야 한다는 이중적 현실을 감당해내야 한다. 특히 탈북자라는 특수한 신분이나 한국 자본주의의에 적응하지 못한 것을 이용하는 남한인의 모

---

11 이 교육에서는 법률적인 신분 확립, 초기 거주지의 알선, 정착금의 지급, 취학과 취업을 위한 안내와 준비, 자유 민주주의 사회와 자본주의 체제에 대한 오리엔테이션, 등 다양한 교육과 사업이 포함되어 있다(고경빈, 「북한이탈주민정착지원사무소(하나원) 업무현황과 과제」, 『북한이탈주민리포트—먼저 온 미래』, 늘봄플러스, 2009, 125~126쪽).

12 홍용희, 앞의 글, 390쪽.

습은 개인의 이익을 위해서는 어떠한 민족적 당위성과 동포애적 명분도 쉽게 저버리는 남한 사회의 자본주의의 문제점을 재확인하게 한다.

이를 권리의『왼손잡이 미스터 리』와 강희진의『유령』에서는 분단의 문제를 한반도의 남과 북의 이념적 대립과 갈등의 차원에서 좀 더 확장해서 보고 있다. 즉 탈북자가 국민국가의 상상력에 갇혀 있는 소수자의 문제가 아니라 자본주의 사회의 문제점으로 논의될 수 있는 중요한 소재임을 잘 보여주고 있다.[13] 또한 종교를 가장한 탈북 브로커들의 반인권적 형태를 적나라하게 드러낸다. 탈북 브로커들은 '돈'을 목적으로 탈북자들에게 접근한다. 북한의 인권을 보호한다는 미명 아래 탈북을 기획하고 상업화하는 반인권적 행위를 하는 것이다. 그들은 처음부터 인권 문제는 관심이 없는 물신주의적인 속성을 갖고 있다.

먼저 권리의『왼손잡이 미스터 리』를 보면, 탈북자 '리지혁'은 본명이 있어도 밝히지 않고 자신을 '리우리'[14]라고 소개하며 남한 사회에 스스로를 편입시키고자 한다. 본명 '리지혁'에서부터 탈북자라는 신분이 노출되기 때문이다. 그래서 주변 남한 사람들이 생각하고 있는 '미스터 리의 이력서' 양식에 최대한 맞추어 대답하고 행동한다. 탈북자 리우리는 그것이

---

13 탈북자, 외국인 이주 노동자, 장애인, 비정규 노동자, 장애인, 성적 소수자 등을 소수자(minority)라고 지칭한다. 여기에서 소수자는 수적 소수자만을 의미하지 않으며 강자와 주류 기득권 세력에 의해서 차별받는 사회적 약자가 필요 조건을 갖추어야 함을 의미한다. 따라서 '탈북자'는 우리 시대에 관심을 가져야 하는 소수자이다. 그 과정에서 윤리적 반성과 주체성을 획득하며 그 윤리성과 주체성에 입각해 새로운 연대의 틀을 구성해갈 수 있다(오창은,「지구적 자본주의와 약소자들」,『실천문학』제83호, 실천문학사, 2006, 참조).

14 이 소설에서 '리지혁'의 예명인 '리우리'란 유랑을 상징하는 'liu li(流)'로 뿌리 뽑힌 인물을 상징한다. '리지혁'은 탈북해 정착한 남한에서도 자신의 자리를 찾지 못하고 여전히 방황하고 있음을 상징하는 것이다.

자신을 보호하면서 남한 사람처럼 살아갈 수 있는 방법이며 "두꺼운 세계"에 대응하는 것이라 여기고 있다. 여기에서 이름을 부르는 행위는 사회적 질서 이데올로기에 의한 주체의 구성에 관여를 한다. 주체에 의한 호명은 내가 택하는 것이 아니라 타자가 나를 바라보는 관점에서 그 자리를 떠맡는 것이다.[15] 즉, 우리 사회가 이분법적으로 탈북자들을 타자화하고 있으며, 자기 질서에 편입되기를 상대에게 강요하고 있다는 것을 환기시켜준다. 이것은 탈북자를 바라보는 남한 사람들의 시선을 통해 그들의 문제가 곧 지금을 살아가는 사람들이 겪는 정체성의 고민과 소외감 등으로 연결될 수 있음을 알 수 있게 한다.

'리지혁' 일행은 탈북 과정에서 방콕에서 전도사를 만난다. 전도사는 리지혁 일행의 숙식을 해결해주고 100달러도 흔쾌히 꺼내주는 호의를 베풀며 UN에 난민 허가 신청을 해주겠다고 한다.

① "정치범 수용소에서 고문당했다가 잘린 것처럼 해요. 이렇게 홍보가 되어야지 빨리 한국에 갈 수가 있어요."[16]

② "나는 북조선 인민으로 태어나, 남조선 국민으로 살다가, 세계시민으로 죽을 것이다."[17]

③ …… 철이가 왜 죽었게요? 저번에 라오스에서도 단체로 걸린 거 보셨죠? 그때 그게 알려진 게 언론에서 먼저 나서서 그래요. 방송 탔

---

15 호명은 상징적 질서 내에서 나에게 주어진 자리 혹은 장소에 대한 동일화와 같기 때문이다. 상징적 동일화를 통해 주체는 사회적으로 부여된 상징적 위임을 떠맡게 되고 그것을 통해 자아실현을 이루고 싶어 한다. 여기에는 그 사회적 질서가 개인을 주체로 강제해내는 의미가 강하기 때문에 지배적 질서의 메커니즘(mentalism)이 나타난다(김정숙, 『한국현대소설과 주체의 호명』, 도서출판 역락, 2006, 참조).

16 권리, 『왼손잡이 미스터 리』, 문학수첩, 2007, 151쪽.

17 위의 책, 152쪽.

잖아요. 방송국에서 카메라 들고 마구 찍었잖아요. 어떻게 보면 탈북자들에게는 핏줄 같은 루트를 카메라는 멍청한 눈으로 인정사정없이 찍더군요.[18]

위의 인용문을 보는 것처럼 전도사는 호의를 베푼 후 ①과 같이 얘기하라고 한다. 이에 리지혁 일행은 ②와 같이 언론에 공개적으로 얘기를 하며 한국에 갈 희망을 갖게 된다. 그의 말은 각종 신문의 헤드라인이 되고 모 연예 잡지 낱말 퀴즈로 출제되는 등 유명세를 탄다. 그러나 두 달이 지나도록 UN에서는 어떤 소식도 없고 그 전도사와 식사를 하는 도중 비싼 생수를 먹었다는 이유로 고함을 듣기도 한다. 전도사는 그들을 상업적으로 이용하여 미국 성부의 지원을 받은 사이비 전도업자였다. 이들은 탈북자들을 자본주의 생산을 위한 '잉여가치'[19]로 보고 "한 사람의 탈북자 생명을 밥줄 그 이상도 그 이하도 아닌 것"[20]으로 여기고 있다.

또한 위의 인용문 ③과 같이 언론을 통해 그들의 절실한 탈북 과정을 이용하여 금전적 후원을 받아내는 등 자본주의의 만행을 거침없이 하고 있다. 이후로 리지혁 일행은 "우리는 세상에서 두 가지만큼은 절대 믿지 않으리라 마음먹었다. 하나는 이념이었고, 다른 하나는 종교였다."[21]라고

---

18 위의 책, 309쪽.

19 잉여가치란 마르크스의 용어이며, 생산 과정에서 투입된 자본보다 더 이윤을 얻은 것을 의미한다. 이것은 자본가들이 가치를 지닌 상품의 생산과 함께 잉여가치도 생산하려는 자본주의적 노동 방식으로 자본에 의한 노동력의 착취이며 현대사회 사람들이 갖고 있는 배금주의를 보여주는 것이기도 하다(칼 마르크스, 『자본론 1 : 정치경제학』, 김수행 편, 비봉출판사, 2005 ; 칼 마르크스, 『자본론 : 자본의 감추어진 진실 혹은 거짓』, 풀빛, 2005, 참조).

20 권리, 앞의 책, 101쪽.

21 위의 책, 153쪽.

한다. 그들에게 이념이란 무교도들이 춤출 무대를 마련해준 신흥 종교였고, 종교란 자본주의의 병적인 불평등을 가려주는 신흥 이념으로 사람들을 현혹시킨다.[22] 이러한 사이비 전도업자들로 인해 리지혁 일행은 신에게 등을 돌리면서 탈북 이후의 삶에 대한 희망이나 구원에 대한 믿음도 버리게 되는 마음의 상처를 받는다.

또한 한미선교사클럽 탈북자돕기센터의 '신구한' 목사는 탈북자 구제운동의 대표적인 인물이다. 그는 한미선교사클럽이 기획한 대규모 탈북사업에 적극적으로 활동했다. 그 사업은 100여 명의 사람들이 중국과 몽골을 거쳐 한국으로 돌아오는 대사업이었다. 그러나 한미선교사클럽은 돈에 의해 돌아가는 비즈니스 조직이다. 이것은 김철의 죽음을 추적해나가던 섹시일보 기자인 이준에 의해 밝혀진다. 이준은 신구한 목사를 유력한 용의자로 보고 그의 뒷조사를 하면서 한미선교사클럽의 부정적인 행위까지도 밝혀낸다. 신구한 목사는 종교인이라는 가면을 쓴 채 탈북 브로커 사업을 하고 있었다.

이처럼 권리는 이 소설에서 탈북자들에게 남한 사회가 혼돈을 가장한 질서가 관통하고 있다고 한다. 그 질서란 자본주의의 질서로서 그로 인

---

22 그동안 종교, 즉 기독교 세계관에 따른 역사 인식은 식민지 시대의 문학, 전후 문학, 산업화 시대의 문학 등으로 형상화되면서 주인공들이 인간적 고통을 기독교 신앙으로 극복해가는 모습을 보여주었다. 일상의 영역에서도 기독교 세계관을 투사시킴으로써 기독교로 인한 일상 공간의 변화 과정을 보여준 것이다. 일상 속의 그리스도인, 일상과 믿음 사이의 간격, 일상의 여러 모습을 통한 작품 형상화는 문학의 형식과 내용에 변화를 가져왔다. 종교에 대한 세밀한 관찰과 천착으로써 한국 현대소설의 기법과 정신을 확대 심화시켜나간 것이다. 2000년대에는 자신들의 사리사욕을 채우기 위해 '종교'를 이용하는 개인이나 집단의 사회적 문제가 문학에서도 반영되면서 탈북자들이 가장 먼저 접하는 종교단체가 갖는 의미의 변질을 극명하게 보여주는 소설들이 많이 등장하고 있다.

해 세계는 이미 구조화되어 있다는 것을 강조한다. 구조화된 세상에서 이 방인이 편입될 곳은 없다. "오른손잡이들이 가꿔 놓은 정원에서 왼손만을 쓰는 정원사는 쿠데타를 꿈꾸는 테러리스트나 다름 없는 것"[23]이다. 그렇기 때문에 탈북자들은 행복의 땅인 줄 알고 찾아온 시나이 반도가 실은 그토록 가고 싶었던 "기회와 행복의 땅 가나안으로 가는 길을 막는 곳일 수 있다는 것"[24]을 남한 사회에서 더욱 느끼게 된다.

다음으로 강희진의 『유령』은 엽기적 살인과 그 과정을 추적하는 서사 구조를 갖고 있다. 주인공은 '주철'이라는 본명을 버리고 중국에서 아사한 친구 '하림'의 이름으로 살아간다. 또한 두 이름 사이에서 혼란을 느끼는 이중적 자아는 한국에서 적응하지 못하는 탈북자의 모습으로 그려진다. 그는 대학에서 연극을 배웠으나 북쪽에 있는 가족들에게 피해가 갈 것 같아 배역을 맡는 것도 쉽지 않다. 그의 주변에는 그와 유사한 사람들이 많이 있다. 같은 세대인 인희, 엄지가 있고, 그들의 부모 세대인 정주 아줌마, 주인 여자, 무산 아저씨, 회령 아저씨 등 저마다 북한의 억압적 체제로 인한 극단적인 선택, 가족과의 헤어짐 등 다양한 탈북 이력을 갖고 있는 사람들이다.[25]

그들은 모두 북조선 인민을 기아와 굶주림에 빠뜨린 북한 체제(조선노동당)에 대한 원한과 복수심을 갖고 있으며 그 대상은 '회령 아저씨'에게

---

23 권리, 앞의 책, 106쪽.
24 위의 책, 116~117쪽.
25 이들 대부분은 탈북을 한 후 남한 사회에 적응하지 못한다. 어린 나이에 대달 방 에이스가 된 '엄지', 유명 배우가 되고 싶었지만 포르노 배우가 되고 만 '인희', 남한에 있으면서도 끊임없이 남한으로 가자는 정신미숙아 '무진'과 무진의 아버지, 그리고 도망자, 노숙자 등 사회계층에서 밀려난 아웃사이더적인 인물들이 이 소설에서는 지배적이다.

로 모아진다. 회령 아저씨는 자신을 조선노동당 당원 출신이라고 말하고 다니며 탈북자들의 뒷조사를 해주고 그것을 다른 사람에게 팔아넘기는 수법으로 돈을 챙겨왔다. 탈북자들을 속여 잇속을 챙기는 몰염치한 인물이지만 결국에는 비참한 죽음을 맞는다. 그 역시도 남한 생활에 적응하지 못해 결국에는 신용불량자로 전락해서 노숙자 생활을 한 피해자였다. 즉, 가해자이자 피해자인 셈이다. 그가 그런 사람으로 전락할 수밖에 없는 이유는 남한의 자본주의적 폐해가 만연한 현실에 적응하지 못했기 때문이다. 경제 성장의 열기나 고도 성장의 과정에서 인간적 삶의 훼손이나 비인간화, 소외의 현상은 개발이라는 이름 아래 동일성의 횡포를 실행하고 타자를 더욱 소외시켰다.

다음의 글은 탈북자들의 대화이다. ①은 북한 체제에 우호적인 '회령 아저씨'에게 엄지가 그 이유를 묻는 것에 대한 답변 내용이다. ②와 ③은 남한 사회에 환멸을 느낀 '인희'가 '리지혁'에게 답답한 자신의 마음을 거침없이 얘기하는 내용이다.

① "그쪽이 좋은 측면도 있지. 남조선처럼 삭막하지 않고 서로한테 관심을 가져주고, 잘못되지 않도록 붙잡아 주고……. 여기야 그런가? 남이야 죽든 말든, 니 인생 니 알아 살라는 식으로 그냥 내버려두잖아. 다른 사람한테 아무 관심도 없고……."[26]
② "그래. 넌 남조선 애들한테 더 배워야 돼! 여기 사람들은 남의 일에 상관하지 않잖아. 생활총화가 없으니 간섭도 없잖아. 자유가 뭔지 알아? 남의 일에 감 놔라, 대추 놔라 잔소리 안 하는 거야. 넌, 대한민국 국민이 되려면 아직 멀었어!"[27]

---

26 강희진, 『유령』, 은행나무, 2011, 198쪽.
27 위의 책, 247쪽.

③ "남조선은 정말 웃겨! 알 수 없는 인간들뿐이야! 뭐든지 감쪽같이 가짜를 만들잖아! 아주 선수들이지! 외국에서 명품이 나오면 바로 짝퉁을 들고 다니고……. 성형외과에 가면 코는 탤런트 누구처럼 눈은 누구처럼……. 서로 못 닮아서 안달이잖아!(28)

위의 인용문 ①, ②, ③에 나타난 것과 같이 탈북자들에게 비친 남한은 무한한 자유가 있고, 무엇이든 돈으로 대신하는 물신주의가 사회 전체를 지배하고 있다. 탈북자들은 지금까지의 생활에서 제일 적응하기 힘든 것이 남한 사람들과의 마음의 벽을 허무는 것이라고 한다. 또한 경제적 우위를 심리적 우위로 착각하는 남한민의 고압적인 자세와 자본주의에 노출되어 겪게 되는 이질감은 탈북자들에게 중간자라는 이중의 정체성을 겪게 한다. 이러한 사회 속에서 탈북자들은 더욱 소외감을 느끼며 현실에 대한 적응을 하지 못할 수밖에 없다. 이와 같은 탈북자의 비판적 시각은 물질의 노예가 되어 사는 오늘날 우리의 모습을 반성해볼 수 있게 한다.

이처럼 권리와 강희진의 소설에서는 남한 사회의 급진적인 자본주의의 모순을 통해 남한 사회의 모순된 구조를 잘 보여주고 있다. 또한 '탈북자'를 통해 '나'와 '대한민국'과 '자본주의의 질서'를 성찰하게 한다. 이를 통해 남한 사회의 일반적인 타자의 모습을 고찰할 수 있게 한다. 타자들은 우리가 속한 질서를 반성하도록 만드는 외부적 요인으로 작용하지만, 결국 우리의 모습인 것이다. 따라서 그들은 '타자'나 '주변인'이 아니라 '우리'라는 의미망 속에서 함께해야 한다. 이것은 탈북자의 삶을 더욱 이해할 수 있는 가능성의 제시로서 우리 사회가 갖고 있는 타자에 대한 인식의 변화가 필요하다는 것을 의미한다.

---

28 위의 책, 302쪽.

3. 현실 적응의 경계와 가상 세계의 탐색

고향에 대한 향수, 고향 상실, 목숨을 건 고향 찾기 실패의 비극은 세계 여러 나라의 난민들, 더 나아가 인류의 공통된 운명이다. 그들은 어쩔 수 없이 국민국가라는 틀에서 쫓겨난 존재로서 경계적인 삶을 살아가는 인간 또는 민족 공동체이다.[29] 탈북자 역시도 제3국에서, 남한 정착과정 혹은 정착 이후에 국가를 떠날 수밖에 없어 떠도는 유목민이다. 그렇기 때문에 탈북자의 문제는 한국 사회에 새롭게 부각된 모순 형태이며, 탈냉전 이후 동북아시아의 역학 구도와 관련된 국지적 모순을 잘 보여준다. 그들은 남한 사회에서의 차별적 시선을 느낄수록 그 공간 속에서 해결의 돌파구를 찾고 싶어 한다. 그들은 국가로 상징되는 고착된 이념에 맞서서 새로운 사유 방식을 통한 안식처를 절실히 원한다. 이에 대한 소설적 관심은 한국 사회의 현재적 모습을 반영하고 있기도 하다. 이것을 권리와 강희진은 현실과 비현실을 경계를 무너뜨려 가상 세계를 현실로 환원하는 독특한 서사 구조로 보여주고 있다. 두 작가의 작품 속 탈북자를 비롯한 주변 인물들은 변두리의 삶을 살고 있기 때문에 남한 사회에서 '나는 누구인가'를 고민하며 '나의 생존 상황은 어떠한가'라는 근원적인 고민들을 한다.

먼저 권리의『왼손잡이 미스터 리』를 보면, 고교생 미로와 탈북자 리지혁은 현실에서는 서로 눈인사 정도만 나누는 사이이다. 그러나 인터넷 게

---

29 이러한 사람들을 디아스포라(diaspora, 離散)라고 하는데, 디아스포라는 그리스 어에서 나온 말로 기원전 6세기 유대인들이 나라를 잃은 후 세계 각지로 나가 떠돌이 생활을 해온 그러한 비참한 상황을 가리킨다. 근대적인 의미로는 지난 세기의 여러 가지 힘 이를테면 정치권력이나 경제력과 군사력 전쟁이나 혁명 등이 낳은 경계적인 존재들을 지칭한다.

임 '왼손잡이 미스터 리'[30]라는 가상 세계에서는 Mrlee와 miro89로 만나 소통을 하고 있다. 미로의 세상은 언제나 질서와 무질서가 팽팽히 대립한다. 가족 관계에 있어서도 할아버지, 할머니, 아빠, 엄마는 질서이고, 깁스 부인과 미아는 무질서이다. 여기에는 세상의 법칙을 지지하느냐 마느냐라는 아주 단순한 구분 기준이 지배하고 있다. 하지만 리지혁은 "저 안에도 질서는 있다."라며 미로의 무질서를 인정한다.

다음은 리지혁과 미로가 온라인상에서 Mrlee와 miro89로 만나 대화를 나누는 내용이다.

> miro89 : 생각해봐. 혼혈아의 일생을. 아마 일생이 비참했을 거야. 하지만 문제는 내 쪽에서 터졌지. 아빠는 아직까지도 엄마가 바람을 피웠다고 의심하고 있어
>
> Mrlee : 저런, 한 가족끼리 기케 혼탕되게 살아서야 되겠나? 만일 통일이라도 되어 봐.
>
> miro89 : 혼탕이라고? 혼탕이 되든, 잡탕이 되든 난 상관없어. 이방인이 없는 세상이 얼마나 진부한데!
>
> Mrlee : 그럼 세상이 너무 무질서해지잖아.
>
> miro89 : 뭐라고? 무질서해도 된다고 한 건 자기잖아?
>
> Mrlee : 그건 무질서도 존중받을 필요가 있단 뜻이었어.[31]

온라인이라는 가상 세계에서 미스터 리인 리지혁은 그는 북한 외과 의

---

30 이 소설에서 '왼손잡이 미스터 리'란 일차적으로는 '미로'와 '리우리'가 함께 몰두하는 인터넷 롤플레잉 게임의 이름이다. 또한 '탈북자'라는 신분을 숨기고 있는 데다 탈북 과정에서 오른손이 잘리는 바람에 왼손을 쓰게 된 '리우리'를 이르는 제목이기도 하다.

31 권리, 앞의 책, 137~138쪽.

사 출신으로 치매에 걸린 할머니로 인해 변방으로 쫓겨나면서 탈북을 결심한다. 탈북 중에 지뢰밭에서 오른손을 잃어 왼손잡이가 되고 그가 투숙한 미아장의 주인 아들인 '미로' 역시도 왼손잡이다. 미로는 외국인 외할아버지가 있어 혼혈 외모로 다른 시선을 받았고, 어린 시절에는 왼손잡이임에도 오른손잡이로서의 삶을 강요받았다. 특히 할머니에게 그것을 강요받았는데, 그 이유는 할머니 자신이 왼손잡이로 인해 겪은 불편함과 다른 시선을 미로가 받지 않았으면 해서이다.

이들의 소통이 가능한 것은 '리지혁'이 탈북자이기 때문에 겪는 차별적 시선이 사회적 소외자인 '미로'의 고통을 공유하고 있기 때문이다. 탈북자인 리지혁과 왼손잡이 미로는 일반화된 타자의 위계적인 가치 체계와 상호작용하며 다양한 형태의 배제와 차별을 경험한다. 그로 인한 소통 불능과 상실감, 수치와 모멸 등의 사회적 체험을 하게 된다. 이것은 편향된 이데올로기의 억압과 굴레를 우회적으로 보여주는 것이다. 특히 남한 사회의 주류 가치 체계에 의해 탈북자의 고유한 문화와 가치는 열등한 것으로 평가받는다. 탈북자의 연대는 남한과 남한민과의 조화가 전제된 연대여야 의미와 가치에 그 진정성이 실린다. 그들은 보호받지 못하는 자들과 연대를 모색[32]하는 것이다. 탈북자에게 보호구역이 필요하다는 것은 남한 사회에서 그들이 보호받지 못하는 상태인 셈이다. 그러나 그들에게 새로운 삶의 방식과 사유 방안은 쉽게 주어지지 않는다. 그래서 탈북자들은 가상 세계에서 그들만의 '동화', '비판', '연대' 등의 행위 지향을 통해

---

32 실제 우리 정부는 탈북자의 지방 배치 정책을 실시하고 있다. 탈북자들이 한 지역에 집단적으로 거주하면 사회정치적 불안 요인이 커질 것을 우려하는 것이다. 이는 탈북자 간의 공동체적 연계망 형성(커뮤니티)을 방해하고 새로운 이웃과의 소통을 더욱 어렵게 해서 탈북자의 소외를 부추기고 있다(정병호 외, 『웰컴투코리아 북조선 사람들의 남한살이』, 한양대학교 출판부, 2006, 40쪽).

정착을 시도할 수밖에 없다.

> miro89 : 쳇! 아빠도 늘 그러셨지. 늘 말과 행동이 달랐어. '가정의
> 비극이요, 사회의 비극은 곧 가정의 비극'이라고? 다 개소리지. 아빠
> 랑 싸울 때마다 엄마는 18년째 같은 말을 해. "당신과는 말이 안 통
> 해!" …(중략)…
>
> miro89 : 이상한 집안이구나. 하지만 곧 극복할 수 있을 거야. 사람
> 은 기억은 불완전하니까. 내가 그래. 아빠와 물리적으로 점점 멀어지
> 면서 불투명하고 희미하기만 했던 아빠의 형상이 또렷하게 보이기 …
> (중략)… 기억이 불완전하단 사실을 알게 되니까 불안해지더라. 만일
> 진짜 중요한 걸 잊었으면 어떡하지?
>
> Mrlee : 정말 중요했다면 언젠간 되살아날 거야.
>
> miro89 : 고마워, 자기.
>
> Mrlee : 힘든 얘기 해 준 건 너잖아. 내가 더 고마워. 나는 소원이 하
> 나 있었어. 누군가 딱 10분만 날 안아 주는 거야. 내 심장에서 다른 사
> 람 심장으로 혈액이 통하고 있다고 느낄 만큼, 아주 따뜻하고 강하고
> 부드럽게 누군가 날 안아 주길 바랐어. 악수보다 포옹이 훨씬 좋아.
> 악수는 왼손이냐, 오른손이냐를 따지지만 포옹은 방향이 없지. 내가
> 상대를 안는 순간 앞은 뒤가 되고, 뒤는 앞이 되거든. 지금 내 소원이
> 이뤄진 기분이야.   (밑줄 인용자)
>
> miro89 : ^_____^
>
> Mrlee : 인차 내 이야기 좀 들어 주겠어?[33]

미스터 리 리지혁 역시 미로가 먼저 힘든 얘기를 해준 것에 대해 고마
워 하며 위의 밑줄 친 인용문과 같이 미로에게 따뜻한 인간애를 느낀다.
남한 사회에서 겪은 냉혹한 현실 앞에서 리지혁에게 돌아온 것은 뿌리치

---

33 권리, 앞의 책, 139쪽.

는 손들뿐이었다. 그렇기 때문에 가상 세계에서 미로와의 만남은 그에게 새로운 세계를 열어준 것이다. 미로에게는 그 역시도 질서와 무질서라는 이분법을 깨뜨려준 사람이다. 그는 현실에서는 질서를 깨는 인물이면서도 꿈에서는 질서를 지지하는 인물이었다. 정치적 견해를 알 수 없는 인물이며 사람들의 구원을 받기 이전까지는 어디로도 갈 수 없는 영원한 방랑자이다. 미로에게 미스터 리는 '익명의 카오스모폴리탄'인 것이다. 익명에게는 "공동의 기억이 없으며 민족의식도 없기 때문에 죄책감도 없어 보편적 인간애 구현"[34]에 도달할 수 있다. 이것은 소수자가 살아가는 사회의 현실적인 이념적·사상적 문제나 현안에 대해서는 가능한 탈이념적 자세가 필요함을 의미한다. 또한 우리 사회를 지배하고 있는 민족 편향적 의식과 이분법적 경계를 무너뜨려야 한다는 것을 강조한 것이다.

이 외에도 미로의 가족과 주변 인물들은 가상 세계에서 벌어지는 역할극을 통해 내면의 아픔을 알게 되면서 서로의 입장을 이해하게 된다. 이 공간에서 왼손잡이의 세상은 오른쪽과 왼쪽이란 경계 자체는 물론 이를 구획하려는 아집이 얼마나 환상에 불과한 것인가를 보여준다. 그들이 만든 세계는 구획과 경계가 없는 '우리'라는 의미를 갖는다. 탈북자들은 "그렇게도 그들의 일부가 되고 싶어 '우리'가 되었는데, 나중에는 대한민국의 '우리'는 '나들', 즉, 나의 집합"[35]이란 것을 알게 되면서 더욱 가상 세계에서 현실을 찾게 된다.

이처럼 권리는 우리 민족만의 특수한 현실, "분단이 민족의 몸무게를 무겁게 했다."[36]는 사실에 주목했다. 분단과 민족을 따로 생각할 수 없는 현

---

34 권리, 앞의 책, 241쪽.
35 위의 책, 327쪽.
36 위의 책, 240쪽.

실, 분단으로 인한 민족적 결핍이 오히려 민족을 지나치게 의식하게 만들었고, 둘을 인정하지 않으려는 굴레와 억압으로 작용한 것이다. 권리는 의도적으로 현실과 비현실을 뒤섞으며, 현실을 표상하는 가상 세계를 적극적으로 활용함으로써 우리 민족의 분단 현실을 효과적으로 재현해내었다.

강희진의 『유령』에는 '리니지 게임'을 중심으로 젊은 탈북자 세대의 정체성 문제에 대한 고민이 잘 나타난다. '백석공원'[37] 근처에 살고 있는 여러 젊은 탈북자 세대는 현실의 무력함을 잊기 위해 온라인 게임에 빠져든다. 탈북자들의 대부분은 남한에서 주체적이고 능동적인 삶을 살기가 쉽지 않다. 이러한 사회적 조건과 제약들은 남한 사회 내에서 탈북자들을 약자로 위치하게 한다. 이 상황이 계속될 경우, 이들은 주어진 환경에 수동적으로 반응하는 존재로만 유형화할 위험을 가지고 있다는 점에서 문제적이다.[38] 그들은 탈북자의 이미지가 남한 사회에서 부정적으로 인식

---

37 백석공원은 이 소설의 주요 공간적 배경으로 살인 사건이 시작된 곳이다. 이 공원을 중심으로 주인공을 비롯한 주변 인물들의 북한에서의 이력과 탈북 후 남한에서의 겪는 여러 애환들이 잘 나타난다. 특히 이 공간에 세워진 시인 백석의 시비 앞에는 탈북자들을 위로하는 제상이 차려져 있다. 그만큼 이 공간은 탈북자들의 고향에 대한 그리움과 새로운 곳에 뿌리 내리기의 어려움 등과 같은 내면적 아픔이 잘 드러나는 공간으로 정착에 대한 그들의 강한 의식을 반영하는 곳이기도 하다.

38 이 소설에서 누드, 포르노, 핸플방, 동성애 등의 대중문화 코드는 이러한 원한과 복수의 서사를 다채롭게 하는 데 기여하고 있다. 대중 서사적 요소 안에는 소망 충족과 대리 만족이라는 익숙한 욕망이 깔려 있는 경우가 많고, 이런 욕망들은 종종 서사적인 상투성이나 순응적인 이데올로기와 결합하곤 한다. 그러나 대중문화 코드에는 구체적인 정치사회적 맥락에 기인하는 대중들의 공포와 분노, 강력한 사회적 요구 등이 투영되어 있다. 이런 측면들은 지배 담론과 기존의 사회질서에 대한 성찰이나 대항의 에너지를 지닐 수 있으며, 이는 정치적 가능성으로 이어질 수 있다(박진, 「스릴러 장르의 사회성과 문학적 가능성」, 『국제어문』 제51집, 국제어문학회, 2011, 375~395쪽 참조).

되고 있으며, 남한 사회에서 자신들이 성취할 수 있는 것들의 한계를 잘 알고 있다. 탈북자들에게 좀처럼 기회를 주지 않는 남한 사회는 이들에게 '리니지'란 천국을 제공한다. 탈북자들이 빠져드는 이 게임의 세계에는 '변화/재생'[39]에 대한 욕망이 그대로 반영되어 있다. 남한 사회에 적응하기 위해서는 북한에서의 삶의 기억을 지워야 하며 게임의 세계에 적응하기 위해서는 현실을 잊어야 하는 것이다.

> 나는 게임을 하면 편하다. 정말 그렇다. 실은 그곳은 현실보다 더 피가 튀기는 공간이지만, 게임 속에 들어가 있을 때는 따뜻한 방안의 이불 속 같다. 솔직히 말하면 이불 속이 아니라 자궁 안 같다. 엄마의 자궁. 나는 그 속에서 몸을 벌레처럼 돌돌 말고 있는 작은 생명체이다.[40]

이 소설 속 주인공은 때로는 자신을 북한에 있던 '하림'으로 어느 날은 남한의 이름 '주철'로 또 어느 순간에는 리니지 세계의 '쿠사나기'가 되어 분단이라는 현실 상황과 가상 세계를 넘나들며 방황한다. 현실의 빈곤과 불완전한 적응은 가상 세계 속에서 엄마의 자궁과 같은 따스함을 느끼게 해준다. 또한 현실과 가상 세계의 현실 경계를 무화시키며 게임 속의 아바타를 곧 자신이라고 생각하고 있다.

> 우리는 좋은 말로 게임 매니아, 솔직히 말하면 게임 폐인이 된 겁니다. 비루한, 너무나 비루한 삶을 살아가는 우리에게 인터넷은, 게임은, 위대한 수령의 교시 같은 것이었습니다. 그것이 비록 한여름 밤의 꿈일지라도 …(중략)… 최소한 그 순간은 행복하니까요. 그 순간만

---

39 고인환, 앞의 글, 157쪽.
40 강희진, 앞의 책, 51쪽.

은 비루하고 못난 자신을 잊을 수 있으니까요. 우리가 힘들게 도달한 조국인 남조선은 우리에게 게임이란 천국을 허락한 것입니다. 드디어 우리는 천국을 찾았습니다.[41)]

주인공 '하림'이 발 디디고 있는 공간은 "가상공간도 현실도 아닌" 그 어떤 곳이다. 여기에서 보이는 탈북자와 가상현실은 지금의 우리 사회 현실에서 적응하지 못하는 소외 계층을 상징적으로 보여준다. 지금 우리 사회에서 어느 쪽에 소속되지 못하고 경계에 서 있는 사람들은 모두 하림이자 주철이자 쿠사나기일 수 있는 것이다. 이들은 출신, 성별, 외모, 성정체성 혼란 등의 이유로 사회에서는 배제되지만, 온라인 세계에서는 동등한 입장이 될 수 있다. 온라인 게임 안에서는 "사냥할 자유, 세금 없이 레벨을 올릴 권리"와 같이 자유와 정의를 위해 독재와 싸워 승리한 '바츠 해방전쟁'[42)]의 영웅이 될 수 있다. 그래서 이 세계는 무한한 가능성이 열려 있는 세계이므로 빠져나오기가 쉽지 않다. 하림은 '백석공원'의 살인 사건이 해결된 후 더이상 마리와도 연락이 되지 않는다. 또한 북에 있는 동생도 입대를 결심함으로써 남한행을 거부한다. 동생은 잃어버린 기억을 되찾아줄 수 있는 "살아 있는 유년"으로 동생이 남으로 와서 자신의 기억을

---

41 위의 책, 285~286쪽.
42 '바츠 해방전쟁'은 2004년 6월에서 7월 사이에 리니지2 제1서버(바츠 서버)에서 실제 발생한 사건이다. 리니지2의 세계는 레벨에 따른 계층적 차별성, 철저한 계층 분화의 사회를 배경으로 하고 있다. 레벨에 따라 입는 옷과 쓰는 무기, 사용하는 아이템 등이 다르며 출입할 수 있는 지역도 다르다. 바츠 해방전쟁은 이러한 리니지2의 세계를 근본적으로 동요시켰다. 위협하면 굴복하고 때리면 죽는 민중들이 권력을 전복시킬 수 있다는 것을 보여주었다. 민중의 고조되는 열망은 불가능하다고 여겨지는 승리를 만들어내었다(이인화, 『한국형디지털스토리텔링─리니지2 바츠 해방전쟁 이야기』, 살림, 2005, 55~56쪽 참조).

회복시켜줄 것을 염원했지만 그것은 무참히 무너진다. 게다가 탈북자가 주인공인 동성영화에서 주인공으로 발탁되었으나, 감독으로부터 진짜 탈북자는 안 된다는 얘기를 들으면서 그의 정신적인 충격은 더욱 커진다.

> 오늘 아침에 방송국에서 또 전화가 왔다. 이젠 연기할 생각이 없으니 연락을 말아 달라고 소리를 질렀다. 내가 갈 곳은 방송국이 아니라 리니지 세계다. 이번에 그 속으로 들어가면 영원히 돌아오지 않을 생각이다. 귀환하지 않을 것이다. 만약 바깥 세계로 나온다면 영원히 폐인으로 살아야 할지 모른다. 한 달이고, 두 달이고, 1년이고, 2년이고 머물 것이다. 내게 리니지는 환상이 아니다. 그곳은 현실이다. …(중략)… 나는 커피를 한 잔 마시고 리니지 세계로 들어갔다.[43]

'하림'은 결국 현실을 받아들이거나 체념하기보다는 자신만의 세계로 함몰해 들어간다. 가상 세계인 리니지에서 그들은 실패한 인간도 비겁한 도망자도 아니다. 리니지는 이들의 소속 공간이며 그곳에서 이들은 정체성을 발휘한다. 혁명 전사이고 군주이며 심지어 영웅으로 가슴에는 큰 뜻을 품었고, 그 뜻은 삶을 숭고하게 만든다. 그래서 이들에게는 현실 세계보다 리니지의 세계가 가치가 있다. 리니지의 세계는 종종 현실과 겹쳐지고, 현실에 영향을 주면서 현실과 가상 세계의 경계가 희미해진다. 따라서 그들은 그곳에서 편안한 안식처를 마련하면서 현실에서는 유령이 되어갈 수밖에 없다.

이와 같이 두 소설에서는 탈북자를 비롯한 주변 여러 인물들의 자기 확인의 통로를 온라인이라는 가상 세계와 연결시켰다. 특히 탈북자들이 탈북 과정에서 겪는 고통을 내면의 흐름과 환상적인 기법으로 묘사하여

---

43 강희진, 앞의 책, 325쪽.

그들의 삶을 효과적으로 탐색하고 있다. 이것은 '탈북'과 '탈북자' 그리고 '새로운 뿌리 내리기'의 행위가 시대를 민감하게 들여다보는 중요한 의미를 지닌다는 것을 확인하게 해 준다.

4. 나오며

21세기는 세계가 하나의 전산망으로 연결되는 '잡종(hybrid)'의 시대다. 이 시기에 탈북자들의 남한에서의 삶을 살펴본 문학은 분단 극복 내지 민족통합의 길 찾기에 매우 중요한 역할을 할 수 있다. 이것은 분단 상황이 야기하는 특수한 역사적 현실이 여전히 존재한다는 것을 모두가 공유할 수 있는 계기를 준다. 이제 탈북자의 문제는 입국만이 아닌 '동화'와 '수용'이라는 다양한 공존과 열린 성찰로 받아들여야 하는 것이다.

본고에서 다룬 권리의 『왼손잡이 미스터 리』와 강희진의 『유령』은 남한 자본주의 사회에 적응하지 못하는 탈북자들의 삶과 그 주변인들의 정체성 찾기의 모습에 주목했다. 이 두 소설 모두 탈북자들이 남한 사회의 자본주의적 현실에서 겪는 고통과 정체성의 혼란을 가상 세계에서 위로받는 모습을 잘 보여주고 있다. 또한 탈북자들의 이력이 분단 체제의 모순과 연결되어 있다는 것을 알 수 있게 한다.

이와 같이 두 소설은 지금까지 이어져오는 분단의 비극이 어떻게 재현되고 그 갈등 양상을 어떻게 모색해나가야 하는지 살펴볼 수 있게 한다. 이것은 문학적 상상력을 통해 소수자와의 공존을 제시하며, 남한 사회의 이분법적이고 정치 편향적인 현실에 대한 반성을 하게 한다. 더 나아가 한국문학의 문학적 인식과 실천을 보여줌으로써 새로운 연대의 가능성을 모색할 수 있게 한다.

참고문헌

기본자료

권 리, 『왼손잡이 미스터 리』, 문학수첩, 2007.
강희진, 『유령』, 은행나무, 2011.

논문 및 단행본

고명철, 「2000년대의 한국문학과 리얼리즘, 저항과 변혁의 상상력으로」, 『뼈꽃이
　　　　피다』, 케포이북스, 2009.
권영민, 『한국현대문학사』, 민음사, 1993.
김동윤, 「국가와 공동체, 혹은 구속과 자유」, 『소통을 꿈꾸는 말들』, 리토피아,
　　　　2010.
김동환, 『한국소설의 내적형식』, 태학사, 1996.
김인경, 「주체의 확립 과정과 여성문학의 지향점」, 『현대문학의 연구』 제41집, 한
　　　　국문학연구학회, 2010.
김세령, 「탈북자 소재 한국 소설 연구」, 『현대소설연구』 제53호, 현대소설학회,
　　　　2013.
김종회, 『위기의 시대와 문학』, 세계사, 1996.
김진기, 『한국문학의 이념적 역동성 연구』, 박이정, 2008.
───, 『한국문학과 자유주의』, 박이정, 2013.
김재용, 「북한문학」, 『김정일 시대의 북한』, 삼성경제연구소, 1997.
───, 『분단구조와 북한문학』, 소명출판, 2000.
박덕규 · 이성희, 『탈북 디아스포라』, 푸른사상, 2012.
선우현, 「한국인 속의 한국인 이방인」, 『동서철학연구』 제64호, 한국동서철학회,
　　　　2012.
유철상, 「한국전쟁의 체험과 전후문학의 동시적 질서」, 『현대소설연구』 제45호,

현대소설학회, 2010.

윤인진,『코리안 디아스포라』, 고려대학교 출판부, 2004.

윤정화,『재일한인 작가의 디아스포라 글쓰기』, 혜안, 2012.

이정숙,『한국현대소설연구』, 깊은샘, 1999.

———, 「6 · 25 전쟁 60년과 소설적 수용의 다변화, 그 심화와 확대」,『한국현대
　　　소설, 이주와 상처의 미학』, 푸른사상, 2012.

인디고 연구소 기획,『불가능한 것의 가능성 : 슬라보예 지젝 인터뷰』, 궁리,
　　　2012.

정은경,『디아스포라 문학』, 이룸, 2007.

정주신, 「탈북의 발생요인과 탈북자 문제의 국제화」,『정책과학연구』16권 2호,
　　　단국대학교정책과학연구소, 2006.

———,『탈북자 문제의 인식 1, 2』, 프리마북스, 2011.

최순호,『탈북자 그들의 이야기』, 시공사, 2008.

최창동,『탈북자 어떻게 할 것인가』, 두리, 2000.

하응백, 「한 문화주의자의 글쓰기」,『낮은 목소리의 비평』, 문학과지성사, 1999.

한수영,『사상과 성찰』, 소명, 2011.

벵쌍 데 꽁브,『동일자와 타자』, 박성창 역, 인간사랑, 1993.

질 들뢰즈,『소수 집단의 문학을 위하여』, 조한경 역, 문학과지성사, 1997.

칼 마르크스, 손철성 역,『자본론 : 자본의 감추어진 진실 혹은 거짓』, 풀빛, 2005.

페터 지마,『이데올로기와 이론』, 허창훈 · 김태완 역, 문학과지성사, 1996.

전후 여성 작가의 월남 체험과 그 서사

임옥인의 『월남전후』와 『붉은 밤』을 중심으로

곽승숙

1. 서론

임옥인은 1911년 6월 1일 함경북도 길주군(吉州郡) 장백면(長白面) 도화동(桃花洞)에서 태어나 함흥 영생여자고등보통학교를 거쳐 나라여자고등사범학교를 졸업하였다. 함흥 영생여자고등보통학교, 원산 루씨여자고등보통학교의 교사로 있다가 1946년 4월 작가는 단신 월남하였다.[1] 1935년 『문장』에 「봉선화」가 추천된 이래로 「孤影」「후처기」「産」「전처기」 등의 작품을 발표하던 시기 작가의 삶의 터전은 이북이었다. 이 시기 작품에는 '고향'에 대한 특별한 인식이 드러나 있지 않았으나 월남이라는 경계를 넘은 이후 1950~1960년대에 발표된 작품에는 월남한 여성 작가로서

---

1 임옥인의 생애와 관련된 자료로는 작가가 직접 쓴 수필집 『나의 이력서』를 참고할 수 있다. 1985년 출간된 『나의 이력서』에는 작가의 어린 시절부터 1985년까지의 자전적 사실이 '어린 시절', '永生女高普에서', '奈良女高師', '해방 그리고 월남', '할배 方基煥', '나의 문학·교육·신앙'의 항목으로 나뉘어 자세히 서술되어 있다. 이 글에서 작가의 생애와 관련된 사실을 언급할 때에는 『나의 이력서』를 토대로 한다(임옥인, 『나의 이력서』, 정우사, 1985 참조).

의 개인적 체험과 당대 상황이 핍진하게 드러나 있어 이례적인 전후 여성 작가로서 그의 작품에 주목하도록 한다.[2]

임옥인 소설에 대한 기존 연구는 10편 내외이다. 활발한 창작 활동에 대해 문학사에서 온당하게 평가받지 못한 이유는 그의 작품에 미친 기독교적 세계관에 대한 연구자들의 부정적 인식으로부터 기인된다.[3] 이러한 인식은 대한기독교서회가 발간한 『새가정』에 1958~1960년까지 연재된 『들에 핀 백합화를 보아라』에 대한 연구에서 찾아볼 수 있다. "선험적 가치에 절대적으로 의탁하는 작가의식이 어떤 식으로 서사의 파탄을 초래하는지 보여주는 한 실례"[4]라는 판단에서 '선험적 가치'는 작품의 분위기와 테마를 지배하는 근본적인 정신으로서 기독교이다. 이러한 가치를 따른 소설의 결말은 종교소설의 상투성을 그대로 답습한 것으로 평가된다. 또한 "50년대 지식인 여성의 교양이념을 구성하는 데 핵심이 되는 '미'에 대한 이상이 작품에서 여성억압적으로 구현되어 있다."[5]라는 평가에서

---

2 월남 여성 작가로서 임옥인에게 주목한 연구로는 정혜경의 논문이 있다. 이 논문에서 정혜경은 1950년대 남한에서 작품 활동을 한 월남 작가를 연구한 한수영의 논문을 검토하면서 한수영이 언급한 "황순원, 김이석, 최태응, 안수길, 정비석, 임옥인, 선우휘, 오상원, 이범선, 장용학, 손창섭, 곽학송, 김광식, 이호철, 박연희, 송병수, 김성한, 전광용, 최인훈 등" 중에서 여성 작가로는 임옥인만이 제시되어 있다고 지적하면서 임옥인의 월남이 작품을 어떻게 변화시켰는지 주목해야 할 필요성을 언급한다(정혜경, 「월남 여성 작가 임옥인 소설의 집모티프와 자유」, 한국어문학회, 『어문학』 128, 2015. 6).

3 임옥인 문학에 대해 연구가 소홀했던 이유로 정재림은 다음의 세 가지로 정리한다. 첫째, 유명 작가 중심의 문학 연구 풍토, 둘째, 여성 작가라는 제약, 셋째, 기독교적 교훈주의에 함몰되었다는 편견이다(정재림, 「타자에 대한 사랑과 윤리적 주체의 가능성—전영택과 임옥인의 소설을 중심으로」, 기독교학문연구회, 『신앙과 학문』 46, 2011. 3, 183쪽).

4 박정애, 「전후 여성 작가의 창작 환경과 창작 행위에 관한 자의식 연구」, 『아시아여성연구』 41, 숙명여자대학교 아시아여성연구소, 2002. 12, 224쪽.

'미에 대한 이상'은 '봉사, 희생, 헌신 등의 기독교적 교리이다. 1950년대 지식인 여성의 삶의 목적으로 결혼과 가정이 설정된 상태에서, 억압적 가정 이데올로기와 현모양처 이데올로기를 강요하는 가부장적 성차별성이 기독교의 이타적 교리로부터 전유된다는 평가이다. 이러한 평가는 기독교적 이데올로기가 작품의 미적 자율성을 저해한다는 것으로 정리될 수 있다.[6]

　한편 '여성 인물'의 측면에서 임옥인에 대해 주목한 연구가 있다. 임옥인의 소설에서 핵심을 삶, 생명, 사랑, 여성에 있어서 진정성의 추구로 판단하면서 임옥인 소설의 주인공을 "대상적 존재, 타자로 묶어두려는 기존의 여성관에 도전하면서 부당한 여성의 운명에 도전하기도 하고, 주체로서 사랑하기 위해 과감하게 출분"[7]한다고 평가한다. 그러나 임옥인이 소설에서 추구한 이상적 여성상은 기독교적 여성상으로, 가부장제에서 형성해온 순종적·희생적 여성상과 같다는 점에서 이러한 여성상은 1950년대 현실에 대한 도피라고 지적한다.

　임옥인의『월남전후』를 여성적 측면에서 분석하는 연구도 있다.『월남전후』를 여성 작가 특유의 모성애가 드러나 있다고 보면서 이러한 모성적 이데올로기를 크리스테바의 '코라(Chora)'의 관점으로 설명하는 연구이

5　송인화,「1950년대 지식인 여성의 교육과 기독교—임옥인의『들에 핀 백합화를 보아라』를 중심으로」,『한국문예비평연구』36, 한국문예비평학회, 2011, 474쪽.
6　임옥인의 문학에 기독교적 영향과 함께 그의 삶과 문학에 대해 전반적으로 다루고 있는 연구는 정재림의 글이다. 이 글은 임옥인의 초기 단편소설의 여성 인물을 '신여성/구여성의 이분법을 넘어선 생동형'이라고 평가하며, 이후 장편소설에 대한 분석까지 폭넓게 다루고 있다(정재림,「임옥인의 삶과 문학」,『임옥인 소설 선집』, 현대문학, 2010).
7　김복순,「분단 초기 여성 작가의 진정성 추구양상 : 임옥인론」,『현대문학의연구』8, 한국문학연구학회, 1997, 31쪽.

다. 『월남전후』의 '나'는 "월남하여 밀려난 상황에 놓여 있으나 북쪽에서
의 '나'의 담화는 변두리 밖에 존재하는 것이 아니라 중심으로 이동하는
상태"로, 이는 "보살핌과 양육, 교육 행위가 매개체가 되어 모권체적 유
토피아로 회귀하게 되는 것"[8]으로 평가된다. 『월남전후』가 해방 전후 여
성의 정체성 구성을 위한 자아 찾기와 주체성 획득의 측면에서 중요하다
고 보는 관점도 있다. 해방기 여성의 정체성이 "이주를 통해 완성되거나,
정체성 구성의 요소로서 이주를 추동하게 된다."[9]고 평가하면서 '이주'를
중시한다.[10]

　월남 여성 작가로서 임옥인을 주목하면서 그의 단편소설과 장편을 대
상으로 하여 '집' 모티프와 '자유'의 문제를 다룬 연구도 있다. 정혜경은
임옥인 소설에서 집 모티프는 여성이 남성과 함께 이루고자 하는 이상적
인 장소로 상상되었으나 실현되지 않은 추상적인 공간이었고, 이러한 집
에 대해서 여성 인물은 "길들지 않는 열정"으로 "자신만의 집을 지으려
는" 시도를 보이고 있다고 보았다. 임옥인 소설에서 '집 짓기'와 '집으로
부터의 자유' 사이에서 불안하게 동요하는 '나'는 자신의 존재를 피 웅덩
이와 같은 애브젝트로 느끼게 한 것이며, 이는 월남 여성 작가 임옥인의

8　전혜자, 「'코라'(Chora)로의 회귀 : 임옥인의 『월남전후』론」, 『현대소설연구』 7,
　한국현대소설학회, 1997, 298쪽.

9　차희정, 「해방전후 여성 정체성의 존재론적 구성과 이주 : 임옥인의 『월남전후』
　를 중심으로」, 한국여성문학학회, 『여성문학연구』 22, 2009, 208쪽.

10　임옥인의 소설에서 여성 주체와 '애브젝트(abject)'의 문제를 본격적으로 다룬
　연구는 서정자의 논문이 있다. 이 논문은 임옥인의 『일상의 모험』을 분석하면
　서 그의 소설이 "가부장제와 같은 체계와 질서의 모순에 파열을 가하는 애브젝
　트를 낳게 하였다."(161쪽)고 평가하면서 임옥인의 소설이 가부장제적 이데올
　로기에 순응하고 있다는 기존의 관점과는 다른 측면의 관점을 보여주었다(서
　정자, 「자기의 서사화와 진정성의 문제 : 임옥인의 「일상의 모험」을 중심으로」,
　『세계한국어문학』 2, 세계한국어문학회, 2009. 10).

무의식으로 일종의 저항 행위라고 보았다.[11]

이 논문에서는 선행 연구 성과를 이어받아 임옥인을 '월남 여성 작가'로서 주목하고자 한다. "삶의 근거를 이북에 둔 채, 정치적 사상적 혹은 기타 여러 가지 이유로 이북에서의 삶을 포기하고 남한에 이주하여 작가 활동을 해나가는 사람"[12]이라는 월남 작가에 대한 정의에서 '여성'이라는 항목은 제외되어 있다. '여성'으로서의 작가의 월남은 당대 지식인 남성 작가와 다른 목소리로 한국전쟁에 대해 이야기하는 형식을 보인다. 30대의 나이로 단신 월남한 여성 작가의 탈출, 이주, 정처 과정이 여실하게 드러나 있는 것이다. 이 논문에서는 해방 이후부터 38선을 넘을 때까지, 한국전쟁이 발발한 이래로 9·28 서울 수복까지의 과정을 여성의 시선으로 다룬 『월남전후』와 『붉은 밤』을 대상으로 하여 월남 여성 작가로서의 체험이 작품 안에 어떠한 형식으로 드러나 있는지 살펴보고자 한다. 이러한 연구가 월남 여성 작가로서 임옥인에 대해 재평가할 수 있는 계기가 될 수 있을 것으로 기대한다.

2. 월남 과정의 수기화 : 『월남전후』

『월남전후』는 지식인 여성 김영인을 주인공으로 하여 함경북도 길주와 혜산진을 공간적 배경으로 1945년 8월 15일부터 1946년 3월 월남하기까

---

11 정혜경, 「월남 여성 작가 임옥인 소설의 집 모티프와 자유」, 『어문학』 128, 한국 어문학회, 2015. 6.

12 한수영, 「월남작가의 작품세계에 나타난 반공 이데올로기와 1950년대 현실인 식」, 『역사비평』 21, 1993, 298쪽.

지의 과정을 그리고 있는 소설이다. 미망인 김영인은 고향 길주에 어머니, 만삭인 올케, 앉은뱅이인 오빠를 둔 채 두 명의 조카와 함께 혜산진 고모의 집에서 해방을 맞이한다. 영인이 고향을 떠나온 것은 소련병들을 피하기 위한 '피난'의 성격이 강하다. 해방을 맞이하고 나흘 뒤, 영인은 소련 비행기의 폭격으로 고향 길주가 폐허가 되었다는 이야기를 듣고 길주행 기차를 탄다. 영인이 탄 기차 역시 소련 비행기의 폭격으로 멈춰 서게 되고, 영인은 구사일생으로 살아서 고향의 가족들과 재회를 한다. 폐허가 된 고향에서 영인은 가족을 보살필 의무를 느끼며 생계를 도모하나 생활은 녹록하지 않다. 영인의 주도로 집을 떠나 근처 절에서 생활하던 중 올케가 출산하나 아이는 곧 죽는다. 생계를 유지하기 어려운 그 시점에, 일본 유학생이며 소설 「봉선화」를 발표한 지식인 여성으로서 영인의 이력이 인정되면서 고종아우이자 치안대장인 을민이 권유하여 혜산진에 '가정여학교'를 세우게 된다. 영인은 학교와 야학을 통해 여성을 교육시키는 여성 교육자로서의 역할에 충실하려고 하나 주변에서는 적기가를 강요하는 등 사상의 동조 및 적극적인 협조를 요구하게 되면서 영인은 을민을 비롯한 주변 인물들과 갈등하게 된다. 애국청년, 지식청년에 대한 숙청 소문과 함께 자신에 대한 위협도 거세지자 마침내 영인은 어머니를 비롯한 가족과 제자들에게도 알리지 않은 채, 3월의 한탄강을 건너 단신으로 월남한다.

　이상의 줄거리를 통해 주인공 김영인의 이력과 작가의 자전적 체험이 유사하다는 점을 확인할 수 있다. 아울러 작가는 이 소설이 자신의 체험을 토대로 하여 소설화한 것이라는 사실을 고백하기도 했다.[13] 소설적 양

13　임옥인은 『월남전후』에 대해 다음과 같이 고백한다. "나는 해방 이듬해인 1946년 4월 월남했다. 광복의 날부터 38선을 넘을 때까지의 이야기를 작품화하여 1954년부터 2년에 걸쳐 월간 『문학예술』지에 연재한 것이 『월남전후』라는 장편

식에 가깝지만 저자의 경험이란 구심력에 충실하여 허구적 상상력의 개입을 가급적 배제하려는 작품을 지칭하는 '수기문학'[14]의 형식을 띠고 있음은 소설의 내용과 작가의 자전적 생애를 비교하여 확인할 수 있다. 이를테면 주인공의 가족 상황, 소설 속에서의 이동 경로, 배경, 체험의 양상, 월남 과정 등은 실제 작가의 경험적 사실과 동일하다. 한편 인물 사이의 갈등이 첨예하거나 구성이 치밀하다는 점 등 소설의 구조적 측면에서도 이 작품을 보았을 때 '소설'로서의 완결성을 갖췄다고 평가하기는 어렵다. 그러나 이 작품의 장르를 '소설'이 아닌 '수기'로 단정 짓는다면 그것은 공식적인 역사 속 개인이 경험한 개별적 사례로 남게 될 것이다. 반면 월남 체험이 수기의 형식을 갖춘 소설로 드러나게 된 양상에 집중한다면 이러한 형식에 담긴 작가의 의도를 통해 월남 여성 작가의 인식을 확인할 수 있을 것이다.

『월남전후』에서 작가의 인식을 확인할 수 있는 것은 독특한 시간 구조를 통해서이다. 이 소설의 첫 부분은 영인이 해방의 소식을 듣게 되는 장면이고, 마지막 부분은 월남한 직후 이북에서 알고 있었던 사람을 만나는 장면이다. 소설이 배경으로 하고 있는 해방 직후부터 월남한 직후까지의 시간이 소설의 첫 장면과 마지막 장면을 통해 제시되어 있는 것이다. 해방 직후로부터 월남 이후까지의 시간이 선조적으로 제시되지 않았기에 작가의 연대기적인 기록으로 읽히지 않는다. 그보다는 해방 직후의 시점

이다."(임옥인, 『나의 이력서』, 정우사, 1985, 86쪽) 이 소설에 대해 작가는 "사회소설적인 수기소설"이라고 평가할 만큼 자신의 체험을 토대로 작품을 창작하였다는 사실을 강조하였다(임옥인, 「문학과 신앙의 생애」, 『현대문학』, 1981. 11, 290쪽).

14 한기형, 「해방 직후 수기문학의 한 양상─오기영의 『사슬이 풀린 뒤』의 경우」, 『상허학보』9, 상허학회, 2002. 9, 253쪽.

과 월남 이후의 시점에서도 현재적 상황에서 고향이 회상의 형식으로 혹은 동향인(同鄕人)으로 출몰하면서 '나'의 의식의 지점이 '고향'이라는 사실을 반복하여 강조하는 것으로 읽힌다.

⊙ 아무 식량 준비도 없이 나는 그들을 남기고, 또 피난을 떠나지 않으면 안 되었던 때문에, 지금 이 언덕에 서서 기차선로를 바라보는 나의 심경은 여간만 어수선한 것이 아니었다.

그런데―.

"우와! 우와! 와아!"

저건 무슨 소린가? 나는 내 귀를 의심하지 않을 수 없었다. 마치 밀물같이 밀려드는 고함소리였다. 그것은 기차선로의 동쪽에서도 서쪽에서도 나는 소리였다. 기차선로의 동쪽이라면 터널 쪽, 다시 말하면 고향 쪽에서 나는 소리요 서쪽은 혜산 쪽이었다.

"만세, 만세, 대한독립만세! 만세, 만세."

나는 분명이 그런 소리를 들은 것 같았다. 어려서 3·1운동 때의 기억이 아련히 피어오른다.[15](18쪽)

ⓛ 미소공동위원회美蘇共同委員會에 희미한 기대를 걸고 여름방학을 기다렸다. 다시 넘어가서 식구들을 옮길 작정이었던 것이다.

"아유! 학생들이 날마다 정거장에 나와 기다리던데. 어떤 학생은 눈이 어둡는 것 같다던데……."

동대문에서 청량리행 전차를 기다리고 있는데, 윤봉선 여사가 나를 붙잡고 떠들었다.

"그런데 영감님은요?"

"총살당했답니다……. 김 선생님 보름만 늦으셨더라면 영락없었죠.

---

15 임옥인, 『월남전후』, 정재림 편, 『임옥인 소설 선집』, 현대문학, 2010. 이후로 이 작품을 인용할 때에는 인용 끝에 쪽수만 표시한다.

숙청에 걸려 이슬이 됐죠. 어이구……. 어이구…….”

　　오래간만에 유 선생을 길에서 만나 다방에 들렀다가 나오는데,

　　“이게 누구야?”

　　내 어깨에 손을 얹는 중년 부인은 이북에서 봉변을 당했던 신영숙 여사였다. 나는 유 선생과 헤어져 신 여사와 함께 조용한 청계천변을 거닐면서 천천히 얘기나 하리라 했다.(179~180쪽)

　　인용문은 소설의 서두와 결미 부분으로, 밑줄 친 부분을 통해 ‘나’의 의식이 고향에 남아 있는 식구들을 향해 있다는 점을 알려준다. ‘나’는 소련군을 피해 피난하였고, 북한군을 피해 월남하였으나 고향의 식구들을 향한 죄책감을 지니고 있기에 소설 속에서 ‘나’의 의식은 수시로 고향을 향해 있다. 이러한 ‘나’의 의식이 환기되는 순간은 ‘내’가 위치한 ‘지금 여기’의 시공간적 배경을 인식하게 되면서이다. ‘나’의 의식을 환기시키는 외부의 자극은 반복적인 유형으로 제시된다. 그것은 인용문 ㉠에서처럼 동일한 역사적 사건이거나 혹은 ㉡에서처럼 우연히 만나게 되는 지인이다. ㉠에서 ‘내’가 목격한 역사적 사건은 해방이다. 해방의 순간 “밀물같이 밀려드는 고함소리”는 고향을 향한 ‘나’의 의식을 현재의 상황으로 이끈다. 이 해방의 순간은 이후로 소설 내에서 ‘그날’이라는 표현으로 종종 등장한다. ‘내’게 해방된 날이 감격적인 이유는 일제의 억압으로부터 자유로워진다는 것과 함께 할 일이 생긴다는 의미가 있기 때문이다. 평생 민족운동을 했던 유 선생은 내게 “그날이 오면, 영인도 곧 상경하게, 할 일이 많을 거니까…….”(30쪽)라는 말을 남기고 서울로 향한다. ‘나’에게 ‘해방되는 날’로서 ‘그날’은 고향을 떠나는 것과 동시에 할 수 있는 일들을 자유롭게 선택할 수 있다는 의미를 갖게 된다. 즉 ‘그날’은 탈향인 동시에 새로운 삶의 시작을 의미한다. 이는 유 선생이 남긴 말이 ‘내’가 고비를 겪는 상황이거나 선택의 순간에 놓일 때마다 환기되는 것을 통해 확

인할 수 있다.[16] 유 선생의 편지를 받고 '내'가 잠시 망설이다가 "사람들은 남으로 남으로 밀려 나가고 있을 때 나는 생각던 끝에 또 길혜선을 탔던 것"(59쪽)은 '나'의 선택의 결과이다. '내'가 월남하지 않고 고향 근처에 남은 것은 '나'의 주체적인 선택에 의한 것이다.

『월남전후』를 이끄는 주요한 동기는 여성 인물 '나'의 주체적인 선택과 그 실천과 관련된다. '나'의 선택의 기저에는 두 가지 요소가 자리한다. 첫째, 가족에 대한 의무감과 둘째, 교육자로서의 신념이다. "언제든지 버리고 갈 수도 있지만" '나'는 "한 사람의 문맹도 없을 때까지 한글을 가르치고 이 가정여학교의 기초를 잡고 떠나도 늦지는 않으리라"(117쪽)는 다짐으로 월남하지 않는다. '내'가 돌봐야 할 가족과 여학생들은 구체적으로 '내'가 그곳에서 머물러야 할 이유가 된다. 가족과 학생들 사이에서 '나'는 자신의 역할과 신념에 대해 확인하게 되기에 그곳에 '나'의 자리를 정하게 되는 것이다. 이렇듯 보호자로서, 선생으로서 일관된 의식과 실천을 통해 '나'는 주체적 여성 인물로 서게 된다. 기존의 가부장적 이데올로기로부터 다소 자유로울 수 있는 '나'의 상황—아이가 없는 지식인 미망인—역시도 '나'를 외부적 상황에 구애받지 않고 선택할 수 있도록 하는 주체적 여성 인물로 존재할 수 있도록 한다. '나'는 여성 가장으로부터, 모성 이데올로기로부터 자유로운 위치의 인물이다. 그리고 '나'는 이념 앞에서 흔들리거나 고뇌하는 인물이 아니라 이념에 대해 거리를 유지

---

16 '나'에게 유 선생이 말하는 '그날'이 환기되는 순간은 소설 속에서 다음과 같은 장면이다. 첫 번째로는 해방을 알게 되는 순간, 두 번째로는 고향이 소련군에 폭격당했다는 소식을 듣고 고향을 찾아갔을 때 폐허가 된 유 선생의 마을을 목격한 순간, 세 번째로는 고향집 근처의 절로 이사하고 생활을 정리할 즈음 해산으로 조카들을 데리러 가려는 날 아침에 서울로 오라는 유 선생의 편지를 받는 순간이다.

할 수 있는 인물이라는 점에서 개성적인 면모를 보인다.

'내'가 외부의 현실에 압도되지 않고 주체적인 인물로 제시된 데에는 '나'의 신앙의 영향, 공산주의에 대한 적대적 태도를 들 수 있다.[17] 그러나 '내'가 현실에 굴복하지 않고 거리를 유지할 수 있었던 것은 당대 상황에 대한 '나'의 관찰자적 시선과 그로 인해 발견된 문제 제기를 통해서이다. 소설의 초반부 소련 비행기의 폭격에 대해서 '나'는 연합군이었으면서 동시에 약소민족의 해방을 내세웠던 그들의 행위를 다른 인물들이 말하는 것처럼 '전쟁 윤리'가 아니라 '전쟁의 파괴상'으로 파악한다. 이러한 관점에서 '나'에게는 잔류한 일본인과 폐허에 남은 조선인이 같은 처지의 인물들로 보인다. 적과 아군을 구분하여 인간에게 향하는 폭력과 살상에 대해 비판적인 시선을 보낸다. 이념이나 민족에 의한 차등이 아니라 "소박하고 견실한 인간성"을 인간에 대한 신뢰 기준으로 삼는 것이다.

『월남전후』의 '나'는 여성 교사라는 측면에서 새로운 여성 인물의 유형으로 변별력을 지니게 된다. 여성 교사로서 '내'가 가르치는 대상은 가정여학교의 학생들로 소학교 육 학년을 졸업하고 고등과 이 학년에 재학 중이던 아이들과 함께 야학의 학생들인 예닐곱 살 되는 아이로부터 젊은 색시들, 육칠십 가까운 할머니들까지를 포함한 여성들이다. 학생들의 연령층을 살펴보면 '나'는 전반적인 연령층의 대부분을 만난 것이다. 뿐만 아

---

17 『월남전후』에는 '나'의 신앙과 관련된 내용이 서술되기도 한다. 이를테면 향교에서 함께 머물던 외가의 친척이 가위에 눌리다가 '나'를 해칠 상황에까지 이르렀을 때, '나'의 기도로 이 상황이 나아진다든지, 전도사나 목사 등의 직분을 가진 인물들이 긍정적 인물로 제시되는 부분을 들 수 있다. 한편 공산주의에 대한 '나'의 적대적인 태도는 소설 곳곳에서 등장하는데, 고종아우 을민이나 소련군들을 향해 '야만'으로 호칭하는 경우이다. 당대 정세나 현실에 대한 객관적 시선과 달리 인물에 대한 극단적인 선/악의 구분은 종교적으로 이데올로기적으로 편중된 작가의 시선을 드러내는 것으로 보인다.

니라 구여성, 신여성, 미혼여성, 기혼여성, 부유한 여성, 가난한 여성을 두루 포함한다. '나'의 시선으로 관찰되는 이들의 모습과 생활은 곧 해방 직후 조선의 여성들의 삶에 대한 기록이다. 이 기록 속에서 여성들은 여성의 시선으로 재현되는 '하위주체'로서의 성격을 보인다. 여성 교사로서 '나'는 여성들의 일상생활에 밀착하여 그 현실을 구체적으로 생생하게 전달한다. '나'의 이러한 태도는 당대 여성들의 삶을 대상화하면서 동정하는 것으로 이어지지 않고 교육에 대한 열정으로 발현된다. 일곱 아이의 어머니로 배우기를 열망하는 여성, 단벌옷이 물에 젖자 그 옷을 말려 입고 강연회에 오려는 여성, 몽당연필을 가지고 한글을 익히려는 여학생, 적기가를 수업 시간에 부르도록 강요하는 등의 이데올로기적 압박 앞에서도 가르침에 대한 열정으로 학생들을 이끄는 '나'의 모습은 새로운 여성 연대로서 공동체의 가능성을 열어준다.[18] 여교사 '나'와 여성 학생들이 함께 만드는 교육 장면은 그 자체로 여성 교사와 여학생들의 교육 현장이라는 장을 재현하는 것이다.

이렇듯 강한 신념을 가지고 있던 '나'는 왜 월남을 선택하게 되는가. '내'가 월남하게 된 계기는 을민과의 외적 갈등의 형태로, 즉 공산주의의 압박으로 드러나 있기도 하다. 그러나 '내'가 월남하게 된 데에는 내적인 계기가 더 직접적인 요인이다. 다음은 '내'가 월남을 결심하게 되는 여성동맹 군인민위원회에 참석했을 때의 '나'의 심정이다.

---

18 정재림은 야학 교사인 영인과 학생들인 가난한 여성들이 맺고 있는 연대의식에 대해서 교사와 학생의 구분을 넘어서는 하나의 공동체 의식의 발로라고 적극적으로 평가한다. 영인의 단신 월남으로 인해 공동체 의식에 대한 탐색이 『월남전후』에서는 미완의 주제로 남게 되었다고 보고 있으나 약자에 대한 연민과 사랑, 이들과의 연대의식이 1950~1960년대 임옥인 문학의 뚜렷한 특징으로 재등장한다는 점에 대해 주목해야 한다고 강조한다(정재림, 「임옥인의 삶과 문학」, 『임옥인 소설선집』, 현대문학, 2010, 462~463쪽).

나는 각 면대표석의 한 자리를 차지하고 앉아서 아래위층을 빽빽이
찬 여인집단(女人集團)을 둘러보았다. 각 기관의 간부들 축사는 듣지도
않고 내 마음 속에는 이상한 충격이 파동치고 있었다. 이천여 명의 부
녀집단 앞에서 나는 무엇인가 얘기해야만 할 것 같은 절실한 감동에
사로잡히고 있었다. 이러한 집단 앞에 서기를 나는 오래 전부터 갈망
해온 것인지도 몰랐다. 그것은 내가 공부하기를 갈망해온 큰 동기였
는지도 모른다는 착각을 일으키기까지 했다.
　　'그렇다. 나는 저들을 향해 외치고 싶은 하나의 사실을 가지고 있
다.'(165쪽)

　　이 장면에서 '나'의 발언은 배우는 것이 힘이라는 요지로 이어진다.
"당분간 정치에두 경제에두 여권에두 눈을 감읍시다. 우선 우리는 문맹
에서 구출돼야 합니다."(167쪽)라는 발언은 '내'가 일제시대부터 외치고
싶었던 진실이었다. 문제는 이러한 발언이 제지되는 것으로 그치지 않는
데 있다. 교육을 앞서는 이념의 중요성에 대한 강조는 수업 시간에 적기
가를 부르지 않는다는 것에 대한 비판으로 이어지면서 결국 '나'의 적극
적인 협조와 이를 따르지 않을 때 신변의 위협으로 다가선다. "적기가를
불러야 교육노선에 맞는단 말씀이죠? 전 비위에 안 맞습니다. 교육과 적
기가가 무슨 필연적인 관련이 있습니까? 일본국가를 부르는 거나 적기
가를 부르는 거나 부질없는 심사가 꼬이기룬 마찬가지라구 생각하는데
요!"(170쪽)라는 발언은 교육에 앞서는 국민의 의무로서 강요되는 어떠한
이데올로기도 존재할 수 없다는 '나'의 신념을 드러내는 것이다. 이를 계
기로 '나'는 을민이와 "혈친이라는 다리는 벌써 완전히 끊어진 사실을 직
각"하게 된다. '나'의 가족, 보호자, 약한 이를 도울 줄 아는 인간, 자신의
사상을 맹종하는 인물로 정의되던 을민이와 절교 상태에 이르고 을민의
보호 없는 상태에서 '나'는 공산당원들의 협조 요구를 받게 된다. 이 사건

이 월남의 외적 계기가 된 것은 분명하지만, 이 사건 이후 '내'가 월남하게 된 것은 두 달이 지나서이다. 월남을 의도하면서 "누님! 평화적 수단으론 38선이 뚫리지 않아요!"라는 을민의 말을 떠올린 것은 '나'의 신념이 평화적 수단이 아닌 강제적 수단에 의해 끊기게 되리라는 예측에서이다. 이 예측이 월남의 내적 계기로 작용한다.

『월남전후』에서 월남의 순간은 소설의 마지막 부분에서 한탄강을 건너는 장면으로 짧게 묘사된다. 월남 이전의 북한에서의 생활에 대한 서술이 대부분의 분량을 차지한 것은 '내'가 월남할 수밖에 없었던 내적 계기에 대해 제시하고자 한 작가의 의도이다. 그곳에서 여성 지식인으로서 '내'가 학교와 야학을 제외한 어떠한 집단에도 소속되지 않는 과정을 통해 '나'의 신념을 실현할 수 없는 공간으로서 그곳의 폐쇄성이 강조되는 것이다. 이는 공산주의 사회에 대한 비판으로만 파악할 수는 없다. '나'의 시도는 폐쇄적 시공간인 일제강점기에도 이루어지지 않았다는 사실을 소설 안에서 확인할 수 있다.

『월남전후』를 월남의 과정을 수기의 형식으로 쓴 소설로 파악하는 것은 월남하기까지의 과정에 대한 서사와 함께 그 당시의 기억을 기록하고자 하는 작가의 의도가 드러나 있기 때문이다. 소설에는 '해방일기'라는 제목 아래 '내'가 당시의 사건이나 사람들에 대해 기록하고 있었다는 서술이 등장한다. 이와 함께 과거를 서술하는 지점에서 그 이전의 과거에 대한 회상이 등장하기도 한다. 이를테면 해방 이전에 겪은 사건을 통해 망국의 분노를 느낀 것 등의 내용이 서술된다. 시간 구조의 이러한 혼돈 양상은 소설의 결말 부분과도 연관된다. 월남 이후 '내'가 우연히 동향인인 신영숙 여사를 만나면서 끝나게 되는 소설의 결말은 월남한 이후의 서사가 지속될 것임을 암시한다.[19] 이 만남은 남한에 정착한 '나'를 다시 이북에 대한 의식으로 이끌게 되면서 '나'의 서사는 월남 이전과 이후 사이에서 여전히 존재한다는 사실을 드러내는 것이다.

3. 전시 상황의 수기화 : 『붉은 밤』[20]

『붉은 밤』은 공군 기관지인 『코메트』에 1957년 12월부터 1958년 11월까지 5회 연재된 장편소설이다. 이 소설은 『월남전후』 이후의 시기를 소설로 쓰겠다는 작가의 의도에 부합되는 작품으로, 『월남전후』의 주인공 '김영인'이 월남한 이후 겪게 되는 한국전쟁이 주요한 모티프로 등장한다.

김영인은 단신으로 월남한 뒤, 남한에서 홀로 한국전쟁을 겪게 된다. 전쟁이 발발하고 남한 정부가 이전한 뒤, 북한군이 서울을 점령한 상태에서 영인의 생활이 지속된다. 영인의 집 다락에는 석훈이 숨어 지내고 있어 영인의 생활은 더욱 조심스럽다. 석훈은 출판사에서 일하면서 영인의 작품 고료 등을 주선하였고, 영인의 집을 주선하는 등 영인에게 도움을 준 인물이다. 그러나 결혼하여 가정이 있는 석훈과 영인은 "명목이 없는" 관계이다. 석훈은 남하하지 못한 상태로 출판사에 나가다가 그 직장에서 위원장으로 뽑히게 되고, 의용군 모집의 책임을 맡게 되자 그 길로 영인

---

19 임옥인은 '사변전후', '환도전후'를 더 써서 해방부터 6·25를 거쳐 6·25 이후까지 역사적 현장을 삼부작 소설로 완성하겠다고 말하였으나, 후일 삼부작으로 『월남전후』 『일상의 모험』(『현대문학』 1968. 1~1969. 4), 『방풍림』(『월간문학』 1973. 9~1975. 12)을 들고 있다.

20 『붉은 밤』은 신영덕 선생님이 이정숙 선생님께 보내주신 소설이다. 필자는 이정숙 선생님께 이 소설의 복사본을 받아 연구의 대상으로 삼았다. 임옥인의 작품 연보에서 제외되어 있는 이 소설을 접할 수 있게 해주신 두 분 선생님께 감사드린다.

의 집으로 도피처를 구하게 된다. 영인의 집에 도착한 석훈은 팔을 자해하는 등 의용군에 징집되지 않으려는 시도를 한다. 이에 영인은 석훈의 목숨이 자신에게 달려 있다고 여기면서 그를 보호해야 한다는 의지를 자신의 목숨을 유지해야 하는 이유로 삼는다. 영인의 생활을 끊임없이 위협하는 것은 근로보국대의 동원령이다. 근로봉사 요구에 대해 삯꾼을 대신 보내기도 하였으나 돈이 부족해지자 결국 자신이 끌려 나가게 된다. 근로보국대에 동원된 날 밤, 유엔의 공습으로 영인은 구사일생으로 살아남는다. 하룻밤을 새우는 노동을 마치고 집으로 돌아가는 길에도 공습은 계속된다. 석훈을 집에 숨겨두었기 때문에 영인은 집의 대문을 바깥에서 걸어 잠근 뒤, 대부분의 낮 시간을 시장 등을 배회하면서 지낸다. 그러던 어느 날 석훈이 잠시 외출하겠다고 나간 뒤 돌아오지 않는다. 영인은 소재를 알리지 않은 채 석훈이 돌아오지 않자 그를 찾아 거리를 헤매다가 석훈에 대한 섭섭함과 함께 근로보국대의 동원령을 피해 고향의 선배인 홍 여사의 집에서 머물게 된다. 홍 여사의 남편 송 씨가 고향 친구 아들에게 연행되는 장면을 목격한 뒤 영인은 숙청을 피해 월남한 자신의 처지를 깨닫고 집으로 돌아온다. 영인의 앞집에 사는 정혜 어머니는 남편을 집에 숨겨두었다는 동병상련의 처지로 영인과 교류한다. 영인은 근로보국대의 동원을 피하고 석훈을 기다리기 위해 정혜 어머니의 집에서 임시로 묵기로 한다. 석훈의 집을 찾아 나선 길에 영인은 우연히 윤봉선 여사를 만난다. 윤봉선 여사는 영인이 북에 있을 때 고종아우 을민을 통해 알게 된 인물로, 그녀의 말을 통해 을민이 남하하였고 자신을 찾고 있다는 이야기를 듣게 된다. 을민의 소식, 부역에 협조하라는 요구 등 신변을 위협하는 날들이 지속되는 중에 석훈이 돌아온다. 북한군의 양민 학살 소식이 들려오는 한편 정혜 어머니로부터 유엔군의 등장과 관련된 희망적인 소식을 듣기도 한다. 양식을 마련하기 위해 거리로 나선 날 영인은 북한에서 을민의 동지였던 사람을 만나게 된다. 그에게 자신의 거처를 숨기기 위해 고향 친구 집에 머물다가 그곳에서 폭격을 맞아 간신히 살아남는다. 9·28 수복을 일주일 앞두고 북한군은 집을 뒤지면서 남아 있는 남자들을 끌고 가고, 이러한 날들을 견디고 영인은 마침내 유엔군이 서울에 입성하는 날을 맞게 된다.

이상의 줄거리를 통해『붉은 밤』이 한국전쟁이 발발한 직후로부터 9·28수복까지의 삼 개월 가량을 배경으로 하고 있음을 확인할 수 있다. 북한군을 피해 월남한 영인이 다시 북한군 치하에 놓이게 되는 아이러니한 상황에서 서울에 홀로 남은 영인의 고군분투가 이 소설의 주요한 전개 과정이 된다.『월남전후』와『붉은 밤』을 잇는 것은 북한과 남한 사회에서 여성이 단신으로 자신의 생활을 '돌진'해나간다는 여성 인물의 주체적 태도이다.『붉은 밤』의 영인 역시『월남전후』의 영인처럼 자신이 처한 상황에 대해 관찰하고 냉정한 태도를 견지한다. 흥미로운 점은 자신이 처한 현실을 '사지(死地)'로 인식하고 있는 여성 인물이 그 상황에 대해 좌절하거나 굴복하지 않는다는 것이다.

『붉은 밤』은 홀로 월남한 여성 인물에게 놓인 '전쟁'이라는 상황이, 어떻게 '사지(死地)'로 인식되는지를 여실히 제시한다. '전쟁'은 포괄적 범주에서의 '위험'으로 등장하지 않고 구체적인 모습으로 빈번하게, 예측하지 않은 상황에서 등장하며 일상생활에서 영인을 위협하는 요소가 된다. 이 전쟁은 '자유'를 빼앗아간다는 점에서 '나'로 하여금 문제의식을 느끼도록 한다. 부역을 하던 중 우연히 목격하는 여성에 대해 '나'는 "저 여자에겐 자유가 있고 내게는(우리에겐) 자유가 없다."[21]라고 서술함으로써 영

---

21 임옥인, 「붉은 밤」1, 『코메트』31, 1957. 12, 187쪽.

인의 시선에 의해 관찰되는 전쟁과 그로 인한 제약은 '자유의 부재'로 정리될 수 있다. '나'의 억압되는 측면은 월남한 여성 지식인이 겪게 되는 공통의 경험으로 볼 수 있다. 월남한 여성 지식인으로서 '내'가 겪은 한국전쟁은 육체적, 사상적 측면에서 자유를 제약한다. '나'는 이질로 고생하고 있는 상황에서도 근로봉사라는 동원령 아래서 어쩔 수 없이 부역을 하게 된다. 모래를 날라 방축을 쌓는 노동은 공습의 위협 속에서도 밤새도록 이어진다. 강제 노역의 현장이 곧 사지(死地)이다. 한편 월남한 여성 작가로서 '나'에게 사상의 강요가 이어진다. 월남한 직후 이태준이 '내'게 문학가동맹 가입신청서를 두 번 보낸 것이다. 이에 대해 '나'는 "작가는 작품을 통해서만 입장을 밝힐 수 있을 것인데요! 전 찬성할 수 없습니다. 일선에 나서서 날뛰기보다는 떠억 버티고 앉아서, 작품하는 것이, 길이라고 생각합니다."[22]라고 답변하면서 단호히 거절한다. 이후로도 이태준의 직접적인 설득을 회상한 '나'는 그에 대해서 '인간성 상실'이라고 판단한다. '나'의 이러한 판단은 단순히 공산주의에 반대하기 위한 태도가 아니라 혼란한 시대에 작가가 앞장서서 정치에 참여하는 것에 대한 반대이다. 『월남전후』의 영인이 교육에 앞서는 이데올로기를 반대한 것처럼 『붉은 밤』의 영인은 문학에 앞서는 이데올로기를 반대하는 것이다. 혼란한 시기 자신의 일과 관련된 신념을 지키는 의지는 여성 인물의 주체적 태도를 더욱 두드러지게 한다. 특히 신념이 일상생활을 유지하는 기반이 될 때는 더 빛을 발한다.

　『붉은 밤』의 '나'는 전시 상황에서 육체적, 정신적으로 억압받는 '사지(死地)'로부터 벗어나기 위해 노력하는 의지적 인물이라는 점에서 의미

22　임옥인, 「붉은 밤」 3, 『코메트』 33, 1958. 5, 204쪽.

있다. 주어진 상황에 체념하거나 혹은 수동적으로 대처하는 것이 아니라 '나'는 '죽음'이라는 결과를 받아들이지 않기 위해 주어진 현실을 개척하고자 한다. '나'의 활동은 단신으로 북한군의 치하에 남은 여성 지식인의 현실 인식과 대처 방안이라는 측면에서 독보적이다. 스스로에 대한 보호자 의식은 "버림받은 시민"이라는 현실 인식으로부터 출발한다.

> 나는 의지(意志)로 의지(意志)로 무거운 발걸음을 계속하고 있었던 것이다. 음산하고 처참한 빈 거리, 남하하지 못한 남은 시민들은 버림받은 자의 멍에를 고스란히 져야하는 것이다. 나도 그 멍에를 지고 간다. 약자의 멍에를 지고 간다. 무능자의 설음을 안고 이렇게 엎으러지며 거꾸러지며 걷고 있는 것이다.[23]

인용문은 '나'를 보호할 수 있는 것은 스스로일 뿐이라는 인식을 토대로, 스스로 살아남아야 한다는 의지를 키우는 장면이다. 이러한 '내'가 정처할 수 있는 곳은 '나'의 집이다. 문제는 '나'의 집이 언제든지 사지(死地)가 될 수 있다는 점이다. '나'의 집은 석훈이 도망할 곳으로 선택되었지만 석훈에게도 '나'에게도 안전한 피난지가 되지 못한다. 밖에서 문을 걸어 잠근 집은 북한군의 급습으로부터 유엔의 공습으로부터 언제든지 빗장이 풀릴 수 있는 것이다. 『붉은 밤』의 '내'가 집의 안팎에서 머물거나 배회하는 일은 집이 정주할 수 없는 장소라는 점을 상징적으로 드러낸다. 이는 '내'가 남한에서 자리 잡고 살아가기 이전의 상태라는 사실을 알려준다.

> 그런 시간이면 어머니 생각도 났다. 벌써 이북에서 돌아가셨다는 그리운 어머니, 불쌍한 그 어머니의 생각이 가슴을 저밀때도 있었다.

---

23 임옥인, 「붉은 밤」 2, 『코메트』 32, 1958. 2, 204~205쪽.

두 다리가 없는 불쌍한 오빠와 마돈나같이 깨끗하고 아름다운 올케의 일이며, 귀여운 조카딸들의 생각이 떠올랐다. 혜란이, 혜구, 혜선이……. 모두 보고싶었다. 그리고 큰 오빠의 유복자인「금철」이는 어디 군인으로 나와있을 것이었다.[24]

인용문은 '나'의 원체험으로서의 고향과 가족이다. 이 의식은 '내'가 고향과 관련된 인물을 만나거나 소식을 들었을 때 반복적으로 떠오른다. 정주하지 못한 현재는 월남을 선택한 시점으로부터 초래된 것이다. 원체험은 "내가 살기 위해서 나의 사랑하는 혈친도 고향도 그리고 그이의 무덤까지도 버리고 온 것이 아닌가"[25]와 같은 '나'의 죄의식과 관련된다. 이러한 죄의식은 곧 석훈에 대한 보호 의식으로 대체되고, 석훈을 지키려면 '내'가 살아남아야 한다는 의지로 이어진다.

한국전쟁은 월남한 여성이 남한에 정주하는 데 장애물로 기능한다. 가족과 고향이라는 뿌리를 북한에 두고 탈출한 여성의 삶을 뒤흔드는 상황에서 여성 지식인인 '나'는 전시 상황을 기록하고자 한다. 이 기록은 "이 사지(死地)를 면"하겠다는 '나'의 의지로부터의 비롯된 것으로, "나는 그 슬픔을 추구하기 위하여 붓을 든다. 편지 같기도 하고 노래 같기도 한 글"[26] 즉 '수기'의 형식으로 작성된 것이다. 이 글 속에서 '나'의 시선으로 관찰된 전시 상황은 예측 불가능한 것이다. 함께 있던 사람이 한순간에 목숨을 잃거나 집이 사라지는 등 삶의 순간순간이 절체절명으로 바뀔 수 있는 것이다. 이러한 상황에서 '나'는 수동적인 상태로 체념하지 않고 현재의 순간을 자세히 기록한다. 이 기록은 월남 지식인 여성이 남한에서

---

24 위의 책, 211쪽.

25 임옥인,「붉은 밤」4,『코메트』34, 1958. 8, 206쪽.

26 위의 책, 203쪽.

정주하기 위한 과정을 기록했다는 점에서 의미 있다.

4. 결론

이 논문은 월남 여성 작가로서 임옥인에게 주목하였다. 임옥인의 장편소설『월남전후』『붉은 밤』은 월남한 여성 지식인을 주인공으로 하여 해방 직후부터 38선을 넘을 때까지, 한국전쟁이 발발한 이래로 9·28 서울 수복까지의 과정을 여성의 시선으로 그리고 있는 작품이다. 소설의 여성 주인공은 임옥인의 분신으로, 작품 안에는 월남 여성 작가로서의 체험이 '수기'의 형식으로 드러나 있다.『월남전후』와『붉은 밤』의 주인공 김영인의 서사는 작가의 자전적 체험을 토대로 형상화된 것이다.『월남전후』에는 월남 이전 작가의 교사 체험이,『붉은 밤』에는 월남 이후 북한군이 점령한 서울에서의 체험이 드러나 있다.

임옥인의 월남 여성 작가로서의 체험은『월남전후』와『붉은 밤』에서 기존의 전후소설의 여성 인물과 다른, 새로운 여성 인물의 유형으로 형상화되었다. 여성 교사이자 작가인 김영인은 보호자, 선생으로서 주체적으로 선택하고 자신의 신념을 실천하는 인물이다. 여성 인물의 주체적인 면모는 당대 상황에 대한 관찰자적 시선을 바탕으로 하여 이념 앞에서 흔들리거나 고뇌하지 않고, 이념에 대해 거리를 유지하는 개성적 인물로 표현된다. 특히 여성 교사와 여학생들이 함께 만들어나가는 교육 장면은 그 자체로 해방 직후의 여성 교사와 여학생들의 교육 현장을 재현해주면서 여성 연대로서 공동체의 가능성을 제시한다. 한편 월남한 여성 인물에게 한국전쟁은 '사지(死地)'에서 살아남기 위한 고군분투의 과정이다. 이때 전쟁은 일반적 차원에서의 '위험'으로 등장하지 않고 구체적인 모습으로 빈번하게, 예측하지 않은 상황에서 등장하여 일상생활을 위협하는 요소로 그려진다. 이렇듯 개성적인 여성 인물, 일상적인 전쟁의 모습은 여성 작가로서 임옥인의 시선에 의해 포착된 것이다.

『월남전후』와『붉은 밤』에서 여성 인물이 처한 현실이 핍진하게 그려지는 것은 그 당시를 기록하고자 하는 작가의 의도가 '수기'의 형식을 띤 소설로 창작되었기 때문이다. 『월남전후』와『붉은 밤』을 잇는 해방 직후로부터 한국전쟁이 발발하고 서울이 다시 수복될 때까지의 혼란한 시기는 역사의 흐름인 동시에 작가의 체험이 이루어진 시기이다. 이러한 시기에 대한 기록은 월남 이전, 전시 상황이라는 특정한 시점에서 서술되고 있으나 그 기저에는 가족과 고향이라는 과거의 원체험이 존재한다. 서술 시점에서의 현재와 원체험의 과거가 교직되는 서사는 지금—이곳에 정주하기 위한 월남 여성 작가의 기록이라는 점에서 그 의의를 찾을 수 있다.

참고문헌

기본자료

임옥인, 『월남전후』, 현대문학, 2010.

──, 「붉은 밤」, 『코메트』, 1957. 12~1958. 11.

──, 『나의 이력서』, 정우사, 1985.

논문 및 단행본

김복순, 「분단 초기 여성 작가의 진정성 추구양상 : 임옥인론」, 『현대문학의연구』
　　　 8, 한국문학연구학회, 1997.

박정애, 「전후 여성 작가의 창작 환경과 창작 행위에 관한 자의식 연구」, 『아시아
　　　 여성연구』 41, 숙명여자대학교 아시아여성연구소, 2002. 12.

서정자, 「자기의 서사화와 진정성의 문제 : 임옥인의 「일상의 모험」을 중심으로」,
　　　 『세계한국어문학』 2, 세계한국어문학회, 2009. 10.

송인화, 「1950년대 지식인 여성의 교육과 기독교─임옥인의『들에 핀 백합화를
　　　 보아라』를 중심으로」, 『한국문예비평연구』 36, 한국문예비평학회, 2011.

임옥인, 「문학과 신앙의 생애」, 『현대문학』, 1981. 11.

전혜자, 「'코라'(Chora)로의 회귀 : 임옥인의『월남전후』론」, 『현대소설연구』 7, 한
　　　 국현대소설학회, 1997.

정재림, 「임옥인의 삶과 문학」, 『임옥인 소설 선집』, 현대문학, 2010.

──, 「타자에 대한 사랑과 윤리적 주체의 가능성─전영택과 임옥인의 소설을
　　　 중심으로」, 『신앙과 학문』 46, 기독교학문연구회, 2011. 3.

정혜경, 「월남 여성 작가 임옥인 소설의 집 모티프와 자유」, 『어문학』 128, 한국어
　　　 문학회, 2015. 6.

차희정, 「해방전후 여성 정체성의 존재론적 구성과 이주 : 임옥인의『월남전후』를
　　　 중심으로」, 『여성문학연구』 22, 한국여성문학학회, 2009.

한기형,「해방 직후 수기문학의 한 양상―오기영의『사슬이 풀린 뒤』의 경우」,
『상허학보』9, 상허학회, 2002. 9.
한수영,「월남작가의 작품세계에 나타난 반공 이데올로기와 1950년대 현실인식」,
『역사비평』21, 1993.

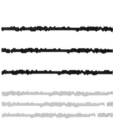

제 *4* 부

여로와 향수

한국 역사소설과 성장의 행로

정호웅

1. 한국 역사소설과 주인공의 행로

한국 근현대 역사소설은 일반적으로 주인공의 행로를 중심으로 전개된다.[1] 그 행로는 언제나 성장의 행로이다. 이 점에서 한국 근현대 역사소설은 통틀어 성장소설이라 말할 수 있다. 그러나 지금까지 나온 작품 가운데 내적 고투에 주목하여 그 성장 과정을 그린 작품은 거의 찾을 수 없다. 주인공과 세계의 투쟁을 외적 차원에서 문제 삼는 데서 멀리 나아가지 못하였던 것인데, 1920년대 중반 이후 지금까지 나온 그 많은 역사소설의 서사가 거의 예외 없이 인물과 세계의 맞섬에서 생겨나는 사건 중심의 서사라는 사실은 이와 깊이 관련된 것이다.[2]

한국 근현대 역사소설 가운데 주인공의 내적 고투를 중심으로 그 성장

---

1 물론 그렇지 않은 경우도 있다. 박물적 정보를 엮어 구성한 역사소설도 있다. 최명희의 「혼불」이 대표적이다(정호웅, 「박물지의 형식—「혼불」론」, 『황해문화』, 1997 여름 참조).

2 이에 대해서는 정호웅, 「한국 역사소설의 미학적 특성 연구」, 『문학사와 비평』 7집, 2000 참조.

과정을 그린 작품이 전혀 없는 것은 아니다. 많지 않은 작품 가운데서도 특히 김원일의『늘푸른 소나무』[3]가 가장 대표적이다. 여기서는 이 작품을 살펴 한국 역사소설의 특성 해명에 일조하고자 한다.

2. 세계 투쟁의 여로

큰 소설이니만큼 많은 인물이 등장한다. 주인공 석주율을 비롯한 중심 인물들의 행로가 이 작품의 골격을 구성하는데, 그 행로는 크게 세 가지로 나눌 수 있다. ① 세계와의 싸움의 길, ② 그 반대로 세계의 지배질서에 순응하여 그것을 좇는 길, ③ 그리고 자기완성의 길.

석주율의 상전이었으며 스승이었던 독립지사 백상충은 양반 출신의 선비로서, 조선조 선비들을 기르고 가두었던 유가의 세계관과 법도로부터 거의 벗어나지 않는다. 그를 이끌어 구한말 의병 투쟁에서 영남유림단 결사, 대한광복회 운동, 언양 삼일만세운동 주도 등을 거쳐 만주 땅 독립운동에 이르기까지 언제나 투옥과 죽음의 위험이 따르는 험로를 걷게 한 것은 육화되어 있어 그로서는 자연과도 같은 유가의 세계관과 법도였다. 그의 이상이 '유학 이념의 공화제 법치국가'[4](상, 98쪽)인 것으로 미루어 왕조주의적 세계관에서는 벗어났다고 할 수 있으나, 근본은 요지부동, 그는 끝끝내 유가적 세계관과 법도에 갇혀 있었다. 자신을 지배하는 세계

---

3 이 작품은 1993년에 초간되었다가 4할 정도 분량을 덜어내고 2002년 재간되었다. 여기서는 재간본(이룸 간)을 분석 대상으로 한다.
4 김원일,『늘푸른 소나무』, 이룸, 2002. 이하 괄호 안에 상중하와 쪽수를 표기한다.

관과 법도의 정당성에 대한 의문을 전혀 품지 않는 상태에서 출발한다는 점에서 그는 처음부터 간힌(규정된) 존재였다고 할 수 있다. 처음부터 간힌 존재이기에 그에게 자신과의 싸움은, 그 세계관과 법도에 얼마나 충실한가가 문제되는 부차적인 의미를 가질 뿐이다. 백상충은 경쟁자라 할 수 있는 박상진의 남다른 경력과 출중한 지도력에 대하여 질투하는 자신의 마음 움직임을 스스로 경계하여 다스리고자 애쓰는데 그에게 있어 자신과의 싸움이란 이런 정도에 그친다. 그가 평생에 걸쳐 싸움의 대상으로 삼은 것은 그 자신이 아니라, 그 자신으로 육화되어 있을 뿐 아니라 그가 절대선으로 인식하여 조금의 의문도 품지 않는 유가의 가르침에 어긋난 현실 세계였던 것이다.[5]

> 차라도 공양하겠다는 법해 말을 물리치고 백상충은 석간수로 목을 축인 뒤, 한때 은둔했던 백립초동으로 넘어갔다. 3년 동안 비워둔 초당은 이엉이 썩어 내려앉았고 싸리문은 닫혀 있었다. 먼 눈에 보아도 안채 마루 처마에는 거미줄이 무성했다. 백립초동 편액만이 옛 주인을 반겼다. 그는 다시 이곳에 은둔해 침잠할 수 없다고 생각했다. 내 나이 서른 여덟, 반평생을 넘긴 마당에 남은 세월을 서책이나 들추고 은거할 수 없다. 그렇다. 간도로 들어가야 한다. 거기서 옛 동지와 함께 왜적과 싸워야 한다. 그렇게 재기함만이 선열과 조상에 보은하는 길이리라.(중, 388쪽)

---

5 백상충의 강고한 의지와 외줄기 행로는 일본과의 어떤 타협도 배격하고 무장투쟁, 민중직접혁명의 길로 나아가고자 했던 단재 사상, 의열단 사상과 통한다. "적을 죽이지 않으면 내가 죽을 수밖에 없다"는 절박한 위기의식에 근거한 이른바 '절대의 적' 사상(김윤식, 「단재사상의 문제점」, 『김윤식선집』1, 솔, 1997 참조)이다.

한 오라기 감상도 들이지 않는 이 불퇴전의 의지로 무장하고 백상충은 '왜적'이 지배하는 세계와의 외줄기 투쟁의 길에서 한 발짝도 벗어나지 않는다. 그와 어깨를 겯고 나아가는 투쟁의 동지들, 곧 박상진·곽돌·양도감·경후 등이 걷는 여로 또한 백상충의 행로와 마찬가지로 세계와의 투쟁의 길이다.

세계와의 투쟁이란 외줄기 행로를 걷는 이들에게 중요한 것은 그 행로를 벗어나지 않는 것이며, 투쟁의 칼을 날카롭게 벼리는 것이다. 당연하게도 안팎에서 출몰하는 유혹에 맞서 자신의 의지를 더욱 단단하게 다져야만 할 것인데, 소설 속에 그려진 이들의 행로에서 이것이 가장 강조되고 있는 것은 바로 이 때문이다.

> 고랑고랑 앓던 경후가 꿈결이듯 옆사람들 말을 들었다. 목소리만 듣고도 그들이 누구임을 그는 알았다. 언양주재소에서 차라리 자결이라도 해버렸다면…. 그는 수십 번, 아니 수백 번도 더 자결을 결심했으나 실행에 옮기지 못한 자신이 후회스러웠다. 자해를 방지하려 놈들이 여러 방법을 썼지만 죽기로 했다면 머리를 감방 벽에 찧어서라도 죽을 수 있었다. 아직도 삶의 미련이 남아서일까. 아니면 살아남아 이 업고를 달게 받으며 참회로 한평생을 담금질하려 함인가. 용수갓을 쓰고 있기에 주위 사람이 자기 얼굴을 알아보지 못함이 다행이었다. 용수갓 성긴 싸리발 사이로 갈매기 여러 마리가 배를 따라오고 있었다. 나 때문에 주율이 죽었다? 표충사에서도 사부대중으로부터 선망을 한몸에 받던 주율의 다감한 눈매가 싸리발 앞에 어렸다. 이제 모진 고문이 끝나 재판 결과만 남았다지만 육체적 고문에 못지않게 그의 마음은 천근의 무게에 짓눌렸다.(중, 116쪽)

모진 고문을 못 이겨 대한광복회 활동을 토설하고 말았던 표충사 승려 경후는 그런 자신을 용서할 수 없었기에 자살로 스스로를 처벌한다. 이 단호한 자기 처벌은 백상충으로 대표되는, 세계 투쟁의 삶을 살았던 인물들의 여로가 지닌 성격을 압축하여 보여주는 상징 기호이다.

뚜렷한 자기동일성을 확보하고 일로매진하는 강한 자아와 절대로 용납될 수 없는 세계와의 대결이 문제되고 있기에 세계 투쟁의 길을 걷는 인물들이 엮어내는 소설 공간은 명료하지만 단성적이다. '대결'에 갇힘으로써 함께 껴안아야 할 많은 것들을 놓치는 일이 생겨나는데, 예컨대 도기선이라는 인물의 경우.

도기선은 대한제국 하사관으로 정미년(1907)의 군대 해산에 맞서 일어선 무장 항쟁에 뛰어들어 '화승총 한 자루' 들고 3년 동안 "충청도와 경상도 접경 두솔봉과 국망봉에서, 황해도 구월원산에서, 평안도 묘향산으로 의병부대를 옮겨다니며 일본군과 싸웠"(중, 544쪽)으나 끝내 만주로 피신길을 떠나야만 했던 인물이다. 만주 땅에서는 엿장수 행상으로 돈을 벌어 독립운동을 지원하며 일심으로 대한독립을 바라는 삶을 살아오고 있다. 도기선의 그런 삶을 상징하는 것은 그가 언제나 쓰고 다니는 '대한제국 진위대(鎭衛隊) 군모'와 그의 옛 동료인 연 목수와 함께 목청껏 소리 높여 부르는 옛 군가이다.

> 오라오라 돌아오라 창의소로 돌아오라/ 만일만일 오지 않고 왜적에 종사하여/ 불행히도 죽게 되면 황천에 돌아가서/ 무슨 면목 가지고서 선황선조 뵈올소냐/ 세상이 이러하니 팔도에 의병났네/ 무슨 일 먼저 할까 난신적자 목을 잘라/ 왜적 퇴송 연후에 보국안민 하여 보세…(중, 555쪽)

지난날 의병 투쟁의 경력을 자랑으로 내걸고 대한독립을 위한 외줄기 길을 걷고 있는 이 인물의 전력은 그러나 이처럼 단순하지 않다. 그는 경술국치(1910)와 함께 만주로 피신한 후, 용정에서 사천 리 저쪽 대흥안령

정맥 너머 '아라사' 땅 곳곳을 떠돌았던 사람이다. "마차와 썰매가 탈것이요, 걸어서 여행하던 시대" "동절기가 일 년 절반 넘는 동토 땅에 끝도 없는 침엽수가 펼쳐져 있"는 광대한 시베리아 벌판을 떠돌던 그의 발길은 심지어 대흥안령정맥에서 또 서쪽으로 삼천 리나 저쪽으로 떨어져 있는 바이칼 호반 도시 '일구주구(이르쿠츠크)'까지 가 닿기도 했다.

만주 벌판은 사방으로 열린 그 공간적 특성으로 인해 식민지 조선의 폐쇄성을 넘어설 수 있는 가능성의 공간으로 받아들여졌다.[6] 조선 땅과 인접해 있었으며, 1869년 이래 정주해 살아온 조선인들과 그들 삶의 실체가 엄존하고 있었고, 이 같은 조건을 딛고 조직적인 독립운동이 실천되고 있는 공간이었기에 그럴 수 있었다. 그러나 소련 땅은 달랐다. 물론 조선 땅 만주 땅과 가까운 연해주는 만주 벌판과 마찬가지 의미를 지닌 공간으로 인식되었으며, 모스크바로 상징되는 사회주의 국가 소련이라는 기호는 공산주의 계열의 독립운동가들에 새로운 역사 전개에 대한 약속을 담고 있는 희망과 믿음의 상징으로 받아들여졌다. 그러나 용정에서도 사천 리 저쪽에 떨어져 있는, "만주 땅이 넓다 해도 시베리아 땅에 비하면 멍석과 방석 차이라"(중, 553쪽)라고 말해지는 그 드넓은 시베리아 벌판으로 대변되는 소련 땅은 그 같은 가능성의 공간이 아니라, 모든 것을 상실한 자의 절망과 자포자기의 허무를 담아내는 아득한 떠돎의 공간으로 인식되었다. 환멸을 못 이겨 시베리아 벌판을 가로질러 바이칼 호반에 이르고 마침내는 이르쿠츠크 변두리 F역 오막집에서 죽는 「유정」(이

---

6 만주 공간이 언제나 희망적인 가능성의 공간으로 인식되었던 것은 물론 아니다. 유치환의 만주 시편들은 만주 벌판의 아득함을 감당 못해 절망하고 자학하는 인물의 내면을 그리고 있는데, 만주 벌판의 사방으로 열린 무한 개방성은 역으로 삶의 호흡을 얼어붙게 하고 의식을 칭칭 동여매는 폐쇄성이었던 것이다.

광수)의 주인공 최석을 통해 시베리아 벌판의 이 같은 상징 의미를 확인할 수 있다.[7]

도기선의 시베리아 방랑은 그런데 '구변 좋은' 한 사내의 자기 이력 말하기에 그치고 말았으니 아쉽다. 지금까지 살펴온 바 시베리아의 이 같은 공간적 상징성과 관련된 것일 수도 아닐 수도 있지만, 도기선의 시베리아 방랑은 소설 속에 그의 삶을 이끄는 유일한 것으로 설정되어 있는 '불퇴전의 독립 의지'라는 추상어로는 싸안을 수 없는 복합적인 의미를 지니고 있는 것일 터인데, '불퇴전의 독립 의지'에 대한 강조가 지나쳐 배제되고 말았던 것이다.

3. 리얼리스트의 눈

이 점에서 이들과 맞은편에 놓여 있는 인물들의 세계가 주목된다.

백상충의 장인인 조익겸이 대표적인 인물이다. 조, 부 이대가 일군 누만금의 재산을 딛고 무역업에까지 손을 뻗치며 부산·경남을 대표하는 거상으로 성장한 조익겸은 대세를 좇아야 한다는 생각을 가진 현실주의자이다.

> 백 서방, 생각 좀 해보게. 시대는 작년과 올해가 또 달라. 흐르는 물은 거스를 수 없듯 대세는 못 막아. 조선 일천오백만 백성이 한목숨으로 맹세하고 일어난다 해도 어림없어. 암, 어림없고말고. 그러니 이럴 땐 강한 쪽으로 몸을 기대거나, 뜻이 있어 그도 싫다면 차라리 강태공

---

7 「유정」에 대해서는 김윤식, 『이광수와 그의 시대』(솔, 2000) 참조.

처럼 가는 세월 가게 두고 가솔이나 돌봄이…(상, 38쪽)

모순에 가득 찬 현실 세계와 맞서 싸우는 삶이야말로 가치 있는 것이라는 생각을 잣대로 잴 때 조익겸은 부정적인 인물이다. 그러나 이 부정적인 인물은 그 반대쪽에 선 인물들과는 달리 한마디에 담을 수 없는 다양한 얼굴을 지니고 있는 개성적인 인물이다. "자를 것은 자르고 편리를 보아줄 건수는 반드시 셈을 따져 이문이 있을 때만 응대"하며, "내 눈으로 보지 않곤 믿지 못한다는" '현장 중시 경영'(상, 528쪽)의 철학을 지닌 철저한 상인인 그는 다른 한편으로는 많은 일과 부리는 사람들을 빈틈없이 이끄는 뛰어난 관리자이고, 넘치는 재산과 남다른 정력을 적절하게 다스릴 줄 아는 자기 통제력을 지닌 인물이다. 게다가 금도가 남다른 대인의 풍모조차 갖고 있어 강한 자아를 소유한 인물들의 외줄기 행로가 주도하는 이 소설의 날 선 분위기를 누그러뜨리는 역할을 수행하는 존재로서 그 의미는 간단하지 않다.

조익겸이 지닌 넉넉한 대인의 풍모가 작품의 균형 확보에 큰 역할을 하였듯, 그로 인해 근대적인 상업 공간으로 재구성되고 있는 부산의 현실을 비롯해 '식민 지배와 독립운동'의 코드로는 포괄할 수 없는 당대 현실의 여러 국면들을 소설 속으로 끌어들이는 것이 가능해짐으로써 식민지배와 독립운동의 코드를 중심으로 구성된 소설 공간의 한 축과 균형을 이루게 되었다. 조익겸의 소설 구성상 위상이 중요 등장인물 가운데 하나에 멈추지 않고 이처럼 작품의 균형 확보에 결정적으로 관여할 정도로 대단하다는 사실은 다음 인용이 가장 분명하게 증거한다.

내 말 마저 듣게. 그러기에 자네가 삼 년 뒤에 출옥하더라도 형세와 윤세를 언양 바닥에 넘겨줄 수 없다는 게야. 자네야 앞으로 또 무슨 일에 나서든 내 상관할 바 아니나, 외손은 외가에서 맡을 테니 그리

알게. 형세가 고등보통학교 삼학년이니 이태 후면 졸업할게야. 내 생
각으로는 형세를 동경으로 유학 보내 상업 쪽 학문을 계속 시킬 예정
이고, 윤세는 보통학교 일학년이라 더 지켜보아야겠지만, 비범한 머
리로 보아 집안에 들어 앉히기 아까우니 제 하고 싶다면 전문학교까
지 공부시킬 작정이야. 하여, 앞으로 두 아이는 내가 맡을 것이니 자
네가 관여치 말라는 게야. 내 할 말 다 했으니 가겠어. 자네가 면회를
거절했듯, 나도 이제 자네가 석방될 때까지 면회 오지 않을 걸세.(중,
481쪽)

그는 친가와 외가를 엄격하게 가르는 봉건적 가문주의의 벽조차 허물
고, 이처럼 백상충과 대등하게 맞섰다. 세계 투쟁의 인물들을 대표하는
존재인 백상충과 대등하게 맞설 정도의 위상을 확보함으로써 그는 그가
중심인 소설 공간을 '식민 시배와 독립운동'의 코드가 엮은 소설 공간과
대등한 것으로 끌어올린다.

조익겸과 함께 주목되는 또 한 인물은 강오무라이다. "아전 심부름꾼
일수쟁이 안 하려 나는 열여덟 살에 혈혈단신 일본으로 건너"가서 '내지
인'이 되고자 하였으며 "족보조차 갈아치우려다 이름만 오무라라 바꾸
었"다고 말하는 사내, 백상충에게 "일백 년만 지나 봐, 반도 땅에 당신 같
은 조선족 순종은 한 명도 살아 있지 않을 테니, 대일본제국은 천지개벽
할 때까지 이 땅을 영영세세 지배할 거야."(상, 66쪽)라고 장담하며 일본
인으로 되태어나고자 하는 원념과 의지의 악착으로 독립운동가들의 뒤를
쫓고 악랄하게 고문하여 '조센징 오니게이샤츠(鬼警察)'(상, 161쪽)라 불
리는 헌병대 형사이다. 일본의 욱일승천하는 기세에 눌려 일본국의 만세
에 대해 한 점 의문도 품지 않고 일본의 지배를 당연으로 수용했던, 극소
수를 제외한 당대 조선인 일반의 머릿속에 크든 작든 깃들었던 이 미묘
한 의식의 극단적 실현이라 할 개성적 성격의 소유자이다. 그런데 놀랍게

도 이처럼 극적인 성격 안쪽에 그것과 상충될 수도 있고 그렇지 않을 수도 있는 강오무라 특유의 직분관과, 세상 이치에 대한 통찰이 자리를 잡고 있는 것이 아닌가.

> "난 소득만 따지지 않소. 백상은 나를 조선인으로 볼 필요도 없고, 일본인으로 생각지도 마시오. 강오무라, 이름처럼 내 피는 양쪽이 섞였소. 내 별명이 조센징 오니게이사츠인 줄 당신도 알고 있잖소. 나는 오직 내 직분에 성실을 다하오."
>
> "헌병대 형사 직분?" 백상충이 된숨을 삼켰다.
>
> 마당에는 형세를 치마 앞에 거느린 조씨가 떨고 서 있었다.
>
> "백상, 난 그렇게 생각하오." 강 형사가 침착하게 말했다. "사람이란 자기 직업에 충실할 때 보람을 느끼오. 열심히 일해 그 보수로 처자식 건사하고, 사내대장부가 그러면 되지 않았소? 내가 조선인이라 일본인 앞에 열등감을 느낀다든지, 백상 같은 사람 원성 사는 게 괴롭다든지, 그런 마음 가져본 적 없소. 세상은 맞수 상대로부턴 미움을 사게 마련이니깐. 지주와 작인 사이, 배운 놈과 못 배운 놈 사이, 잘생긴 놈과 못생긴 놈 사이, 세상 이치가 그렇잖소? 내가 내 직업에 충실하다 보니 백상을 증오하듯, 백상 역시 나를 싫어하는 줄, 개돼지도 주인 심사를 짐작하는데 내가 왜 모르겠소. 먹고 먹히는 자연계 이치와 같달까, 인간관계도 그렇게 맺어져 있으니깐."(상, 215~216쪽)

'오직 내 직분에 성실을 다한다'라는 직분관과, '세상은 맞수 상대로부턴 미움을 사게 마련'이라는 강오무라의 통찰은 백상충과의 대화라는 특정의 맥락 속에서 생산된 것이므로 이 맥락 속에서 이해되어야 한다. 그러나 소설 전편에 걸쳐, 혹 있을 수도 있는, 같은 민족을 괴롭힌다는 자의식이라곤 조금도 없이 백상충과 그 동지들을 가혹하게 다루는 강오무라의 면모를 생각한다면, 이 발언은 그가 평소에 가졌던 생각을 드러낸 것으로 보아야 옳다. 잔인한 친일 형사 강오무라의 속생각이 일제와 맞서 싸우는 백상충과 그 동지들의 긍정성에 대비된 부정적 인물이란 배역의 고정된 틀을 허물고 솟아오른 것이다.

"사람이란 자기 직업에 충실할 때 보람을 느끼오. 열심히 일해 그 보수로 처자식 건사하고, 사내대장부가 그러면 되지 않았소?"라는 말에서 분명한 강오무라의 직분관은 권력의 말단 수행자로서 일정한 기득권을 누리고 있는 자신을 치장하는 한갓 수사일 수도 있지만, 전근대 조선 사회를 이끌었던 명분론적 직분관에서 벗어난 것이라는 점에서 근대적 직분관의 표현이라는 의미 부여도 가능하다. 그는 일본의 만세를 굳게 믿어 일본인이 되어서라도 지배 질서의 추종자가 되고자 하는 사람이면서 동시에 명분론에서 벗어난 근대적 직분관의 소유자로서 민족적/반민족적이란 이데올로기적 잣대와는 무관한 '자기 직업에 충실한 삶'을 살고자 하는 근대인이기도 한 것이다. 이 측면에 대한 추구가 강오무라는 물론이고, 조익겸, 김기조, 삼월, 곽돌을 비롯한 보부상 등을 통해 더 깊이 수행되었다면 하는 아쉬움은 있다. 그러나 잔혹한 친일 주구라는 악인의 배역이 규정한 고정된 성격에 갇히지 않고 강오무라를 통해 근대적 직분관의 문제를 제기한 것은 우리 소설사에서 찾아보기 어려운 것으로 높게 평가되어야 한다.

'세상은 맞수 상대로부턴 미움을 사게 마련'이라는 강오무라의 통찰도 흥미롭다. 그의 말처럼 자연계는 물론이고 인간관계의 근저에 놓인 것의 하나는 맞수로서의 대결이라는 이분법의 형식일 것인데, 이것은 '지주와 작인 사이, 배운 놈과 못 배운 놈 사이, 잘생긴 놈과 못생긴 놈 사이'에서 보듯, 현실적으로 작동하고 있는 권력 메커니즘의 형식이다. 그들 맞수의 사이에 필연적으로 존재할 수밖에 없는 상대에 대한 미움을 당연한 것으로 받아들인다는 것은 그가 현실의 권력 메커니즘을, 그것에 의해 생겨난 지배/피지배의 질서를 그것이 어떤 성격의 것이든 전적으로 수용하는 철학의 소유자임을 뜻한다. 이 말은 동시에 그가 어떤 가치 평가와도 무관한, 철저한 가치중립성의 자리에 서 있음을 의미한다. 강오무라는 그 핏빛으로 번들거리는 거칠고 음산한 성격의 안쪽에 이처럼 단단한 자기 철학을 안고 있었다.

강오무라의 이 같은 철학은 그러나, 그것이 가치 판단을 철저하게 배제하는 철학이며 현실의 권력 질서를 전적으로 수용하는 철학이기 때문에, 자기반성과는 전적으로 무관하다. 자기반성성의 전적인 결여는 또한 그가 전적으로 따르고 수용하는 현실의 권력 질서의 정당성에 대한 질문을 철저하게 봉쇄한다. 그의 철학이, 그 철학에 근거한 그의 삶이 작동 메커니즘에 따라 질주하는 기계처럼 무서운 폭력이 될 수 있는 이유는 여기에 있다.

또 한 사람 주목되는 인물은 김기조이다. 백씨 집안 재직이의 아들로 태어난 그의 행로는 우여곡절로 가득 차 다른 인물의 외줄기 행로에 비해 훨씬 풍성하여 그야말로 소설적 인물이라 할 만하다. 작품의 마지막에 이르러 김기조는 부산의 조직폭력배의 징치에 걸려 성기를 잃는 변고를 겪고 석주율의 감화를 깊이 받아들임으로써 과거의 자신과는 전혀 다른 새로운 인물로 신생함으로써 계속적인 갱신으로 자기완성의 길을 걸어가는 석주율과 같은 자리에 서게 된다. 자신에 대한 근본 반성과 부정의 정신이 있었기에 가능한 변모였을 것이다.[8] 그러나 김기조의 도덕적 자기반

---

8 김기조는 '변절과 반성'의 문제를 우리 소설에서는 가장 깊이 다룬 장편 『바람과 강』(1985)의 주인공 이인태와 유사한 인물이다. 이인태는 '개돼지의 삶'을 살다 갔는데 그것은 자신의 변절에 대한 통회의 한 방식으로 선택된 '자굴(自屈)의 삶'이었다. '자굴'에 대해서는 김윤식, 「전향소설의 한국적 양상」, 『김윤식선집』 3, 솔, 1996 참조.

성의 안쪽에는, 자신의 이익만을 좇아 도덕과는 무관한 삶을 살던 과거의 그를 지배하던 요소가 여전히 작동하고 있었으니 이것이야말로 그의 삶을 일관하여 지배해온 핵심 요소이다. '힘찬 짐승'(상, 206쪽)의 그것과도 같은 본능적인 생명력이 그것인데, 이념이나 도덕 이전에 속하는 이 생래의 기질적 요소가 그를 이끌어 그의 생명력을 구속하고 억압하는 과거를 떠나 부산으로 일본으로 나아가게 했고 마침내는 도덕적 자기 갱신을 감행하게 하였던 것이다.

> 연행당한 시위꾼 70여 명 중 50여 명이 훈방 조치되던 날에야 김기조의 심상찮은 상태가 구니타케 헌병조장의 주목을 끌었다. 감방을 순시하다 그는 송장이 다 된 기조를 보았다. 꺼멓게 탄 얼굴은 뱀이 허물을 벗듯 각피가 거품꼴을 이루었고 입술은 난도질한 듯 주름마다 갈라 터져 피가 비쳤다. 그리고 보니 그가 기조를 보지 못한지 엿새나 지났음을 알았다.(하, 561쪽)

아무도 눈여겨보지 않는 처절한 고독 속에 몸을 던져 만신창이 몰골로 죽어가는 이 섬뜩한 모습이야말로 그의 삶을 지배해온 '힘찬 짐승'의 기질을 무엇보다 잘 드러낸다. 죽음에서 간신히 몸을 일으켜 다시 먼길을 떠나듯, 그 '힘찬 짐승'의 피가 식지 않는 한 그는 그의 생명력을 구속하고 억압하는 상황에 갇히면 또 다시 그 과거로부터 떠나갈 것임에 틀림없다. '힘찬 짐승'의 기(氣)에 이끌려 세계를 종횡하는 김기조의 행로는 단일한 이념에 평생을 가둔 사람들의 행로로 답답한 소설 세계를 깊이 여는 의미를 지닌 것이니, 이로 인해 이 소설은 더욱 풍성해질 수 있었다.

4. 주역과 시경

저마다 고달픈 인생이지만 주저앉지 않고 어기여차 앞길을 열어 어기차게 나아가는 많은 인물들의 인생행로와 그 얽힘으로 대하의 물결을 출렁이며 흘러내리는 이 큰 작품의 아래에는 뜻밖에도 『주역』이 자리잡고 있다. 그 핵심은 "주역의 참뜻은 운명의 결론을 내림에 있지 않고 운명의 개척을 촉구하는 데 있다"(상, 559쪽)는 것이다. 석주율의 여동생인 선화가 이를 매개한다.

선화는 양반가 종의 자식으로 태어난 천생(賤生)인 데다, 어려 실명하여 앞을 못 보는 캄캄 어둠 속에 들었으니 저주받은 생명이다. 그녀가 찾아낸 유일한 출구는 점장이가 되는 것, 선화는 "반드시 명판수가 되어 언젠가 가마 타고 …(중략)… 집 떠난 뒤 당한 수모와 한을 풀리라"(상, 540쪽) 거듭 다짐하며 멸시와 유린의 세월을 견딘다. 이름난 판수가 되면 돈을 벌어 부자가 되는 것은 물론이고, 초월자와 소통하는 자리에 서는 것이니 인간세상의 위계질서로부터 벗어날 수 있게 된다. 세계의 질서 밖에 섬으로써 자신을 소외시킨 세계를 극복하는 방식이다. 이 방식은 세계와 맞싸워 그것을 바꾸고자 하는 백상충 등의 세계 투쟁의 방식과 다르지만, 모순된 세계 질서를 인정하지 않고 그 구속으로부터 벗어남으로써 그것을 극복하고자 하는 것이라는 점에서는 통한다.

명판수가 되겠다고 발원했을 때 그녀가 마음속에 품은 것은 그런 것들이었을 것이다. 그러나 백운을 통해 『주역』을 알게 되면서 선화는 달라진다. '운명의 개척을 촉구하는' 『주역』의 참뜻에 눈떠 '기다림'과 '참음'의 자세로 '덕(德)을 쌓고 도로 나아감'(상, 560쪽)으로써 자신의 불행한 처지를 가리키는 지화명이(地火明夷)의 괘를 넘어서고자 한다. 밖을 향했던 그녀의 마음길이 안을 향하는 이 순간은 집을 떠나고, 가정생활을 떠나며 끊임없이 자신의 과거로부터 떠나는 길을 걷는 그녀의 인생행로에서 가장 결정적인 의미를 갖는다.

> 천벌 받고 태어난 몸, 죽지 못해 산다면 이 세상 어떤 고난도 받아야 함이 우리들 팔자야. 마음을 청정하게 가져 한 세월 고통을 견뎌내면 다음에 죽어 두 눈뜨고 극락왕생할 것이다. 너는 그 시작이니 앞으로 어떤 모욕과 수치를 당하더라도 참는 슬기를 배워야 한다. 내가 한가할 적이면 늘 염주알을 굴리지 않더냐. 염주알을 굴리며 나는 보리달마선사를 생각한다. 면벽해 참선하기 아홉 해였으니 그 고통이 얼마였겠느냐. 달마선사는 스스로 그런 고통을 자청하여 깨달음을 얻었으나, 하늘은 우리에게 앞 못 보는 고통을 점지해 주셨으니 참고 참아 마음의 눈을 밝혀야 한다.(상, 534쪽)

『주역』을 깊이 연구한 백운의 가르침 이전에도 그녀와 마찬가지 신세, 여관에 묶인 소경 지압사로 살아온 물금댁의 가르침을 통해 그녀는 이미 그 같은 전환의 길목에 들어서고 있었다. 그런데 '마음을 청정하게 가져 한 세월 고통을 견뎌내'고, '참고 참아 마음의 눈을 밝'히는 길이란 무엇인가. 작품은 그 길을 구체적으로 보여주진 않는다.

선화는 참고 참아 마음의 눈을 밝히는 그 자기완성의 길을 걸어 소설의 마지막에 이르면 스승이자 남편인 백운조차 어려워하는 한 격을 확보, 우뚝한 존재로 선다. 초인적인 의지로 고통의 세월을 이겨내고 자기를 완성하는 그녀의 행로는 아름답다. 그러나 그 행로의 아름다움은 저『주역』에서 뽑아낸 고도로 추상적인 관념어들이 엮어낸 골격 앙상한 형식의 아름다움이다. 그 형식 속에 깃들어 있는, 형식의 체계성 때문에 잘 보이지 않는 것들이 그 행로를 진정으로 아름다운 것이게 한다.

한동안 쓰지 않고 비워둔 찬방은 곰팡이 냄새가 퀴퀴했다. 선화는 썰렁한 삼청냉돌방에 들자 문고리부터 단단히 걸었다. 진솔 겉옷을 벗어 머리맡에 접어놓곤 홀아비 내가 나는 땟국 절은 꿉꿉한 이불 속에 오스스한 몸을 묻었다. 퇴창을 통해 파도 소리가 가까이 들려왔다. 처얼썩, 철석. 갯바위와 방죽을 거세게 몰아치는 파도 소리를 베갯머리 귓전으로 듣자 방이 마치 나룻배를 탄 듯 좌우로 일렁였다. 내가 지금 어디에 고슴도치처럼 몸사려 누웠는가, 하고 생각하자 선화는 갑자기 외로움으로 어금니가 떨렸다. 부모님, 부디 평강하옵소서. 소녀는 이제 머나먼 길을 가랑잎처럼 떠났습니다. 선화는 가만히 입속 말을 읊곤 이불을 머리 위까지 당겨썼다. 선창거리에서 불러대는 구성진 장타령이 파도 소리에 묻혀 아슴아슴 들려왔다.(상, 342쪽)

집을 떠난 선화는 장생포 포구의 도갓집 골방에 지친 몸을 부렸다. 앞날에 대한 두려움과 사무치는 외로움을 다스리며 고슴도치처럼 옹그리고 누운 작은 생명을 담은 그 방은 거센 파도 소리 속 마치 나룻배를 탄 것처럼 일렁인다. 저 멀리 『시경』에까지 연원하는 '범피중류(汎彼中流)'의 상상력이다.

"묻노라 저 꾀꼬리, 뉘를 이별하였는디 환우성 지지 울고 뜻밖의 두견이는 귀촉도 귀촉도 불여귀라 가지 위에 앉아 울건마는, 값을 받고 팔린 몸이 어느 때나 돌아오리." 애간장을 후비는 진양조에 실려 출렁출렁 인당수 물결 위에 뜬 심청을 그려내는 범피중류의 그 물결 출렁임은 부녀 영결의 길, 다시 못 올 죽음의 길로 떠나야 하는 데서 생긴 슬픔과 한의 그것임에 『시경』의 '범피중류' 그 물결 출렁임에 통한다.[9] 그러나 심청의

***

9 『시경』 국풍(國風)편에는 '범피백주'란 구절이 나오는 시 두 편이 실려 있다. '범 피백주 역범기류(汎彼柏舟 亦汎其流)'로 시작되는 것과 '범피백주 재하중류(汎彼 柏舟 在河中流)'로 시작되는 것이다. 앞의 작품은 남편에게 버림받은 여인의, 뒤

인당수행은 죽음과 이별의 길이면서 또한 재생과 다시 만남의 길이기도 하니, 「심청가」의 범피중류 그 물결 출렁임이 슬픔과 한의 출렁임이면서 동시에 다시 살아남을 가능케 하는 생명의 출렁임이기도 한 것임에 반해 『시경』의 그 출렁임은 다만 슬픔과 한의 출렁임일 뿐이니 다르다.

선화의 작은 몸과 마음을 흔드는 그 물결 출렁임은 앞을 보지 못하는 소경의 몸으로 무엇이 기다리고 있을지 알 수 없는 캄캄한 어둠 속으로 나아온 그녀의 불안과 두려움을, 이제 곧 그녀를 덮쳐올 폭력적인 세계의 무자비함과 그 아래 짓눌려 피흘려려 하는 그녀의 운명을 상징한다. 그 물결 출렁임을 견디며 그 어둠을 뚫고 나아가야 하며 나아간다는 사실이, '운명의 개척을 촉구하는' 『주역』의 참뜻에 눈떠 '기다림'과 '참음'의 자세로 '덕(德)을 쌓고 도로 나아'간다는 추상적 관념어가 구축하는 행로를 비로소 실체화한다.

선화의 참고 견디며 어둠을 조금씩 열고 나아가는 행로는 김원일 소설 주인공의 여로를 대표하는 것이라는 점에서 김원일 문학의 기본 형식이라고 할 수 있다. 김원일 소설의 주인공들은 어둠 속에서, 그 어둠을 참고 견디며, 낮은 포복으로, 언제나 앞을 향해, 조금씩조금씩 나아간다. 생각해보면 그것이야말로 시대를 초월하는 인간 일반의 여로가 아닐 수 없으니, 이 점에서 김원일은 낭만주의자는 물론 아니며, 인간 삶의 형식에 깊이 닿아 있는 문학을 일군 리얼리스트이다.

의 작품은 죽은 약혼자를 잊지 못하는 처녀의 한과 안타까운 처지를 노래하고 있다. 핵심은 '황하 거센 탁류 위에 떠서 흔들리는 잣나무배' 곧 '범피백주' 상징이다. 이럴 수도 저럴 수도 없는 처지, 다만 슬픔과 한의 물결 위에 떠서 출렁일 뿐, 그녀들의 안도 밖도 온통 출렁임뿐이다.

5. 자기 부정, 자기 정화의 여로

이제 우리는 드디어 이 작품의 중심에 이르렀다. 석주율이 걷는 자기 완성의 여로가 그것이다. 그 여로는 몇 가지 점에서 특징적이다.

첫째, 석주율의 여로는 백상충 등의 길과는 달리 세계 투쟁의 여로가 아니라 '화산여(火山旅)'의 운명에 묶인 자기 자신과 싸우며 스스로를 열어가는 것이다. 백상충 등과 어깨를 겯고 함께 걷고 있을 때조차 그의 내적 여로는 외롭게 혼자 흐른다. 석주율이 힘겹게 열어가는 그 화산여, 외로운 나그넷길은 소설 속 다른 인물들의 행로를 압도할 만큼 지나치게 뚜렷하여 때로는 이처럼 넓고 깊은 내적 공간을 지닌 작품의 균형을 무너뜨릴 위험지경에까지 나아가기도 한다.

둘째, 그 나아감은 이미 정해져 있는 궁극의 목표를 향해 가는 것이 아니라, 지금의 '나'를 버리고 나아가는 '떠나감의 연속'이란 형식으로 존재한다.

> 떠나거라. 마음 변하기 전에 떠나. 누구에게 말하지 말고 이슬이 마르듯, 구름이 사라지듯, 그렇게 떠나.(중, 279쪽)

표충사 방장승의 이 한마디에 석주율이 걷는 여로의 이 같은 성격이 고스란히 담겨 있다. 백상충 등의 떠남이 집으로 상징되는, 자기 존재를 얽고 있는 상황으로부터의 떠남이라면 석주율의 떠남은 자기 자신으로부터의 떠남이다. 서술자의 말처럼 그의 여로는 "속죄의 고통에 짓눌려 자신을 하찮은 미물로 낮추는 자기 부정에서 출발해, 육(肉)을 송두리채 비워내 공(空)에 이르게 되기를 바라며 참선의 극기로 일관하다, 홀로 청정하게 득도하기보다 고통 속에 헤매는 중생을 위해 헌신함이 이승의 아름다운 삶이"(중, 212쪽)라 생각하고 그 생각을 실천하는 데까지 이르는 과정이라 정리할 수 있는데, 그 내적 형식은 '자기 자신으로부터의 끊임없는 떠남'인 것이다.

석주율의 여로를 떠받드는 그 떠남의 형식은 민족주의나 탈식민주의 등의 이념에 의해 규정되는 것도 아니며, 그의 삶에 내내 관여하는 대종교·불교·기독교 등의 종교에 의해 규정되는 것도 아니다. 이 이념이나 종교의 가르침이 빛을 던지고 눈을 열어볼 수 없었던 것을 보게 하는 스승으로서 그를 이끌기도 하지만, 그것은 다만 계기일 뿐이다. 어둠 속에 묻힌 자신의 바닥 무의식의 세계까지 거듭해서 파고드는 치열한 자기 정시를 통해 얻게 되는 '깨우침(覺)'이 그의 여로를 열어간다.

셋째, 석주율의 여로는 가혹한 자기 처벌의 의지를 통해 수행되는 엄격한 자기 정화의 과정이다. 자신의 죄에 대한 그의 추궁은 스스로 이름을 빼앗아 '무명(無名)'의 존재로 무화시키기도 하는 등 근본적이고 철저하다.

> 그는 누구와 만나기도, 말을 나누기도 싫었다. 아니, 이승의 삶을 체념한 상태라 사바세계 수라장으로부터 떠나고 싶은 마음뿐이었다. 그러므로 누구를 만나 남기고 싶은 말도, 누구를 원망할 마음도 없었다. 기쁨도 노여움도 잦아진 상태에서, 이승에서 지은 죄의 업력(業力)만 새기고 새겼다. 백팔 배, 천 배, 삼천 배로써 참회가 부족하면 저승에 들어 지옥불에 떨어져서도 참회의 번뇌를 계속해야 한다는 각성으로 질긴 목숨줄을 잇고 있었다.(중, 100쪽)

언약한 남자가 있는 처자에게 음욕을 품었다는 것, 그런 자신의 죄를 대중 앞에 고백하고 참회해야 마땅할 텐데 그러하지 않고 오히려 '이기심'과 '공명심'에 갇혀 있다는 것, 혹독한 고문으로부터 놓여나기 위해 토설하고 싶었던 유혹에 사로잡혔던 것 등이 그를 저처럼 가혹한 자기 처벌로 이끈 이유이다. 이에 이르면 우리는 석주율의 여로를 중심에 놓은 이 작품이 조금의 잘못도 용납하지 않는 극단의 차원을 문제 삼는 종교적 구도소설임을 확연히 알게 된다. 연약한 인간이기에, 어쩔 수 없는 상황이었기에 등등, 일반적인 변호의 논리란 아예 들어설 수도 없는 무서운 세계이다. 그는 어떤 죄도 존재하지 않는 절대의 정계(淨界)를 향해 처절한 정화의 길을 걸어가고 있는 것이다.

그 철저한 정화의 한 대상이 '육(肉)'이라는 사실은 흥미롭다. 새로운 '김원일론'의 한 실마리가 이 속에 들어 있으리라고 짐작되는데, 차후의 과제이다.

넷째, 석주율의 여로는 죽음과 재생의 반복이다. 그는 "난이 지난 뒤에 또 난이 닥친"다는 의미를 지닌 '습감(習坎)'(중, 163쪽)의 운명을 지고 나아가 죽고 또 죽는다. 그 죽음은 앞에서 보았듯이 스스로를 부정하여 자신을 무화시키는 정신적 죽음인 경우도 있고, 고문 등의 외적 폭력에 의한 육체의 죽음인 경우도 있다. 그러나 육체의 죽음인 경우에도 그 대부분은 석주율 스스로의 의지적 선택에 의해 초래된 것이며, 그렇지 않은 경우라 할지라도 끊임없는 자기 부정의 정신이 그 육체적 죽음의 과정을 동행하고 있다는 사실이 중요하다. 정신적 죽음의 경우이든 육체적 죽음의 경우이든 그 핵심은 석주율의 내면세계를 지배하고 있는 자기 부정의 정신과 끊임없는 자기 갱신의 지향이다.

그러므로 죽음과 재생의 반복으로 이어지는 석주율의 여로는 내적 정신의 여로이다. 이렇게 보면 그가 어디에서 무엇을 했는가는 부차적인 의미만을 지닌다고 할 수 있다. 석주율의 이 같은 여로를 등뼈로 한 『늘푸른 소나무』는 이 점에서, 우리 문학사에서는 그 비슷한 예를 찾을 수 없는, 내성(內省) 그 자체가 곧 소설을 이루는 작품이다.

석주율은 서슴없이 죽음의 길로 들어서곤 한다. 폭력 주체에 대한 큰 분노 때문에 그럴 수도 있겠다. 때로는 목적 관철을 위한 투쟁 방법으로 선택된 것일 수도 있고, 몰이꾼에 쫓겨 막다른 곳으로 몰린 짐승처럼 어쩔 수 없는 상황 때문일 수도 있다. 내가 주목하는 것은 어느 경우이든 그가 자신의 죽음을 거의 전혀 두려워하지 않는다는 사실이다. 그는 죽음의 공포에 거의 방해받는 일없이 서슴없이 그 길로 나아가곤 나아가곤 하는 것이다. 아마도 이는 그가 근본적인 자기 부정을 통해 거듭 신생하는 인물로 설정되었다는 사실과 무관하지 않은 것 같다. 그러나 이로 인해 그는 인간의 조건을, 그 경계를 훌쩍 넘어서고 만 인물이 되었다. 죽음의 공포와 싸우는 인간 석주율을 소설 속에서 만날 수 없다는 점이 나는 아쉽다.

6. 새로운 역사소설을 향하여

큰 소설『늘푸른 소나무』의 한복판에는 '늘푸른 소나무' 이미지가 청청한 기운을 내뿜으려 우뚝 서 있다. 그것은 견뎌 자신을 실현하는 강인한 정신이며, 굶주리고 헐벗고 상처 입은 자들을 보듬고 함께 고통의 바다를 건너는 자비의 손길이며, 세상을 가득 채우고 있는 모든 죽음의 기운과 힘 속으로 파고들어 그것을 허물고 그 속에서 새로운 생명을 길러내는 자연의 숨결이다. 그 '늘푸른 소나무'는 절대적인 파괴력을 지닌 시간을 넘어 스스로 높고 푸르다. 시간의 소산이면서 그 시간을 초월한 존재인 것이다.

『늘푸른 소나무』는 지난 격동의 시대를 살았던 사람들의 삶을 객관적인 자료의 받침 위에서 그린 사실주의적 역사소설이지만 동시에, 이처럼 역사(시간)을 넘어서는 존재로 자신을 세워가는 사람들의 아름다운 고투를 통해 사실주의적 역사소설 일반의 시간 구속성을 해체하였다. 한편으로는 시간(역사) 위에 서 있으면서 또 한편으로는 그 시간 구속성을 허물고 '늘푸른 소나무'의 상징을 세운 이 지점에서 아마도 김원일의 새로운 문학이 시작될 것이다. 김원일이 열어갈 새로운 문학세계를 미리 알 수는 없지만, 우리는 그것이 우리 문학사에서는 비슷한 경우를 찾을 수 없는 높고 깊은 세계이리라는 점은 분명히 말할 수 있다.

참고문헌

강영주, 『한국 역사소설의 재인식』, 창작과비평사, 1991.

김윤식, 『안수길 연구』, 정음사, 1986.

───, 「단재사상의 문제점」, 『김윤식선집』 1, 솔, 1997.

───, 「전향소설의 한국적 양상」, 『김윤식선집』 4, 솔, 1996.

───, 『이광수와 그의 시대』 1, 한길사, 2000.

─── · 정호웅, 『한국소설사』, 문학동네, 2000.

박영희, 「현대한국소설사」, 김윤식, 『박영희 연구』 부록, 열음사, 1989.

반성완, 「루카치의 역사소설 이론과 우리의 역사소설」, 『외국문학』 겨울호, 1984.

백낙청, 「역사소설과 역사의식」, 임형택 외 편, 『한국 근대 문학사론』, 한길사, 1982.

백　철, 『조선신문학사조사─현대편』, 백양당, 1949.

정호웅, 「박물지의 형식─「혼불」론」, 『황해문화』 봄호, 1997.

───, 『한국현대소설사론』, 새미, 1997.

───, 「한국 현대소설과 만주공간」, 『문학교육학』 7호, 2001.

차하순 · 이태동 · 이근삼, 『역사와 문학』, 서강대 인문과학연구소, 1981.

최원식, 『민족문학의 논리』, 창작과비평사, 1984.

최유찬, 『「토지」를 읽는다』, 솔, 1996.

한국문학연구회 편, 『다시 읽는 역사문학』, 평민사, 1995.

게오르그 루카치, 『역사소설론』, 이영욱 역, 거름, 1987.

프레드릭 제임슨, 『변증법적 문학이론의 전개』, 여홍상 · 김영희 역, 창작과비평사, 1984.

21세기 신유목민 소설 :
청년의 고립된 자아와 디스토피아적 상상력
김애란 소설을 중심으로

장미영

1. 들어가며

　문학의 공간, 작품 속 공간[1]은 서사의 공간적 배경이자 작가의 세계 인식을 보여주는 중요 단서이다. 서사 공간은 인물이 존재하고 행동하는 출발점이자 그 자체로도 서사적 의미를 내포한다. 동시대 같은 공간에 대해서 작가의 입장에 따라 '소외'의 공간으로 또는 '성찰'의 공간으로 인식하는 바는 다를 수 있으며, 이는 독자의 입장에서도 공간의 기호가 동일한 의미로 해석되지 않는다. 서사에서 공간성은 작가가 대상 공간을 텍스트에 형상화하여 그려내는 것에 머물러 있지 않고, 텍스트에 형상된 공간을 독자가 해석하는 데서 새로운 의미가 창출되고 덧붙여진다. 작가와 독

1　'공간'과 '장소'라는 개념은 각자의 개념 정의를 위해 서로를 필요로 한다. 우리는 장소의 안전(security), 안정(stability)과 구분되는 공간의 개방성, 자유, 위협을 알고 있으며, 그 역 또한 알고 있다. 나아가 우리가 공간을 움직임이 일어나는 곳이라 생각한다면, 장소는 정지(멈춤)이다. 움직임 속에서 정지할 때마다 입지는 장소로 변할 수 있다(이-푸 투안,『공간과 장소』, 구동회 · 심승희 역, 도서출판 대윤, 1998, 19~20쪽).

자 사이에 형성된 공간 의식은 서사를 통해 공간적 구체성을 획득하게 되고 공간에 대한 사회적 함의를 형성하게 된다.

문학에서 논의하는 공간성의 문제가 인물의 의식, 느낌과 체험이 담긴 공간의 문제라면 하이데거의 '세계-내-존재' 개념은 유효한 것이 된다. 하이데거가 『시간과 존재』에서 논급한 현존재와 시간성 담론은 공간론의 출발점이라 할 수 있다. 그가 제시한 현존재의 공간성은 삶이 세계에서 인간이, 특히 현존재가 문제되는 공간 개념이다.[2] 공간은 현존재의 실존적 구성틀인 '세계-내-존재'의 구심을 이루는 기제로 여겨지며, 시간의 제약과 존재자 층위에 한정되고 구획된 장소를 초월한 현존재의 기획 투사의 장이자 그 소산으로 이해된다.[3] 인간이 거주하고 생활하는 공간은 존재의 정체성을 드러내며 그의 의식을 지배한다. 따라서 서사적 공간은 서사의 배경인 동시에 인물의 의식과 행동을 추동하는 원리가 될 수 있다.

김애란 소설에 등장하는 청년 세대는 현대 후기 자본주의 시대적 특성과 맞물려 이해할 수 있으며, 작가는 이 시대를 살아가는 청년 세대의 척박한 현실을 비판적으로 고찰하고 있다. 이러한 작가의 비판적 현실 인식은 인물이 생활하고 거주하는 공간을 통해 구체성을 획득하게 된다. 추상적이고 보편적인 공간은 우리가 공간을 더 잘 알게 되고 공간에 가치를 부여하게 됨에 따라 장소로 거듭난다. 즉, 장소는 사람들이 그들의 일상생활에 연루된 갖가지 다양한 장소의 확인을 통해 공간들이 쌓이면서 생성된다. 장소는 특수하고 예외적인 속성을 가지며 주관적이고 개성적이고 독특한 것을 담고 있는 개념이며, 분위기(atmosphere)로서 주어지게 되는 것이다. 또한 우리는 매일같이 익숙한 장소 확인과 낯선 장소 확인

---

2   장일구, 「서사적 공간론 이론과 실제」, 『서강어문』 No. 1, 서강어문학회, 1997, 201쪽.
3   장일구, 『경계와 이행의 서사 공간』, 서강대학교 출판부, 2011, 30쪽.

을 반복하며 장소들과 관계 맺기 때문에 장소는 실존(existence)이 통합되는 부분이라고 할 수 있다.[4] 반지하 셋방, 옥탑방, 원룸, 고시원, 독서실, 합숙소 같은 주거 공간은 단지 인물이 생활하는 공간으로 묘사되는 것이 아니라 그러한 공간에 거주하는 청년 세대의 출구가 막힌 현재와 불안한 미래를 상징적으로 보여준다. 특히 이들이 도시의 중심이 아닌 변두리를 전전하는 것은 그들의 계층과 정체성을 대변해준다.

특히 김애란 소설의 주요 중심인물인 청년 세대의 주거 공간은 그들이 부모 혹은 원 가족으로부터 경제적, 정서적 자립을 하는 출발점이라는 데 주목을 요한다. 그들이 주거지로서 충분한 요건을 갖추지 못한 공간에서 살 수 밖에 없는 현실은 그들의 현재는 물론 미래로 지속되고 비극적 삶의 근원이 된다.

김애란은 2003년 단편 「노크하지 않는 집」으로 대산대학문학상(소설부문)을 수상하며 문단에 데뷔하였다. 2005년 「달려라, 아비」로 제38회 한국일보문학상 역대 최연소(25세) 수상자가 되었다. 이외에도 다수의 문학상을 수상[5]하였으며 명실상부한 2000년대를 대표하는 젊은 작가 중 선두주자라 할 수 있다. 또한 첫 소설집 『달려라, 아비』(2005), 두 번째 소설집 『침이 고인다』(2007), 첫 장편소설 『두근두근 내 인생』(2011), 세 번째 소설집 『비행운』(2012), 제37회 이상문학상 수상작 「침묵의 미래」(2013)에 이르기까지 베스트셀러로 문학적 평가와 대중성 모두를 인정받고 있다.

---

4   C. 노베르그 슐츠, 『장소의 혼 : 건축의 현상학을 위하여』, 민경호 외 역, 태림문화사, 1996, 11쪽.

5   2008년 단편 「칼자국」으로 제9회 이효석문학상 · 오늘의 젊은 예술가상 수상, 2009년 「침이 고인다」로 제27회 신동엽창작상 · 만해문학상 수상, 2010년 「너의 여름은 어떠니」로 제4회 김유정문학상 수상, 2010년 「그곳의 밤 이곳의 노래」는 제34회 이상문학상 우수작으로 선정되었다. 2011년 제2회 젊은 작가상을 수상하였다. 2013년 「침묵의 미래」로 제37회 이상문학상을 최연소 수상하였다.

김애란에 관한 연구는 학위 논문 3편[6]을 제외하고는 작품론과 주제론, 2000년대 젊은 작가들에게 공통으로 나타나고 있는 미학적 특성에 대한 고찰이 주를 이룬다. 이들 연구[7]의 공통적인 평가는 후기 자본주의 사회

6   김재덕, 「김애란 초기 단편소설 연구」, 공주대학교 석사학위 논문, 2011 ; 이
     영미, 「김애란의 성장소설 연구」, 한국교원대학교 석사학위 논문, 2012 ; 김
     희준, 「김애란 소설의 공간과 인물 태도 연구」, 순천향대학교 석사학위 논문,
     2013. 이외에 주제적으로 논의되는 학위 논문도 2편 있다.

7   김애란에 대한 연구로는 권성우, 「조숙한 청춘의 문학—김애란론」, 『낭만적 망
     명』, 소명출판, 2008 ; 김나정, 「성난 얼굴로 뒤돌아보지 말라」, 『문학동네』, 제
     48호, 문학동네, 2006 ; 김예림, 「두 도시 이야기 : 김애란과 편혜영 읽기」, 『오
     늘의 문예비평』 68호 8, 2008 ; 나병철, 「환상소설의 전개와 성장소설의 새로
     운 양상」, 『현대소설연구』 제31권, 한국현대소설학회, 2006 ; 백지은, 「탈(脫)성
     장의 정치적 상상력—2000년대 한국소설에 나타난 '키덜트' 현상과 담론」, 『비
     평문학』 제33호, 한국비평문학회, 2009 ; 송지연, 「차이들의 우주적 네트워크
     —2000년대 한국소설의 패러다임」, 『한국문학이론과 비평』 제41집, 한국문학
     이론과 비평학회, 2008 ; 신형철, 「소녀는 스피노자를 읽는다」, 『문학동네』 제
     49호, 문학동네, 2006 ; 양윤의, 「서울, 정념의 지도—2000년대 소설을 중심
     으로」, 『현대소설연구』 제52호, 한국현대소설학회, 2013, 오창은, 「여기, 상상
     력의 불꽃놀이가 시작되다」, 『소설 이천년대』, 생각의나무, 2007 ; 우미영, 「현
     대 소설과 가족의 탈근대—윤성희 · 김애란 · 강영숙의 소설을 중심으로」, 『한
     국문예비평연구』 제21권, 한국문예비평학회, 2006 ; 우찬제, 「접속시대의 최
     소주의 서사—김미월 · 김애란 · 한유주」, 『문학과 사회』 제73호, 문학과지성
     사, 2006 ; 이도연, 「정직과 관대 혹은 욕망의 자기 윤리학」, 『문학동네』 제52
     호, 2007 ; 이수형, 「미디어의 환상을 넘어서—김중혁 · 한유주 · 김애란의 소
     설」, 『문학과 사회』 제70호, 문학과지성사, 2005 ; 이정석, 「작지만 경쾌한 소설
     들—김애란론」, 『멜랑콜리아의윤리』, 작가와비평, 2011 ; 이평전, 「현대소설에
     나타난 '일상' 재현의 의미와 '주체' 서사연구—정이현, 김애란 소설을 중심으
     로」, 『한국문학이론과 비평』 제36집, 한국문학이론과 비평학회, 2007 ; 정혜경,
     「여성성장소설에 나타난 가족서사의 재구성—아버지부재(不在)모티프에 대한
     서사적 대응방식을 중심으로」, 『국제어문』 제44집, 국제어문학회, 2008 ; 진정
     석, 「사회적 상상력과 상상력의 사회학」, 『창작과비평』 제134집 4, 창작과비평
     사, 2006 ; 황종현 · 백낙청, 「무엇이 한국문학의 보람인가—문학평론가 백낙

를 살아가는 청년 세대의 고독과 아픔을 기발한 상상력과 감각적 언어로 표현하고 있다는 것으로 모아진다.

김애란의 소설은 아버지의 부재, 아버지를 대리하는 억척스러운 어머니에 관한 가족 이야기, 후기 자본주의 사회에서 개인의 생존을 위협하는 열악한 환경에 고군분투하는 청년 세대의 이야기가 대부분이다. 또한 개인의 존재가 소멸해가는 단자화된 인간 존재와 인간관계에 대해서도 주목하고 있다. 그러나 무겁고 비극적인 삶에 대해 인물들의 태도는 절망적이지만은 않다. 절대적인 빈곤 상황과 무능한 부모 세대로 인해 물질적 고통과 상처를 안고 있지만 특유의 상상과 유머를 통해 극복 의지를 표현하고 있다. 김애란 소설의 등장인물들은 가족 관계의 단절, 도시의 외곽에 자리 잡은 청년 세대의 비루한 삶조차 받아들이고 끌어안으려 한다. 그러나 그들이 마주한 현실은 그들의 기대와는 달리 그들을 더욱 비참한 상황으로 몰아가고, 그 간극은 현실의 비극성을 극대화하고 있다.

기존의 김애란 소설 연구는 여성의 '반(反)성장소설', '가족 로맨스' 등을 중심으로 이루어졌다. 역전된 사고와 최악의 상황에서도 유머를 잃지 않는 인물들의 말하기 방식은 창작 방법론의 문제가 아닌 작가의 사유 구조의 자장에서 이해해야 한다. 서술된 말은 정보 제공의 의미는 물론 행간을 넘어선 현실 인식으로 이어져 세계에 대한 작가의 인식을 드러내며 서사적 확장으로 이어고 있다.

이 글은 김애란 소설에 나타난 공간적 표상과 장소, 인물의 인식을 통해 발생하는 공간 의식과 인물의 자아정체성 형성을 고찰하고자 한다. 이로써 작가의 세계 인식과 후기 자본주의 시대를 살아가는 청년 세대의 자기정체성 확립의 과정을 확인할 수 있다.

청과의 대화」, 『창작과비평』 제131호 1, 창작과비평사, 2006 등이 있다.

2. 장소 상실의 '방'과 폐쇄적 자아

인간에게 '집', 개인에게 '방'은 기거하는 공간 이상의 의미를 지닌다. 개인의 삶은 '방'에서 '집'으로 다시 '집'에서 '세계'로 확장되고, 연결되어 성장하게 된다. '방'은 출생과 휴식, 타인과 분리된 최소한의 독립 공간이고, '집'은 가족이 함께 살아가는 안정된 삶의 보금자리로서 일을 마치고 돌아와 재충전할 수 있는 거주[8] 공간이다. 집에서 가족은 서로의 존재를 통해 위로받기도 하고 함께하는 동안 유대감과 공동의 기억을 쌓아간다.

인간은 집에서 자유롭고 편안함을 느낀다. 또한 집은 인간에게 외부 세계와 분리된 내부 공간에 머물게 하고 안정과 평화를 경험하게 한다. 이때 집이 내포하는 내부 공간으로서 의미는 외부 세계로부터 물리적 보호뿐만 아니라 심리적 안정을 아우른다. 그러나 자본주의 사회에서 '집'은 주변의 기능적 공간의 배치와 효율성에 따라 가치가 결정되는 '부동산'의 개념으로 바뀌었다.[9] 즉, '집'은 가족 공동체 공동의 집이 아닌 개인이 전유하고 있는 공간으로서, '방'은 집의 최소 구성 요소인 방, 부엌, 화장실과 같은 필수 시설이 미비한, 독립된 공간으로서의 집이 아닌 한 칸

---

8 거주란 특정한 장소를 집으로 삼아 그 안에서 뿌리를 내리고 거기에 속해 있다는 뜻이다(오토 프리드리히 볼노, 『인간과 공간』, 이기숙 역, 에코리브르, 2011, 164쪽).

9 에드워드 렐프는 '이른바 집은 개인으로서, 한 공동체의 구성원으로서 우리 정체성의 토대이다. 집은 단순히 우리가 어쩌다 우연히 살게 된 가옥이 아니며, 어디에든 있거나 교환될 수 있는 것이 아니다. 바로 집은 무엇으로 대체될 수 없는 의미의 중심이다.'라고 정의하고 있다. 정감어린 주거공간으로부터 쫓겨나 떠돌아다니는 현대인들의 삶은 인간으로서 주체성을 상실할 수밖에 없는, 소속감과 귀속성을 잃고 부유하는 존재로 만들고 있다(에드워드 렐프, 『장소와 장소상실』, 김덕현 외 역, 논형, 2008, 97쪽).

'방'으로서 기능할 뿐이다. 경제적인 측면에서 '방'은 열악한 주거 환경과 저렴한 주거지를 표상한다. 최소한의 돈으로 얻을 수 있는 방에 살게 되는 주체는 경제적인 압박과 위축된 자아를 느끼게 되고 공간의 소유자가 아닌 거주자의 신분으로 머물게 된다.[10] 각자의 조건과 상황에 따라 가족 구성원은 뿔뿔이 흩어져 거주하는 방식은 가족의 해체와 주거 불안정 상태의 한 단면으로 볼 수 있다.

김애란의 등단작 「노크하지 않는 집」은 장소로서 의미를 상실한, 생활 공간으로서 '집'과 '방'이 서사 공간으로 그려진다. 1번, 2번, 3번, 4번, 5번으로 불리는 방과 1번방 아가씨, 2번방 여자, 3번방 여자, 4번방 여자, 5번방 여자로 호명되는 그들에게 존재의 실존적 정체성과 인간관계를 기대하기란 요원한 일이다. '포스트잇'에 메모를 적어 의사를 전달하는 이들의 소통 방식은 일방적이고 일회적일 뿐이다. 숫자로 호명되는 개인은 개성적이고 개별적인 존재가 아닌 누구로도 대체 가능한 익명의 존재이다. 서로의 사적 공간을 침범하지 않는 생활 방식은 서로의 정체성을 위협하지 않고 평화롭기까지 하다.

인간 사이의 관계와 소통은 대화 즉 말하기를 통해 형성되는 것이 기본인데 '집'으로서 장소성을 상실[11]한 이들의 주거 공간에서는 대화와 소

---

10 김애란 작품에서 '집' 혹은 '방'을 소유한 인물이 세들어 살거나 잠시 같이 기거하게 된 인물들에게 텃세를 부리고 기득권을 요구했을 때, 거주자는 그들의 권리를 당연하게 받아들이고 저항하지 않는다. 또한 좁은 면적에 심리적 위축을 토로하기도 한다. 이러한 위축된 인물의 왜소한 모습은 김애란 소설 전반에 공통적으로 나타난다.

11 결국 '집' 혹은 '방'의 장소성은 그곳에서 특별한 경험과 기억의 축적으로 구성된다고 전제한다면 '나'를 비롯한 이 집에 주거하는 구성원들은 서로를 인식하고, 교류하고, 공감하며 쌓아 올린 아무런 정감도 기억도 없다는 점에서 '집' 혹은 '방'으로서의 장소성은 상실했다고 볼 수 있다.

리가 사라진 일방적인 의사 전달과 요구 사항의 수행 여부를 지켜볼 뿐 서로에게 개입하지 않는다. 이러한 이들의 생활 방식은 사생활 존중과는 다른 양상으로 소통의 거부와 인간관계의 단절로 볼 수 있다.

다니던 대학을 휴학하고 아르바이트로 학비를 모으고 있는 화자 '나' 는 대학교 근처에서 3평 남짓 난칸방에 세 들어 살고 있다. '나'는 1번방 아가씨로 호명되고, 같은 층에는 나를 포함하여 여자 5명이 같이 세들어 살고 있지만 그들과 인간적인 교류나 소통은 없었다. 하나의 화장실과 세탁기, 빨래 건조대를 함께 사용하지만 서로 마주치거나 사용에 관한 대화를 나누어본 적도 없다. 어느 날 팬티 몇 장과 구두를 도둑맞은 '나'는 며칠 후 방 한가운데 놓여 있는 돌아온 구두를 보고, 범인을 잡겠다고 결심한다. 범인을 잡기 위해 열쇠 수리공에게 열쇠를 잃어버렸다고 말하고 가장 의심이 가는 5번방을 열어보기로 한다.

> ……방안에는 세 칸 짜리 분홍색 서랍장 하나, 오른쪽 모서리 귀가 닳은 한 칸짜리 금성냉장고 하나, 그리고 생리중에 흘린 피가 까맣게 말라 있는 아이보리 요 한 채와 장미가 무더기로 그려진 이불이 있다. 세 칸짜리 서랍장 중 언제나 한칸은 양말이나 티셔츠가 기어나와 완전히 닫히지 않은 채 이가 물려 있고, 냉장고 옆의 책장에는 몇 개 안 되는 씨디와 책들이 있다. 대개는 서태지, 김현철, 이승환, 너바나, 비틀즈 등의 씨디다. 방문 쪽 콘센트에는 항상 휴대폰 충전기가 노란불이 켠 채 충전돼 있고 방바닥에는 군데군데 담배빵 자국이 나 있다.[12]

5번방을 본 후 충격을 받은 나는 혹시나 하는 생각을 하며 내 방 열쇠로 4번방 문을 열어본다. 내 방 열쇠로 4번방 문이 열리고 4번방이 열린다.

---

12 김애란, 「노크하지 않는 집」, 『달려라, 아비』, 창비, 2005, 241쪽.

······방안에는 세 칸 짜리 분홍색 서랍장 하나, 오른쪽 모서리 귀가 닳은 한 칸짜리 금성냉장고 하나, 그리고 생리중에 흘린 피가 까맣게 말라 있는 아이보리 요 한 채와 장미가 무더기로 그려진 이불이 있다. 세 칸짜리 서랍장 중 언제나 한칸은 양말이나 티셔츠가 기어나와 완전히 닫히지 않은 채 이가 물려 있고, 냉장고 옆의 책장에는 몇 개 안 되는 씨디와 책들이 있다. 대개는 서태지, 김현철, 이승환, 너바나, 비틀즈 등의 씨디다. 방문 쪽 콘센트에는 항상 휴대폰 충전기가 노란불이 컨 채 충전돼 있고 방바닥에는 군데군데 담배빵 자국이 나 있다.[13]

'징그럽게 똑같은 네 여자의 방'을 목격한 '나'는 충격에 휩싸이고 '방'도 그 '방'에서 살아가는 사람도 모두 똑같은 현실에 절망하게 된다. 이로써 존재도 공간도 개성이 사라진 극한의 익명의 세계에 던져진다. 낯선 이의 침입을 확실하게 막아줄 수 없고, 나만의 공간적 개별성을 확보할 수 없는 '집' 혹은 '방'은 더 이상 존재를 안전하게 보호해줄 수 없다. '나'는 획일화된 방을 두려움과 공포의 공간으로 인식하고 자신의 정체성마저 혼란스러워하며 분열된 모습을 보인다.[14]

하나의 열쇠로 열 수 있는 다섯 개의 방, 방을 구성하고 있는 가재도구, 소품, 방바닥의 자국까지 같은 방의 묘사는 화자인 '나'가 느끼는 공포의 극한을 보여준다. 혹시 네 방의 여자 중 누군가 자신이 방을 열어봤다는 것을 알게 될까 봐 전전긍긍하던 '나'는 친구에게 전화를 걸지만 상

---

13 위의 책, 241~242쪽.
14 바슐라르는 집이 표상하는 기본적인 의미를 다음과 같이 말하고 있다. "집이란 세계안의 우리들의 구석인 것이다. 집이란—흔히들 말하지만—우리들 최초의 세계이다. 그것은 정녕 하나의 우주이다. 우주라는 말의 모든 뜻으로 우주이다."(가스통 바슐라르, 『공간의 시학』, 곽광수 역, 동문선, 2003, 77쪽) 그러나 김애란의 「노크하지 않는 집」의 '집'은 몽상과 추억이 살아 숨 쉬는 우주는 없다.

대가 누구인지 자신이 누구인지 설명하지 못하고 "여보세요?"와 "누구세요?"를 반복할 뿐이다. 메아리처럼 같은 말을 따라하는 '나'와 수화기 넘어 '너'를 구분할 수 없다.

「도도한 생활」의 제목은 이중적으로 피아노 음계 '도'의 반복되는 소리를 의미하면서, 도무지 어울릴 것 같지 않은 거실이 아닌 만두 가게에 놓인 피아노를 치는 도도한 생활을 중의적으로 표현하고 있다. 도도한 생활과 거리가 먼 이들의 삶을 '평범하게' 만들어주는 것이 피아노이다. 부지런한 엄마 덕분에 도도한 생활이 유지되었지만 만두 가게마저 망하게 되자 나와 언니는 삶의 터전[15]인 집을 떠나 서울 변두리로 이사하게 된다.

이들의 독립은 경제적 상황으로 인한 강제적 분리이자, 도시로 강제 편입된 상황이다. 내가 언니와 함께 살게 된 집은 겨우 두 사람이 누울 수 있는 지하 셋방으로 물건과 사람이 경계를 둘 수 없는 좁은[16] 공간이기도 하다. 나는 '어쩐지 여기, 서울 같지 않은' 좁고 낮은 곳에 머물게 된다. 나에게 서울은 안락함과 안정성을 보장하는 '집'으로서 장소감을 발견할 수 없는 장소 상실의 공간이다. 방과 중고 가게에 겹쳐지는 이미지는 인간과 물건을 같은 위치에 놓고 사물화하고, 인간이 거주하는 방과 집으로서의 장소감은 소거된다. 이들의 거주 공간은 경제적 상태는 물론 변두리라는 공간적 위치와 주변인으로서 사회적 위상까지 드러낸다.

---

15 거주 공간과 생활 공간, 노동 공간이 중첩되고 있는 '만두 가게'는 가족이 함께 살고, 손님과 에피소드가 있고, 나와 엄마, 나와 아빠, 나와 언니가 가족으로서 공동체적 삶을 살았던 이야기가 있는 삶의 장소이다. 만두 가게는 가족의 뿌리가 박혀 있는 본래적 생의 공간이라 할 수 있다.

16 일반적으로 인간은 좁은 공간을 자신을 괴롭히는 압박으로 느낀다. 그는 여기에서 벗어나 넓은 곳으로 나가고 싶어 한다. 넓은 곳은 언제나 활동 영역의 개방을 뜻한다(오토 프리드리히 볼노, 앞의 책, 2011, 114쪽).

이불을 펴고 자리에 누웠다. 방바닥엔 두 사람이 겨우 몸을 뉠만한 자리밖에 없었다. 피아노 위로는 헤어드라이어와 라디오, 다리미 등 잡동사니가 올려졌다. 방 안은 무슨 중고가게 같았다. 창밖으로 지상의 길들이 전신주처럼 길게 드리워져 있는 모습이 보였다.[17]

저녁부터 폭우가 내렸다. ……나는 화들짝 자리에서 일어났다. 현관에서부터 물이 새고 있었다. 이물질이 잔뜩 섞인 새까만 빗물이었다. 그것은 벽지를 더럽히며 창틀 아래로 흘러내렸다. 벽면은 검은 눈물을 뚝뚝 흘리는 누군가의 얼굴 같았다.[18]

웬 그림자 하나가 스윽- 나타났다. 무서운 얼굴을 한 사내였다. 나는 뒤로 자빠지며 엉덩방아를 찧었다. 손등위로 출렁 빗물이 느껴졌다. 사내는 초점 없는 눈으로 나를 바라봤다. 나는 후들후들 떨며 "누구세요?"라고 말했다. 폭우에, 부채에, 겁탈까지 당할 생각을 하니 뭐이따위 인생이 다 있나 서러워지려는 참이었다. ……나는 그가 언니의 예전 애인이라는 걸 알아챘다.[19]

우리가 일반적으로 집이라는 표현을 썼을 때, …… 중요한 것은 악천후와 원치 않은 낯선 이의 접근을 확실히 막아주는 개인 공간의 확보[20]이다. 집의 정의와 거리가 먼, 사물화되고, 안전하지 않고, 자연재해조차 막을 수 없는 '집'은 누구에게도 보호받을 수 없는 존재의 절망적인 현실을 여과 없이 보여준다. '도도한 생활'의 증거였던 피아노를 칠 수 없는 방은 '나'에게 도도할 수도, 평범할 수도 없는 추락한 삶과 존재의 왜소함을 각

---

17 김애란, 「도도한 생활」, 『침이 고인다』, 문학과지성사, 2007, 28쪽.
18 위의 책, 36쪽.
19 위의 책, 39쪽.
20 오토 프리드리히 볼노, 앞의 책, 2011, 170~171쪽 참조.

인시켜준다. 연인이 불안감 없이 온전히 서로에게 몰두할 방 한 칸도 마련하기 어려운 현실을 극단적으로 보여준「성탄특선」의 상황도「도도한 생활」의 '나'와 별반 다르지 않다. 사내의 여동생은 성탄절을 맞아 '보통'의 연인처럼 둘만의 오붓한 데이트를 하기 위해 4년이란 시간을 보내야만 했다. 옷이 없어서, 데이트 비용이 없어서, 야근 때문에 소홀하게 지내다가 헤어지게 되고, 이 둘은 온전히 사랑을 나눌 공간을 갖지 못 한다. 드디어 4년 만에 옷도, 돈도, 시간도 다 갖춰졌지만 함께 사랑을 나눌 수 있는 '방'은 없었다.

> 서울살이 10여년, 사내는 많은 방을 옮기며 살아왔다. 다른 이들과 욕실을 같이 쓰는 단칸방도 있었고, 장마 때마다 바지를 걷고 물을 퍼내야 하는 반지하도 있었다. 그녀역시 그 방들에 대해 잘 알고 있었다. 방에 따라 달라졌던 포옹과 약속에 대해서도, 그러나 어느 곳이든 따라 다녔던 초조에 대해서도 그녀는 다 알고 있었다.[21]

 사적 공간인 '방'을 온전히 소유할 수 없을 때 주체는 자아 분열을 일으키고, 불안과 초조를 넘어서 공포를 느끼게 된다. '방'이 침범당하는 것은 혼자 외로운 것보다 참기 힘든 일이다. 이때 주체는 필사적으로 자기만의 공간을 확보하기 위해 안간힘을 다한다.「침이 고인다」의 그녀는 자기 아버지와 함께 있는 것도, 자기가 먼저 같이 살자고 했던 후배와의 동거도 어느새 "그녀는 어서, 고독해지고 싶다. 푹신푹신한 고독감 속에 파묻혀 휴일이면 온종일 인터넷을 하거나 영화를 보고, 아무렇게나 입은 채, 아무 때나 일어나, 아무거나 먹어버리고 싶다."[22]고 되뇌며 고독을 고

---

21 김애란,「성탄특선」, 앞의 책, 87쪽.

대한다.

인간이 '집'을 친밀하게 느끼고 '방'을 안전하게 느끼는 것은 친밀한 경험과 안전한 경험의 축적을 통해 기억하고, 기억을 토대로 상상과 추억으로 인식하는 것이다. 또한 인간이 생활하면서 해결해야 하는 최소한의 생존 활동이 가능한 독립 공간의 확보를 의미한다. '집'과 '방'이라는 기호가 친밀함과 안전을 떠올리게 하는 것이 아니라 그곳에서의 생활, 그러한 기억, 경험과 추억이 의식과 감정을 만들어내는 것이다. 그러나 경제적인 이유로 처음부터 타인과 관계 맺기가 불가능한 상황에 길들여진 주체는 어느새 혼자만의 생활에 익숙해지고 고독이 편한 상태가 된다. 나와 친소 관계, 친밀함의 정도와 상관없이 사적 공간인 '방'을 침범하는 외부인의 존재는 주체의 정체성을 교란시키고 혼란스럽게 만들 뿐이다. 더 이상 거창한 공간이나 욕망을 꿈꾸지 않고 그저 다달이 방값을 밀리지 않고 낼 수 있는 경제활동을 하는 것에 만족하는 이들에게 방의 크기와 외로움은 근본적인 문제가 아니다.

3. 비주거지 거주와 부유하는 자아

인간이 삶을 영위하기 위해서는 최소한 정주 공간이 필요하며 공간을 공유하고 있는 인간관계의 친밀감이나 안정감을 통해 물리적 장소에 대한 장소감[23]이 생성된다. 이 장소감은 인간 존재의 정체성과 존재의 뿌리

---

22 김애란, 「침이 고인다」, 앞의 책, 77쪽.
23 애그뉴는 '장소감'이란 사람들이 장소에 대해 가지는 주관적이고 감정적인 애착을 의미한다고 말하고 있다(팀 크레스웰, 『장소—짧은 지리학 개론 시리즈』,

가 되고 삶을 지탱해준다. 그러나 현대사회의 떠돌이 삶은 장소에 대한 애착과 장소애(topophilia)[24]로 이어지지 못하고 인간을 부유하는 존재로 전락하게 만든다. 특히 도시[25]는 필요에 따라 기능적으로 재편되고, 기능적으로 구획된 공간에 거주하고 생활하는 개인은 그들이 어디에 어떤 모습으로 공간을 점유하고 있는가에 따라 그의 존재성도 판가름 난다. 후기 자본주의 시대의 개인의 거주와 생활은 기능주의적 가치에 따라 편재된다. 계획된 기능 중심의 공간의 배치와 주거는 인간의 생활 방식, 인간관계, 세계관에 이르기까지 영향을 미친다.

청년 세대에게 더 이상 머무는 터전으로서의 의미보다 '떠나기' 위한 준비가 진행되고 있는, 도시의 공간들은 한시적이고 유동적인 도시인의 삶의 형태와 닮은꼴이다. 원 가족으로부터 새롭게 독립하여 도시에 거주하게 된 청년 세대는 경제적인 상황에 따라 거주 지역과 공간을 선택할 수밖에 없다. 경제적 여유가 있다면 방, 부엌, 화장실을 독립적으로 사용할 수 있는 독립 주거 공간을 소유하고 거주지의 일원으로 편입되어 자신이 전유한 공간만큼 존재감을 드러낼 수 있다. 그러나 경제적 자립이 이루어지지 않은 청년 세대의 도시 생활은 최소한의 공간에 거주하며 주민이 되지 못한 익명의 존재가 된다.

도시에서 집이란 거주하는 공간, 삶이 지속되는 공간의 의미보다 소유

심승희 역, 시그마프레스, 2012, 11쪽).

24 '토포필리아(topophilia)'는 사람과 장소 또는 배경의 정서적 유대다. 개념처럼 확산되는 경향이 있고 사사로운 경험처럼 생생하며 구체적이다(이-푸 투안, 『토포필리아』, 이옥진 역, 에코리브르, 2011, 21쪽).

25 도시는 워낙 장소가 아니다. 공동체에 기반한 지역에 한정되지 않고 무한 확장 가능 공간태로서 기획된 현대 도시는 무장소성이 기본 자질이다. 따라서 현대 도시는 공간의 외연과 함의가 지속적으로 확대될 가능성이 잠재해 있다는 데서 이해의 관건이 생긴다(장일구, 앞의 책, 2011, 264~265쪽).

의 대상으로서 물질적 토대이자 자산으로서의 가치가 더 중요하게 부각되어 장소로서의 의미는 희석되었다. 이러한 이유로 어디에 사느냐 하는 것은 단순히 지명, 위치와 같은 지리적 개념에 머물지 않고 사회적 위상과 경제적 수준까지도 드러낸다. 또한 같은 지역에 거주하는 주민들 사이에는 유대감과 공동의 문화적 관습이 형성되기도 한다. 어디에 거주하는가는 주체의 정체성을 나타내는 중요한 지표가 된다.

김애란 소설에 나타난 청년 세대는 도시 그중 서울의 변두리 '고시원', '독서실', '편의점', '재개발구역', '다세대주택 지하 합숙소' 등의 장소로 자기 정체성을 드러내고, 이러한 장소에서 개인이 경험하게 되는 바는 도시 서울[26]의 공간성을 드러낸다. 그러나 역설적이게도 그들이 거주하고 있는 주거 공간은 서울의 도시적 표지이자 무장소성의 단면을 보여준다.[27]

---

26 문학에 형상화된 대도시 '서울'에 관한 연구는 2013년 한국현대소설학회 학술대회 기획특집으로 '현대소설과 서울'이란 주제로 다루어진 바 있다. 이동하, 「도시공간으로서의 서울과 소설 연구 과제」, 『현대소설연구』 52호, 한국현대소설학회, 2013, 9~43쪽 ; 양윤의, 「서울, 정념의 지도」, 같은 책, 45~78쪽 ; 오창은, 「도시의 불안과 여성 하위 주체」, 같은 책, 79~110쪽 ; 장성규, 「신체제기 소설의 '경성' 형상화와 '주변부' 인식」, 같은 책, 111~142쪽 ; 최애순, 「1950년 서울 종로 중산층 풍경 속 염상섭의 위치」, 같은 책, 143~186쪽. 이 밖에도 대도시 '서울'을 배경으로 한 문학 연구로는 조명기, 「일상적 장소성과 관계적 공간성의 두 변증법 ; 『서울, 어느 날 소설이 되다』와 『서울, 밤의 산책자들』을 중심으로」, 『어문론집』 제50집, 민족어문학회, 2012, 451~478쪽 ; 송명희, 「자폐적인 내적 공간에 유폐된 자아—이승우의 「나는 아주 오래 살 것이다」를 중심으로」, 『한국문학이론과 비평』 53집, 207~223쪽 ; 송은영, 「현대도시 서울의 형성과 1960~70년대 소설의 문화지리학」, 연세대학교 박사학위 논문, 2008 ; 유성호, 「한국 현대문학에 나타난 '서울' 형상 연구」, 『서울학 연구』 23, 서울시립대학교 서울학연구소, 2004 등이 있다.

27 이들이 거주하고 있는 '고시원', '독서실', '재개발구역', '다세대주택 지하 합숙소' 등은 서울의 인구 팽창으로 형성된 편법(불법) 주거지이며, 빈곤과 열악한 주거 환경을 상징하는 현상이다. 서울에 이러한 주거 형태를 단순 계산했을 경

「나는 편의점에 간다」[28]에서 나는 옥탑방에 거주하고 있으며 나의 생활은 편의점과 새벽에 배가 고플 때 들르는 이동식 포장마차에서 주로 이루어진다. 그러나 편의점 사장과도 포장마차의 할머니와도 인사를 나누어야 하는 번거로움과 나의 사생활이 노출되는 것이 싫어서 길에서 만난 할머니를 못 본 척하거나 다니던 편의점도 바꾼다. 그러던 어느 날 말을 하지 않으면 노출되지 않을 거라는 기대와는 달리 나는 내가 사는 물건으로 기억된다는 것을 깨닫게 된다.

> 큐마트를 오래 다니다보니 나는 뜻밖에 의도하지도 원하지 않은 내 정보들이 매일매일 그가 들고 있는 바코드 검색기에 찍혀나고 있다는 것을 깨달았다.
> 예컨대 그는 나의 식성을 안다 ……원한다면 그는 내 방의 크기도 추측할 수 있다. ……그는 나의 가족관계도 알 수 있을 것이다.……그는 나의 고향을 안다.……그는 나의 생리주기를 안다. ……그는 나의 식생활에서 성생활에 이르기까지 모두 '보고' 있다. 왜냐하면 편의점이란 모든 걸 파는 곳이기 때문이다.[29]

나에 대해서 이렇게 속속들이 알고 있고, 서로 아는 척을 하고 생활 방식을 꿰고 있지만 인간 사이의 사적인 관계는 없다. 급한 외출로 잠시 열쇠를 맡기거나 '나'의 존재를 기억시키는 일은 불가능하다. "나의 필요를

우 11.2%의 규모라고 한다(이선화·김수현, 「대도시의 새로운 불법(편법)주거를 어떻게 볼 것인가?—저렴주거를 둘러 싼 규제와 묵인의 역학」, 『서울도시연구』 제14권 제4호, 2013, 106쪽).

28 "하루에도 몇 번씩 편의점에서 오가는, 내가 한번쯤 만났을 수도 그렇지 않았을 수도 있는 사람들. …… 그러나 편의점은 묻지 않는다. 참으로 거대한 관대다."(김애란, 「나는 편의점에 간다」, 『달려라, 아비』, 창비, 2005, 33쪽)

29 김애란, 「나는 편의점에 간다」, 위의 책, 27쪽.

아는 척해주는 그곳에서 나는 누구도 만나지 않았고, 누구도 껴안지 않았다." 편의점이라는 개인의 필요를 아는 척해주는 그곳에서 개인은 누구와도 소통할 수 없고, 물을 사는, 휴지를 사는, 면도날을 사는, 언제든지 대체 가능한 소비의 주체로만 남는다.

편의점이라는 구체적 장소에서의 경험은 그곳을 공유하는 사람들에게 장소감으로 기억되는 것이 아니라 누구와도 소통이 불가능한 장소 상실의 소비적 공간으로 남을 뿐이다. 이때 소비 주체인 개인은 고유한 자신만의 특별한 특질은 무화되고 도시의 단자로 남는다. 단자화된 도시 속 개인의 무화에 대해 "당신이 만약 편의점에 간다면 주위를 잘 살펴라."라고 경고한다. 그네들이 들고 있는 물건은 물건 그 자체 고유한 목적으로 사용될 수도, 또 다른 의미로 사용될 수도 있다. 결국 중요한 것은 물건이 아니라 그것을 사 가는 사람들이라는 것을 강조한다. 이는 사람보다 물건으로 소통되고 목적이 되는 도시적 삶에 대한 경고로 볼 수 있다. 인간이 빠진 물건의 교환과 관계는 아무것도 아닌 것과 같다. 도시에서 부존재로서 존재하는 청년 세대의 존재감은 이웃으로 편입되어 도시의 주민으로서 행세하는 것이 아닌 편의점을 통해 소비하고 '옥탑방', '고시원', '독서실'과 같은 비거주 지역을 점유하고 있는 그들은 정체성이 거세된 존재일 뿐이다. 왜냐하면 공간은 인간들의 상호작용을 통해 공간성이 생기고, 행위가 일어나는 장소에서 장소성이 획득되는데, 이들 사이에는 어떤 교류도 관계도 형성되지 않고 있어 구체적인 장소는 있으나 장소성은 없기 때문이다.

청년 세대의 출구가 봉쇄된 도시 편입의 최악의 상황은 '다세대주택 지하 합숙소'에 거주하게 되는 일이다. 「서른」의 '나'는 연인 관계였던 옛 남자의 소개로 '선진국형 신개념 네트워크 마케팅' 사업에 동참하게 되고 '창문에 창살이 달린 다세대주택 지하 합숙소'에 거주하게 된다. '나'가 합숙하게 된 합숙소는 이 시대의 실업 청년들의 집합소의 다른 표현으로 극한에 몰린 그들의 상황과 경제적 현실을 대변한다. 이런 청년의 수가 몇천이 아닌 만 명을 헤아린다는 대목에서 청년 세대의 절대적 빈곤과 사회구조적 양극화를 실감하게 된다. 개인의 의지로는 나올 수 없는 그래서 수렁과 같은 그곳을 탈출할 수 있는 방법은 나를 대신할 희생양으로 대체하는 것이다. 나는 우연히 문자를 보낸 학원 제자 혜미라면 자신보다 그곳 생활을 '잘 해나갈 것'이라고 합리화하며 '합숙소'를 빠져나온다.

> 뭔가 잘못 되어 가고 있단 생각이 들었지만 인정할 용기가 나지 않았어요. 거기 많은 사람들이 믿고 있는 것을 그냥 저도 따르고 싶었거든요. …… 특히 제가 있었던 곳은요, 언니. 사당에서 뉴타운으로 지정됐다 사업이 이루어지지 않아 꽤 오랫동안 방치돼 슬럼가처럼 흉흉해진 동네였어요. ……'칼밥'먹고 '칼잠' 자고 최악의 환경에서 지내는 애들이 아침이면 거짓말처럼 말쑥하니 정장으로 갈아입은 뒤 변신을 하고 나왔어요.[30]

그러나 나를 대신해 그곳에 들어 간 혜미는 돈도, 인간관계도 다 엉망이 되어 피폐한 삶을 끝내려고 자살을 시도하고 식물인간이 되었다는 소식을 전해 듣게 된다. 그러나 나는 혜미를 찾아볼 용기조차 없다. 극한의 빈곤은 선택의 여지가 없고 궁지로 내몰린 '나'는 '너'를 사지로 몰아넣을 수밖에 없다. 자본의 논리에 따라 인간 존재도 인간관계도 지배받는 도시에서 비극적 주체들은 상품처럼 소비되고 소멸된다.

> 언니, 지금 제가 갖고 있는 옛날 휴대폰에는 아직도 그 애가 보낸 메시지가 저장돼 있어요. '샘 여기 분위기 쩔어요. 원래 이런 건가염. 샘 배고파요. 밥 사주세염. 샘 왜 제 문자 씹어요. 샘 전화 좀. 샘 어디

---

30 김애란, 「서른」, 『비행운』, 문학과지성사, 2012, 304~305쪽.

세요. 샘 전화 한번만. 샘 저 좀 꺼내주세요······' 이 편지 부칠 수 있을
지 모르겠어요.[31]

「서른」은 10년 전 같은 독서실에서 지냈던 언니에게 보내는 편지 형식
으로 왜 자신이 이럴 수밖에 없었는지 전말을 설명하고 있다. 누구에게
도 터놓을 수 없는 이해받을 수 없는 '나'에 대해서 털어놓지만 결국 바
뀌는 것은 이들이 처한 상황이 아니라, 수렁에 빠지는 사람의 얼굴일 것
이라는 절망적 판단은 청년 세대의 새로운 도시 빈민으로서의 등장과 몰
락을 암시한다.

도시에서 꿈꾸었던 청년 세대의 미래, 사랑, 소통은 더 이상 온정적이
지 않으며 지극히 사실적인 인물의 일상 공간은 그들이 처한 현실과 존재
의 한계를 비극적으로 보여준다. 그러나 김애란 소설에 등장하는 인물들
은 후기 자본주의 사회의 소비 욕망의 주체로서 개인의 물신화된 욕망에
매몰된 타락한 개인은 아니다. 그들은 생존을 위해 도시에 거주하게 되고
도시에서의 생활 방식에 적응하고자 고군분투한다. 그들이 도시 공간에
적응하려고 노력하면 할수록 빠져나올 수 없는 수렁 속으로 빠져들고 결
국 자신의 정체성은 물론 존재 자체를 잃게 되는 악순환의 딜레마는 지속
되고 어디에도 정착할 수 없는 부유하는 존재가 된다.

4. 철거된 '방'과 파괴된 자아

"인간의 공간은 인간의 감각과 정신의 특징을 반영한다."[32] 김애란은

---

31 위의 책, 317쪽.
32 이-푸 투안, 앞의 책, 1998, 34쪽.

현실 공간의 척박함과 탈출의 불가능성을 상상을 통한 공간의 확장으로 공간의식을 전복시킨다. 실재하는, 경험을 통해 구현되는 공간에 대한 인식은 오히려 존재하지 않는, 경험할 수 없는 공간에 대한 상상을 통해 구체화된다.

「종이물고기」의 그는 016으로 시작되는 휴대폰을 가지고 있으며, 알파벳 b로 시작하는 이메일 주소를 가지고 있는 "진담의 세계, 범인(凡人)들의 세계에다, 오해의 세계이기까지 한 세계"에 살고 있다. 미숙아로 태어난 그는 "사방이 신문지로 도배된 방"에서 자랐다. 그는 신문지로 도배된 방에서 속눈썹 만드는 공장에 일 나간 엄마를 기다리며 글자를 무섭게 독파해나간다. 그가 출생하고 자라난 공간은 그의 성장과 사회적 존재를 규정하고 한계 짓는다. 그가 자신의 공간을 벗어날 수 있는 방법은 상상을 통해서만 가능하다.

> 그는 가끔 세상에서 가장 근사한 공간을 상상한다. 그곳은 실패한 농담들의 쓰레기장, 감기 걸린 영웅들의 사물함, 진심을 위한 뱃지 가게, 그리고 이름을 가져본 적 없는 어떤 곳들이다. 그를 둘러싼 집, 상점, 화장실, 학교, 도시는 주로 육면체의 세계이지만 그가 상상하는 공간들이 몇 개의 면으로 이뤄져 있는지는 알 수 없다.[33]

친척들에게 극구 감추고 싶은 전문대학을 졸업하고 군대를 갔다 온 그가 부모로부터 독립한 공간은 "난간 없는 계단이 옥상으로 연결된 옥탑방"이었다. 이사한 후 그가 몰두한 일은 방의 네 면과 천장에 포스트잇으로 하고 싶은 말을 적어 반듯하게 붙이는 일이었다. 천장에 마지막 한 장의 포스트잇을 붙일 자리만 남았을 때 마치 종이 비늘이 달린 거대한 물

---

33 김애란, 「종이물고기」, 『달려라, 아비』, 창비, 2005, 194쪽.

고기가 부드럽게 세상을 헤엄쳐 다니는 상상을 한다. 그는 돌아온 즉시 마지막 문장을 쓸 요량으로 일을 나간다. 그러나 공사장 일을 마치고 돌아온 그의 방은 폭삭 허물어져 내려앉아 있었다. 벽면에 실금이 간 것을 말하지 않았다는 주인 노파의 타박과 인부들이 쓸어 담은 잔해들 사이로 노란 포스트잇들도 딸려 들어간다. 시멘트 가루가 묻은 한 장의 포스트잇 종이에는 "–그는 침도 별로 없는 입을 열며 우리에게 처음으로 말했다. 그것은 어쩌면 희망 때문일 것이라고." 그가 쓴 소설 한 구절이 적혀 있었다. 그것을 읽는 동안 그는 꺼이꺼이 운다.

그가 상상한 근사한 공간은 종이물고기가 헤엄칠 수 없는 것처럼, 상상의 공간이 현실이 될 수 없는 것처럼 결국 폭삭 주저앉고 그의 현실 공간은 벗어날 수 없는 존재의 한계를 보여준다. 사회적 존재로서 개인은 실존을 넘어선 존재의 정체성을 '집'을 통해 보여주고, 그들이 머물고 있는 방은 그들의 정체성을 대변한다.

> 우리 집은 빌라 뒤편에 있는 낭떠러지와 바로 연결되어 있다. 절벽의 높이는 10미터가량 된다. 하지만 내가 사는 4층에선 더 까마득해 보인다. …(중략)… 장미빌라와 A구역의 경계, 그러니까 절벽 아래에는 잡초가 무성하다. 오랫동안 아무도 돌보지 않은 땅에서 멋대로 자란, 집요하고 탐욕스러운 인상을 주는 풀이다. 그곳에서 이따금 방미빌라로 생전 처음 보는 벌레들이 기어 들어온다. 파랗고 통통하고 꾸물거리는, 혐오감을 주는 어떤 것들이.[34]

서술자가 느끼는 불안은 집의 위치, 주변 환경에서 드러나는 '재개발 지역', '무성한 풀', '혐오감을 주는 벌레' 등으로 기호화되고 있다. 재개

---

34 김애란, 「벌레들」, 『비행운』, 문학과지성사, 2012, 49~50쪽.

발로 인한 소음과 진동, 먼지, 쓰레기 등은 서술자가 거주하는 공간의 열악함을 보여주고, 공간의 열악함은 서술자의 불행으로 이어질 수 있음은 암시한다.

「벌레들」과 「물속 골리앗」[35]의 서사 공간은 거주민이 거의 떠나고 재개발이 진행되고 있는 지역을 주거 공간으로 삼고 있는 인물들의 이야기이다. 그들이 거주하고 있는 거주지가 재개발이 진행되고 있다는 것은 그들이 오랫동안 삶의 터전으로 삼을 수 없다는 것을 의미하고, 정착할 수 없는 현실은 곧 그들의 불안감의 원인이다. 그들이 거주하는 공간은 서사적 배경이자 인물들의 생존과 직접 관련된다. 이들이 느끼는 고립감과 불안 의식은 인물의 내면으로부터 드러나는 것이 아니라 그들이 머물고 있는 공간으로부터 기인한다.

「벌레들」의 아내는 떨어뜨린 반지를 주우러 낭떠러지 아래 공사 구역으로 들어갔다가 무수한 벌레들에 놀라 넘어지고 양수까지 터지지만 누구에도 도움을 청할 수 없는 고립의 상태가 된다. 공사로 인한 소음과 최소한의 쾌적함도 보장할 수 없는 '집'은 더 이상 안식처가 아닌 죽음의 공간이다. 외부로부터 침입해오는 벌레들과 생존을 위한 물과 전기도 공급받지 못하는 도시 빈민의 삶은 화려하고 거대한 도시의 어두운 이면이고, 거대한 자본의 논리가 지배하고 있는 개인의 억압적이고 폭력적인 상황을 적나라하게 드러낸다.

---

35 김애란의 2000년대 초·중반 소설 속 인물은 열악한 환경 속에서도 자기만의 방식으로 여유를 가지고, 삶의 터전에 적응하며 스며들고 있다. 그러나 2000대 후반 이후 작품 속 인물은 환경에 적응하거나 극복하지 못하고 현실에 패배하고 있는 양상을 보인다. 이는 2008년 세계 금융 위기 이후 한층 불안한 현실을 반영한 것으로, 개인의 의지로는 극복할 수 없는 자본주의 논리에 따라 비정하게 흘러가는 현실을 재현한 것으로 볼 수 있다.

> 주위는 소름끼치게 조용했다. 이따금 개가 짖었으나 컹— 소리의 잔
> 향은 들판 위 적막만 도드라지게 했다. 사람들은 기척이 없었다. …
> (중략)… 여러 말이 오갔고, 많은 일이 있었다. 어른들은 길에서 자주
> 울었다. 여염집 대문엔 다윗의 별처럼 하나둘 X자가 늘어갔다. 그러
> 나 그것은 성경 속 이야기와 달리 우리를 살려줄 수 있는 표식이 아니
> 었다. 우린 모두 그것을 알고 있었다.[36]

계시록의 표시가 아닌 묵시록의 표식이 되어버린 X는 붉은색 페인트
로 여기저기 칠해진 뒤, 사람들은 모두 사라지고 '나'와 어머니만 남아 있
다. 이미 그의 집에도 X가 칠해져 있으므로 떠나야 하지만 이주 장소를
마련하지 못한 '나'는 죽음의 공간에 머물 수밖에 없다. 「물속 골리앗」의
나는 당뇨병을 앓고 있는 어머니와 재개발을 위한 이주가 끝나 수돗물과
전기도 공급되지 않는 아파트에서 빗물과 촛불을 사용하며 거주를 연장
하고 있다. 담보 대출로 산 아파트는 대출금을 다 갚았을 때, 집주인이라
는 사람의 출현으로 턱없이 적은 이주비조차 보상받을 수 없는 상황이다.
모자는 장마로 큰비가 내리던 날 아파트에 고립되고 설상가상 쇼크로 어
머니마저 숨진다. 어머니를 두고 나올 수 없었던 나는 문짝을 뜯어 어머
니를 테이프로 묶어 탈출을 시도하지만 불어난 물에 어머니의 시신마저
수습할 수 없다. 이 두 작품에 드러난 최악의 비극적 상황은 그들이 거주
했던 공간과 깊은 관련이 있다.

'집'은 인간에게 최소한의 안전을 보호해주는 공간이지만 이들 서사에
드러난 공간은 오히려 인간의 생명을 위협하고 존엄성을 훼손한다. 철거
된 건물의 잔해에 섞여 있는 아내와 죽어서도 물 위에 떠다니는 쓰레기처

---

36 김애란, 「물속 골리앗」, 『비행운』, 문학과지성사, 2012, 87~88쪽.

럼 부유할 수밖에 없는 어머니, 그들의 열악한 삶은 그들의 거주했던 공
간과 맞물리며 비극성을 증폭시키고 있다. 결국 존재마저 파괴된 죽음의
공간만이 남아 있다.

5. 마치며

김애란 소설 속 인물은 거주 공간이 침범당했을 때 극도의 공포를 느
끼고, 인물의 자기정체성도 분열적 양상을 보인다. 일상의 장소가 장소성
을 상실하게 되었을 때 존재는 사회로부터 부정되고 배제된다. 어디에도
자신의 존재를 확인할 수 없는 이들의 정체성은 무시된 채 누구의 도움도
받을 수 없다. 스스로 존재를 확인시키기 위해 고군분투하지만 현실은 냉
정하고 비관적이다. 후기 자본주의 사회의 욕망의 주체가 되어 소비하고
타락하는 것이 아닌 생존을 위해 최소한의 경제활동과 사회적 지위를 기
대하지만 그들의 삶은 쉽사리 바뀌지 않는다.

김애란 소설의 서사 공간은 현대사회의 단자화되고 물화된 청년 세대
의 정체성을 대변해준다. 청년 실업 문제, 가족 관계의 약화, 인간 소외와
인간의 도구적 존재로서 전락 등등 현대사회의 심각한 문제는 인물의 거
주 공간과 생활 공간, 경험 공간 등을 통해 구체화되고 있다. 개인의 의지
와 심성, 삶의 태도를 배반하는 환경은 '세계-내-현존재'로서 개인의 한
계와 정체성을 드러낸다.

인간이 생존을 유지하고 삶을 영위하는 토대이자 보금자리였던 '집'은
더 이상, 안정과 안락함을 제공하지 못하고, 생존을 위해 떠돌이 삶을 살
아가는 현대인들에게 특히 청년 세대에게는 잠시 머물렀다 떠나는 임시
적이고 한시적인 장소인 경우가 대부분이다. '이곳을 떠나기 위해 이곳에

머문다'는 모순적 상황은 그들의 현재 위치를 대변해준다고 할 수 있다.

「그녀가 잠 못 드는 이유가 있다」의 '그녀'가 오랜만에 함께 지내게 된 아버지를 견디지 못하고, 「침이 고인다」의 '그녀'가 후배와의 동거를 불편해하는 것은 개인의 사생활을 보장받을 수 없는 협소한 공간에서 충돌하기 때문이다. 심리적 안정과 사생활이 보장되는 최소한의 개인 공간도 허락되지 않고, 기억과 추억이 쌓여가는 공동체적 공간도 사라진 '집'과 '방'은 세계와 '나', 타인과 '나'를 구분하는 경계로서 자리할 뿐이다. 그렇기 때문에 타인과 유대감은 이루어지지 않고 배제의 서사로 이어질 수밖에 없다.

김애란 소설에서 청년 세대가 머물고 있는 서사 내 공간은 지하 셋방, 옥탑방, 계단이 꼬리에 꼬리를 무는 산꼭대기에 위치한 철대문집, 고시원, 독서실, 편의점, 노동과 거주가 동시에 이루어지는 가겟방, 지하철 안, 재개발 지역의 빌라와 허물어져가는 아파트, 그중 최악은 다세대 지하 합숙소라 할 수 있다. 가장 형편이 나은 경우가 13평짜리 원룸이다. 그것도 주거 비용을 대느라 다른 사치는 엄두도 낼 수 없다. 이러한 서사 내 공간은 공간을 점유하고 있는 인물이 아무리 과장을 하고 달리 표현한다고 하더라도 최악의 경제 상황과 양극화의 극단을 대변할 수밖에 없다. 또한 그들이 머물고 있는 공간은 주체성을 상실하고 정서적 안정도 찾을 수 없는 불안과 공포의 공간이 되기도 한다. 그들의 자발적 선택이 아닌 어쩔 수 없이 머물러야 하는 공간은 현재 열악한 경제 상황을 보여주는 것에서 끝나는 것이 아닌 그들의 미래까지 예견하게 한다는 점에서 비극적이다.

김애란 소설에서 공간이 표상하는 공통된 특질은 열악한 환경, 가난, 한시성, 일회성, 생산적이기보다는 소비적이라는 점이다. 또한 소통의 공간이 아닌 불통의 공간이자 소외의 공간이다. 이러한 공간에 거주하고 있는 인물들은 공무원 시험을 준비하거나, 취업을 준비하거나, 재수하거나 미래를 준비하고 있지만 그들의 사회적 계층은 그들의 주거 공간으로 여실히 드러난다. 「칼자국」에서 아버지가 "인생은 원래 밑바닥부터 시작하는 거다."라고 말하고 있는데, 밑바닥부터 시작된 아버지의 인생은 아직 밑바닥에 머물러 있으며, 내 인생도 아버지와 별반 다르지 않을 것이라는 것은 누구나 알고 있다. 가난과 불행한 삶이 대물림되는 것이다. 더 이상 서로의 존재와 체온으로 위로받을 수 없는 냉엄한 현실은 가족, 친구, 사랑, 우정도 허락지 않는다.

가족의 손때 묻은 가구도 아끼는 물건도 장식품도 펼쳐놓을 수 없는 최소한의 공간, 성장의 기록을 확인할 수 있는 얼룩도 없는 최악의 생존 조건으로 제공된 공간은 구체적인 장소를 통한 장소감의 공유나 애착으로 이어질 수 없다. 김애란 소설의 공간은 청년 세대의 무기력한 정체성의 이유를 설명해주고, 그들이 거주하는 공간은 미래에 대한 꿈조차 허락되지 않는 최악의 조건임을 보여준다. 작가는 청년 세대의 비인간적이고 비인격적인 주거 공간을 통해 독립된 정체성을 구현할 수 없고, 불구적 삶을 살아갈 수밖에 없는 후기 자본주의 사회 도시 변두리의 삶을 비극적으로 조망한다. 자기 한 몸조차 건사할 수 없는 환경은 타인을 배려하거나 미래를 계획하거나 정서적 교감을 상상할 수조차 없게 만들고 비루하고 남루한 인생을 변명하게 만들고 있다.

김애란은 소설집 『달려라 아비』 『침이 고인다』, 장편소설 『두근두근 내 인생』에서 보였던 절망적 상황에도 유머를 잃지 않는, 재치 있는 언어 감각으로 그럼에도 불구하고 삶의 여유를 잃지 말라고, 살아볼 만하다고 했지만 『비행운』에 수록된 소설에서는 비극적이고 절망적인 서사와 결말로 한층 가혹해진 현실을 전하고 있다. 서사 내 공간을 통한 공간 의식도 좁지만, 열악하지만, 한시적이지만 희망을 꿈꾸고 도약을 위한 발판으로 그려졌던 것에서 비극적이고 절망적인 죽음의 공간으로 바뀌고 있어 현실이 그만큼 악화되었다는 것을 방증하고 있다. 청년 세대가 머물고 있는 공간의 열악함, 협소함은 더 이상 유토피아를 꿈꿀 기회와 상상력마저도 소진되어버린 디스토피아의 현실을 그려내고 있다.

참고문헌

기본자료

김애란, 『달려라 아비』, 창비, 2005.

──, 『침이 고인다』, 문학과지성사, 2007.

──, 『두근두근 내 인생』, 창비, 2011.

──, 『비행운』, 문학과지성사, 2012.

── 외, 『침묵의 미래─2013 제37회 이상문학상 작품집』, 문학사상, 2013.

논문 및 단행본

권성우, 「조숙한 청춘의 문학─김애란론」, 『낭만적 망명』, 소명출판, 2006.

김나정, 「성난 얼굴로 뒤돌아보지 말라」, 『문학동네』 제48호, 문학동네, 2006.

김예림, 「두 도시 이야기 : 김애란과 편혜영 읽기」, 『오늘의 문예비평』 68호 8, 오늘의 문예비평, 2008.

김재덕, 「김애란 초기 단편소설 연구」, 공주대학교 석사학위 논문, 2011.

나병철, 「환상소설의 전개와 성장소설의 새로운 양상」, 『현대소설연구』, 한국현대소설학회, 제31권, 2006.

백지은, 「탈(脫)성장의 정치적 상상력─2000년대 한국소설에 나타난 '키덜트'현상과 담론」, 『비평문학』 제33호, 한국비평문학회, 2009.

송명희, 「자폐적인 내적 공간에 유폐된 자아─이승우의 「나는 아주 오래 살 것이다」를 중심으로」, 『한국문학이론과 비평 』 53집, 2013.

송은영, 「현대도시 서울의 형성과 1960~70년대 소설의 문화지리학」, 연세대학교 박사학위 논문, 2008.

송지연, 「차이들의 우주적 네트워크─2000년대 한국소설의 패러다임」, 『한국문학이론과 비평』, 제41집, 한국문학이론과 비평학회, 2008.

신형철, 「소녀는 스피노자를 읽는다」, 『문학동네』 제49호, 문학동네, 2006.

양윤의, 「서울, 정념의 지도―2000년대 소설을 중심으로」, 『현대소설연구』 52호, 한국현대소설학회, 2013.

오창은, 「여기, 상상력의 불꽃놀이가 시작되다」, 『소설 이천년대』, 생각의나무, 2007.

―――, 「도시의 불안과 여성 하위 주체」, 『현대소설연구』 제52호, 2013.

우미영, 「현대 소설과 가족의 탈근대―윤성희 · 김애란 · 강영숙의 소설을 중심으로」, 『한국문예비평연구』 제21권, 한국문예비평학회, 2006.

우찬제, 「접속시대의 최소주의 서사―김미월 · 김애란 · 한유주」, 『문학과 사회』 제73호, 문학과 지성사, 2006.

유성호, 「한국 현대문학에 나타난 '서울' 형상 연구」, 『서울학 연구』 23, 서울시립대학교 서울학연구소, 2004.

이도연, 「정직과 관대 혹은 욕망의 자기 윤리학」, 『문학동네』 제52호, 2007.

이동하, 「도시공간으로서의 서울과 소설 연구 과제」, 『현대소설연구』 제52호, 한국현대소설학회, 2013.

이선화, 김수현, 「대도시의 새로운 불법(편법)주거를 어떻게 볼 것인가?―저렴주거를 둘러 싼 규제와 묵인의 역학」, 『서울도시연구』 제14권 제4호, 2013.

이수형, 「미디어의 환상을 넘어서―김중혁 · 한유주 · 김애란의 소설」, 『문학과 사회』 제70호, 문학과지성사, 2005.

이영미, 「김애란의 성장소설 연구」, 한국교원대학교 석사학위 논문, 2012.

이정석, 「작지만 경쾌한 소설들―김애란론」, 『멜랑콜리아의 윤리』, 작가와 비평, 2011.

이평전, 「현대소설에 나타난 '일상' 재현의 의미와 '주체' 서사연구―정이현, 김애란 소설을 중심으로」, 『한국문학이론과 비평』 제36집, 한국문학이론과 비평학회, 2007.

장성규, 「신체제기 소설의 '경성' 형상화와 '주변부' 인식」, 『현대소설연구』 제52호, 한국현대소설학회, 2013.

장일구, 「서사적 공간론 이론과 실제」, 『서강어문』 no.1, 서강어문학회, 1997.

장일구, 『경계와 이행의 서사 공간』, 서강대학교 출판부, 2011.

정민우 · 이나영, 「청년세대, '집'의 의미를 묻다 : 고시원 주거경험을 중심으로」, 『한국사회학』 제45집 2호, 2011.

정혜경, 「여성성장소설에 나타난 가족서사의 재구성—아버지부재(不在)모티프에 대한 서사적 대응방식을 중심으로」, 『국제어문』 제44집, 국제어문학회, 2008.

조명기, 「일상적 장소성과 관계적 공간성의 두 변증법 ; 『서울, 어느 날 소설이 되다』와 『서울, 밤의 산책자들』을 중심으로」, 『어문론집』 제50집, 민족어문학회, 2012.

진정석, 「사회적 상상력과 상상력의 사회학」, 『창작과비평』 제134집 4, 창비, 2006.

최애순, 「1950년 서울 종로 중산층 풍경 속 염상섭의 위치」, 『현대소설연구』 제52호, 한국현대소설학회, 2013.

황종현·백낙청, 「무엇이 한국문학의 보람인가—문학평론가 백낙청과의 대화」, 『창작과비평』 제131호 1, 창작과비평사, 2006.

가스통 바슐라르, 『공간의 시학』, 곽광수 역, 동문선, 2003.

노베르그 슐츠, 『장소의 혼 : 건축의 현상학을 위하여』, 민경호 외 역, 태림문화사, 1996.

오토 프리드리히 볼노, 『인간과 공간』, 이기숙 역, 에코리브르, 2011.

이-푸 투안, 『공간과 장소』, 구동회·심승희 역, 도서출판 대윤, 1998.

――――, 『토포필리아』, 이옥진 역, 에코리브르, 2011.

팀 크레스웰, 『장소―짧은 지리학 개론 시리즈』, 심승희 역, 시그마프레스, 2012.

윤대녕 소설의 노스탤지어 미학

『은어낚시통신』을 중심으로

백지혜

1. 90년대 소설의 변화와 윤대녕

90년대 문학을 검토하면서 느낀 흥미로운 점은 동시대 '문학'을 점검하고 결산하는 '장'이 90년대 초반부터 마련되었다는 점이다. 보통 10년 단위를 기준으로 동시대 문학을 반성하는 자리를 갖는 것이 문예지의 오랜 관습이었음을 떠올려본다면, 90년대 초반에 벌어진 비평적 성과들은 한결같이 90년대 문학을 '한국문학의 새로운 징후[1]'로 명명하고 있음을 알 수 있다. 이 요란한 자기 호명은 80년대와 결별하고자 하는 90년대 문학의 강박관념이기도 하고, 생각보다 빨리 역사의식이 사라지고 개인의 내면으로 침잠하고 있었던 90년대 문학의 해결 방식이기도 했다. 그런 의미에서 "90년대는 세계사적 위기에 기대어 자신을 규정한 시대[2]"라는 거창한 수사가 도입된다. 포스트모더니즘, 산업사회, 이데올로기의 종말,

---

1   서영채 · 류보선 · 황종연, 「문학, 절망 혹은 전망」, 『문학동네』 창간호(겨울), 1994.
2   황종연 · 진정석 · 김동식 · 이광호(사회), 「90년대 문학 어떻게 볼 것인가」, 황종연 외, 『90년대 문학 어떻게 볼 것인가』, 민음사, 1999.

인간의 죽음, 문학의 죽음과 같은 "위기의 수사학"이 난무하던 시기로 역사의 '파국' 없이는 설명하기 어려운 시대라 칭해지기도 하였다. 그러나 실제 90년대를 정면으로 해석한 한 비평가는 세기말을 목전에 두고도 도무지 이 시대는 "끝을 이야기할 수는 없"[3]는 "진기한 시대"라고 하였다. 밀레니엄을 맞이하면서 환멸과 부재, 환각, 죽음과 냉소라는 말이 문학에서도 당연한 말처럼 유행되었다. 그리고 이 모든 90년대 문학을 해석[4]하는 자리에는 항상 작가 윤대녕이 함께했다.

스물여덟에 『대전일보』 신춘문예에 「원」이 당선되면서 문단에 나온 윤대녕은 1990년대를 대표하는 작가로 자리 잡았다. 등단 6년 만에 이상문학상을 탄 윤대녕은 수상 소감에서 "80년대의 인간관에 대해서는 동의하고 싶지 않"다면서 "제 90년대의 화두는 감히 사람이며 사람이 무엇인가라는 물음으로 기울 수밖에 없었"[5]다고 밝힌다. 거대 서사의 몰락과 더불어 새롭게 부각된 개인 중심의 글쓰기를 대표하는 90년대 작가의 목소리였다. 허나 여기서 주의 깊게 살펴야 할 것은 다음의 대목이다. 그는 이어서 "90년대는 80년대에서 온 것인데 너무 단절을 시도"함으로써 문학이 왜소화되는 것을 경계해야 한다고 지적했다. 이와 같은 발언은 그간 윤대녕을 중심으로 벌어졌던 80년대와 90년대의 구분이 작가에게는 무의미했던 것을 의미하며, 이전 시대와의 강박적인 '단절'에 윤대녕 소설의 무게가 놓여 있지 않음을 알게 한다. 즉 과거와 현재에 대한 '단절'은 윤대녕 소설에서는 익숙하지 않는 장면이다.

---

3 서영채, 「냉소주의, 죽음, 매저키즘 : 90년대 소설에 대한 한 성찰―신경숙, 윤대녕, 장정일, 은희경의 소설을 중심으로」, 『문학동네』 겨울호, 1999.
4 최재봉은 윤대녕을 90년대와 가장 행복하게 만난 작가라고 해석한다. 최재봉, 「90년대와 가장 행복하게 만난 작가」, 『문학동네』 겨울호, 1996.
5 윤대녕, 「수상소감」, 『천지간―이상문학상 수상작품집』, 문학사상, 1996.

이 점은 "물건을 바꾸는 것을 좋아하지 않는"[6] 윤대녕의 평소 습성이 그러하듯, 작가로서도 역시 (과거의) '낡은 것'들과 쉽게 결별하지 못하는 것을 증명한다. 오히려 이 '낡은' 과거의 기억을 부조하는 그의 자의식은 종종 윤대녕 소설에 깊이 침잠해 있다. 다음에서 포착하고 있는 유년을 사로잡은 '은어'의 기억은 윤대녕 문학을 관통하는 힘이다.

> 사람의 기억이란 참으로 불가사의하다. 어항에 된장을 넣어 피라미를 잡던 여울의 위치와 벌거벗은 채 물장구를 치고 나와 해바라기를 하던 바위까지 고스란히 기억에 떠올랐다. 나는 무려 35년만에 그 바위 위에 걸터앉아 여울의 흐름을 내려다보았다. 그때 그 물고기들이 여전히 물 속에서 떼지어 노닐고 있었다. 기억이 너무나 생생하게 되살아나 나는 잠시 눈을 감았다. 그러자 이런 생각이 절로 뇌리를 스치고 지나갔다. **그동안 나는 어디에 갔다온 것일까?** 이윽고 눈을 뜨자 나는 완벽하리만치 35년 전의 바로 그 시간(순간)으로 돌아와 있었다.[7]

윤대녕은 자신의 '유년시절'을 여울의 위치와 멱을 감던 바위, 그리고 그때의 그 '물고기'의 떼지어 노는 모습까지 명확하게 재현함으로써, 현재의 '나'와 35년 전의 '나'의 경계를 무화시킨다. 이러한 반짝이는 물고기의 이미지들은 그에게 때로는 '빛'[8]의 형상으로 다가와 자신의 내면을

---

6 10년째 쓴 노트북을 버리지 못하고 '청회색의 시절'이라는 이름으로 소유하고 있거나, 20년 전에 구입한 미제 타자기를 이사 갈 때마다 잊지 않는 작가의 개인적인 습성이다. 윤대녕, 『이 모든 극적인 순간들』, 2010, 푸르메, 154쪽.

7 위의 책, 114쪽.

8 "봄이 오면 나는 아직 쌀쌀한 기운이 남아 있는 툇마루에 나가 혼자 앉아 있곤 했다. 부모가 도시로 분가한 뒤 조부모와 함께 살고 있었으므로 나는 항상 그리움에 사무쳐 지냈다. 봄부터 가을까지 나는 햇살이 어른거리는 사랑채 툇마루에 앉아 담장 위에 떠있는 푸른 하늘을 올려다보며 그리움을 달래곤 했다.

기록할 미분화된 시간의 이미지들로 나아갈 지점을 마련해준다. 즉 윤대녕은 평소 엄청나게 많은 과거의 기억들을 활용하여 그의 사고 속에 자유로이 편집하는 작가이며, 그 방대한 흐름을 통합하여 현재의 '나'로 받아들이는 수집가인 것이다.

그런 의미에서 본다면 윤대녕 소설집의 표제는 작가가 의도와는 무관하게 초창기부터 현재에 이르기까지 일관적 흐름 속에 놓여 있다는 것을 알 수 있다. 단편소설의 제목까지 일일이 거론하지 않아도 『지나가는 자의 초상』(중앙일보사, 1996), 『많은 별들이 한곳으로 흘러갔다』(생각의나무, 1999), 『누가 걸어간다』 『옛날 영화를 보러 갔다』 『추억의 아주 먼 곳』 『달의 지평선』과 같은 소설에서부터 윤대녕이 최근에 발간한 산문집 『이 모든 극적인 순간들』에 이르기까지. 얼핏 보아도 윤대녕은 '과거'의 흐름에 대한 예민한 성찰을 화두로 한다.

한 개인의 역사가 이루어지는 가장 '극적인 (짧은) 순간'[9]을 포착하고 있는 윤대녕은 그가 일관되게 우리에게 던지는 문제점, 즉 '과거'를 형상화하는 어떤 모종의 수법에 대한 의문을 떠올리게끔 한다. 『은어낚시통신』을 발표한 이후 그가 주목한 '과거'는 '추억'이나 노스탤지어의 방식으로 재현되어 90년대 문학을 이끄는 하나의 구원[10]으로 가늠되기도 하였다. 90년대뿐만이 아니라 일반적으로 리얼리스트들은 과거를 낭만적으로 이상화하지 않도록 주의하기도 하지만, 점차 세기말을 전후하여 수많은 예술가들이 역사적 과거에 대한 찬양으로부터 선회하여 개인적인 과

그런데 막상 나는 그때 내가 빛에 감싸여 있었다는 사실은 깨닫지 못하고 있었다. 하늘은 때로 나를 더욱 외롭게 했으나, 언제나 빛이 나를 따뜻하고 부드럽게 끌어안고 있었던 것이다." 위의 책, 16쪽.

9 이 용어는 최근에 발간된 산문집 『이 모든 극적인 순간들』에서 빌려왔다.

10 신수정, 「추억은 무엇으로 단련되는가」, 『문학동네』 여름호, 1996, 431쪽.

거에 대해 깊은 침잠을 보인다. 그러나 윤대녕이 지향하는 과거의 내밀함은 밀레니엄을 앞두고 발현된 90년대 문학의 특수한 경사로만 보이지는 않는다.

이 점은 윤대녕의 첫 장편집『은어낚시통신』을 발간할 때부터 윤대녕만의 특징으로 거론된 것으로 작가에 대한 찬사와 비판의 양날의 칼로 작용하였다. 우찬제는 그가 형상화한 '추억'과 '과거'를 두고 "세찬 물살을 가르며 수많의 은어떼들이 어디론가로 거슬러 가고 있다는 환각"이 겹쳐 있다고 서술한다. "존재의 시원을 향해 거슬러 올라가는"에서 알 수 있듯 윤대녕 소설의 역(逆)시간성은 "환상과 실제, 추상과 구상, 시원 상태와 현실 상태의 경계"[11]를 허무는 중요한 장치이다. 초창기 소설에 주목된 윤대녕만의 과거 형상화는 다소 비판적인 시각에서 그의 소설이 '신화적 코드'에 함몰되어 있다거나, 윤대녕 소설에 대한 편향된 시각, 즉 '존재의 시원으로의 복귀'[12]라는 반복된 장치로 읽을 가능성 역시 열어두기도 한다.

그러나 윤대녕은『은어낚시통신』에서부터 최근의『대설주의보』까지, '삶'은 '버려진 것'들과 '과거'로 이루어졌다고 담담히 고백한다. 즉 그의 문학에서 꾸준히 형상화된 '과거'지향성은 90년대 문학의 미학적 특질을 벗어나 그만의 온건한 반복 강박으로까지 읽혀진다. 과거의 모든 경험은 아무리 오래전에 일어난 것일지라도 현재와 끊임없이 관련을 맺고[13] 인

---

11 우찬제,「시간의 그림자 가로지르기, 혹은 신행의 현현」,『문학동네』겨울호, 1996, 37쪽.

12 류준필은 '누구나 다 알고 있는 듯한 느낌이 드는 주제'이지만, 이 세계를 뚜렷이 자기 색깔로 그린 작가는 바로 윤대녕이라고 하였다. 류준필,「부재로서만 빛나는 세계—윤대녕 혹은 의미를 생성하는 한 가지 방식」,『문학동네』겨울호, 1995.

13 베르그송,『창조적 진화』, 1944. 스티븐 컨,『시간과 공간의 문화사』, 휴머니스트, 2004, 120쪽에서 재인용.

간의 사고의 영향을 미친다. 특히 "항용 그러하듯이 부친을 비롯한 선대들의 영향, 말하자면 내 유년기를 지배했던 아름다움 혹은 억압의 상징체계가 없었다면 글을 쓰게 되지 않았"[14]다는 윤대녕이었음을 떠올려본다면, 그의 소설에 나타난 과거지향성을 조금 더 정밀하게 분석해볼 필요가 있다. 이를 위해 윤대녕의 첫 창작집『은어낚시통신』을 분석하기로 한다. 이 점은 윤대녕 소설의 출발을 알리는 신호탄으로, 16년 동안 반복된 윤대녕 소설의 내적 일관성을 알아볼 무의식이기도 하다.

2. 공동체에서 빠져나간 개인의 탈주와 인위적 현실의 창조

작가는 글을 쓰기 이전부터 이미 나름의 벗어날 수 없는 '정서적 태도'[15]를 지닌다. 즉 글의 주제는 그가 사는 시대에 따라 결정되기도 하지만, 작가 생활을 하기 이전부터 받은 영향은 한 작가의 창작 동기에 많은 영향을 미치는 것이다. 윤대녕은 그의 산문집『이 모든 극적인 순간들』에서 그가 최초로 글 쓰는 과정에 입문하게 되는 내력을 서술하고 있다.

그의 글쓰기는 어두컴컴한 방에서부터 시작되었다. 일찍이 조부의 손에서 큰 그는 아버지와 백부의 방랑에서 '고독에 처한 정신주의자'들을

---

14 윤대녕, 「작가의 말」, 『은어낚시통신』, 문학동네, 2010, 424쪽(『은어낚시통신』
    의 초판은 문학동네에서 1994년에 출간되었으나 이 글에서는 2010년판을 인
    용하기로 한다).
15 조지 오웰은 작가가 어떤 식으로 성장했는지를 전혀 모르는 상태에서 한 작가
    의 동기를 헤아리는 것은 불가능하다고 하였다. 조지 오웰, 『나는 왜 쓰는가』,
    한겨레출판, 2010, 292쪽.

발견한다. 한학을 했던 조부의 덕에 그에게 '책'은 익숙한 존재이기도 하였지만, 가난과 함께한 그의 유년 시절을 돌이켜볼 때 '굴욕'을 견디고, 만성적인 우울과 권태를 이겨내는 방식이었다. 방구석에 처박히거나, 가출과 방랑의 익숙함 속에서도, '인간으로서의 자존심'을 지키기 위해 그는 자신을 혹독하게 문학의 길로 내몰았다. 불경에서부터 무사도에 이르기까지 책의 종류를 가리지 않고 읽는 윤대녕만의 문자 중독은 "살기 위해서는 끊임없이 '노동'을 해야 한다"는 그의 아버지의 모습과 겹치고 있기도 하다. 그리고 '끔찍하고도 거룩한' 이 삶을 어떻게 하면 '온몸'으로 기록할 수 있을 것인가에 대한 윤대녕만의 고민이기도 하다. 따라서 매순간 "턱걸이"를 계속해야 하는 이 삶의 돌파구는 결국 삶을 견디는 그 '순간'의 치열성에 있다. 윤대녕은 페르소나와 같은 주인공들에게 '자진'해서 세상 밖으로 나아갈 것을 주문하지는 않지만, 일단 주어진 이 삶의 '고통'을 조우하게 되면 절대로 굽히지 않고 온몸으로 '다시' 버텨낼 것을 주문한다. 예를 들어『은어낚시통신』에 실린 첫 번째 단편, 「은어」에서는 다음과 같은 서술이 노골적으로 형상화된다.

> 어디까지나 신중하지만 한 번 결정하면 부서질 것을 알면서도 똑바로 걸어가겠다는 태도다. 그녀를 보고 있으면 정면으로 살아가는 사람이 받는 상처와 슬픔의 무게가, 앞으로 다가올 위험에 대한 불안이, 동시에 느껴진다. 그렇지만 겉으로 보면 첩첩이 안개여서 정체를 알 수 없을 때가 많다.[16]

「은어」에서 윤대녕은 '하은'의 모습을 바라보며 "정면으로 살아가"는 자

---

16 윤대녕, 「은어」, 『은어낚시통신』, 15쪽.

의 상처와 슬픔의 무게를 가늠해보고자 하지만, 정작 이 슬픔의 소통 방식은 정면으로 묘사되지는 않는다. 그 예시로 아버지와 '나'의 대화는 항상 '전화'를 사용하거나 '타인의 입'을 빌려서 진행된다. 이는 윤대녕의 무의식에 자리 잡은 아버지의 형상이면서, 그가 주조하는 인물의 특징이기도 하다. 즉 그들은 "공동체의 환상"(『은어』 23쪽)에서 빗겨난 인물이다. 두 달 정도 훌쩍 떠돌다가 돌아오는 아버지, 우물에 들어가는 삼촌, 삼촌이 죽은 이후 일제 때 지은 목조 교사의 돌구멍 속에 들어가는 환상에 고착된 나. 이들에게 '집단'으로 귀속하라고 하는 것은 생을 위협하는 불안과도 같다. 항상 도망칠 곳을 찾는 나에게 카페에서 만난 '하은'은 그가 유년기 때 기억하는 은어의 이미지처럼, 그에게는 한줄기 '빛'으로 다가온다. 그녀에게서 포착되는 이 "위험에 대한 불안"은 그 정체를 파악할 수 없으나, 이들은 종종 "중국 계림", "인도", "채송화가 핀 여관"에 가서 사랑을 나누는 꿈을 꾸면서 현실을 조롱한다. 불교의 선문답과 같은 이들의 대화에는 현실의 안정적인 궤도를 강력하게 탈주하는 자의 힘이 묻어 있다.

공동체에서 빠져나간 개인의 모습은 「은어낚시통신」에서 더욱 밀도 있게 가늠된다. 이 소설의 도입부는 90년대 우리 문화의 한 단면을 보여준다. 편의점 로손, 빌리 홀리데이의 레코드, 전화기, 원두커피를 끓이는 여과지, 그리고 PC통신. 이러한 물신화된 명명법은 윤대녕 소설에게 도시적인 미학 코드를 부여하는 것을 넘어서, '나'의 취향을 알려주는 은밀한 암호인 동시에 90년대의 개인주의의 한 단면을 엿보게 해준다.

이 소설의 주인공 '나'는 PC통신 모임인 '은어낚시통신'으로부터 한 장의 '소환장' 같은 엽서를 받는다. 이들은 암호를 교환하는 방식으로 만나고 있는 "익명의 지하집단"이다. 익명의 지하집단은 통신 동호회로, 소설의 주인공은 이들의 정체를 전혀 모르는 상태에서 자신을 초대하는 한 장의 엽서를 받는다. 그 초대장의 한 구절, "이것은 비밀통신이므로 소각하여주시기 바랍니다"는 마치 컴퓨터의 del키를 풀어 해설한 듯한 표현으로, '정체'를 알 수 없는 '동호회'의 성격을 부조하는 역할을 담당하고 있다. 그들은 주인공에게 "귀하와 우리는 진작부터 밀접하게 연결돼" 있다는 경고만 할 뿐, 정작 '나'의 입장에서 이들의 정체성을 파악하기란 쉽지 않다. 그러던 '나'가 이들에게 관심을 갖게 되는 최초의 원인은 엽서에 인쇄된 커티스의 〈호피인디언〉의 사진이다.

> 새벽 두 시쯤 됐을까. 나는 몽유병 환자처럼 침대에서 부스스 일어나 거실 탁자 위에 놓여있는 엽서를 다시 집어 들었다.
> 내 마음속 깊은 곳의 나는 기억하고 있었다. 너무 어두워 차라리 투명해져버린 시간에 말이다. 오래전 나는 커티스의 사진집을 '그녀'에게 선물한 적이 있다. 그녀가 나를 부른 것이다. 어느 정체 모를 집단에서. 그녀가 아직도 이 서울 어딘가에 존재하고 있을 줄이야.[17]

호피인디언의 사진은 '나'에게 그동안 엮여진 무수한 인간관계를 떠올리게끔 한다. 이 소설에서 자주 반복되는 "사막에서 사는 사람", "상처에 중독된 사람", "감정에 나약한 척하면서 사실은 무모하고 비정한 사람" "터미네이터"(90쪽)와 같은 인간을 묘사하는 추상적인 표현은 서로 기억하지 못하는 '과거'지만 그 인연이 닿았을지도 모른다는 의심을 표출하는 작가의 목소리다. 그러나 커티스의 스틸 사진첩을 확인하는 장면은 무수한 인간관계 속에서 그녀와 나만이 아는 유일한 과거의 기록물로서 특별한 의미를 지닌다. 따라서 그는 이 사진첩을 계기로 그녀는 나와 "언젠가 서로 비껴 지나갔거나 혹은 같은 버스를 타고 있었을지도 모르는 사람"

---

17 윤대녕, 「은어낚시통신」, 『은어』, 81쪽.

이 아니라, "정말 근사한 인연"일지도 모른다는 존재로 각인된다.

이렇듯 정체불명의 PC통신 동호회로만 알았으나, 그들은 의외로 '나'에 대해 구체적인 정보를 수집하고 있었던 것이다. 그녀가 초대한 "64년 7월생", "서울 태생"의 집합소인 '은어낚시통신'은 주인공에게 "이들의 정체가 도대체 무엇이기에 이렇듯 나를 속속들이 알고 있는 것"인지 궁금증을 자아낸다. 이 소설에서 한층 문제적인 지점은 윤대녕이 '은어낚시통신'의 멤버들이 모이는 공간, 바로 홍대입구이다.

주지하다시피 홍대는 1980년대에는 주로 미술 작가들의 작업실과 미술학원이 밀집된 지역[18]이었다. 이후 홍대의 장소적 정체성은 90년대 초반부터 등장한 미술적 색채가 짙은 피카소거리, 카페골목으로부터 시작되었다. 다양한 문화예술인과 유학생, 클러버, 디제이들이 모여든 인디문화의 집결소가 된다. 이와 같은 홍대의 정체성은 역사적으로 도심 지하를 탐색하는 청년 하위문화나 인디문화를 구성하는 계급적 주체들의 문화적 욕망과 닮아 있다.

「은어낚시통신」에서 윤대녕은 광화문과 홍대의 두 축을 통해 도심 이면에서 분출하는 거대한 지하의 욕망을 삽입한다. '나'를 차에 태우고 광화문에서 홍대로 이동하면서 이 '은어낚시통신'의 성격을 '나'에게 보다 분명히 주지하기 시작한다. "당신은 지금 1964년 7월로 돌아"왔으며 "타임머신을 타고" "내일 아침까지는 빠져나갈 수"없다는 말을 듣는다. 이 지하창고는 낯선 콘크리트와, 복도처럼 좁고 어두운 골목길, ㄱ자로 구부러진 지하계단으로 은밀하게 숨겨진 공간이다. 그리고 거기에 모인 구성

---

18 최정한, 「욕망의 플랫폼 홍대앞 클럽」, 『로컬리티 인문학』 제5호, 부산대학교 한국민족문화연구소, 2011. 4, 267쪽 ; 이동연, 「공간의 역설과 진화 : 홍대에서 배우기」, 『문화과학』 39호, 2004. 9, 186쪽.

원들은 다음과 같은 정체성을 공유한다.

우리들 최초의 모임은 이 년 전 봄에 시작됐죠. 당시 무명배우였던 그녀와 동갑내기 친구인 잡지사 기자, 대학강사, 화가, 이렇게 몇몇 사람들이 신촌의 한 카페에서 모임을 가진 게 동기가 됐죠. 저마다 이유야 다르겠지만 아까도 말했듯 그들은 모두가 삶으로부터 거부된 사람들이었어요. 그들은 공통의 것을 찾으며 좀 더 은밀한 방식으로 모임을 키워나갔죠. 그후 건축가, 의사, 언더그라운드에서 활동하던 가수, 시인들이 더 들어왔고 집단의 동일성을 확보하자는 뜻에서 64년 7월생들만으로 모임을 제한했어요. 물론 그들은 겉으로는 아무 이상이 없는 사람들처럼 살아요. 하지만 역시 삶에 제대로 뿌리박지 못하는 사람들이죠. 아무튼 우리는 한달에 한번쯤 은밀히 모였다가 헤어지곤 해요. 어떻게 보면 두 겹의 삶을 살고 있는 사람들이죠. 현실적인 삶을 더 이상 용납할 수 없으니까, 그렇게는 살아지지 않으니까, 말하자면 지하에다 다른 삶의 부락을 하나 더 세운 거예요.[19]

사회적 금기를 해체하고, 상처받아 불구가 된 것, 삶에 거역하다가 파면된 순간들은 어느새, 그들만의 공통점을 갖고 좀더 은밀한 방식으로 도심에서 복원된다. 이들을 규정할 집단적 정체성은 사실 아무것도 없다. '은어낚시통신'의 가입 조건이 64년 7월생, 서울생이라는 외부 조건은 기실 이 소설에서 중요하지 않다. "삶에 제대로 뿌리박지 못하는 사람"은 결국 "무경계상태"에 머물러 있기에, 물리적 시간은 이들을 제약할 조건은 아닌 것이다. 이들은 "두 겹의 삶"을 사는 "언더(under)"(99쪽)이다. 즉 지하클럽에는 "마리화나 타는 냄새" 속에 피스(peace)를 외치나, 현실적

---

19 윤대녕, 「은어낚시통신」, 『은어낚시통신』, 101쪽.

인 평화를 유지하며 살기는 어려운 언더의 존재들은 윤대녕 소설에서 "이쪽도 저쪽도 아닌" 두 세계를 엿보는 인물을 상징한다.

이러한 면을 감안한다면 그동안 윤대녕이 왜 30대 초 · 중반 남자를 주인공 겸 화자로 내세우고 있는지, 그리고 글을 쓰거나 도서관 또는 출판과 광고회사에 안주하는 주인공의 모습을 내세웠는지에 대해 좀 더 전복적인 시선으로 읽게 된다. 윤대녕이 지속적으로 서술하는 남성 주인공들은 몰개성적이고 추상적인 존재가 아니라 안온한 일상 뒤에 삶에 제대로 적응하지 못한, '언더'의 모습을 감춘 "두 겹의 존재"이다. 짐 자무시의 〈천국보다도 낯선〉, 모차르트, 고흐와 뭉크, 마리화나, 우주비행선, 마리아 칼라스와 마이크 올드필드는 이미 10년 전부터 한 세기 전에 유행했던 대중문화에 대한 노스탤지어들로, 이 소설에서는 "경계"의 자리에서 서성거리는 '언더'들을 묶는 문화적 기억 장치이다. 즉 윤대녕은 문화적 향수감을 인위적으로 기억하는 과정을 통해 현재를 반추하고 그 위기감을 설명하려고 하고 있었다. 이러한 노스탤지어는 인위적인 현실을 창조해냄으로써, 사회적 언더들만의 공간을 포섭해내기에 이른다.

3. '낡고 사라지는 것'에 대한 전면적 부활

윤대녕 소설에서는 서정주의 모습이 겹쳐져 있다. 중편 「상춘곡」의 결말에 나온 한 구절, "타다 남은 것들을 가지고 조각조각 이어서"[20]는 윤대녕의 미당과의 대화 중 감명을 받아 이를 바로 소설에 쓴 것이다. 미당에

---

20 윤대녕, 「상춘곡」, 『이 모든 극적인 순간들』, 푸르메, 2010, 166~167쪽.

대한 작가의 기억은 윤대녕 소설에서 다채롭게 변용되어서 그의 소설에서 '불교'의 색채[21]를 발견하는 것도 어려운 일은 아니다. 「소는 여관으로 들어온다 가끔」에서는 십우도(十牛圖)와 같은 형식으로 소설을 구성하고 있다. 「국화 옆에서」의 경우 서정주 시 제목을 직접 차용하였다. 서정주의 사당동 '집'으로 소설을 시작하고, 다시 이곳을 찾아가는 것으로 소설은 끝난다. 김형중은 이를 미당을 통한 '전통의 회귀'[22]라 명명하기도 하였으나, 윤대녕이 차용하는 문인은 비단 미당만이 아니다.

「국화 옆에서」는 서정주만이 아니라 소설의 주제와는 무관한 시인의 이름이 나열되었다. 김남주, 황지우, 고정희, 김지하, 김영랑. 이들은 전라남도 해남과 함께 스며서, "하나의 환영"처럼 이 소설에 등장한다. 그리하여 소설의 여주인공 '자경'을 '묘한 존재'로 해석하는 배경이 되기도 한다. 왜냐하면 여기에 등장하는 시인이나 예술가들은 먼 과거의 고전적 인물이 아니라 90년대와 '가까운 과거'를 표상하는데, 이는 곧 근대 이후의 시인이기도 하며 한편 소설 속의 문인들이 실제 인물과는 비스듬히 빗겨나가는 데 있다. 이를테면 전남 해남은 "사물과의 경계가 사라지면서 그 속에 흡수돼버리는" 것처럼 김남주와 황지우 고정희, 영랑이 스쳐갔던 곳으로 표상되기 때문이다. 이와 같이 뜬금없이 등장하는 문인의 실명으로 인해 오히려 전남 해남은 국토의 한 지명을 가리키는 수준에서 벗어나 "말하자면 동화하지 못하고 있어. 그것은 여기가 해남이어서가 아닐 거야."라는 주인공의 불안함을 적절하게 은유화하는 비실재적인 곳으로 펼쳐진다. '전남 해남'은 몽환적 노스탤지어의 모습으로 윤대녕

---

21 김윤식, 「공양미 삼백석 주고받기론―진양조 범피중류와 시경 범피백주의 상상력」, 『문학사상』, 1996. 5.
22 김형중, 「가지 않은 길」, 『진보평론』 17호, 2003. 9, 379쪽.

소설에서 자주 등장하는 '여행'과 맞물린다. 중국인 화교 자경과 함께 현재 여행하고 있는 해남과 남도는 "존재의 시원"[23]처럼 머나먼 과거의 이미지로 그려진다. 남도와 해남은 실제의 공간임에도 불구하고, "정말 너무 먼 곳"으로 그리고 그녀의 몸은 "아주 먼 데서 온 바람의 냄새"로 휩싸여 있다. 남도의 두 연인은 "서로에 관해서 늘 하나의 이방"이 될 수밖에 없었던 탓이기에, 이러한 배경들은 작가의 의도적인 장치이다. 따라서 "그녀와 내가 차를 탔던 그곳"은 지금은 모두 휘발되고 삭제된 장소이다. 이 연인들이 거쳐간 사당동에서부터 해남까지의 공간은 비실재적인 공간으로 읽혀진다. 이러한 방식은 윤대녕 소설의 많은 인물들이 '과거'에 좀더 침잠하는 역할을 하고 있다. 모든 삶의 갈등이 면제된 과거와의 조건 없는 일체감은 그의 소설에서 '사라지는' 공간에 대한 예민한 묘사를 가능케 한다. 이토록 윤대녕 소설이 설명하고 있는 공간은 좀처럼 '현실'의 눈으로 읽어내기가 힘들다. 이는 국토나 지리적 특수성에 국한된 곳이 아닌, 이야기의 실제적이거나 구체적 배경과는 상관없이 시각적으로 주인공의 기억에 의해 선택된 특별한 순간들로 기념화된 윤대녕만의 글쓰기 방식이다.

낮게 기운 천장하며 인사동 골동품가게서나 볼 수 있는 낡은 서랍장이 놓여 있어 어색한 기분을 좀 가라앉게 했다. 한쪽 벽엔 소니 사의 비디오비전과 알테크 사의 오디오 세트가 나란히 자리를 잡고 있었다. 음반은 천 장쯤 돼 보였다. 벽면엔 화방 같은 데서 쉽게 볼 수 있는 베토벤의 데드 마스크가 걸려 있었다. 그는 다기를 꺼내 녹차를 달여주고 비디오테이프를 틀었다. 대뜸 베토벤의 〈에그몬트 서곡〉이 흘러나왔다.

---

23 남진우, 「존재의 시원으로의 회귀」, 『은어낚시통신』, 문학동네, 2010, 392쪽.

아마 전남에 하나밖에 없는 테이프일 거야. 2차대전 직후 폐허가 된 베를린 필의 홀 앞에서 찍은 야외연주회 장면이지.[24]

자경과의 어긋난 인연을 맺고 있는 '나'에게 유일한 안정감을 주는 것은 골동품 가게에서 본 듯한 서랍장, 소니사의 비디오비전과, 알테크 사의 오디오 세트가 마련된 '찻집'이다. 세련된 도시민의 문화적 취향이 배어든 이 찻집은 복고적 향수를 자아내는 상품의 이미지의 강조가 오히려 전남 해남이 주인공의 '기억'에 의해 과거가 잊혀지거나 욕망에 의해 재조직된 곳임을 알려준다. 프레드릭 제임슨이 말한 대로 자본주의 사회에서 향수적으로 제시되는 과거는 실제로 경험되지 않은 것이라는 '비역사성'이다. 이 소설에서 남녀의 일탈적인 사랑은 서정주 선생의 집 앞에서 홍등이 내걸린 '중국집'에서, 사당동의 '남도반점'에서, 혹은 그들이 우연히 스쳐 지나가는 밤마다 끼고 돌던 '담모퉁이'에서 계속되지만, 결국 이곳들은 뒤돌아보면 "그곳은 지금 사라지고 없는" 리얼리티가 떨어지는 공간이다.

「카메라 옵스큐라」의 도입부가 그러하듯, 모 기업체에서 사보를 만드는 일을 하고 있는 기자인 '나'는 기획물로 '사라져가는 것들'이라는 제목의 탐방 기사를 싣기로 한다. 그의 관심사는 도기를 만드는 장인에서부터 무당, 남사당 패거리와 같이 점점 '현대문명'에서 도태되어가는 사람들이다. 따라서 이 모든 낡은 것들을 끌어안고 있는 '황학동'은 다음과 같이 서술된다.

아무려나 그렇게 해서 나는 황학동 벼룩시장이란 델 가보게 되었다. 청계 7가와 8가로 이어지는 벼룩시장은 일명 개미시장으로도 불

---

24 윤대녕, 「국화 옆에서」, 『은어낚시통신』, 215쪽.

리고 있었다. 도로를 사이에 두고 양켠으로 곧 재개발에 들어갈 아파트단지가 마주 보고 있었다. 그곳은 모든 낡은 것들의 소굴이었다. 무슨 해적들의 광고 같다고나 해야 할까. 나는 휘적휘적 걸으면서 그들의 전리품을 하나씩 눈여겨 보았다.[25]

"지금 내가 상상할 수 있는 모든 것"과 "기억에서 달아나버렸던 모든 것"이 스며든 황학동은 '모든 낡은 것'들이 부활하는 장소이다. 잡지사의 회식 자리에서 만나 하룻밤을 지낸 진이는 "귀신"처럼 묘사된다. 그녀는 황학동을 못 떠나는, 아편쟁이보다 더 심각한 존재로 그려진다. "탐욕스런 아귀"처럼 나를 쫓아다니는 진이. 그런 그녀는 단 한 번도 '나'와의 약속 장소에 나오지 않는다. 그녀와의 파기된 '약속'은 이 소설의 서사를 계속해서 지연시키는 요인이 된다. 그녀와의 게임에서 나는 영원한 패자이다. 그때마다 부여되는 정체성의 상실감, 즉 "내가 살고 있는 곳으로부터 까맣게 멀리 와 있는 것"같은 주인공의 모습은 서울의 한복판에서 한 개인의 모습이 휘발되는 장면이기도 하며, 세상의 모든 쓸모없는 낡은 것들이 부활하는 버려진 '과거'의 동네에서 낯설게 조우하는 '나'의 이면이기도 하다.

낡고 사라지는 것에 대한 전면적 부활은 「January 9, 1993, 미아리통신」에서 보다 심화된다. 미아리는 식민지 시대부터 공동묘지로 지정 관리된 지역으로, 전쟁 이후에는 피난민이 모여들기 시작한다. 미아리는 일제 시대에는 죽은 자의 공간으로 한국 전쟁을 거치면서는 원조 달동네의 이미지가 덧입혀지게 사회적 약자의 터전[26]이다. 소설에 등장하는 1993년의 미아리는 "쓰다 버린 소설"처럼 시간의 흐름이 멈춘 곳으로 가늠된다.

---

25 윤대녕, 「카메라 옵스큐라」, 『은어낚시통신』, 274쪽.
26 미아리의 역사적 탐구는 김희식, 「동소문밖의 사람들」, 『로컬리티 인문학』 제6호, 2011. 10 참조.

1990년대의 미아리는 재개발 붐이 일어나 변두리 이미지에서 탈바꿈되어, 이 일대가 '주거지'로 재개발되는 시기이다. "국화정사숙녀점성가"가 표상하듯 점집의 군락지는 의미 있는 설정이다. 철학관으로 가득 찬 미아리 고개는 연말연시와 명절과 공휴일이라는 일상화된 시간의 단위로 헤아리는 것이 무의미한 곳이기도 하다. 더불어 영화관과 연극판을 기웃거리는 것도 지친, 서른이 훌쩍 넘은 전업작가인 '나'가 마지막으로 찾는 장소이다. 그에게 이미 '혁명'은 지나갔다. 목숨을 걸고 덤볐던 지난날의 혁명 대신 '소설쓰기'의 운명이 그 자리에 서 있지만, 두 권의 장편소설로 아내와 두 아이의 생활고를 해결해주기는 쉽지 않다. 스물두 살의 베티와 점을 보기 위해 미아리를 찾는 나는 미아리 점집을 떠돈다. 이 소설에서 우리는 사주와 운명 역시 삶을 서로 빗겨간 존재들에 대해서 명확한 해답을 내려주지 못하는 것을 발견한다. 그들에게 '점'을 봐주는 "숙녀점성가" 역시 87년에 시위를 주동하다가 산에 들어간 지하운동권자의 내력이 있다. 이런 의미에서 미아리는 사회적으로 폐기된 지하운동권자와 "운명의 기둥"을 바꾸려는 자들을 안전하게 품어주는 곳이다. 즉 성과 속이라는 이분법으로 대치된 곳이 아니라 오히려 "말로 설명할 수 없는", "불가시적인 것과의 대면"(「불귀」, 117쪽)을 통해 '나'를 품어줄 공간으로 복원되었다. 윤대녕 소설은 재래시장, 점집이 밀집된 도시 주변부의 버려진 공간을 소설로 복원하여 시간의 흐름으로 가늠이 되지 않는 비실재적인 과거의 공간으로 부활하는 특징이 있다. 이는 "상처받아 불구가 된" 인간들이 품어줄 가장 안온한 장소로 표상된다.

그렇다면 윤대녕이 버려지고 현실의 리얼리티와 떨어진 비실재적인 공간을 통해서 말하고자 하는 바는 무엇일까. 『은어낚시통신』에 자주 등장하는 상투적이고 익숙한 교외의 뒷골목과 서울의 변두리는 오히려 탈현실적인 공간으로 확장되기에 이른다. 즉 지젝이 이야기하는 바대로 욕망이 지닌 역설을 그대로 보여주는데, 현실과 과거의 특정 시간, 특정 공간을 지칭하지 않는 모호한 이 시공간에서 벌어지는 남녀의 몽환적 탈주는 항상 남녀 간의 일탈적인 사랑과 반복적인 불륜을 독자에게 주지시키지만 그 사랑의 이면에는 결국 "누군가와(만나도) 영원히 만날 수 없다"는 윤대녕만의 허무 의식을 교묘히 착종시키는 효과를 나타낸다.

즉 윤대녕 소설의 주인공은 자신이 현재 머무는 이 공간에서 항상 벗어나 어디론가 '떠날 곳'을 다시 찾을 수 밖에 없다. 이를테면 "저를 데리고 가야잖아요!"(「카메라 옵스큐라」, 292쪽), "워 잉카이 회이치!(돌아가야겠어요)"(「국화 옆에서」, 224쪽), "아니, 갈 곳이 있지, 그게 어딘지는 몰라, 하지만 가야만 하는 거지."(「말발굽소리를 듣는다」, 184쪽), "不歸"(「불귀」, 148쪽)은 모두 단편집 『은어낚시통신』의 마지막 문장들이다. 잠언과 같은 주인공의 독백으로 소설을 마무리하는 윤대녕만의 수법은 그간 "갑작스럽게 이루어지는 그들의 떠남이 설득력 있게 다가오지 않는"[27] 난점으로 해석되기도 하였다. 윤대녕 소설의 주인공들이 모색이나 탐색 혹은 방황을 위해 떠도는 것이 아니라, 외부로부터 단절하고 자신의 순수 의지로 세상을 떠돌기 때문에 가능한 평가였다. 그러나 윤대녕은 기본적으로 인간과 인간 사이의 헤어짐을 자연스럽게 받아들이고 한편으로는 다시 또 "애써 비켜가고자 해도, 서로 스치지 않고서는 지나갈 수 없는 그런 길"(「소는 여관으로 들어온다 가끔」, 245쪽)에서 다시 만날 운명, 즉 '도저히 피해갈 수 없는' 인생의 한 지점을 서술하는 윤대녕만의 방식으로 고착되어 마침내 그의 소설에서 '은어'라는 독특한 표상을 건져내기에 이른다.

---

27 황도경, 「미끄럼틀 위의 삶 혹은 소설―윤대녕 소설에 묻는다」, 『작가세계』 51호, 2001. 11, 116쪽.

4. '은어', 현대적 시간 관념에 대한 저항

윤대녕의 『은어낚시통신』은 발간 이후 90년대 문학의 한 장을 열어왔다. 그의 첫 창작집의 출간은 당시 작품 한 편 한 편이 '문단의 주목'을 받았고 이후 『옛날 영화를 보러 갔다』나 두 번째 창작집 『남쪽 계단을 보라』를 연달아 발표하여 평단의 주목[28]을 받는다. 이와 같은 문단의 관심에는 그의 소설이 서사가 부족하고 '이미지즘'안에 갇혀 있다는 비난도 함께 스며 있었다. 이는 이 소설집에서 보여준 '은어'에 대한 작가의 일관된 묘사로부터 기원한다.

> 1) 아녜요. 더 거슬러와야 해요. 원래 당신이 있던 장소까지 와야만 해요. 그녀가 그렇게 말하면 말할수록 나는 뼈아픈 마음이 되어갔다.
> 울진 왕피천까지 와 있다고 나는 말했다. 어쨌든 이런 식으로 말해야 한다는 걸 알고 있었다.
> ……좀, 더, 와야만 해요.
> 그녀의 얼굴에 격한 감정의 흔들림이 스치고 지나가는 게 보였다. 그러한 와중에 나는 그녀가 나를 만나던 날들에 나에게서 지울 수 없는 상처를 입었음을 깨달았다.
> 그녀는 산란중인 은어처럼 입을 벌리고 무섭게 몸을 떨고 있었다. 그녀는 그런 자세로 물끄러미 나를 바라보고 있다가 마침내 벽에 모로 기대어 소리없이 흐느끼기 시작했다.
> 그러나 그 먼 존재의 시원, 말하자면 내가 원래 있어야만 하는 장소

---

28 남진우는 월평이나 서평을 제외하고도 『은어낚시통신』의 발간 이후, 2년간 발표된 윤대녕론이 10여 편이 넘었다는 증언을 하였다. 남진우, 「달의 어두운 저편」, 『문학과 사회』 33호, 1996. 2, 357쪽.

로 돌아가기까지 나는 보다 많은 밤과 낮을 필요로 해야 했다.[29]

2) 그때에도 너는, 내 곁으로 세찬 물살을 기르며 수만의 은어떼들
이 어디론가로 거슬러가고 있다는 환각에 빠져들었다. 또한 누군가는
나를 앞질러가고 있다는 생각마저 들었다.[30]

남진우는 윤대녕의 '은어'를 두고 "인류 역사의 진행방향을 거슬러 올
라가는 전도된 진화론"[31]이 그의 글쓰기 곳곳에 스며 있음을 발견하고
"지금은 사라진 어떤 것에 대한 향수"를 의미한다고 하였다. 윤대녕은 '은
어'의 의미를 확장하여 이를테면 새우를 "진화하지도, 퇴화하지도 않고
이때껏 생존을 거듭해 오는 동물"(「그를 만나는 깊은 봄날 저녁」)로 받아
들이고, "소뿔은 기운 달을 닮아서 부활과 생성을 의미한다"(「소는 여관
으로 들어온다 가끔」)로 해석한다. 『은어낚시통신』에서 "돌아오다"[32]는 단
어가 가장 많이 반복되는 것도 바로 이러한 회귀본능을 독자에게 주지시
키고 있기 때문이다.

즉 윤대녕 소설 곳곳에서 현대와 전통이 공존하는 현상, 이를테면 세
종문화회관 뒤 분수대에서 '원두막'을 꿈꾸거나(「국화 옆에서」), 정독도서
관 앞에서 사교의 광신자를 만나는 듯한 기시감(「눈과 화살」)이 자주 빚
어지는 이유도, 시간의 흐름을 되돌려놓으려는 작가의 의지와 유관한 것

---

29 윤대녕, 「은어낚시통신」, 『은어낚시통신』, 109쪽.
30 윤대녕, 「은어」, 『은어낚시통신』, 32쪽.
31 남진우, 「달의 어두운 저편」, 『문학과 사회』 33호, 1996. 2.
32 "나는 원래 내가 있던 장소로 돌아온 거예요" "이제 당신도 돌아오기 시작하는
    거예요" "지금부터, 돌아가고 싶다고". "아네요 더 거슬러와야 해요" "좀, 더 와
    야만 해요" "말하자면 내가 원래 있어야만 하는 장소로 돌아가기까지"와 같은
    표현이 증명한다.

이다. '은어'와 같은 회귀성 동물을 바라보는 그의 시선은 되돌릴 수 없는 과거에 대한 동경[33]에 머물러 있을 뿐만 아니라, 치유할 수 없었던 상처를 극복하는 과정의 연장선에 있다. 이를테면 자신의 유년기를 지배했던 조부가 소설에 틈입해 들어오기도 한다. 「말발굽 소리를 듣는다」의 조부는 밤마다 등잔불 밑에서 한자와 붓글씨를 가르치며 '문사'로서의 삶을 살아가길 바랐던 윤대녕의 조부[34]의 모습이다. 그의 소설이 동양주의의 미덕을 갖는 원천도 여기에 있을 것이다. 윤대녕은 자신에게 부여된 '고통'의 기억에 추억이나 낭만을 부여하여, 자신만의 미학으로 정립하였다. 어릴 적 우물에 빠져 죽은 삼촌은 평생 윤대녕을 괴롭히는 망령이었

---

33 스베틀라나 보임은 *The future of Nostalgia*에서 노스탤지어의 두 가지 경향성을 설명한다. 복고적인 노스탤지어(restorative nostalgia)와 반성적인 노스탤지어(reflective nostalgia)가 그것이다. 복고적인 노스탤지어는 잃어버린 고향을 복원하고 기억의 간극을 채우기 위해 작용하는 과정인 반면, 반성적인 노스탤지어는 갈망이나 상실의 감정 그 자체에 머물러 있는 불완전한 기억의 과정을 뜻한다. 사전적으로 "복고(restoration)"라는 용어는 원래의 상태로의 복귀(return)를 의미하므로, 복고적 노스탤지어의 경우 과거는 시간의 지속적인 과정으로서의 축적된 시간의 의미가 아니라 과거 그 자체가 현재적 가치를 지닌다. 그래서 기억의 이미지는 "지속"이 아니라 완벽한 "스냅샷(snapshot)"이다(Boym, 49). 다시 말해 복고적 노스탤지어는 과거의 기념비를 현재에 복원시키려는 열망이라고 정의할 수 있다. 이에 반해 반성적 노스탤지어는 치유할 수 없는 시간에 대한 노스탤지어, 즉 되돌릴 수 없는 과거에 대한 동경과 갈망의 상태 자체라고 할 수 있을 것이다. 윤대녕의 경우, '은어'를 통해 자신의 정체성을 되묻는 과정을 반복하고 있으므로 후자의 경향이 강하다 할 것이다. Svetlana Boym, *The Future of Nostalgia*, New York: Basic Books, 2001, pp.45~50.

34 "훗날 알게 되지만 백부가 가지고 온 것은 마경이란 책의 필사본이었다. 그 퀴퀴한 황토색 종이 묶음을 받고 조부는 앙천대소하며 도로 안방으로 들어가더니 날이 샐 때까지 불을 밝혀놓고 있었다. …(중략)… 조부는 때 없이, 그것도 하필이면 나를 어두컴컴한 방으로 불러들여놓고 『마경』이란 책을 읽어댔다. 내가 듣거나 말거나 조부는 몇시간이고 나를 붙잡아 놓고 흥얼거렸다." 윤대녕, 「말발굽 소리를 듣는다」, 『은어낚시통신』, 167쪽.

지만, 이 소설의 마지막 단편인 「눈과 화살」에 이르러서는 작가는 박무현의 입을 빌려 "우리 모두가 사실은 치유할 수 없는 광기에 휩싸여 있다"는 결론을 내린다. 즉 윤대녕은 "의사 표현이 불가능한 상태"를 기억하는 것으로, 한 인간에게 닥친 그 처절한 순간을 복원해내는 길만이 인간에게는 생의 가장 큰 버팀목이 될 수 있음을, 상류를 거슬러 오는 '은어'의 미학으로, 낡고 사라지는 것을 소설에서 부활시킴으로써 생의 해답을 찾고 있었다.

참고문헌

기본자료

윤대녕, 『은어낚시통신』, 문학동네, 2010.
──, 『이 모든 극적인 순간들』, 푸르메, 2010.
── 외, 『천지간─이상문학상 수상작품집』, 문학사상, 1996.

논문 및 단행본

김윤식, 「공양미 삼백석 주고받기론─진양조 범피중류와 시경 범피백주의 상상
　　　력」, 『문학사상』, 1996. 5.
김형중, 「가지 않은 길」, 『진보평론』 17호, 2003. 9.
남진우, 「달의 어두운 저편」, 『문학과 사회』 33호, 1996. 2.
류준필, 「부재로서만 빛나는 세계─윤대녕 혹은 의미를 생성하는 한 가지 방식」,
　　　『문학동네』, 1995년 겨울.
서영채, 「냉소주의, 죽음, 매저키즘 ; 90년대 소설에 대한 한 성찰─신경숙, 윤대
　　　녕, 장정일, 은희경의 소설을 중심으로」, 『문학동네』, 1999년 겨울.
신수정, 「추억은 무엇으로 단련되는가」, 『문학동네』, 1996년 여름.
우찬제, 「시간의 그림자 가로지르기, 혹은 신행의 현현」, 『문학동네』, 1996년 겨울.
이동연, 「공간의 역설과 진화 : 홍대에서 배우기」, 『문화과학』 39호, 2004. 9.
최정한, 「욕망의 플랫폼 홍대앞 클럽」, 『로컬리티 인문학』 제5호, 부산대학교 한국
　　　민족문화연구소, 2011. 4.
황도경, 「미끄럼틀 위의 삶 혹은 소설─윤대녕 소설에 묻는다」, 『작가세계』 51호,
　　　2001. 11.
황종연 외(좌담), 『90년대 문학 어떻게 볼 것인가』, 민음사, 1999.
스티븐 컨, 『시간과 공간의 문화사』, 휴머니스트, 2004.
조지 오웰, 『나는 왜 쓰는가』, 한겨레출판, 2010.
Svetlana Boym, *The Future of Nostalgia*, Basic Books, 2001.

발표지 목록

제1부 실향과 디아스포라

이명재, 「국외 한인 소설에 나타난 디아스포라 양상」, 『현대소설연구』 제48호, 한국현대소설학회, 2011. 12.

임형모, 「강제적 '집단이주'의 인간학」, 『현대소설연구』 제51호, 한국현대소설학회, 2012. 12.

정원채, 「김만선 문학세계의 변모 양상 연구」, 『현대소설연구』 제30호, 한국현대소설학회, 2006. 6.

김인경, 「탈북자 소설에 나타난 분단 현실의 재현과 갈등 양상의 모색」, 『현대소설연구』 제57호, 한국현대소설학회, 2014. 12.

제2부 귀향과 가족

최병우, 「해방 직후 한국소설에 나타난 귀환과 정주의 선택과 그 의미」, 『현대소설연구』 제46호, 한국현대소설학회, 2011. 3.

제3부 탈향과 정착

이정숙, 「가족 상봉 소설의 형상화 연구」, 『한중인문학연구』 제25호, 한중인문학
　　회, 2008. 1.

제4부 여로와 향수

정호웅, 「한국 역사소설과 성장의 행로」, 『현대소설연구』 제18호, 한국현대소설학
　　회, 2003. 5.

장미영, 「21세기 신유목민 소설 : 청년의 고립된 자아와 디스토피아적 상상력」,
　　『여성문학연구』 제32호, 한국여성문학학회, 2014. 8.

백지혜, 「윤대녕 소설의 노스탤지어 미학」, 『한국문학과 예술』 제9호, 숭실대학교
　　한국문예연구소, 2012. 3.

찾아보기

인명, 지명, 용어

작품명, 도서명, 매체명

이명재

중앙대학교 국어국문학과 명예교수. 국제한인문학회 회장, 우리문학회 회장 역임. 주요 저서로『한국문학의 성찰과 재조명』『한국현대민족문학사론』『소련지역의 한글문학』등이 있다.

이정숙

한성대학교 국어국문학과 교수. 국제한인문학회 회장, 구보학회 회장, 한국현대소설학회 회장 역임. 주요 저서로『한국 현대소설, 이주와 상처의 미학』『한국 현대소설연구』『실향소설연구』등이 있다.

유인순

강원대학교 국어교육과 명예교수. 현재 김유정문학회 회장, 한국현대소설학회 고문. 주요 저서로『김유정 문학연구』『김유정을 찾아가는 길』『김유정과의 동행』등이 있다.

김종회

경희대학교 국어국문학과 교수. 현재 한국문학평론가협회 회장, 국제한인문학회 회장. 주요 저서로『한민족 디아스포라 문학』『문학과 예술혼』『문화 통합의 시대와 문학』등이 있다.

정호웅

홍익대학교 국어교육학과 교수. 현재 구보학회 회장, 한국현대소설학회 부회장. 주요 저서로 『문학사 연구와 문학 교육』 『그들의 문학과 생애, 김남천』 등이 있다.

최병우

강릉원주대학교 국어국문학과 교수. 문학교육학회장, 한중인문학회장 역임. 현재 한국현대소설학회장. 주요 저서로 『한국근대일인칭소설연구』 『한국현대소설의 미적 구조』 『조선족 소설의 틀과 결』, 『이산과 이주 그리고 한국현대소설』 등이 있다.

김동환

한성대학교 국어국문학과 교수. 근대문학회 회장 역임. 현재 한국현대소설학회 부회장, 문학교육학회 편집위원장. 주요 저서로 『한국소설의 내적 형식』 『문학연구와 문학 교육』 등, 주요 논문으로 「문화교육의 뿌리와 줄기 : 언어와 문화와 문학교육의 상호성」 등이 있다.

곽승숙

고려대학교 강사. 주요 논문으로 「애니 베어드 신소설 연구」 「1920년대 독본과 수필의 영역」 「강신재 소설의 여성성 연구」 등이 있다.

김인경

한성대학교 강사. 한성대학교 상상력 교양교육원 강의 전담 교수 역임. 주요 저서로 『여성해방 · 민족해방의 목소리 임순득』 등, 주요 논문으로 「형식실험을 통한 현실의 재현과 모색-김소진 소설을 중심으로」 「주체의 확립과정과 여성문학의 지향점」 등이 있다.

백지혜

포스텍 인문사회학부 대우교수. 주요 저서로『스위트 홈의 기원』등, 주요 논문으로 「경성제대 작가의 민족지 구성방법 연구」「유진오 소설에 나타난 주체의 형상화와 '계약'의 문제」「1910년대 이광수 소설에 나타난 '과학'의 의미」등이 있다.

임형모

군산대학교 교양교육원 강의 전담 교수. 주요 저서로『문학이란 무엇인가』(공저) 등, 주요 논문으로「성공적인 아동문화콘텐츠에 나타난 서사원리와 인간교육」「글쓰기 능력을 신장하는 효율적인 첨삭 지도 방안」등이 있다.

이 우(본명 이정숙)

서울대학교 강사. 주요 논문으로「1970년대 꽁트붐의 문화적 지형도」「1960년대 개발주의 이데올로기와 근대적 시혜주체의 연민」「개발주의서사의 성−섹슈얼리티에 대한 혐오−연민」등이 있다.

장미영

숙명여자대학교 한국어문화연구소 연구원. 주요 저서로『백지공포증이 있는 대학생을 위한 글쓰기』등, 주요 논문으로「박경리 1960 · 70년대 장편소설 연구」「다중매체텍스트를 활용한 글쓰기 지도방법 연구」등이 있다.

정원채

한성대학교 강사, 한성대학교 상상력교양교육원 책임연구원. 주요 저서로『이청준 소설의 벽 허물기 열두 마당』(공저) 등, 주요 논문으로「이호철의「소시민」에 나타난 인식적 특성과 소설 미학적 특징」,「이태준의 중단편소설에 나타난 사랑의 문제」등이 있다.

한국문학과 실향·귀향·탈향의 서사

초판 인쇄 · 2016년 2월 5일
초판 발행 · 2016년 2월 15일

지은이 · 이정숙 외
펴낸이 · 한봉숙
펴낸곳 · 푸른사상사

편집 · 지순이, 김선도 | 교정 · 김수란
등록 · 1999년 7월 8일 제2-2876호
주소 · 서울시 중구 충무로 29(초동) 아시아미디어타워 502호
대표전화 · 02) 2268-8706~7 | 팩시밀리 · 02) 2268-8708
이메일 · prun21c@hanmail.net
홈페이지 · http://www.prun21c.com

ⓒ 이정숙, 2016
ISBN 979-11-308-0607-5 93810
값 29,500원

이 도서의 국립중앙도서관 출판예정도서목록(CIP)은 서지정보유통지원시스템
홈페이지(http://seoji.nl.go.kr)와 국가자료공동목록시스템(http://www.nl.go.kr/
kolisnet)에서 이용하실 수 있습니다.(CIP제어번호: CIP2016003656)

푸른사상 학술총서 34

한국문학과
실향 · 귀향 · 탈향의 서사